Louise Erdrich
Solange du lebst

AF177246

atb aufbau taschenbuch

Louise Erdrich, geboren 1954 als Tochter einer Ojibwe und eines Deutsch-Amerikaners, ist eine der erfolgreichsten amerikanischen Gegenwartsautorinnen. Zuletzt erhielt sie den National Book Award für »Das Haus des Windes«, den PEN/Saul Bellow Award und den Library of Congress Prize.

Louise Erdrich lebt in Minnesota und ist Inhaberin der Buchhandlung Birchbark Books.

Im Aufbau Verlag ist ihr Roman »Der Gott am Ende der Straße« lieferbar und im Aufbau Taschenbuch sind ihre Romane »Der Club der singenden Metzger«, »Die Rübenkönigin«, »Der Klang der Trommel«, »Liebeszauber«, »Das Haus des Windes« und »Ein Lied für die Geister« erhältlich.

Mehrere Generationen sind vergangen, doch die Bewohner der Kleinstadt Pluto können einfach nicht vergessen, was geschehen ist: dass eine Familie aus ihren Reihen massakriert wurde. Und dass ein Mob kurzerhand ein paar Indianer aus dem angrenzenden Reservat aufhängte, weil man die wahren Täter nicht fand.

Die junge Evelina Harp, selbst halbe Ojibwe, wühlt die alten Geschichten auf, denn sie schwärmt für ihre Lehrerin Mary Anita Buckendorf. Doch Evelinas Großvater Mooshum, der der Vergeltung damals wie durch ein Wunder entkam, weiß um die Schuld der Buckendorfs. Er ist der Archivar der Familien- und Stammesgeschichte, er kennt die komplizierten Liebes- und Verwandtschaftsverhältnisse.

Vielstimmig und zutiefst bewegend erzählt uns Louise Erdrich in ihrem für den Pulitzerpreis nominierten Roman von Liebe, Leidenschaft und Abenteuer, von Verbrechen und Strafe – und enthüllt schlussendlich, was damals wirklich geschah.

Louise Erdrich

Solange
du lebst

Roman

Aus dem Amerikanischen
von Chris Hirte

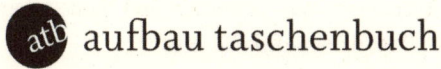 aufbau taschenbuch

Die Originalausgabe unter dem Titel
The Plague of Doves
erschien 2008 bei HarperCollins, New York.

MIX
Papier aus verantwor-
tungsvollen Quellen
FSC® C083411

ISBN 978-3-7466-3524-8

Aufbau ist eine Marke der Aufbau Verlag GmbH & Co. KG

1. Auflage 2019
© Aufbau Verlag GmbH & Co. KG, Berlin 2019
Copyright © 2008, Louise Erdrich
Umschlaggestaltung zero-media.net, München
unter Verwendung eines Bildes von Arcangel/LUDMILA SHUMILOVA
Druck und Binden CPI books GmbH, Leck, Germany
Printed in Germany

www.aufbau-verlag.de

Solange du lebst

Solo

Beim letzten Schuß klemmte das Gewehr. Das Kind stand in seinem Bettchen, weinend, ans Gitter geklammert. Um nachzuschauen, warum das Gewehr streikte, setzte sich der Mann in einen Sessel und nahm es auseinander. Das Weinen ging ihm auf die Nerven. Er legte das Gewehr hin und hielt Ausschau nach einem Hammer, da entdeckte er das Grammophon und stand auf. Eine Platte lag schon auf dem Teller, er drehte die Kurbel und setzte die Nadel auf. Während Musik den Raum durchflutete, kehrte er zum Sessel zurück und fuhr mit seiner Arbeit fort. Das Kind beruhigte sich. Ein überirdisches Violinsolo in der Mitte der Platte ließ den Mann innehalten, die Gewehrteile in der Hand. Er erhob sich, als die Musik zu Ende war, zog das Grammophon auf und spielte die Platte erneut. Das geschah dreimal. Das Kind schlief ein. Inzwischen hatte der Mann das Gewehr repariert, die Patrone glitt ohne Widerstand in die Kammer. Er lud mehrere Male durch, dann stand er auf und stellte sich an das Kinderbett. Die Violine steigerte sich zu einem Klang von fremdartiger Schönheit. Er hob das Gewehr. Blutdunst erfüllte den Raum.

Evelina

Die Taubenplage

Im Jahr 1896 rief mein Großonkel, einer der ersten katholischen Pfarrer indianischer Herkunft, die Mitglieder seiner Gemeinde auf, sich mit ihren Skapulieren und Meßbüchern vor Sankt Joseph zu versammeln. Von dort wollten sie in einer weiten Kette über die Felder ausschwärmen und die Tauben wegbeten. Seine Gemeindekinder hatten zum Pflug gegriffen und beackerten ihr Land wie die deutschen und norwegischen Siedler. Anders als die Franzosen, die sich mit meinen Vorfahren vermischt hatten, zeigten diese Siedler wenig Interesse an indianischen Frauen und heirateten sie nicht. Die Norweger zumal behandelten jeden mit Verachtung außer sich selbst und hielten fest zusammen. Aber die Tauben fraßen auch ihre Felder kahl.

Wenn die Vögel kamen, zündeten die Indianer und die Weißen große Feuer an und versuchten sie in Netze zu treiben. Die Tauben fraßen die Weizensaat und den Roggen und machten sich über den Mais her. Sie vertilgten die sprießenden Blumen, die Apfelknospen, die harten Eichenblätter, selbst die vorjährige Spreu. Geräuchert schmeckten die fettgefressenen Tauben köstlich, aber man konnte ihnen zu Hunderten oder Tausenden den Hals umdrehen, ohne ihre Zahl merklich zu verringern. Die Lehmkaten der Mischlinge und die Rindenhütten der traditionellen Indianer brachen unter der Last der Vögel zusammen. Sie wurden in der Pfanne und am Spieß gebraten, zu Pasteten und Suppen verarbeitet, in Fässern gepökelt oder mit Knüppeln erschlagen und liegengelassen. Aber die toten Tauben dienten den lebenden zum Fraß, und jeden

Morgen wurden die Leute erneut vom Scharren, Flügelschlagen und dem fürchterlichen Gemurre, Geraune und Gegurre der Tauben empfangen, und diejenigen, die noch ein intaktes Fenster besaßen, von den neugierigen, sanften Blicken dieser Kreaturen.

Mein Großonkel hatte in aller Eile ein Gitter aus Stöcken gebastelt, um die Scheiben seiner hochtrabend als Pfarrhaus bezeichneten Hütte zu schützen. In der Ecke schlief sein kleiner Bruder, den er vor einem allzu ungebundenen Lebenswandel bewahren wollte, auf einem Strohsack und einem Lager aus Tannenzweigen. Ein so weiches Bett hatte der Junge noch nie besessen, und er weigerte sich, es zu verlassen, doch mein Großonkel warf ihm die Roben der Chorknaben an den Kopf und befahl ihm, den Leuchter zu putzen, den er bei der Prozession tragen sollte.

Aus dem Jungen wurde später der Vater meiner Mutter, mein Mooshum. Getauft war er auf den Namen Seraph Milk, und da er über hundert wurde, hatte ich mit meinen etwa elf Jahren immer mal wieder Gelegenheit, mir die Geschichte vom folgenschwersten Tag seines Lebens anzuhören, der mit dem Versuch begann, die Tauben zu vertreiben. Er saß auf einem harten Stuhl zwischen unserem ersten Fernseher und der kleinen Büchernische, die in die Wand unseres Hauses eingelassen war, das der Regierung gehörte und auf dem Reservatsgebiet des Büros für Indianische Angelegenheiten stand. Mooshum also erzählte uns, wie er die Tauben, die auf den Fenstergittern seines Bruders herumkletterten, mit den Füßen kratzen hörte. Ihm graute vor dem Gang zum Klohäuschen, weil viele Vögel in den Kot unter dem Loch gefallen waren und so verzweifelt um Hilfe schrien, daß sich ihre Artgenossen von außen gegen das Häuschen warfen, um sie zu retten. Doch er wagte nicht, sich woanders zu erleichtern. Also bahnte er sich einen Weg durch das Geflatter, mit schlurfenden Schritten, um nicht auf Füße oder Leiber zu treten, und erledigte sein Geschäft mit geschlossenen Augen im Klohäuschen. Hinterher machte er die Tür fest zu, damit nicht noch mehr Tauben in die Falle gerieten.

Das Drama im Klohäuschen, mit dem er den Bericht vom folgenschwersten Tag seines Lebens stets begann, enthielt all die Details, die meinen Bruder und mich interessierten. Obwohl wir inzwischen Kanalisation hatten, war uns das Häuschen wohlbekannt, und die Schrecken eines Todes in der Kloake sowie andere Details seiner Geschichte fanden wir sehr fesselnd. Was Spannung und Unterhaltung betraf, kam Mooshum gleich nach dem Fernsehen. Doch unser Vater hatte die Knöpfe vom Fernseher abgezogen und versteckt. Vergeblich durchsuchten wir das ganze Haus und fanden uns schließlich mit dem Gedanken ab, daß er sie ständig bei sich trug. Fortan hielten wir uns an Mooshum und seine Geschichten. Er erzählte, und wir saßen auf den Küchenstühlen und zwirbelten unser Haar. Unsere Mutter hatte ihm eine rote Kaffeedose hingestellt, in die er seinen Tabaksaft spuckte. Er trug alte grüne Arbeitskleidung von Sears, ausgelatschte braune Schnürstiefel und eine Baseballkappe, auch im Haus. Seine Augen leuchteten aus Schlitzen hervor, die sich tief in sein Gesicht einkerbten. Die obere Hälfte seines linken Ohrs war ihm abhanden gekommen, weshalb er ein wenig schief aussah. Er war krumm und ausgemergelt, weiße Strähnen wucherten ihm um die Ohren und in den Nacken. Wenn er sprach, sahen wir manchmal seine braunen Zahnstummel. Doch seine Geschichte erzählte er mit einer solchen Überzeugungskraft, daß es uns nicht schwerfiel, in ihm den zwölfjährigen Jungen zu sehen.

Sein großer Bruder kleidete sich ins Ornat, das beste, das er besaß – gebraucht bekommen von einer Gemeinde in Minneapolis. Da an echten Weihrauch nicht zu denken war, füllte er das Rauchfaß mit trockenem, zu Kugeln gerolltem Salbei. In der Hütte gab es eine Handpumpe mit Ausguß, und

Mooshums Bruder oder Halbbruder, Father Severine Milk, befeuchtete einen Kamm und kämmte erst sein Haar zurück, dann das Haar seines kleinen Bruders. Seit etwa einer Stunde schon trafen die Pferdewagen ein. Die Kirche war eine große Hütte auf der anderen Hofseite, in der jetzt die Gemeinde wartete, und der ganze Hof stand voller Pferdewagen, und auf jedem waren ein oder zwei Hunde angebunden, damit sie die Vögel und ihre Exkremente von den Strohballen fernhielten, auf denen die Leute saßen. Das ständige Hin und Her der Vögel machte die Pferde nervös. Viele trugen Scheuklappen und außerdem Kamillesträußchen am Geschirr, damit sie ruhig blieben. Als unser Mooshum den Hof überquerte, sah er die Tauben auf dem Kirchendach, die immerfort wie im Spiel zum heiligen Kreuz aufflogen, das die Hütte als Kirche kenntlich machte, um den Vogel, der es gerade besetzte, von seinem Platz zu vertreiben und gleich darauf vom nächsten vertrieben zu werden. Mein Großonkel war ein hagerer, furchtsamer Mensch von über einem Meter achtzig, der den allgemeinen Lärm mit gereizter Stimme übertönte, als er seine Gemeinde Aufstellung nehmen ließ. Die beiden Brüder bildeten die Mitte, und die lieben Gemeindeglieder schwärmten zu beiden Seiten aus, während sich die Kette langsam den Hang hinabbewegte, auf das erste Feld zu, das von den Tauben befreit werden sollte.

An dem Tag war die Sonne in Dunst gehüllt und matt, es herrschte drückende Windstille, der beißende Qualm aus dem Weihrauchfäßchen stand unbewegt in der Luft. Zügig schritten die Leute voran. Doch schon auf dem ersten Acker saßen die Tauben so dichtgedrängt, daß Unruhe unter den Frauen ausbrach, weil sie nicht weiterkamen, ohne daß ihnen die Tiere unter die Röcke gerieten. Die Vögel in ihrer Panik verfingen sich in den Unterkleidern. Abrupt kam die Kette zum Stehen, und die Frauen begannen – vor Mooshums Augen – mit einem wilden Tanz. Sie wirbelten herum, stampften mit den Füßen, schlugen um sich, schüttelten die Röcke, jede auf ihre Weise. Von einer solchen Urgewalt war der Tanz, daß die Tauben ringsumher erschrocken aufflogen, andere Tauben mitrissen und sich das ganze Feld mitsamt dem angrenzenden Wald in einen einzigen Vogelsturm verwandelte, der mit Getöse auf die Gemeinde herniederfuhr. Die jedoch hielt stand, indem alle ihre aufgeschlagenen Meßbücher über den Kopf hoben. Ihren Anstand vergessend, banden sich die Frauen die Röcke hoch. Rosenkränze oder Skapuliere vorgestreckt, schritten sie voran und sangen das Ave Maria in den Sturm der Flügelschläge. Mooshum, der die unteren Gliedmaßen einer Frau nur selten zu Gesicht bekam, machte sich zunutze, daß sein Bruder vollauf damit beschäftigt war, das Weihrauchfaß am Brennen zu halten, und blieb hinter den anderen zurück. Entzückt vom Anblick der nackten, strammen, stampfenden braunen Frauenbeine, ließ er den Leuchter sinken, der keine Kerzen trug und den ihm der Bruder nur deshalb gegeben hatte, damit er sein Gesicht schützen konnte. Und kaum hatte er den Leuchter sinken lassen, wurde er von einer Taube an der Stirn getroffen, die mit einer solchen Wucht vom Himmel fuhr, als wäre sie von Gott gesandt, um ihn mit Blindheit zu schlagen und fürderhin vor der Sünde des Glotzens zu bewahren.

An diesem Punkt seiner Geschichte geriet Mooshum so in Fahrt, daß er uns die Gottesstrafe vorführte und sich zu unserem großen Vergnügen auf den Boden warf. Er spielte uns seinen Zusammenbruch vor, dann öffnete er die Augen, hob den Kopf und starrte ins Leere, wo er erneut sah, wie ihm der Heilige Geist erschien – offenbar nicht als weiße Taube unter all den braunen, sondern in der irdischen Gestalt eines Mädchenkörpers.

Unsere Familie steht im Ruf, zu unsterblichen Romanzen zu neigen. Selbst mein Vater, ein eher gesetzt wirkender Naturkundelehrer, ließ sich von einem einzigen verheißungsvollen Blick meiner Mutter durch den ganzen Zweiten Weltkrieg tragen. Ihre Schwester Geraldine wurde vom Lächeln eines jungen Mannes überwältigt, der im Zug an ihr vorüberfuhr. Sie winkte ihm aus dem Graben zu, in dem sie Beeren pflückte, und obwohl sie nicht einmal wußte, ob er zurückgewinkt hatte, trieb sie irgend etwas dazu, bis zum Dunkelwerden weiterzupflücken, an Ort und Stelle zu schlafen und einen weiteren Tag geduldig auf ihrem Campinghocker auszuharren, bis der Mann von der sechzig Meilen entfernten Bahnstation zurückgelaufen kam. Mein Onkel Whitey liebte die Indianerprinzessin von der Haskell University, die ihre Zöpfe abschnitt und ihm in der Nacht, als sie an Tuberkulose starb, zum Geschenk machte. Ihr zum Gedenken blieb er Junggeselle, bis er mit über fünfzig Jahren eine Kleinstadtstripperin heiratete. Agathe, die Cousine meiner Mutter, auch Happy genannt, floh aus dem Kloster, weil sie einen Pfarrer liebte, und ward nicht mehr gesehen. Meinem Bruder Joseph reichte eine Anwandlung von Verliebtheit aus, um einer Kommune beizutreten. John, ein entfernter Cousin meines Vaters, entführte seine eigene Frau und benutzte das Lösegeld, um sich in Fargo eine Geliebte zu halten. Von einer Frau zur Verzweiflung getrieben, ertränkte sich Octave Harp, der Onkel meines Vaters, im knietiefen Wasser. Und so weiter und so fort. Wie schon an meinem Vater ersichtlich, standen diese hochdramatischen Verstrickungen stets im krassen Gegensatz zur Gewöhnlichkeit der Ehen und Schicksale, die aus ihnen hervorgingen. Wir sind eine Sippe von Büroangestellten, Bankkassierern, Bücherwürmern und Bürokraten. Der wildeste von uns (Whitey) ist Koch in einem Schnellimbiß, und der heldenhafteste (mein Vater) ist Lehrer. Und doch, so glaube ich zumindest, bildet dieser Hang zur Romanze ein Bindeglied zwischen den Generationen. Mein Bruder und ich, wir lauschten Mooshum nicht nur zum Vergnügen, sondern auch, um zu lernen, wie wir uns zu verhalten hatten, wenn der Moment der Erkenntnis oder gar der Heimsuchung kam.

Millionenmal

In Wirklichkeit war ich überzeugt, daß meine Heimsuchung längst stattgefunden hatte, denn selbst während ich Mooshum zuhörte, schrieben meine Finger unablässig den Namen meines Geliebten auf meinen Arm, in meine Handfläche oder auf mein Knie. Wenn ich seinen Namen millionenmal auf meinen Körper schrieb, würde er mich küssen, glaubte ich. Ich wußte, daß er mich liebte, und er konnte sicher sein, daß ich seine Gefühle erwiderte, aber in einer römisch-katholischen Grundschule der Mittsechziger redeten Jungs und Mädchen, die als verliebt galten, kaum miteinander und berührten sich nie. Wir spielten Softball und Kickball und hielten Verbindung über andere Kinder, die sich darum rissen, unsere Botschaften zu überbringen. Eine ganze Reihe solcher Liebeserklärungen zweiter Hand hatte ich in mein winziges leopardengemustertes Notizbuch mit dem goldenen Schloß eingetragen, dessen Schlüssel ich im hohlen Knauf meines Bettpfostens versteckte. Außerdem hatte ich den Namen meines Geliebten mit dem Blut eines aufgekratzten Mückenstichs an die Innenwand meines Schranks geschrieben. Dieser Name hatte für mich den heiligen Klang der Wörter, die im Alten Testament von unsichtbarer Hand mit Feuer an die Wand geschrieben waren: *Mene mene tekel upharsin.* Laut aussprechen konnte ich ihn nicht. Ich konnte ihn nur mit den Fingern auf meine Haut schreiben, und das tat ich so lange, bis meine Mutter glaubte, ich hätte Läuse. Sie schmierte mir den Kopf mit Mayonnaise ein, setzte mir eine Duschkappe auf und befahl mir, mich in die Wanne zu setzen und heißes Wasser nachlaufen zu lassen, so heiß, daß ich es gerade noch aushalten konnte.

Das Badezimmer, die Wanne, die ganzen Installationen waren nagelneu. Weil mein Vater in der Schule und meine Mutter in der Stammesverwaltung arbeiteten, hatte man uns an die Wasserversorgung angeschlossen. Ich verriegelte die Badezimmertür, prüfte das heiße Wasser mit dem großen Zeh und beschloß, da ich sonst nichts zu tun hatte, den Namen noch ein paar tausendmal zu schreiben. Unter dieser Beschäftigung fand ich Stellen an meinem Körper, die sich bei wiederholtem Schreiben der Buchstaben erregten und erhitzten, und ohne zu wissen, wie mir geschah, verpaßte ich mir lauter alphabetische Orgasmen – so schockierend in ihrer Intensität, daß mir die Mayonnaise auf dem Kopf zerlaufen sein muß. Mit dem Schreiben hörte ich dann auf. Ich war mir sicher, die Millionengrenze erreicht zu haben, und traute mich nicht, dasselbe noch einmal zu probieren.

Das geschah um den Aschermittwoch, der mich daran erinnerte, daß ich nur aus Staub gemacht war und wieder zu Staub werden würde. Dieser Körper, über und über mit dem heiligen Namen Corwin Peace (jetzt kann ich's ja verraten) beschriftet, war ein vergängliches Medium, er würde zergehen wie Eis, zerfallen wie Laub. Wie immer waren wir bei Beginn der Fastenzeit auf unsere Vergänglichkeit hingewiesen worden, auch darauf, daß unser Heißhunger auf Süßigkeiten oder Salzbrezeln nur ein Phantomhunger war. Allein der Hunger des Geistes war real. Zum Glück wußte ich nicht, daß es eine unreine Handlung war, sich den Namen des Geliebten auf den Leib zu schreiben. Daher hatte ich nichts Schlimmeres zu sühnen als die Komplizenschaft mit meinem Bruder, der herausgefunden hatte, daß sich der Fernseher mit der Zange aus dem Werkzeugkasten genausogut bedienen ließ wie mit den Knöpfen. Und kaum waren meine Eltern aus dem Haus, konnten wir die von unseren Eltern verabscheuten *3 Stooges* gucken, die auch Mooshum immer gern sah. So ging das bis Palmsonntag, als mein Vater von irgendeiner Besorgung nach Hause kam und zufällig die Hand auf den glühheißen Fernseher legte. Er durchbohrte uns mit einem Blick, den seine Schüler sicherlich an ihm fürchteten. Im Handumdrehen holte er die Wahrheit aus uns heraus. Die Zange wurde ebenfalls beschlagnahmt, und Mooshums Geschichte ging weiter.

Eine Erscheinung

Das Mädchen, das später meine Großmutter wurde, war hinter den anderen Frauen auf dem Feld zurückgeblieben, weil sie zu verschämt war, um sich die Röcke hochzubinden. Ihr Name war Junesse. Wie sie herausfand, mußte man nur langsam genug gehen, damit die Tauben Zeit fanden, höflich Platz zu machen, statt erschrocken aufzuflattern. Junesse trug ihr langes weißes Kommunionskleid, das aus mehreren Schichten hauchdünnen Musselins genäht war. Sie hatte darauf bestanden, dieses Kleid anzuziehen, und die Tante, die für sie sorgte, war von ihrer Hartnäckigkeit schon so zermürbt, daß sie es erlaubte, ihr aber Schläge androhte, falls sie das Kleid zerriß oder schmutzig machte. Außer ihrem Schamgefühl hatte sie auch diese Drohung davon abgehalten, den wilden Tanz mit den Tauben unterm Rock mitzumachen. Doch jetzt, beim Versuch, den niedergestreckten Leuchtenträger ins Leben zurückzuholen, setzte sie sich über alle Bedenken hinweg und nahm ihr Schicksal in die eigene Hand, indem sie sich mitten in den Vogeldreck kniete und es damit besiegelte, daß sie ihre Schärpe benutzte, um das Blut von Mooshums Stirn zu wischen – und von seinem Ohr, das ihm zur Hälfte von den Tauben weggehackt worden war, als er bewußtlos am Boden lag. Doch dann wachte er auf.

Und erblickte *sie*! Mooshum unterbrach seine Erzählung. Er breitete die Hände aus, die tausend Fältchen seines Gesichts formten sich zu einer Grimasse höchster Glückseligkeit. Es gab ein Bild von ihr, das wenig später entstanden war, und sie sah wirklich wunderschön aus. In ihr schwarzes Haar hatte sie ein weißes Band geflochten, das Mieder ihres weißen Kleids war mit weißen Blüten und Blättern bestickt, und sie hatte die blasse Haut und die schwarzen Mandelaugen der Métis- oder Michif-Frauen. Nicht ohne Grund hatte der Bischof jener Diözese seine Pfarrer per Hirtenbrief angewiesen, in der Gegenwart von Mischlingsfrauen ohne Unterlaß zu beten und stets daran zu denken, daß diese Frauen trotz ihrer liebreizenden Gestalt in ihrem Innersten Wilde seien, anfällig für alles Böse, ja, der Teufel gehe nach Belieben in ihnen ein und aus. Junesse Malaterre natürlich war unschuldig, aber einen scharfen Verstand besaß sie allemal. Ihr Nachname, der von irgendeinem französischen Pelzhändler zu uns kam, steht für die zerklüfteten, gottverlassenen Felsschluchten und die labyrinthartig aufragenden Schichtungen aus rosa, grauem, braunem und rotem Gestein, die für die Badlands von North Dakota charakteristisch sind. Dorthin machten sich Mooshum und Junesse auf.

»Wir haben tief in uns reingeguckt«, formulierte es Mooshum in seinem sanften alten Reservatsdialekt, und wir schwiegen zu dritt, während sich das Bild vor unserem inneren Auge entfaltete. Mooshum sah alles genau vor sich. Was mein Bruder sah, weiß ich nicht – nach seinem Kommune-Abenteuer blieb er lange Zeit immun gegen jede Art von Romantik. Er wurde dann Naturkundelehrer wie unser Vater, und nach einem harmlosen Verkehrsunfall endete er mit seiner Schadensreguliererin im dumpfen Glück einer Routinebeziehung. Ich jedenfalls sah sie beide – den niedergestreckten, fassungslosen Jungen und das Mädchen in Weiß, das sich kniend über ihn beugte, die Schärpe ihres Kleids graziös umfaßte und auf die Stirnwunde preßte, um sein Blut zu stillen. Vor allem aber stellte ich mir den Blick vor, den die beiden wechselten. Der Heilige Geist schwebte über ihnen. Die Schärpe rötete sich. Das Blut trotzte der Schwerkraft und strömte ihren Arm hinauf. Dann öffnete sich ihr Mund. Ob sie sich küßten? Das konnte ich Mooshum nicht fragen. Vielleicht hat sie gelächelt. Aber sie hatte nicht die Zeit, seinen Namen auch nur ein einziges Mal auf ihren Körper zu schreiben, und überhaupt kannte sie seinen Namen nicht. Sie blickten sich gegenseitig in die Seele, da waren Namen ohne Belang. Bevor sie auch nur daran gedacht hatten, sich nach ihrem Namen zu fragen, waren sie schon auf und davon – und hatten beschlossen, noch eine Weile namenlos zu bleiben. Wichtig war nur, daß sie den Schlingen und Korsetts entkamen, die ihre Familien schon zugezogen hatten.

Junesse floh vor der Tracht Prügel, die sie von ihrer Tante zu gewärtigen hatte, und vor der endlosen Plackerei mit den sechs kleinen Kindern der Tante, die im nachfolgenden Winter alle an Keuchhusten starben. Mooshum floh vor der geistlichen Laufbahn, zu der ihn sein Halbbruder ausersehen hatte. Die zwei weißgekleideten Kinder verschmolzen mit der Wand aus Tauben, und da ihre Kleider bald so schmutzig waren wie der Ackerboden, verschmolzen sie mit der Erde, als sie die Feldraine entlangliefen, bis das Farmland endete, der Untergrund aufbrach und die kahle Felsregion der Badlands in ihrer ganzen Schönheit vor ihnen lag. Obwohl es noch etliche Jahre dauerte, bis sie auch körperlich vollzogen, was sie miteinander verband (hier beließ Mooshum es bei vagen Andeutungen), waren sie ein Liebespaar. Und Überlebenskünstler waren sie auch. Ohne daß es ihnen jemand gezeigt hatte, wußten sie, wie man Feuer machte, und ein paar Tage lang konnten sie sich von gebratenen Tauben ernähren. So früh im Jahr gab es noch nicht allzuviel Eßbares, aber sie suchten Vogeleier und gruben Wurzeln aus, fingen Kaninchen und erbettelten sich auf einsamen Gehöften, was sie bekommen konnten.

Der glühende Blick

An dem Montag, als wir in der Schule die gesegneten Palmzweige flochten, bekam ich Zahnspangen eingesetzt. Anders als heute, wo die meisten Kinder irgendeine Gebißkorrektur bekommen, waren die Spangen damals eine Seltenheit. Und ich finde es schon erstaunlich, daß sich meine Eltern bei ihren bescheidenen Verhältnissen überhaupt dazu entschlossen, meine Zähne zu begradigen. Unser Nichtreservatszahnarzt in der Stadt Pluto war so altmodisch zu glauben, daß man die Zähne mit Gold überkronen mußte, damit der Zahnschmelz nicht geschädigt wurde. Am nächsten Tag kam ich also mit zwei langen, glänzenden Vorderzähnen und einem Mundvoll Metall in die Schule. Daß man mich aufziehen würde, hatte ich nicht bedacht, aber dann flüsterte jemand »Osterhase!«, und in der Mittagspause war ich schon von Jungs umringt, die mich kitzelten, um mich zum Lachen zu bringen. Plötzlich wehte ein Sturmwind alle anderen vom kahlen Schulhof, und ich stand allein vor Corwin Peace. Er schubste mich und lachte mir frech ins Gesicht. Gleich darauf kamen die anderen zurück und rannten mit ihm weg. Ich lief hinüber zur einzigen geschützten Stelle des Spielplatzes, einer Nische in der südlichen Ziegelmauer, die gerade so hoch war, daß man die Autowracks hinter der Tankstelle sah. Hier stand ich, auf meiner Insel der Ruhe, rieb mir das Schlüsselbein, wo mich seine Hände gestoßen hatten, und fragte mich, was das nun zu bedeuten hatte. Unsere Liebe war in Gefahr, vielleicht sogar am Ende. Bloß wegen der goldenen Zähne. Schon damals hielt ich es kaum für möglich, daß man solche radikalen Gefühlsumschwünge verkraften konnte. Doch wegen unserer

Familiengeschichte stellte ich mich der Herausforderung. In all diesen dramatischen Geschichten gab es schließlich auch Rückschläge und Niederlagen. Ich war diejenige, der Unrecht geschehen war, und außerdem würde ich, waren die Klammern erst abgelegt, zu voller Schönheit erblühen, da war ich mir sicher. Also stellte ich mich neben ihn, als wir nach der Pause in Zweierreihen antraten, ich in der Mädchenreihe, er in der Jungenreihe, und boxte ihn kräftig gegen den Arm. »Lieb mich oder laß mich«, sagte ich und ging davon – mit weichen Knien und klopfendem Herzen. So etwas hatte noch niemand gewagt, bald wußte es die ganze Schule. Mein kühner Spruch aus der Seifenoper brachte mir Ruhm ein, sogar bei den Mädchen der achten Klasse, und eine von ihnen, Beryl Hoop, bot mir an, Corwin zu verdreschen. Die Macht war auf meiner Seite, und das in der Karwoche. In der Kirche wurden sämtliche Statuen in Purpur gehüllt, nur unsere besonders drastisch geratenen Kreuzwegstationen blieben frei.

Was man heutzutage in den Kirchen zu sehen bekommt, ist geschmackvoll in Holz geschnitzt oder auf andere Art abstrakt. Aber die Stationen in unserer Kirche waren aus Mörtel geformt und mit geradezu blutrünstiger Hingabe bemalt. Verdrehte Augen, verzerrte Münder, verrenkte Gliedmaßen – es fehlte nichts. Die Kirche mit ihren breiten Seitengängen bot uns Schulkindern reichlich Platz, auf dem Terrazzofußboden zu knien und den Leidensweg Christi zu verinnerlichen. Die empfindsamsten Mädchen sowie einer der Jungen, den aber nicht die Priesterlaufbahn, sondern ein spektakulärer Burnout im Stadttheater erwartete, weinten offen und hemmungslos. Wir anderen, durchdrungen von Schuldgefühlen oder heimlicher Freude am blutigen Getümmel, versuchten unauffällig, auf dem Hintern zu sitzen und die Knie zu schonen. Irgendwann durften wir dann auf den Bänken Platz nehmen, und in den drei heiligsten Stunden des Karfreitags, während Christus unter seinem Purpurtuch langsam dahinschied, waren wir gehalten, Ruhe zu bewahren. In diesen Stunden beschloß ich, Corwins Namen von meinem Körper zu tilgen, indem ich ihn einmillionenmal rückwärts schrieb: ecaepniwroc. Mit der Handfläche beginnend und dann zum Knie übergehend, hatte ich es gerade hundertmal geschafft, als ich feststellte, daß Corwin verzweifelt bemüht war, einen Blick von mir zu erhaschen. Das war nie zuvor geschehen, denn wie schon erwähnt, wurde unsere Liebesaffäre durch Boten ausgetragen. Mit meinem Fausthieb hatte ich ihn zum ersten Mal berührt, mit meinem inzwischen berühmt gewordenen Spruch zum ersten Mal angesprochen. Doch der Fausthieb mußte irgendein Feuer in ihm entfacht haben. Woher sonst der Mut, die Verzweiflung, mich direkt anzuschauen? Vor Schreck und Scham blieb mir die Luft weg. Ich wollte ihm ein Zeichen geben, aber es ging nicht, und ich blieb starr sitzen, bis wir gehen durften.

Ostersonntag. Ich trage ein blaugetupftes Kleid aus Schweizer Musselin. Es kratzt an den Säumen und juckt am Hals, aber der Gesamteindruck ist hervorragend. Ein geknotetes Kleenex als Haarschleife kommt für mich nicht in Frage, denn ich habe einen Hut mit künstlichen Veilchen und Gummizug, der sich in mein Kinn gräbt. Doch in letzter Minute bettle ich meiner Mutter den Spitzenschleier ab, der so aussieht wie der von Jackie Kennedy und den nur die allerschicksten von den großen Mädchen tragen. Ich bin also bestens ausstaffiert, aber trotzdem völlig unvorbereitet auf das, was passiert, nachdem ich vom Empfang der Heiligen Kommunion auf meinen Platz zurückgekehrt bin. Ich knie am Ende der Bank. Wir sind angewiesen, uns ganz still zu verhalten, damit Jesu Gegenwart in uns Einzug halten kann. Ich gebe mein Bestes. Aber dann entdecke ich Corwin auf meiner Seite der Kommunionsschlange, was bedeutet, daß er bei der Rückkehr auf seinen Platz ganz dicht an mir vorbeikommen wird. Soll ich züchtig den Kopf senken, oder soll ich ihn ansehen? Allein die Wahl macht mich schwindeln. Und natürlich sehe ich ihn an. Er umrundet die vordere Bank, bemerkt, daß ich ihn ansehe – dunkles, feucht zurückgekämmtes Haar, schmale Augenschlitze –, und wendet den Blick nicht von mir ab. Meine erste Liebe, die Hostie der Auferstehung auf der Zunge, sendet mir einen Blick von glühender Leidenschaft, der eine Million unsichtbare Namen zu Feuer entfacht.

Mustache Maude

Einen ganzen Sommer lang zehrten meine Großeltern von einem Sack erbeuteter Pintobohnen. Sie erschlugen die Klapperschlangen, die zur Jagd ins Flußbett kamen, brieten sie und würzten sie mit dem Salz einer kleinen Mineralquelle. Gesammelte Beeren kamen hinzu, hin und wieder eine Taschenratte oder ein Kaninchen, doch der Geschmack der Freiheit wurde allmählich von der Sehnsucht nach einer warmen Mahlzeit überlagert. Trotz ihrer Unwirtlichkeit waren die Badlands zu jener Zeit keineswegs menschenleer, sondern von irrlichternden Strolchen und Verbrechern bevölkert, aber auch von ehrsamen Farmern.

Eines Tages hörten die beiden lautes Quieken aus dem Dikkicht, in dem sie Fallen ausgelegt hatten. Sie schauten vorsichtig nach und stellten fest, daß sich ein Schwein mit dem Hinterlauf verfangen hatte. Während sie noch berieten, wie sie es töten sollten, zeigte sich auf dem nahen Hügel die hünenhafte Gestalt eines Reiters mit breitkrempigem Hut. Sie hätten weglaufen können, aber dafür waren sie viel zu verblüfft, denn bei näherem Hinsehen entpuppte sich der Reiter als Frau in Männerkleidern. Sie hatte kleine, listige Augen, ein rundes Gesicht mit schmalen Lippen, und neben ihrem gewaltigen, mütterlichen Busen hing ein langer Zopf herab. Sie trug eine derbe Hose; Reitschurz, Handschuhe und Gürtel waren aus Leder, ihr Hutband bestand aus Schlangenhaut. Das braune Rassepferd blieb vor ihnen stehen, wohlerzogen und gehorsam. Die Frau spuckte eine Ladung Tabaksaft auf eine dösende Eidechse und lachte, als die Eidechse zuckte und davonhuschte. Den beiden befahl sie, stillzustehen, während sie abstieg, das Schwein anleinte, den Strick mit geübten Griffen am Sattelknauf festband und den Hinterlauf befreite.

»Aufsitzen!« befahl sie den beiden und zeigte auf das Pferd. Die Kinder gehorchten, sie griff nach dem Zügel und marschierte los. Das angebundene Schwein trottete hinterher. Als sie nach mehreren Meilen die Ranch erreichten, waren die beiden auf dem gutwilligen Pferd eingeschlafen. Die Frau befahl einem Knecht, die Schlafenden in das große, windschiefe Haus zu tragen, das aus Grasbatzen und Gebälk bestand. Im Schlafzimmer standen zwei kleine Betten sowie ein Rollbett, auf dem sie manchmal schlief, schnarchend wie ein Sägewerk, nämlich immer dann, wenn sie Krach mit ihrem Mann hatte, dem berüchtigten Ott Black. In diesem Haus wohnten mein Mooshum und seine zukünftige Braut sechs Jahre lang – bis die Ranch gestürmt wurde und Mooshum beinahe gelyncht worden wäre.

In Erling Nicolai Rolfsruds *Handbuch bedeutender Männer und Frauen North Dakotas* wird »Mustache« Maude Black, denn so hieß die Wohltäterin meiner Großeltern, als keineswegs unweiblich beschrieben, obwohl sie rauchte und soff, schoß und kommandierte wie ein Kerl. All das stimmte, versicherte mein Mooshum, genauso wie der Hinweis auf ihr sanftes Wesen und ihre Neigung zum Viehdiebstahl. Letzteres sei für sie eine Art Sport gewesen, sagte Mooshum, sie habe keinem damit schaden wollen. Manchmal stahl sie Schweine, und auch das Schwein im Dickicht hatte nicht ihr gehört. Mal trug sie einen Schnurrbart, mal nicht, nämlich dann, wenn sie ihn ausgezupft hatte. Sie schloß Mooshum und Junesse ins Herz, brachte ihnen Reiten, Lassowerfen und Schießen bei und die Zubereitung eines schmackhaften Hühnergerichts mit Klößchen. Da sie den beiden ihre Verliebtheit ansah, verbannte sie Mooshum ins Männerquartier, wo er umgehend in Erfahrung brachte, auf wie viele Arten er dereinst mit Junesse Kinder machen konnte. In Gedanken übte er schon und konnte es kaum erwarten. Aber Maude wollte die beiden erst heiraten lassen, wenn sie siebzehn wurden. Und als der Tag gekommen war, veranstaltete sie ein Hochzeitsmahl, von dem man noch lange sprechen sollte, denn die köstlich zubereiteten Tiere entsprachen in Sorte und Größe genau denen, die vielen der geladenen Gästen in letzter Zeit abhanden gekommen waren. Das führte zu einiger Aufregung, aber nach dem Festschmaus waren nur noch Knochen übrig, und Maude geizte nicht mit Whiskey, so daß die meisten benachbarten Farmer gelassen abwinkten. Was ihnen aber nicht paßte, im Gegenteil ihre Empörung und ihren schwelenden Argwohn weckte, war der Umstand, daß Mustache Maude eine so prächtige Feier für ein Indianerpärchen ausrichtete. Oder Mischlinge, ganz egal. Die Sache spielte sich schließlich im westlichen North Dakota ab, um die Wende des vorigen Jahrhunderts. Jahre später, als bei Pluto eine ganze Familie ermordet wurde, bezichtigte man vier Indianer der Tat, darunter einen halbwüchsigen Jungen namens Holy Track, und überließ sie dem Lynchmob.

In Mooshums Geschichte gab es noch einen anderen brutalen Mord, begangen an einer Frau auf einer westlich gelegenen Farm. Die Nachbarn ignorierten das plötzliche Verschwinden ihres Ehemannes und machten sich auf die Suche nach dem nächstbesten Indianer. Und der war ich, sagte Mooshum. Eines Nachts füllte sich der Hof zwischen Maudes Haus und dem Männerquartier mit Reitern, die brennende Pechfackeln schwenkten. Das Gebrüll riß Maude aus dem Schlaf, und das paßte ihr gar nicht. Da sie schon wußte, daß er gesucht wurde, hatte sie Mooshum mit einer Decke in ihren Küchenkeller geschickt, und er erfuhr erst später von seiner lieben Frau, was passiert war, weil er nichts gehört und sich über die Gefahr hinweggeträumt hatte.

»Gib ihn raus«, brüllten die Männer, »oder wir holen ihn uns.«

Maude stand im Schlafrock in der Tür, das Halfter umgeschnallt, eine entsicherte Pistole in jeder Hand. Sie konnte es einfach nicht leiden, geweckt zu werden.

»Ich erschieße die zwei, die zuerst vom Pferd steigen«, sagte sie. Dann zeigte sie auf den verschlafenen Mann, der neben ihr stand. »Und Ott Black durchlöchert die nächsten zwei.«

Die Männer konnten sich kaum auf den Pferden halten, so betrunken waren sie. Einer fiel herunter, worauf Ott ihn ins Bein schoß. Der Mann quiekte noch lauter als das Schwein in der Falle.

»Wer von euch ist der nächste?« dröhnte Maude.

»Gebt den verdammten Indianer raus!« Aber das Gebrüll klang schon etwas zaghafter und wurde von den heiseren Schreien des Angeschossenen übertönt.

»Welchen Indianer?«

»Den jungen.«

»Das ist kein Indianer«, sagte Maude. »Das ist ein Jude aus dem Lande Galiläa! Einer vom verlorenen Stamm Israels!«

Ott Black erstickte fast vor lauter Stolz auf seine kluge Frau. »Sie hat einen Schrank voll Bücher, ihr blöden Idioten!« rief er und nahm alle der Reihe nach aufs Korn.

Die Männer lachten nervös, aber blieben bei ihrer Forderung.

»Das war nur ein Scherz von mir«, sagte Maude. »In Wirklichkeit ist er Ott Blacks leiblicher Sohn.«

Das warf die Männer zurück in ihre Sättel. Ott blinzelte verdutzt, dann begriff er und brüllte: »Wer Maude Black nicht kennt, der kennt die Weiber nicht!«

Die Männer verloren sich in der Nacht und ließen ihren

angeschossenen Möchtegern-Lyncher zurück, der strampelnd im Dreck lag und Gott um Gnade anflehte. Vielleicht hatte Otts Kugel einen Nerv oder einen Knochen erwischt, denn dafür, daß er nur von einer Kugel getroffen war, schien er ungewöhnlich starke Schmerzen zu leiden. Als er zu delirieren begann, mit Schaum vorm Mund, flößte ihm Maude Schnaps ein, band ihn auf seinem Sattel fest und machte sich mit ihm zum Arzt auf, weil sie ihn nicht im Haus haben wollte. Auf dem Weg zum Arzt starb er am Blutverlust. Noch vor Morgengrauen kehrte Maude zurück, gab meinen Großeltern ihre zwei besten Pferde und befahl ihnen, sich schleunigst dorthin zu verziehen, wo sie hergekommen waren. So landeten sie gerade noch rechtzeitig in ihrem Heimatreservat, um ihr Land zugewiesen zu bekommen, auf dem sie Saatgut der Regierung ausbrachten und mit Regierungsgeräten beackerten, auf dem sie ihre fünf Kinder großzogen, darunter auch Clemence, meine Mutter, und auf dem uns meine Eltern jeden Sommer reiten ließen, kurz nachdem dort der Holzbock Einzug gehalten hatte.

Eine Geschichte

Die Geschichte konnte durchaus stimmen, denn wie ich schon erwähnte, gab es Mustache Maude Black und ihren Ehemann Ott wirklich. Nur sagte sie in Mooshums Geschichte nicht jedesmal dasselbe. Mal gab sie ihn als ihren leiblichen Sohn aus und behauptete, sie hätte ein Verhältnis mit Häuptling Gall gehabt, mal hatte Ott Black den Mann nicht ins Bein, sondern in den Bauch geschossen. Schon möglich, daß er die Geschichte ein bißchen aufgebauscht hat, aber wenn, dann nur in einigen Einzelheiten. Unsere Kirche Sankt Joseph war nach dem Zimmermann benannt, der seiner Frau vertraute und einen Sohn großzog, der nicht von ihm stammte. Und dieser Zimmermann wird als Schutzpatron unseres kühnen und leidenschaftlichen Volks der Métis verehrt. Die Tauben waren mit Sicherheit die Botentauben, die man aus Legenden und Geschichten kennt, und sie traten in solchen Massen auf, daß man nicht glaubte, sie könnten jemals ausgerottet werden.

Mooshum wurde in dem Frühjahr schwerfälliger und hatte Mühe, den Garten zu bestellen. Da er sich auf seinem Stuhl wohler fühlte, lockerten unsere Eltern ihr Verbot. Jetzt schob unser Vater öfter mal die magischen Plastikknöpfe auf die Metallstutzen und drehte sie, bis das Bild aufklarte. Manchmal schauten wir die 3 *Stooges* alle zusammen. Der mit den schwarzen Haaren sehe aus wie Maude, behauptete Mooshum und zeigte nickend auf den Fernseher. Ich weiß noch, daß ich seinen knorrigen braunen Finger ansah und mir die Hand vorstellte, mit der er als kräftiger junger Mann den Pflug geführt oder als Junge den Leuchter gehalten hatte, den meine Großeltern übrigens in die Badlands mitnahmen, wo er ihnen beim Erschlagen der Schlangen und Taschenratten gute Dienste leistete. Zum Zeichen ihrer Dankbarkeit hatten sie ihn, ihren einzigen Besitz, an Maude überreicht – die ihnen das gute Stück in der Nacht ihrer Flucht hastig zuschob.

Der schlanke, sechsarmige Kandelaber mit seiner stellenweise abgewetzten Versilberung nahm jetzt einen Ehrenplatz in der Mitte unseres Eßzimmertischs ein. In ihm steckten Bienenwachskerzen, die erst kürzlich beim Ostermahl angezündet worden waren. Am Tag nach Ostermontag küßte ich Corwin Peace in der kleinen Nische auf dem Schulspielplatz. Unser Kuß war intensiv, leidenschaftlich und seltsam erwachsen. Danach ging ich allein nach Hause. Ich lief sehr langsam. Auf halbem Weg blieb ich stehen und starrte eine Platte auf dem Gehsteig an, die ich schon tausendmal passiert hatte und genau kannte. In ihr war ein Riß – tief, lang, zerklüftet und dunkel. Es war der Tag, an dem die riesigen alten Pappeln

ihre Wolle abwarfen. Die Luft war voll davon, in den Rinn-
steinen wuchsen Polster aus lichtem Schnee. Eigentlich hatte
ich ein Glücksgefühl erwartet, aber statt dessen befiel mich
eine undefinierbare Trauer oder vielleicht Angst, denn mir
war, als wäre mein Leben eine hungrige Geschichte und ich
ihre Nahrung. Als hätte ich mit diesem Kuß begonnen, mich
den Wörtern auszuliefern.

Nur eine Kleinigkeit

An der Küchenwand, neben der schwarzen Blechuhr, deren mit Radium vergiftete Zeiger im Dunkeln leuchteten, hingen drei Bilder. John F. Kennedy, Papst Johannes XXIII. und Louis Riel. Die ersten zwei waren Farbfotos, die meine Eltern über die Schule und die Kirche bezogen hatten, das dritte ein Zeitungsfoto, alt und vergilbt. Meine Mutter hatte es ausgeschnitten und sorgfältig in einen einfachen Wechselrahmen eingesetzt. Auf dem Bild sah Riel mürrisch und zerzaust aus, ein bißchen verschwommen. Doch er war der visionäre Held unseres Volkes, der Beinahe-Führer unserer Nation der Michif – wenn es sie denn gegeben hätte. Mooshum und unsere Mutter verehrten ihn, obwohl Riel die Ursache dafür war, daß Mooshums Eltern ihre riesige Farm bei Batoche, Saskatchewan, von der sie prächtig gelebt hatten, nicht an ihre Söhne hatten vererben können. Besagte Farm wurde niedergebrannt, bevor Mooshum die Gabe des Sprechens erwarb, weil die Familie Milk vom Geiste Riels beseelt war, seinen Kampf mit Geld unterstützte, seine Frau und sein Kind beherbergte, seine Offiziere verpflegte, an seiner Seite focht und die Pfarrer erzürnte, welche Riels Anhängern mit Exkommunikation drohten und sie schließlich an ihre Mörder verrieten.

Nach dem Debakel bei Batoche waren die Milks südwärts geflohen und hatten bei Dunkelheit die Grenze überquert, ohne genau zu wissen, wo sie sich befanden. Als sie geeignetes Land gefunden hatten, versuchten sie eine neue Existenz aufzubauen, aber der Mut hatte sie verlassen. Sie verloren ein Baby, lebten in Trübsal und Armut und waren vernichtet, als sie erfuhren, daß Riel zum Tode verurteilt und gehängt worden war. Riel ging in Mokassins in den Tod und hielt ein silbernes Kruzifix in der Hand. Seine letzten Worte, gerichtet an den anwesenden Geistlichen, lauteten *Courage, mon père.* Mein Urgroßvater Joseph Milk hatte den launischen Propheten des neuen, gemischtblütigen Katholizismus besonders verehrt, und er verfluchte den Klerus, obwohl sein Sohn Severine gerade zum Priester geweiht worden war.

Mooshum hatte einen jüngeren Bruder. Er hieß Shamengwa, war Geigenspieler und zeichnete sich durch ein würdevolles Benehmen aus, während Mooshum auf fröhliche Weise chaotisch und ordinär war. Von seinem verkrümmten Arm einmal abgesehen, war Shamengwa ein Muster an Eleganz. Als letzte Vertreter ihrer Generation saßen sie oft und gern zusammen, obwohl sie gegensätzlicher nicht hätten sein können. Die traurige Geschichte ihrer Eltern hatte sie in verschiedener Weise geprägt. Shamengwa zog es zur Musik, Mooshum zu den Geschichten. Beide waren ihrem Elternhaus so früh wie möglich entflohen, aber die Vergangenheit verfolgte sie natürlich, und jetzt als alte Männer suchten sie ihren Trost darin, die alten Geschichten wiederzukäuen. Kam Shamengwa zu Besuch, setzte er sich kerzengerade auf einen harten Küchenstuhl, und oft spielte er die alten Lieder, während Mooshum am liebsten entspannt dasaß oder -lag und auf dem Knie den Takt schlug. Im Sommer benutzte Mooshum den alten Autositz auf dem Hof, den Mama nicht wegräumen durfte. Drinnen war die durchgesessene Couch sein Refugium. Manchmal saßen die beiden Brüder am Küchentisch und tranken heißen, süßen Tee, in den Mooshum »ein bißchen was reingetan« hatte. Aber nichts erfreute sie so sehr wie die Gelegenheit, einem der verhaßten Schwarzröcke ihre Geschichtsbrocken an den Kopf zu werfen. Und so war die Aufregung groß, wenn der alte pensionierte Pfarrer, der einsam und gebrechlich auf seinem Berg lebte, unter Mühen angewackelt kam, um den Brüdern einen Besuch abzustatten, oder wenn er in einem Gefährt, das aussah wie ein riesiger Kinderwagen, von einer hilfsbereiten Franziskanerin herangekarrt wurde. Sie überschlugen sich förmlich, um ihm Whiskey anzubieten, und bedrängten Mama oder Tante Geraldine, Fleischklößchensuppe zu kochen oder eine luftige Galette zu backen, die Spezialität ihrer Mutter Junesse. Andere Speisen lagen ihnen schwer im Magen, aber alle drei Männer behaupteten, daß die Suppe mit Brot wundervoll abführend wirkte, wenn sie nur mit reichlich Fett versehen war. Für die schlechte Straße benutzte der Pfarrer einen polierten Weidenstock mit Kristallknauf, den er fest zwischen den Füßen aufpflanzte, wenn er sich in den weindunklen Wogen der Couch niederließ. Von dorther steuerte er, mit dem eierschalendünnen Schädel nickend, seine sanft geflüsterten Ansichten bei, welche die Brüder jedoch kaum zum Widerspruch zu reizen vermochten. Manchmal verstummten sie vor Enttäuschung, weil ihnen der Pfarrer nicht genügend Paroli bot, aber die Besuche endeten stets in einer Abfolge höflich ausgebrachter Toasts. Dann starb der gute Mann, und die beiden hatten keinen Geistlichen mehr, an dem sie sich austoben konnten, bis ein dicker, blaßgesichtiger, aufgeblasener und auf peinliche Weise betulicher Pfarrer aus Montana zu uns versetzt wurde. Er bekam den Spitznamen Father Hop Along, weil er aus Cowboyland kam, weil er mit richtigem Namen Cassidy hieß und weil er die unglückliche Neigung besaß, ein wenig zu geziert zu hüpfen, wenn er die Gemeinde bei der Heiligen Messe mit seinem Weihwedel besprenkelte.

Im Sommer nach meinem ersten Kuß machte der Fernseher schlapp, auch der Ton blieb weg. Wir bekamen nur vereinzelte Brummtöne aus ihm heraus, und das Bild lief so schnell, daß uns schlecht wurde. Aber wir wohnten ohnehin draußen. Joseph und ich durften die Schecken von Tante Geraldine einfangen und reiten, soviel wir wollten. Beide Pferde waren flink und sehr lauffreudig. Das schwarzweiße verhielt sich recht brav, aber das braunweiße, ein Pinto, neigte zum Beißen, wenn man in den toten Winkel geriet. Wir ritten sie ungesattelt mit dem Seilzügel und banden sie auf dem Hof fest, wenn wir zum Essen hineingingen. Eines Tages, wir saßen Mooshum und Shamengwa gegenüber und löffelten unsere Suppe, setzte ein leichter Regen ein. Die Pferde hatten wir unter den Bäumen angebunden. Geschützt vom dichten Laub, fraßen sie munter das hohe Gras in ihrem Umkreis. Wegen des Regens nahmen wir nicht Reißaus, als Father Cassidy eintraf und von Mama hereingebeten wurde, sondern beschlossen, vor der Tür Rommé zu spielen, bis der Himmel aufklarte.

Die zwei Alten begrüßten den Pfarrer mit heller Begeisterung. »*Tawnshi! Tawnshi ta sawntee*, Père Cassidy! Wie nett, daß Sie uns besuchen! Gut sehen Sie aus! Setzen Sie sich doch, setzen Sie sich zu uns, essen Sie einen Happen, einen Teller Suppe, einen Kanten Brot.«

»Hätten wir auch einen guten Schluck, Clemence?«

»Ich wäre nicht abgeneigt«, sagte Father Cassidy und zitterte ein bißchen – aber wohl eher vor Gier, denn kalt war es nicht. »Nur eine Kleinigkeit, und ich wäre das Frösteln los.«

Joseph warf mir einen Blick zu, auf seine typische Art, mit hochgezogenen Augenbrauen und heruntergezogenen Mundwinkeln. Der Regen brachte keine Abkühlung, sondern ließ das Gras dampfen, was eindeutig bewies, daß wir einen durstigen Pfarrer vor uns hatten. Mooshum krähte vor Vergnügen und drückte von unten gegen Mamas Hand, weil sie beim Einschenken knauserte.

»Ein bißchen gastfreundlicher, meine Tochter!«

Mama zog ein Gesicht und räusperte sich laut, doch sie ließ die Flasche auf dem Tisch zurück.

»Also, Father Cassidy, Sie sind ja nun schon eine Weile hier. Was halten Sie eigentlich von unserem Lebenswandel?«

Der Pfarrer legte den Kopf in den Nacken, um den letzten Tropfen aus seinem Glas zu holen.

»*Oh yai!* Es gab Zeiten, da haben die Pfarrer ihren Whiskey mit Wasser verdünnt, aber dieser hier, der trinkt das Feuerwasser pur. Mein Bruder, laß uns desgleichen tun!«

»Ich bin eben ein echter Montana-Boy«, sagte Father Cassidy und tat, als hätte niemand gemerkt, daß er sein Glas viel zu schnell hintergekippt hatte. »Wir machen keine Umstände und verwässern unsern Whiskey nicht, aber wir legen Wert auf den Besuch der Heiligen Messe. Also, Clemence kommt regelmäßig und bringt auch Edward mit, und die Jüngeren sind natürlich verpflichtet, jeden Freitag die Heilige Beichte abzulegen und wöchentlich an mindestens drei Messen teilzunehmen. Aber ihr? Seit ich hier bin, habt ihr euch kein einziges Mal in der Kirche blicken lassen. Und das heißt zumindest, daß eure Beichte seit langem überfällig ist.«

»*Tawpway*, Père Cassidy, Sie sprechen die Wahrheit. Aber alte Männer haben wenig Gelegenheit zu sündigen«, sagte Mooshum bedauernd und wandte sich an Shamengwa. »Bruder, hattest du dieses Jahr schon Gelegenheit zu sündigen?«

Shamengwa setzte eine Unschuldsmiene auf und seufzte vorwurfsvoll. »Frère, dir würde ich's doch sofort erzählen, schon um dich eifersüchtig zu machen. *Hiyn*, nein, ich bin sauber geblieben.«

»Ich auch. Völlig sauber«, sagte Mooshum. Sein Kinn zitterte.

»Seid ihr da sicher?« fragte Father Cassidy und richtete den Blick auf die Flasche. Seine Hand umfaßte das leere Glas. Er hob das Glas der Flasche entgegen. »Großartige Sünden sind gar nicht mal vonnöten. Habt ihr vielleicht den Namen des Herrn unnütz gebraucht?«

»*Mon Dieu!* Niemals!« Allein der Gedanke schockierte die

Brüder. Hastig schenkten sie dem Pfarrer eine doppelte Portion ein und füllten die eigenen Gläser nach.

Father Cassidy wirkte ein wenig enttäuscht, aber nach einem kräftigen Schluck hellte sich seine Miene auf. »Es gibt so viele Sünden, die nicht offen zutage treten. Ihr könnt zum Beispiel an der Sünde eines anderen mitschuldig werden, indem ihr darüber schweigt. Hat vielleicht einer aus eurem Bekanntenkreis gesündigt?«

Verdutzt schüttelten die beiden den Kopf. Der Pfarrer wedelte mit der molligen Hand, um seiner Phantasie nachzuhelfen. »Ihr könnt euch am Heiligen Geist versündigen, indem ihr zum Beispiel am Nutzen der Heiligen Messe zweifelt und so eure Seele gegen das Einwirken der Gnade verhärtet.«

Father Cassidy war hochzufrieden mit sich, aber die Brüder zeigten sich gekränkt, weil er ihre Seele für verhärtet hielt, und legten die Hand schützend auf ihr pulsendes Herz. Der Pfarrer gab jedoch nicht auf, sondern betete ein ganzes Register läßlicher Sünden herunter. »Anwandlungen von Neid oder Hochmut oder ... nein? Übellaunigkeit oder eine kleine Unwahrheit, nein? Oder gar, ich wage es kaum zu sagen ...« Seine weiche Hand zitterte ein wenig, als sie sich ums Glas schloß. Behutsam und mit mildem Entzücken ließ er die goldene Flüssigkeit kreisen. Jetzt wirkte er schon ein wenig verträumt. »Unreine Gedanken«, flüsterte er. »Sehr verbreitet.«

Mooshum wechselte einen gekränkten Blick mit seinem Bruder und schaute suchend an die Decke. Shamengwa bekreuzigte sich mit seinem gesunden Arm und nahm einen kleinen Schluck.

Mooshum zupfte an seinem verstümmelten Ohr. »Eigentlich müßten wir wissen, wovon er redet«, sagte er. »Aber leider sind uns solche Dinge völlig fremd.«

»Unreine Gedanken«, sagte Joseph versonnen, der mit mir in der Tür saß. Mit finsterer Miene studierte er sein Blatt.

»Rommé!« rief ich.

»O weh.«

»Unreine Gedanken«, meldete sich jetzt Shamengwa zu Wort. »Lieber Herr Pfarrer, können Sie uns bitte genauer erklären, was Sie damit meinen? Wenn die so verbreitet sind, müssen wir sie ja kennen, aber bis jetzt sind uns keine begegnet.«

»Vielleicht sündigen wir ja unwissentlich«, sagte Mooshum. Über sein erhobenes Glas hinweg fixierte er den Pfarrer. Er wollte Würde ausstrahlen, aber mit seinem abgebissenen Ohr wirkte das immer nur lächerlich. »Das wäre ja …«

»Tragisch«, ergänzte Joseph und mischte eifrig die Karten, um sein Lachen zu verbergen.

»Tragisch … weil wir ohne Vorwarnung in der Hölle landen könnten, wenn's ans Sterben geht.«

»Kommt man denn von unreinen Gedanken in die Hölle?«

Starr vor Schreck richteten sich die beiden Alten kerzengrade auf. Der Pfarrer schielte in sein leeres Glas, und Mooshum füllte kräftig nach.

»Kupidität«, sagte Father Cassidy, hob das Glas und reckte zur Bekräftigung den Zeigefinger in die Höhe. Mit der Linken zerrte er an seinem zu eng gewordenen Priesterkragen. »Aus dem Lateinischen, von *cupissidas*, glaube ich, was soviel bedeutet wie äh, sich an unreine Ergüsse zu erinnern oder sich welche vorzustellen … also jeder Akt von eingebildetem oder ejakulatorischem Koitus, grob gesprochen.«

»Ah! Koitus!« Die Brüder wurden munter und stießen miteinander an, dann mit Father Cassidy, der aus reiner Geselligkeit sein Glas ebenfalls hinterkippte und zerstreut murmelte: »Aus dem lateinischen …«

»Aus dem lateinischen *coex* wie in *Koexistenz*, das heißt Beziehungen mit Ausländern!« krähte Joseph.

»Ho, ho!« jubelten die Brüder und stießen ein weiteres Mal an. Joseph legte die Karten hin und ergriff die Flucht.

Ich folgte ihm auf der Stelle, aber Father Cassidy und Mama

waren schon hinter uns her, und Mama rief: »Bleibt sofort stehen, ihr zwei, und entschuldigt euch bei Father Cassidy!«

Doch der, vielleicht um sich als waschechter Pferdekenner zu beweisen, lief uns mit großen Schritten nach. Sein Doppelkinn quoll bedrohlich über den Kragenrand. »Keine Ursache, keine Ursache«, rief er. »Das sind wohl eure, was? Brave kleine Pferdchen, leider ohne Rasse. Furchtbarer Anblick natürlich, ausgesprochen x-beinig, und bräuchten dringend den Striegel.« In den Augen der langhalsigen Pinto-Stute zeigte sich ein bösartiges Glitzern. Father Cassidy stellte sich genau in den toten Winkel, blitzschnell wie eine Klapperschlange drehte die Stute den Kopf und verbiß sich in seinen massigen Oberarm. Er schrie und hüpfte, aber die Stute hielt ihn gepackt wie eine Mutter ihr unartiges Kind. Father Cassidy versuchte, ihr mit der flachen Hand auf die Nase zu schlagen. Die Stute verdrehte ihre Augen nach hinten, stieß ein hustendes Grunzen aus, das wie Gelächter klang, und biß noch einmal kräftig zu, bevor sie den Arm freigab. Father Cassidy war starr vor Schock.

»Oh«, sagte Mama. »Das tut mir aber leid, Father Cassidy. Kommen Sie wieder rein, ich tue Ihnen Eis drauf. Ist ja nur eine Kleinigkeit.«

»Nur eine Kleinigkeit?« schrie Father Cassidy. Er umklammerte seinen Arm, als müßte er eine klaffende Fleischwunde zusammenpressen, und floh rückwärts zu seinem Auto, das vor unserem Haus parkte. »Auf Wiedersehen, Clemence, sehr zu Dank verpflichtet. Der Tropfen hat mir nicht geschadet. Daß ich ein Anästhetikum brauche, konnte ich ja nicht ahnen.«

»Aus dem lateinischen *anaesthed*, bedeutet soviel wie Dummkopf«, flüsterte mir Joseph zu.

Father Cassidy stieg in sein Auto. »Sagen Sie Ihrem Vater und seinem Bruder, daß sie ihre Verdammnis riskieren, wenn sie der Messe fernbleiben.«

»Keine Sorge, Father Cassidy, ich werd's ausrichten.«

Mama ging vors Haus, um ihm höflich nachzuwinken. Als sie zurückkehrte und auf uns losgehen wollte, waren wir schon aufgesessen und über alle Berge. Daher vermute ich, daß sie ihren Ärger an ihrem Vater und ihrem Onkel ausließ, obwohl sie die beiden Alten, die sie genauso liebte wie uns, normalerweise nett behandelte. Beim Abendessen waren sie dann still und brav. Shamengwa blieb über Nacht, weil sie ihm nicht erlaubte, sich »davonzuschleichen«, wie sie es nannte. Der Fernseher dröhnte, das Bild wanderte langsam nach oben und verharrte auf halber Höhe, so daß die Beine der Ansagerin über ihrem Kopf schwebten. Dann bewegte sich der Kopf nach oben, und die Beine ruckelten für einen Moment unter ihr, bis ihr Kopf am oberen Rand verschwand und unten wieder auftauchte. Die beiden Alten wandten sich ab und machten die Augen zu, weil sie diesen Anblick nicht ertrugen. In tiefer Unschuld schnarchten sie leise vor sich hin.

Aber damit war die Sache nicht ausgestanden. Mooshum und sein Bruder gingen ein paarmal zur Messe und schwänzten dann absichtlich, um Father Cassidy zu einem Besuch zu provozieren. Die beiden alten, der Ewigkeit so nahen Männer vor sich in der Kirchenbank zu sehen hatte seine Hoffnungen genährt, sich ihrer Seelen versichern zu können. Sein zweiter Besuch verlief nicht viel anders als der erste. Mooshum versprach, endlich eine ordentliche Sünde zu begehen, damit er etwas zu beichten habe. Und Joseph verfolgte das Geschehen mit der leidgeprüften Allwissenheit eines Teenagers.

Als Junge hatte es mein Bruder nicht leicht. Daß sein Vater Lehrer in einer Reservatsschule war, machte ihn nicht gerade beliebt, während ich die Vorteile genoß. Für ein Mädchen war es immer gut, den Vater in Reichweite zu haben. Erschwerend für Joseph kam hinzu, daß er sich für Naturkunde begeisterte und sogar die lateinischen Bezeichnungen auswendig lernte. Um das wieder wettzumachen, ritt er mit den Pintos von Tante Geraldine durch die Gegend, bis tief in den Busch, und betrank sich mit Schwarzmarktwein, sooft sich die Gelegenheit bot. Freunde hatten wir beide, dazu kamen acht oder neun Verwandte aus der Peace-Familie – Nichten und Vettern ersten bis dritten Grades und etwa sechzehn andere, soweit wir zählen konnten, sowie Corwin. Ich hatte Freundinnen, und ich hatte nichts gegen die Schule, aber außerhalb des Klassenzimmers reichten mir schon meine familiären Bindungen. Sehr gesellig waren wir also nicht. Dazu kam, daß sich Joseph und unser Vater mit ihren Hobbys ein bißchen isolierten – sie sammelten natürlich Briefmarken, denn das war wie Reisen ohne Wegfahren, interessierten sich aber auch für Sterne und Himmelserscheinungen, Gräser, Bäume, Vögel, Reptilien und alle möglichen Insekten, die sie systematisch sammelten, mit Nadeln auf weiße Pappe spießten und etikettierten.

Josephs Spezialgebiet war eine Sorte dicker schwarzer Salamander, die es nur in unserer Gegend gab, wie er behauptete. Durch Beobachtung in freier Natur wollte er ihren jährlichen Lebenszyklus verfolgen, und er hatte Dad überredet, ihm dabei zu helfen. Daher fuhren sie selbst im tiefsten Winter los, mit Schaufel und Spitzhacke, um in Tante Geraldines Sumpfland ein im Winterschlaf befindliches Exemplar aus dem steinhart gefrorenen Schlamm herauszubefördern. Oder sie legten – wie jetzt im Sommer – eingezäunte Spielwiesen für die Salamander an, verfolgten jede ihrer Bewegungen und notierten alles in sauberer Blockschrift. Aus irgendeinem Grund hatten sie sich darauf geeinigt, Schreibschrift zu vermeiden.

Daß Joseph netter zu mir war, als es Brüder meistens sind, lag vielleicht daran, daß ich ihn immer bewundert hatte. Außerdem wußten wir, daß wir keine Geschwister bekommen würden. Das hatte Mama durchblicken lassen, und wenn wir uns stritten, brachte sie uns zum Schweigen, indem sie sagte: »Stellt euch mal vor, wie euch zumute wäre, wenn *irgendwas passierte*.« Sich den anderen tot vorzustellen half uns irgendwie dabei, uns besser zu vertragen. Ich half Joseph, Salamander zu sammeln und in den geklauten Einmachgläsern zu verstauen und lernte ein paar lateinische Bezeichnungen, nur um ihm eine Freude zu machen. Daß ich die Salamander – oder *mud puppies*, wie sie allgemein hießen – ebenfalls mochte, kam mir dabei zugute. Sie waren wie Erdklumpen, dunkel mit gelben Flecken, und ganz hilflos, wenn sie aus dem Wasser kamen. Bei starkem Regen kamen sie in Schwärmen aus ihren nassen Erdspalten hervorgekrochen, langsam und gravitätisch. Die stummen Heerscharen hatten etwas Großartiges, aber auch Erschreckendes an sich. Mooshum sagte, die Nonnen hielten sie für Sendboten der unerlösten Toten, die der Teufel schicke, und die Hölle sei voll davon. Wir schlurften vorsichtig durchs Gras und kippten die rundlichen Viecher mit dem Fuß auf die Seite. Dann lasen wir sie auf, verfrachteten sie auf trockenen Grund und bedeckten sie mit nassem Laub. Sie fanden sich zuhauf in den feuchten Senken um die Schulgebäude – manchmal saßen zehn oder zwanzig in den Fensterschächten. Spät im Frühjahr, wenn die starken Regenfälle kamen, weckte mich Joseph immer vor der Zeit, damit wir als erste in der Schule waren und die Salamander herausholen konnten, bevor die anderen Jungs kamen und sie tottrampelten.

In jenem Sommer hatten Joseph und mein Vater mit Schaufel und Spitzhacke einen tiefen Tümpel im Hof gegraben, der sich sofort füllte, weil der Grundwasserspiegel so hoch war. Sie bepflanzten die Ränder mit Schilf und Weiden, dann taten sie Frösche und Salamander hinein. Für Fische, die Feinde der neotenischen Larven, war der Tümpel nicht gedacht. Aber sie bestückten ihn reichlich mit Chorfröschen und Leopardfröschen aus Geraldines Sumpf – und mit Salamandern, die wir im Eimer nach Hause schleppten. Zu Josephs Enttäuschung schienen die Salamander spurlos in der Erde zu verschwinden. Auch wenn er welche fand, war es schwer, sie zu beobachten, weil sie sich so gut wie gar nicht rührten. Es konnte den ganzen Tag dauern, bis sie auch nur das Maul aufmachten. Joseph wurde daher ungeduldig und stibitzte bei Dad ein Sezierbesteck. Die Schachtel enthielt ein Skalpell, Pinzetten, Nadeln, Glasplättchen, ein Fläschchen Chloroform und mehrere Wattebäusche. Beigelegt war die graphische Darstellung eines aufgeschnittenen Froschs mit genau bezeichneten Organen.

Joseph breitete die Instrumente sorgfältig auf dem Fensterbrett des kleinen Zimmers aus, das wir uns teilten. Dann holte er ein Glas unter dem Bett hervor, es enthielt ein Exemplar des *Ambystoma tigrinum* oder Östlichen Tigersalamanders. Er warf einen mit Chloroform getränkten Wattebausch ins Glas und stellte es zurück unters Bett. Unser Vater war eigentlich kein Freund des Sezierens.

An dem Abend hielt ich die Kerze, um Joseph bei Bedarf mehr Licht zu spenden. Ich schaute zu, wie er den Bauch des Salamanders aufschlitzte und das glitschige Gekröse freilegte – ein Gewirr aus schleimigen, durchsichtigen Schläuchen.

»Er war kurz davor, die Spermatophore zu entleeren«, sagte Joseph ehrfürchtig und stocherte in einem weißen Klümpchen. Im Flur nahten Schritte. Ich blies die Kerze aus. Dad öffnete die Tür.

»Keine Kerzen«, sagte er. »Feuergefahr. Her damit.«

Ich griff unters Bett und rollte ihm die Kerze vor die Füße. Er sagte: »Evey, komm raus hier und geh ins Bett.«

Am nächsten Morgen stand ich vor Joseph auf und sah, daß der Salamander noch einmal zu sich gekommen war und versucht hatte, davonzukriechen. Die Eingeweide, von Joseph ans weiche Holz der Kommode gepinnt, hatten sich aufgedröselt und zogen sich bis zum Fensterbrett, wo der Salamander dann, die Nase ans Fliegengitter gepreßt, verendet war. An dem Tag begrub Joseph das Sezierbesteck zusammen mit dem Salamander. Er seufzte ständig, während wir das mollige Tierchen, das langsam grau wurde, mit Erde bedeckten, aber er sagte kein Wort und ich auch nicht. Erst Monate später buddelte er das Sezierbesteck wieder aus, und es verging bestimmt ein Jahr, bevor er es für etwas anderes benutzte.

Alles wäre anders gekommen, behaupteten Mooshum und Shamengwa, hätte Louis Riel seinem unerschrockenen Kriegshäuptling Gabriel Dumont vor und während der Schlacht von Batoche den Oberbefehl übertragen. Nicht nur, daß er den Mischlingen und Indianern eine einflußreichere Stellung in der Welt gesichert hätte. Ein Sieg hätte auch die Indianer südlich der Grenze ermutigt, sich an einem entscheidenden Wendepunkt der Geschichte zu vereinen. Oft spekulierten die beiden Brüder auch darüber, welche Form der Métis-Katholizismus angenommen hätte, ob auch eigene Priester berufen worden wären. Mooshum beharrte darauf, daß man den schismatischen Priestern die Heirat hätte erlauben sollen, während Shamengwa meinte, selbst Métis-Priester hätten keusch zu bleiben. Beide waren sich aber einig, daß der Offenbarung, die Louis Riel empfing, als er und seine Anhänger exkommuniziert wurden, ein folgerichtiger und vernünftiger Gedanke zugrunde lag. Nach längerer Meditation hatte der Mystiker Riel verkündet, die Hölle könne nicht ewig dauern und auch nicht allzu heiß werden.

»Das glaube ich auch«, bekräftigte Mooshum. »Nicht nur, weil Riel von den Engeln erquickt wurde, sondern weil es logisch ist.«

»Klär mich auf«, sagte Dad. Er ging nur Clemence zuliebe zur Messe und verdrückte sich, wenn Father Cassidy nahte. Er war ein Katholik ohne irgendwelche Überzeugungen.

»Wenn die Hölle so heiß ist, daß sie das Fleisch verbrennt, dann ist kein Fleisch mehr da, das gepeinigt werden kann«, sagte Mooshum. »Und wenn die Hölle dazu da ist, die Seele zu verbrennen, die ja unsichtbar ist, dann muß es ein imaginäres Feuer sein, dessen Flammen man nicht spürt.«

»Also steht die Hölle ernstlich in Frage. So oder so.«

»So oder so.« Mooshum nickte.

»Das finde ich absolut plausibel.« Dad nickte auch. »Wissenschaftlich gesprochen kann nichts für immer brennen ohne unbegrenzte Brennstoffzufuhr. Da muß man sich wirklich fragen.«

Clemence sagte, sie bleibe lieber bei ihrem Glauben an das ewige Feuer und das brennende Fleisch, und schüttelte mitleidig den Kopf über die Männer. Es sei Charakterschwäche, nicht an die Hölle zu glauben, ein bequemer Trick, um eine laxe Haltung zu rechtfertigen. Und am stärksten zeige sich diese Schwäche bei denen, die sowieso nicht hoffen könnten, in den Himmel zu kommen. Aber obwohl sie ihre Kinder unbedingt so erziehen wollte, daß sie ins Reich Gottes eingingen (so ihr Vermächtnis), wurde dieser Vorsatz immer wieder durch ihre eigene Gutmütigkeit durchkreuzt.

Zum Beispiel konnte man sie leicht dazu bringen, daß sie Mooshum allzu großzügig nachschenkte, und auch sich selbst gönnte sie ab und zu einen Schluck. Zudem merkte man ihr an, daß sie keine hohe Meinung von Father Cassidy hatte. Manchmal machte sie sogar die eine oder andere Bemerkung hinter seinem Rücken. Joseph und ich waren uns sicher, daß sie nach einer Predigt über Gottes Plan, Babys in den Bäuchen der Frauen zu erschaffen, *fetter Idiot* geflüstert hatte. Father Cassidy hatte gegen die Einmischung in diesen Plan angepredigt, aber mit so geschraubten Ausdrücken, daß ich nichts davon verstand. Als ich bei Mama nachfragte, blickte sie mir lange in die Augen und sagte: »Er meint, es sei Gottes Plan, daß ich wieder schwanger werde und sterbe. Doch der

Arzt war nicht einverstanden mit Gottes Plan, und deshalb bin ich hier, munter und gesund.«

Sie sah mein besorgtes Gesicht und begriff dann wohl, wie ihre Worte klangen. »Wenn du vierzehn bist, erklär ich's dir«, sagte sie mit einer Stimme, die beruhigend klingen sollte.

Aber ich war überhaupt nicht beruhigt und mußte Joseph fragen, ob er Father Cassidy verstanden hatte.

»Klar«, sagte er. »Er redet über Geburtenkontrolle. Wenn du sexuelle Aufklärung brauchst, mußt du dich an Tante Geraldine wenden. Sie zeichnet dir alles auf Papier.«

Als ich das nächste Mal vom Reiten kam, brachte ich allerlei Kenntnisse mit. Dank Geraldine begriff ich auch, was unreine Gedanken waren, und erfuhr, daß die rätselhaften Empfindungen, die ich, den Kopf voller Mayonnaise, in der Badewanne verspürt hatte, als sündig galten.

»Muß ich das etwa beichten?« Die Vorstellung löste Entsetzen in mir aus.

»Ich tu's nicht«, sagte Geraldine.

Als Father Cassidy das nächste Mal in der Tür stand, begrüßte ich ihn mit reinem Gewissen, nahm ihm Jacke und Hut ab und legte beides auf den Stuhl neben der Tür. Dann zog ich mich in die Ecke zurück. Diesmal ließ Mama die Flasche nicht stehen, nachdem sie eingegossen hatte, sondern nahm sie wieder mit. Ohne Flasche blieb die Stimmung unter den Männern gedämpft.

»Na ja«, sagte Mooshum, »in den Schützengräben von Batoche gab es auch keinen Wein, und selbst die Priester waren halb verhungert. Father Cassidy, sind Sie vertraut mit unserer Geschichte?«

»Ich bin ein Montana-Boy«, sagte der Pfarrer. »Ich weiß aber, wie der Aufstand niedergeschlagen wurde.«

»Der Aufstand?« Mooshum prustete mit aufgeblasenen Backen. Noch rührte er sein kleines Glas nicht an.

»Mit einem Gatling-MG!« sagte Shamengwa. »Aus dem Osten rangeholt. Eine Erfindung von Feiglingen, das.«

Father Cassidy zuckte die Achseln, und Mooshum wurde plötzlich sehr wütend. Sein Gesicht lief rot an, sein verstümmeltes Ohr glühte auf, seine Brauen zogen sich zusammen.

»Es ging um ihre Rechte«, brüllte er und schlug auf den Tisch. »Sie wollten ihre Rechte verbrieft haben, für das Land, das sie schon besaßen – die Michifs und die Weißen. Und Old Poundmaker. Sie wollten, daß die Regierung handelte. Das war alles. Die Regierung nörgelte rum, an diesem und an jenem, da sagte Old Riel: »›Wir machen das für euch!‹ Haha! Hoha! ›Wir machen das für euch!‹«« Er hob sein Glas und fixierte Father Cassidy mit wütendem Blick.

Shamengwa hingegen begann zu strahlen, nachdem er einen kleinen Schluck gekostet hatte. »Donnerwetter!« sagte er. »Ein guter Tropfen.«

»Letzte Woche ist die Pacht reingekommen«, sagte Mooshum. »Da hat mir Clemence ein ganz spezielles Fläschchen mitgebracht. Aber knausern tut sie, meine Güte! Wenn wir unsere Rechte gekriegt hätten, wie von Riel gefordert, Father Cassidy, würden Sie *für* uns arbeiten und nicht *an* uns. Und Clemence würde die Gläser voller machen.«

»Na, das bezweifle ich«, sagte Shamengwa. »Aber es wäre vieles anders gekommen.« Der kleine Schluck hatte Shamengwa zum Leben erweckt. »Ich hab drüber nachgedacht, Bruder. Hätte Riel gesiegt, wären unsere Eltern in Kanada geblieben, das ganze Volk. Und nicht kaputt gemacht worden. Wir wären unter ordentlichen Verhältnissen aufgewachsen. Und mein Arm wäre heil.«

»Vieles wäre anders gekommen«, sagte Mooshum gedankenverloren. »So vieles … Aber eins tut not, ganz ohne Frage, mein Bruder.«

»Und das wäre?«

»Respekt.«

»Respekt, wem Respekt gebührt«, bemerkte Father Cassidy. »Habt ihr diese Woche schon die Wünsche des Herrn respektiert?«

»Hat der Herr uns geschaffen?« fragte Mooshum streitlustig.

»Aber ja«, sagte Father Cassidy.

»So wie wir sind, von oben bis unten?«

»Natürlich.«

»Mit allen Einzelheiten? Auch den Geschlechtsorganen?«

»Worauf willst du hinaus?« fragte Father Cassidy.

»Wenn der Herr uns geschaffen hat, mitsamt den Geschlechtsorganen, dann hat er auch die Wünsche der Geschlechtsorgane geschaffen. Und die habe ich diese Woche respektiert, das kann ich Ihnen flüstern.«

Bevor Father Cassidy nach Luft schnappen konnte, sprang Shamengwa ein. »Respekt«, sagte er, »ist viel wichtiger als deine Geschlechtsorgane, mein Bruder. Du wolltest politischen Respekt für unser Volk. Und damit hast du recht, nur zu recht, denn das steht außer Frage. Hätte Riel durchgehalten, wäre uns der Respekt sicher gewesen.«

»Für unsere Nation! Für unser Volk!« Mooshum kippte sein Glas hinter.

»Das Land«, ergänzte Shamengwa nachdenklich.

»Die Frauen«, schwärmte Mooshum.

»Nicht mal der große Riel hätte dir da helfen können.«

»Aber unsere Leute wären nicht gehängt worden …«

»Ah, ja«, sagte Father Cassidy und schaute in sein leeres Glas. »Die Exekutionen! Eine Lokalhistorikerin –«

»Kein schlechtes Wort über sie, Father. Ich liebe sie!«

»Ich hab doch nicht –«

»Schweigen wir von den Exekutionen«, entschied Shamengwa. »Gönnen wir uns noch ein Gläschen. O Nichte, meine Lieblingsnichte!«

»Den Liebling kannst du dir sparen.« Mama kam herein

und füllte nach. Und zog wieder mit der Flasche ab, so schnell, daß sie mich nicht sah. Ich war hinter dem Sofa abgetaucht, weil ich keine Lust hatte, zum Bohnenjäten geschickt zu werden. Daß sie den Pfarrer so ungastlich behandelte, bestätigte mir, wie wenig sie von ihm hielt, aber dann merkte ich, daß er auch ihretwegen gekommen war.

»Könnten wir ein Wörtchen miteinander reden?« Father Cassidys Stimme umschlang ihre flinken Fesseln, um sie aus der Küche herauszuzerren, aber sie entwischte durch die Hintertür in den Garten.

Es stimmte wirklich: Mooshum war verliebt in Mrs. Neve Harp, unsere lästige Tante, die in Pluto wohnte, sich als Stadtchronistin bezeichnete und öfter mal »reingeschneit« kam, wie sie es nannte. Von dieser Bedrohung waren wir niemals frei. Sie war genau das, was die Leute »adrett« nannten: immer geschminkt und aufgetakelt. Reich und verwöhnt war sie, auch ein bißchen verrückt – manchmal lachte sie hysterisch, viel zu lange und völlig unkontrolliert. Mama sagte, sie könne einem leid tun, wollte mir aber nicht verraten, warum. Neve Harp schien stolz darauf zu sein, daß sie zwei Ehemänner zur Strecke und einen sogar hinter Gitter gebracht hatte. Einen dritten hatte sie in der Mache, sie prahlte schon mit Stiefkindern, war aber dazu übergegangen, ihre Artikel mit ihrem Mädchennamen zu zeichnen, um Verwirrungen zu vermeiden. Da Mooshum sie nicht so oft besuchen durfte, wie er gern wollte, schickte er ihr Botschaften. An manchen Abenden, wenn ich mit Joseph fernsah, saß er am Tisch und schrieb mit seiner ungelenken Schrift an einem Brief. Und er löcherte unseren Vater, um mehr über sie zu erfahren.

»Mag deine Schwester Blumen? Welche sind ihre Lieblingsblumen?«

»Brennesseln.«

»Würdest du sagen, daß sie eine bestimmte Farbe vorzieht?«

»Fischbauchweiß.«

»Welche Reize hatte sie, als sie noch jung war?«

»Sie konnte die Nationalhymne furzen.«

»Die ganze Hymne?«

»Aber ja.«

»*Howah!* Hatte sie schon immer so schönes Haar?«

»Das ist gefärbt.«

»Wie kommt es, daß sie so viele Ehemänner hatte?«

»Weil sie zur Unzucht neigt.«

»Wie denkt sie so? Wie ist es um ihren Verstand bestellt?«

Ein müdes Lachen von unserem Dad. »Denken?« fragte er. »Verstand?«

»Sie hat doch noch Zähne, oder? Vollständig?«

»Außer denen, die sie sich an ihren Ehemännern ausgebissen hat.«

»Ich frage mich, ob sie sich für meine Erinnerungen interessiert, für meine Zeit bei den Pferderennen hier im Reservat. Das könnte doch historisch sein.«

»Du hast doch erst vor zwei Jahren aufgehört.«

»Aber angefangen lange vorher …«

Und so ging es weiter, bis Mooshum mit seinem Brief zufrieden war. Er faltete ihn zusammen, glättete jeden Kniff mit dem Daumen, steckte ihn in einen Umschlag und riß behutsam eine Briefmarke von einem Bogen Sondermarken ab. Den Brief behielt er in der Brusttasche, bis er mit Mama zum Einkaufen fuhr, dann überreichte er ihn der Postfrau, Mrs. Bannock, persönlich. Er wußte, daß sein Liebeswerben nicht gebilligt wurde, und fürchtete, Clemence könnte seine Briefe in den Müll werfen.

Wahrscheinlich wurde mir gar nicht so recht bewußt, daß es uns im Reservat relativ gut ging. Obwohl alle außer meinem Vater teils Chippewa und teils französisch waren, obwohl Shamengwas Frau Vollindianerin gewesen war und Mooshum später von der Kirche abfiel und heidnisch lebte, wohnten wir in einem Haus des Büros für Indianische Angelegenheiten. Wir hatten Strom und fließend Wasser und hin und wieder sogar Fernsehen, wie schon erwähnt. Tante Geraldine wohnte noch im alten Haus, draußen auf dem Land, und holte ihr Wasser aus dem Brunnen. Ihre Pferde waren Abkömmlinge von Mooshums Rennpferden. Wir hatten auch Regale voller Bücher, manche waren immer da, andere wechselten von Woche zu Woche. Aber weil wir in der Stadt wohnten, wurden wir öfter vom Pfarrer besucht. Und Father Cassidys letzter Besuch bei uns wurde zum Drama – mit weitreichenden Folgen für uns alle. Zum einen schob meine Mutter die Streitereien auf den Whiskey und hielt Mooshum vom Trinken ab, so gut sie konnte. Zum anderen wurde der Zugriff der Kirche auf unsere Familie dadurch geschwächt, daß Mooshum ihr den Rücken kehrte.

Joseph und ich hatten an diesem trüben und regnerischen Sommertag ein paar Salamander gefangen, und wir waren gerade dabei, sie aus dem Zinkeimer in den Teich zu befördern, als Father Cassidy den Hof betrat und seine Wampe quer über die Wiese schob, um unsere Arbeit zu inspizieren. Wir schauten von unten zu ihm hoch und waren überrascht zu sehen, daß er sich gleich doppelt bekreuzigte.

»Stimmt was nicht?« fragte Joseph.

»Manche glauben, daß in diesen Viechern der Teufel steckt«, sagte der Pfarrer. »Ich persönlich halte nichts von diesem Aberglauben.«

Aber vielleicht war da trotzdem etwas dran, wie sich später zeigte.

Als wir alle Salamander ausgesetzt hatten und ins Haus

zurückkamen, war die Unterhaltung schon in vollem Gange, und die Flasche kreiste, weil Mama unterwegs war. Die drei Männer nickten uns beglückt zu. Sie tranken nicht aus Schnapsgläsern, sondern aus Plastiktassen, und die stammten von Mamas neuem Lieblingsservice mit dem Farbton Erntegold.

»Wir bleiben besser hier und passen auf sie auf«, raunte mir Joseph zu. Ich goß uns kaltes Wasser zum Trinken ein, und wir setzten uns aufs Sofa. Denn jetzt nahmen die Dinge einen rasanten Verlauf. Vater Cassidy hatte genau die Frage gestellt, auf die Mooshum jedesmal andere Antworten parat hatte – die Frage, was mit seinem Ohr passiert war. In Wirklichkeit nämlich war das Ohr, wie er uns später verriet, nicht von den Tauben weggepickt worden.

Mooshum kniff die Augen zusammen, spitzte die Lippen und fragte Father Cassidy, ob er schon mal von Liver-Eating Johnsohn gehört hätte.

Father Cassidy lächelte nachsichtig und versuchte es mit einem schwachen Scherz: »Dann müßte er aus Montana sein.«

»*Tawpway*«, sagte Mooshum.

»Mal dein Bild mit Worten, *mon frère*«, sagte Shamengwa.

Mooshum verwandelte sich in eine lauernde Bestie und fuhr mit seiner gekrallten Hand übers Kinn, um einen blutdurchtränkten Zottelbart anzudeuten. Dann erzählte er die Geschichte von Liver-Eating Johnson und seinem Indianerhaß und wie dieser üble Trapper und Feigling in den Zeiten der Gesetzlosigkeit über seine Opfer herfiel, ihnen, wie es hieß, bei lebendigem Leibe die Leber herausschnitt und vor ihren Augen verschlang. Nicht selten, nachdem er sie über weite Strecken verfolgt hatte.

Father Cassidy schluckte und lachte betreten. »Es reicht!« Aber Mooshum leerte die Kaffeetasse und war nicht mehr zu bremsen.

»Ich, ich war ein junger Spund, noch kein Mann, ich war

allein in der Prärie und suchte was zu beißen. Von der Familie verstoßen, klar? Da sah ich hinter mir einen rennen, einen struppigen, abgerissenen Kerl. Aber ich, ich hatte vor nichts Angst.«

Shamengwa zwinkerte uns zu.

»Ich blieb bei meinem Tempo, weil ich was zu essen suchte. Ein Kaninchen, ein Präriehuhn vielleicht, selbst eine Klapperschlange wär mir recht gewesen. Ich hatte nämlich einen Riesenhunger.«

»Wie das bei Kindern so ist«, sagte Shamengwa.

»Ich schau mich um, in der Hoffnung, daß mir dieser Fremde etwas zu essen bringt. Er war zerlumpt und hatte einen Zottelbart, und während er immer näher kam, sah ich, daß der Bart ganz verklebt war von verkrustetem Blut. Da wußte ich, wer er war.«

»Der Leberfresser«, sagte Shamengwa.

»Ich sah das Glimmen in seinen Augen. Der hatte noch mehr Hunger als ich! Da nahm ich die Beine in die Hand, ich floh wie ein Hase. Ich bin zwar schnell, aber ich wußte, der Leberfresser hat Ausdauer. Er holt mich ein, wenn der Tag lang genug ist. Kaum wurde ich langsamer, kam er näher, und ich drehte wieder auf. Es war wie Katz und Maus, Luchs und Karnickel. Doch plötzlich machte er einen gewaltigen Satz und stürzte sich auf mich.«

Father Cassidy saß erstarrt und vergaß zu trinken. Mooshum griff an den Stummel, der von seinem Ohr geblieben war.

»Ja, das hat er erwischt. Seine Zähne waren scharf. Aber er muß sein Jagdmesser verloren haben, denn er hat nicht zugestochen. Ich konnte mich aus seinem Griff befreien.« Mooshum befreite sich aus seiner eigenen Umklammerung, riß sich von seinen Händen los. »Ich sprang auf und rannte weiter, ihm immer eine Nasenlänge voraus, das Blut von meinem Ohr verflog im Wind, und ich fing an nachzudenken. Riel, wenn der gesiegt hätte, gäbe es Gerechtigkeit. Dieser Teufel würde sich nicht trauen, einen Indianer zu jagen. He, denke ich mir, ich hab auch Hunger! Verpassen wir dem Leberfresser seine eigene Medizin. Auch ich hab scharfe Zähne. Und mit einem Ruck blieb ich stehen.«

Mooshum ruckte von seinem Stuhl hoch.

»Der zottige Weiße stolperte über mich, und während er das tat, biß ich ihm einen Finger ab.«

»Welchen denn?« fragte Shamengwa.

»Ich hab nur den kleinen erwischt«, sagte Mooshum. »Aber jetzt schäumte er vor Wut, und ich ließ ihn kommen. Diesmal schnappte ich zu wie ein Wiesel. Schnapp! Da hatte ich seinen Daumen.«

»Hast du ihn gegessen?« fragte Joseph.

»Ich mußte ihn ganz runterschlucken, ohne zu kauen. Er schmeckte widerlich«, erklärte Mooshum. »Aber ich brauchte ihn, um zu Kräften zu kommen, mein Junge. Dann rannten wir wieder los. Als ich das nächste Mal langsamer wurde, wollte er meine Leber, aber hat nur ein Stück von meiner linken Bakke hier abgerissen.« Mooshum zeigte auf seinen ausgebeulten Hosenboden. »Ich hab auch ein Stück von seinem Hinterteil abgebissen, dann warf ich ihn um und holte mir ein Stück von seinem Schenkel. Jetzt war ich hinter ihm her, und ich war jung. Es müssen zwanzig, dreißig Meilen gewesen sein! Und währenddessen biß ich immer mehr von ihm ab.«

»*Howah!*« schrie Shamengwa.

»Als er dann wegen Blutverlust zu Boden ging, hatte er nur noch sechs Finger. Und ich hatte ein Ohr von ihm erwischt, aber das ganze. Ein paar Zehen hab ich mir auch geholt, aber nur, um ihn zu bremsen. Die wurden gleich wieder ausgespuckt. Doch die Nase hab ich behalten.«

»Igitt!« rief ich.

»Die ist mein Glücksbringer. Wollen Sie mal sehen, Father?«

»Nein, auf keinen Fall!«

Aber Mooshum hatte schon sein Taschentuch hervorgeholt. Mit feierlicher Miene faltete er es auf und enthüllte ein geschwärztes, lederartiges Etwas.

»Ein Teil vom *Thamnophis radix*«, sagte Joseph, über Mooshums Schulter schauend. »Warum hebst du das auf?«

»Sein Liebeszauber«, sagte Shamengwa.

»Das ist ja … offenes Heidentum!« stotterte Father Cassidy, und Mooshums Augen leuchteten.

»Inwiefern, lieber Pfarrer?« fragte er unschuldsvoll und goß Whiskey in die Tasse, die Father Cassidy mit bebenden Fingern ergriff.

»Eine Nase!« schrie Father Cassidy.

»Und welcher Körperteil vom heiligen Joseph ruht in unserem Kirchenaltar?« fragte Mooshum. Er sprach wie eine Nonne, mit sanftem Tadel in der Stimme.

Father Cassidys Mund klappte zu, sein Gesicht zeigte Empörung. »Der *Vergleich*, schon der *Vergleich* …!«

»Ich hab es mir sagen lassen«, erklärte Joseph bereitwillig. »Weil er mein Namensheiliger ist, natürlich. Man hat mir gesagt, daß in unserem Altar ein Stück Wirbelsäule vom heiligen Joseph ruht.«

Father Cassidy leerte die Tasse in einem Zug.

»Welch Sakrileg!« Er schüttelte den Kopf und schwenkte ungeduldig die leere Tasse, die Mooshum unverzüglich füllte.

»Es macht mich traurig und zornig«, sagte Father Cassidy. Betrübt nippte er an der vollen Tasse. »Traurig und zornig«, wiederholte er mit schwächerer Stimme. Dann auf einmal wurde er ganz aufgeregt, als hätte ein Gedanke den Nebel durchdrungen. Es war der Gedanke, den er schon geäußert hatte.

»Allein der *Vergleich* …« blökte er, fast schon unter Tränen.

»Vergleichen muß ich das schon«, sagte Mooshum. »Wenn

man bedenkt, daß Christi Leib, Christi Blut bei jeder Messe verzehrt wird.«

Father Cassidys Tränen ertranken in einem Schwall der Empörung. Er pumpte sich auf, seine Backen blähten sich, und für einen Moment erhob er sich schwankend auf die Füße.

»Das ist die *Transsubstantiation*! Mit anderen Worten, du sprichst vom heiligsten Mysterium unserer Mutter Kirche, wie es sich in der Heiligen Messe offenbart.« Father Cassidy pumpte sich noch mehr auf, in seinen Mundwinkeln bildete sich frischer Schaum.

Mooshum beugte sich fragend vor. »Wollen Sie uns damit sagen, daß Leib und Blut nur, äh, in Ihrem Kopf existieren? Daß das Brot die eigentliche Sache ersetzt? Dann kann ich Ihnen folgen. Andernfalls ist das Abendmahl Kannibalenfraß.«

Father Cassidys Lippen färbten sich purpurrot, er versuchte zu brüllen, doch es kam nur ein Gurgeln heraus. »Ketzerei ist das, Ketzerei! Das Brot *wird* zum Leib. Der Wein *wird* zu Blut. Und doch kann man es in keiner Weise mit dem Verzehren eines anderen Menschen vergleichen.« Father Cassidy fuchtelte mit dem Zeigefinger. »Ich fürchte, du bist zu weit gegangen! Ich fürchte, du hast die Grenze überschritten! Ich fürchte, da ist eine sehr, sehr ernste Beichte vonnöten, bevor wir dich wieder in die Kirche aufnehmen können.«

»Nun denn: Zurück zur Rindenhütte!« Mooshum glühte vor Begeisterung. »Die alten Bräuche waren nicht die schlechtesten. Eure Kirche hab ich langsam satt. Ich frage mich schon lange, wieso ihr Pfarrer eigentlich so scharf auf schmutzige Geheimnisse seid.«

»Nun gut. Dann wirst du eben zum Heiden und in der Hölle brennen!« Father Cassidy unterdrückte einen Rülpser. Mit erhobener Tasse verlangte er Nachschub. Inzwischen war die Flasche fast geleert.

»Denken Sie daran, daß wir nicht an die immerwährende Art von Hölle glauben«, belehrte ihn Shamengwa.

»Wir glauben lieber an eine barmherzige Hölle«, sagte Mooshum.

»Dann hab ich hier nichts mehr verloren.« Father Cassidy hob kapitulierend die Hände und wankte zur Tür. Joseph und ich blieben auf dem Sofa sitzen und nippten an unserem Wasser. Shamengwa und Mooshum starrten Father Cassidy versonnen nach. Gerade als sich Shamengwa entschlossen hatte, zur Geige zu greifen, kam ein schweres, nachbebendes Plumpsen von draußen, wie von einem gefällten Stier. Ich saß der Tür am nächsten und war als erste draußen. Father Cassidy lag ausgestreckt im Gras und sah sehr tot aus, doch als ich mich über ihn beugte, erkannte ich an den Schaumbläschen vor seinem Mund, daß er noch atmete.

»O nein!« schrie Joseph auf. Er kniete am unteren Ende von Father Cassidy nieder und pellte etwas von der Sohle des schwarzen Priesterschuhs ab. Den plattgetretenen Salamander in den Händen tragend, warf er einen wütenden Blick auf den gestürzten Pfarrer und ging davon.

Mooshum hielt sich am Geländer fest und glotzte. Er und Shamengwa waren nicht mehr sicher auf den Beinen und stiegen die Treppe seitwärts hinab, als müßten sie einen steilen Abhang bewältigen.

»Er ist auf einem Salamander ausgerutscht«, erklärte ich.

»Ist er noch am Leben?«

»Er atmet noch.«

»*Paythik, mon frère*«, rief Mooshum, als sich Shamengwa mit vorsichtigen Schritten auf den Heimweg machte. Shamengwa winkte mit seinem gesunden Arm, ohne sich noch einmal umzudrehen. Mooshum ging zu seinem Autositz im Hof, legte sich lang und schlief ein. Ich blieb bei Father Cassidy, der ein wenig schnarchte. Als er zu sich kam, half ich ihm auf die Beine und brachte ihn zu seinem Auto, mit dem er kurvend davonfuhr, den Berg hinauf.

Jetzt kam einiger Ärger auf Father Cassidy zu. Während

ich hineinging, um die leere Flasche zu beseitigen und Mamas Tassen auszuspülen, wußte ich schon, daß es sich herumsprechen würde – der Pfarrer betrunken und vom Teufel in Gestalt eines Salamanders zu Fall gebracht, nachdem er einen alten Mann in die Hölle verdammt hatte. Das würden die beiden Alten ihren Freunden brühwarm weitererzählen. Und Mooshum machte wahr, was wie die leere Drohung eines Betrunkenen geklungen hatte. Er schloß sich den Traditionellen an und nahm an den Zeremonien in den entlegenen Ecken des Reservats teil. Unser Dad fuhr ihn heimlich hin, denn Clemence war wütend über Mooshums Abfall von der Kirche. Als ich meinen Großvater fragte, warum er sich in seinem hohen Alter zu einem so radikalen Schritt entschieden habe, gab er mir Antwort.

»Es kommt der Moment im Leben eines Mannes, wo er weiß, wer er ist. Old Hop Along hat mir zu diesem Moment verholfen, auch wenn er's gar nicht wollte.«

»Aber du warst betrunken, Mooshum.«

»*Awee, tawpway*, mein Kind, du sprichst die Wahrheit. Aber das Trinken hat meinen Geist geläutert. Seraph Milk hatte eine Vollblutmutter, die an ihrem Kummer starb, ohne Hilfe vom Pfarrer. Ich war der Sohn dieser guten Frau, obwohl sie darüber schwieg. Außerdem bin ich bei den katholischen Damen abgeblitzt. Und da dachte ich mir, vielleicht finden sich draußen im Busch ein paar gutaussehende Frauen.«

»Das ist aber kein Grund.«

»Da irrst du dich gewaltig. Das ist der beste Grund.«

Und er zwinkerte mir zu, als ob er wüßte, daß ich nur wegen Corwin zur Kirche ging.

Sister Godzilla

Meine Liebe zu Corwin Peace verwandelte sich in glühenden Haß, als er den anderen Jungs von unserem Kuß erzählte. Jetzt war ich richtig liebeskrank und finster entschlossen, mich an Corwin zu rächen, auch wenn mir darüber das Herz brach. Aber bald merkte ich, daß mein Herz gar nicht daran dachte, zu brechen, daß es mir Spaß machte, Corwin zu quälen. Den ganzen Sommer schlug ich ihn ins Aus, wenn er es wagte, beim Baseball mitzumachen. Ich wartete darauf, daß er den Schläger verzweifelt wegschleuderte, seinen Teamgefährten das Schienbein zertrümmerte, ihr Hohnlachen in Schmerzensschreie verwandelte. Ich schoß mit dem Luftgewehr auf ihn. Jahre später behauptete er, die Kugel sei durch seinen Körper gewandert und unter wahnsinnigen Schmerzen durch seine Niere abgegangen. Wenn ich mit meinem Bruder durch die Gegend ritt, durften alle abwechselnd mal aufs Pferd, nur Corwin nicht, um den ich eines Tages einen immer enger werdenden Kreis zog, bis er ganz mit Staub bedeckt war und hilflos dastand, mit ausgestreckten Händen.

Doch was immer ich auch anstellte, um ihn zu demütigen, Corwin blieb in mich verliebt. Seite an Seite wurden wir allmählich erwachsen. Ich weiß nicht, was mit seinem Körper vorging, aber in dem Sommer wurden meine Brustwarzen zu wunden Knospen, und ich weinte fast, als ich Haare an Stellen entdeckte, wo sie nicht hingehörten. Stoisch fand ich mich mit meinen neuen Geheimnissen ab. Der Sommer verging, es wurde kühler, und ich bekam ein neues Kleid, das sich in der

Brustpartie ausbeulte. Wir kamen endlich in die sechste Klasse, es war der erste Schultag. Mama holte mich aus dem Bett und schubste mich hinaus auf die Sandstraße, die den Berg hinaufführte. Ich trödelte, bis ich die anderen Kinder auf dem Schulhof hörte, dann rannte ich los. In Zweierreihen antreten wie immer. Wir gingen hinein, unser Klassenzimmer kannten wir schon. Die Tür knallte zu, und wir waren mit unserer Lehrerin allein.

Die Tracht der Franziskanernonnen verdeckte damals noch alles bis auf ihre Gesichter, dadurch wurden die Gesichtszüge der neuen Nonne besonders betont und mit nicht enden wollendem Staunen registriert. Eingefaßt in einen steifen weißen Rahmen aus gestärktem Leinen, sprangen ihre Augen, ihre Nase und ihr Mund scharf hervor – eine Alptraummaske, ein großes knochiges Schakalgesicht.

»O Gott«, sagte Corwin so laut, daß ich es hören konnte.

Ich hatte beschlossen, daß er Luft für mich war, mindestens einen Monat lang, aber die extreme Häßlichkeit der Nonne machte diesen Vorsatz zunichte.

»Godzilla«, flüsterte ich ihm zu.

Der Name der neuen Lehrerin war Sister Mary Anita. Die sie von früher kannten, sagten, sie sei eine Buckendorf. Sie war jung, Ende zwanzig, Anfang dreißig, und trotz ihrer ausladenden Erscheinung so flink, daß wir uns athletische Schenkel und Muskelpakete unter dem wallenden schwarzen Tuch ausmalten, wenn sie das Klassenzimmer von hinten nach vorn durchschritt. Als sie die Arme ausbreitete, um uns alle in ihre Begrüßung einzubeziehen, wurden unsere Blicke erneut gefesselt. Ihre Hände standen im krassen Gegensatz zu ihrem Gesicht. Sie waren weiß und zart wie Milchglas, mit schlanken, schön geformten Fingern. Das waren die Hände auf dem Flurbild, die Hände der Maria unterm Kreuz, die Hände der Apostel, die in Plastik gegossen und nachts beleuchtet auf den Fernsehern standen. Betende Hände.

Ballspielerhände. Sie machte die Überraschung komplett, als sie in der großen Pause aufs Spielfeld hinausging. Das Halsstück der Haube schnitt tief in ihr schweres Kinn ein. Plötzlich kam ein senffarbener Fanghandschuh aus dem Ärmel ihres Gewands hervor, mit lockerer Grazie hob sie den Arm, und schon hatte sie einen fliegenden Softball aufgefangen. Ihr Geschick war unübersehbar. Gute Spieler verrenken sich niemals oder verziehen auch nur das Gesicht, sie machen nichts weiter, als die Hände auf den Ball zu richten wie Magnete, und der Ball gehorcht. Als Werferin war Mary Anita ein Wirbelwind aus schwarzem Wollstoff, der majestätisch flatterte wie Zorros windgezaustes Cape. Als ich mit Schlagen drankam, war ich so von ihrem Anblick betört, daß ich zweimal ins Leere schlug und beim dritten Mal mit dem Schläger hängenblieb. Jetzt hatte ich keine andere Wahl mehr, als einen Homerun hinzulegen.

Was ich nicht tat. Ich blamierte mich schlimmer als Corwin. Drei Schläge und keine einzige Ballberührung. Angewidert von mir selbst, setzte ich mich auf den Fahrradständer und schaute zu, wie Sister Mary Anita ein paar Bälle verschoß und ihren Mitspielern mühelose Treffer zuspielte. Es war, als hätten wir beide von Anfang an gespürt, was auf uns zukam. Oder Mary Anita hatte sich einfach bei meinen früheren Lehrerinnen informiert, die in dem roten Backsteinkonvent gegenüber der Schule wohnten. *Schwer zu handhaben. Große Klappe. Aufpassen, wenn man ihr den Rücken dreht.* Sie hatten recht. Nach der Pause packte mich der Stolz. Ich saß in meiner Bank und zeichnete einen Dinosaurer in Nonnentracht. Die Zähne im aufgerissenen Rachen, lang und gezackt, machten viel Arbeit. Ich wollte die Schatten richtig hinkriegen, den Hintergrund des dunklen Schlunds, und vertiefte mich so sehr in meine Beschäftigung, daß ich nicht merkte, wie still es im Klassenzimmer wurde. Doch ich spürte die Spannung des Blicks, der sich über mich senkte, als Mary Anita neben meiner Bank stehenblieb. Wie um meine Arroganz zu beweisen, malte ich weiter.

Nachdem ich den letzten Zahn schattiert hatte, lehnte ich mich zurück, um mein Werk in Augenschein zu nehmen. Aber bevor ich auch nur so tun konnte, als wollte ich das Blatt verdecken, wurde es mir entrissen. Totenstille. Mein Herz pochte wie wild.

»Nach der Schule bleibst du da«, sagte die Nonne.

Die letzte halbe Stunde verging. Meine Mitschüler schoben sich an mir vorbei, grinsend, tuschelnd. Und plötzlich lag er wieder vor mir auf der Bank, der Zettel, der brüllende, liebevoll gezeichnete Dinosaurier. Ich starrte ihn wütend an, in Erwartung dessen, was jetzt kommen würde, aber Angst hatte ich nicht.

»Sieh mich an«, sagte Mary Anita.

Das war, glaube ich, der Moment, in dem es passierte. Mein Hals schnürte sich zu, ich konnte den Kopf nicht heben und blickte auf die Buchstaben, die in die Bank geritzt waren, meine Initialen.

»Sieh mich an«, sagte Mary Anita noch einmal. Mein Blick wurde nach oben gezogen, wie am Faden, bis er sich mit dem meiner Lehrerin traf. Ihre Augen waren tiefblau, blau wie Marias Gewand, und unsagbar traurig. Die Reglosigkeit ihres Blicks erschütterte mich.

»Es tut mir leid«, sagte ich. Kaum waren diese unerhörten Worte gefallen, wußte ich, daß etwas Schreckliches passiert war. Das Blut staute sich in meinem Kopf, so sehr, daß meine Ohren weh taten. Meine Fingerspitzen schliefen ein, meine Lider kribbelten, meine Nase weinte, mein Mund trocknete aus. Mein Körper war ein Knäuel widerstreitender Extreme.

»Als ich jung war«, begann Mary Anita, »so jung wie du, hatte ich unter den Hänseleien sehr zu leiden. Inzwischen habe ich mich abgefunden mit meiner … Häßlichkeit. Ein vorstehendes Gebiß ist in unserer Familie erblich. Aber ich muß zugeben, daß mich manche Kränkung, eine Zeichnung wie deine, noch immer verletzt.«

Ich murmelte ein paar Wörter, bis meine Stimme versagte. Sister Mary Anita wartete, dann reichte sie mir ihr Taschentuch. Ich vergrub mein Gesicht in dem Tuch, mit dem sie sich die Stirn abgewischt hatte, als Schweißtropfen unter dem gestärkten weißen Viereck hervorgekrochen kamen, das in ihre Stirn einschnitt. Natürlich war es nicht parfümiert, es roch viel sauberer, nach Lavendel vielleicht, Ringelblume, irgendeinem stark duftenden Kraut.

»Es tut mir leid.« Das Taschentuch betäubte mich. Ich wischte mir die Nase ab. Dann fragte ich, ob ich das Viereck aus weißem Stoff behalten dürfe, doch Sister Mary Anita schüttelte den Kopf und nahm mir die zerknüllte Kugel ab.

»Darf ich jetzt gehen?«

»Natürlich nicht«, sagte sie.

Ich war fassungslos. Ich hatte die vier Zauberworte, eine Entschuldigung über die Lippen gebracht, doch es wurde mehr erwartet. Aber was?

»Ich möchte, daß du etwas begreifst«, sagte die Nonne. »Was ich empfinde, habe ich dir erklärt. Und ich möchte, daß du mich nie wieder verletzt.«

Wieder wartete die Nonne und wartete, bis sich unsere Blicke trafen. Mein Mund zog sich in die Breite, meine Augen flossen erneut über. Ich wußte, daß die seltsamen Gefühle, die über mich gekommen waren und mich im Griff hielten, dieselben Gefühle waren, die Mary Anita empfand. Und ich hatte nie die Gefühle anderer Menschen empfunden, nie im Leben.

»Ich werde nichts tun, was Sie verletzt«, plapperte ich in einem Anfall von Panik. »Eher bringe ich mich um.«

»Ich bin sicher, das wird nicht nötig sein«, sagte Sister Mary Anita.

Um meinen Stolz zu wahren, drehte ich mich abrupt um

und rannte weg. Ohne um Erlaubnis zu fragen, rannte ich aus der Klassentür, die Treppe hinunter und immer weiter, auf die Straße hinaus, wo sich schließlich die magische Kraft dieser Begegnung abschwächte und ich auf einmal wieder atmen konnte. Aber selbst das Atmen fühlte sich anders an. Im Weitergehen merkte ich, daß mein Körper immer noch gegen sich selbst kämpfte. Meine Lungen füllten sich wie zwei Säkke, aber jedesmal, wenn sie das taten, preßte etwas von unten dagegen, so schmerzhaft, daß mir die Wahrheit plötzlich klar vor Augen trat.

»Jetzt liebe ich *sie*«, stieß ich hervor. An einem Riß in der Erde blieb ich stehen. Ich stellte mich genau darüber, dann stampfte ich wütend auf. »O Gott, ich bin *verliebt*.«

Corwin ließ nichts unversucht, mich zurückzuerobern. Er riskierte sogar seinen Ruf, indem er Baumrinde aß. Dann schob er sich zwei Farbstifte in die Nase und machte sich Stoßzähne. Der rosa Stift blieb stecken, und Sister Mary Anita schickte ihn ins Indianische Gesundheitszentrum. Seine Ehre versuchte er dadurch zu retten, daß er sich in der Notaufnahme den Magen auspumpen ließ. Jetzt verachtete ich ihn, doch das spornte ihn erst richtig an.

Als ich in der zweiten Septemberwoche den Schulhof betrat, an einem sonnig-kühlen Morgen, kam Corwin angerannt und legte eine Vollbremsung hin wie beim Baseball.

»Godzilla«, schrie er. »Yeah! Scharfe Nummer!«

Er nahm Schwung und rannte los, mit langen, losen Schnürsenkeln. Während ich ihm nachschaute, spürte ich, wie das Summen in meinem Kopf wieder anfing. Den Namen Godzilla wollte ich mir am liebsten in den Rachen zurückstopfen – oder ihm, Corwin.

»Ich hoffe, du fliegst auf die Fresse und bist tot!« schrie ich ihm nach.

Aber Corwin tat mir den Gefallen nicht. Trotz seiner über-mütigen Sprünge hielt er sich auf den Beinen, und während ich wie angewurzelt stehenblieb, sah ich ihn von Grüppchen zu Grüppchen flitzen, lachen, gestikulieren, seine höhnischen Schreie ausstoßen. Als Sister Mary Anita zum Läuten her-auskam, in der Hand die Messingglocke mit dem hölzernen Griff, drehten sich die Kinder zu ihr um, manche fingen an zu lachen. Doch mir kam es vor, als würden alle lachen, und das Gelächter, das da aufstieg, war gewaltig, unheimlich, schreck-lich und köstlich zugleich. Es flutete in meiner Kehle hoch, mit einem Geschmack wie Essig.

»Godzilla, Godzilla«, riefen sie leise. »Sister Godzilla.«

Vor ihnen, auf der Treppe, stand Sister Mary Anita und lä-chelte ihnen entgegen. Sie hörte es nicht … noch nicht. Ihre Augen über der Glocke funkelten lebhaft. Ihr zerklüftetes Gebiß entblößte sich beim Lächeln. Ich rannte zu ihr, schob die Hand in den Frühstücksbeutel und holte einen der Kekse heraus, die meine Mutter nach den Rezepten auf den Hafer-flockenschachteln und Sirupgläsern gebacken hatte.

»Hier!« Ich schob ihr einen dicken, süßen Keks in die Hand. Er zerbröckelte und lenkte sie ab, während sich meine Klasse vorbeidrängte.

Meine Mitschüler schienen den Namen mal zu vergessen, mal nicht. An manchen Tagen sah es so aus, als hätten sie Kurs genommen auf neue Katastrophen – andere Lehrer oder irgendwelche kleinen Zwischenfälle im Klassenzimmer be-anspruchten ihre Aufmerksamkeit ebenso. Aber dann wieder hüpfte und kurvte Corwin Peace in der Pause zwischen ihnen herum, schwenkte die Arme und brüllte stumm hinter dem Rücken von Mary Anita, wenn sie beim Baseball ihren Platz einnahm. Wenn sie ausholte, den Ball traf und loslief, mit we-hendem Schleier, die Muskeln ihrer Schultern angespannt wie

Adlerflügel, lief Corwin hinter ihr her, mit erhobenen Beinen tapsend wie Godzilla im Film. Und Mary Anita, flinkfüßig in schwarzen Nonnenschnürschuhen, merkte es nicht. Aber ich schaute zu, hilflos, mit einem bitteren Geschmack, als wäre mir ein Penny im Hals steckengeblieben.

»Schlangen leben in Höhlen. Schlangen sind Reptilien. Das sind naturwissenschaftliche Tatsachen.« Ich las der Klasse vor, aus meinem Naturkundebuch.

»Schlangen haben eine trockene Haut. Manche legen Eier, manche sind lebendgebärend.«

»Sehr gut«, sagte Sister Mary Anita. »Kannst du noch andere Reptilien nennen?«

Meine Zunge zog sich in den Hals zurück. »Ja«, krächzte ich.

Sie wartete, mit geduldigem Blick.

»*Chrysemys picta* gibt es noch«, sagte ich, »die Zierschildkröte. Die Strumpfbandnatter, *thamnophis radix*, und auch *thamnophis sirtalis*, die Rotseitige Strumpfbandnatter. Sie leben in den Sümpfen, alle hier in der Gegend.«

Sister Mary Anita nickte überrascht, dann fiel ihr offenbar ein, daß mein Vater Naturkundelehrer war, und sie lächelte – auf ihre furchterregende Art. »Ja, sehr gut.«

»Noch jemand?« fragte sie. »Reptilien aus anderen Gegenden der Welt?«

Corwin Peace hob die Hand, Sister Mary Anita nickte ihm zu.

»Wie wär's mit Godzilla?«

Die Klasse hielt den Atem an. Unterdrückte Schreckenslaute. Münder standen offen. Bewunderung für Corwins Mut breitete sich in den Bankreihen aus wie ein Wind im Kornfeld. Sister Mary Anitas wuchtige Kinnlade fiel herab, noch weiter, dann klappte sie zu. Ihre Schultern zuckten. Keiner wußte, was kommen würde, doch dann lachte sie. Es war ein helles Lachen, fast wie Vogelzwitschern, wie die hohen Tasten eines Klaviers. Die Klasse zögerte kurz, dann lachten alle mit, sogar Corwin. Blicke wurden gewechselt, wanderten zu mir, Corwin lachte.

Aber mir war speiübel vor Angst und Wut. Als sich Sister Mary Anita wegdrehte, um sich einem neuen Thema zuzuwenden, ballte ich meine Hand zur Faust und beugte mich zu Corwin hinüber.

»Ich hau dir eine rein«, sagte ich.

Corwin schien das zu gefallen, und mit einem präzisen Schlag in den Magen – gelernt von meinem Onkel Whitey, einem Golden-Gloves-Teilnehmer – schnitt ich ihm die Luft ab. Er japste, ich drehte mich wieder nach vorn, mit klarem Blick und reinem Herzen, und Sister Mary Anita setzte ihren Unterricht fort.

Grelles Sonnenlicht, schwarzes Tuch. Ich saß auf dem Eisentrapez, die Stange preßte mir rote Striemen in die Schenkel. Beim Schaukeln beobachtete ich Sister Mary Anita. Der Wind war schneidend, und sie trug wundervolle Handschuhe, schwarz, mit abgeschnittenen Fingern, damit sie den Schläger besser halten konnte. Der Ball kam im Bogen auf sie zu, sie schlug ihn ab, mit trockenem Klang, und er schoß davon, quer über den Sportplatz, bis in den Hof des Pfarrhauses. Mary Anitas Nonnentracht wurde hochgeschleudert. Die Kälte machte ihre Wangen rot. Sie erreichte die dritte Base, blickte keuchend über die Schulter und eilte mit federnden Schritten weiter zur Homeplate.

Meine Arme waren bleischwer und schlapp. Ich ließ mich vom Trapez fallen und lehnte mich an die Ziegelwand des Schulgebäudes. Mein Herzschlag dröhnte mir in den Ohren. Jetzt wußte ich, was ich wollte. Ich wollte meine geistliche

Berufung bekennen, ins Kloster eintreten und drüben im Nonnenhaus wohnen, Seite an Seite mit Sister Mary Anita. Wir würden zusammen essen, arbeiten, essen, kochen. Zur Entspannung würde sie mir Bälle zuwerfen, und ich würde sie fangen.

Eines Tages würden wir zusammen spazieren gehen, mit langem, wehendem Habit, die Hände in den Ärmeln vergraben.

»Liebe Schwester«, würde ich sagen, »erinnerst du dich an deinen Spitznamen, als du die sechste Klasse unterrichtet hast?«

»Nein«, würde sie dann sagen und mich anlächeln. »Warum sollte ich?«

Und ich würde wissen, daß ich sie beschützt hatte.

Es wurde immer schlimmer. Ich schrieb Briefe und zerriß sie. Meine Hand zitterte, wenn ich ihr im Flur begegnete, und ich mußte die Augen schließen. Ich sog ihren Geruch ein. Seife. Eine strenge Seife. Ringelblume mit einem Hauch Karbolsäure. So roch sie. Schwindelerregend. Meine Fäuste krampften sich zusammen. Ich preßte die Fingerknöchel gegen die Augen und entschuldigte mich laut. Mein Leben war die Hölle. Das Verrückte daran war, ich wollte gar nicht Nonne werden.

»Es muß doch andere Möglichkeiten geben!« flüsterte ich verzweifelt. Das gekalkte Blech erbebte, wenn ich mit der Hand gegen die Toilettenwand schlug. Ich beschloß, daß ich Mary Anita überreden mußte, ihr Gelübde zu brechen und zu mir und meiner Familie zu ziehen. Schritte verharrten vor der Kabinentür. Ich öffnete die Tür einen Spalt und starrte in das zerklüftete Gesicht.

»Ist dir nicht gut? Willst du lieber nach Hause?« Sister Mary Anita machte sich Sorgen.

Feuer durchströmte meine Glieder. Die Mädchentoilette mit ihrem stummen Milchglaslicht, ein Ort der Geheimnisse, lähmte mich. Ich gab mir einen Ruck. Das war meine Chance, wie von Gott gesandt.

»Bitte«, flüsterte ich ihr zu. »Laß uns zusammen fliehen.«

Sister Mary Anita zögerte. »Hast du Ärger zu Hause?« fragte sie.

»Nein.«

Ihre milchweiße Hand schob sich durch den Türspalt und bedeckte meine Stirn. Meine bangen Gedanken pulsten gegen ihre schlanke, kühle Handfläche. Der Frau, die ich liebte, in die Augen blickend, umklammerte ich den metallenen Türknauf, dann spürte ich mich nach vorn sinken, mit langsamer Drehung, wie ein Blatt, das vom Wind getragen wird, von einem friedvollen Tosen. Es war, als würde ich nie in ihren Armen landen, doch kaum war es geschehen, kam ich wieder zu mir.

»Du bist wirklich krank«, sagte sie. »Komm ins Büro, ich rufe deine Mutter an.«

Ich hatte es gewußt, vielleicht schon seit dem Moment in der Mädchentoilette, daß der Tag kommen würde. Der Tag der Abrechnung.

Draußen, auf dem morgendlichen Schulhof nach der Messe und vorm ersten Klingeln, scharten sich alle um Corwin Peace. Er hielt einen Blech-Godzilla zum Aufziehen in den Armen, ein großes Ding, fast kniehoch, grün und golden, mit allen schaurigen Details. Die Schuppen waren präzis überlappende Halbkreise, die Augen groß und zornig, irgendwie menschlich. Corwin hatte das Ding mit einer Art Umhang versehen, einem schwarzen Schal. Mit den Ellbogen keilte ich mich durch dichtgedrängte Schultern, aber da klingelte es, und Corwin verstaute sein Spielzeug unter dem Mantel. Sein Blick spürte mich in der Menge auf.

»Das mußte ich extra bestellen!« schrie er. Mein Boxhieb hatte ihn nicht gegen mich aufgebracht, sondern seine Liebe bis zur Verzweiflung gesteigert. Er drehte sich um und verschwand durch das schwere weinrote Schultor. Ich blickte zu Boden und dachte ans Abhauen. Es mußte gehen. Ich konnte in einem Güterwagen mitfahren. Die Welt erstarrte, die Farben wurden grell. Die kleinen braunen Kiesel des Schulhofs sprangen vom Boden hoch. Ich machte einen Schritt. Die Steine unter meinen Füßen schienen zu knacken und zu pfeifen.

»Letztes Klingeln!« rief Sister Mary Anita. »Du kommst zu spät.«

Das Morgengebet. Das Gelöbnis. Corwin genoß sein Publikum, die Blicke und das Getuschel. Das Spielzeug lag unter seiner Bank. Immer mal wieder klappte er den Pultdeckel hoch und schaute in die Runde, um sich zu vergewissern, ob wir zusahen, wenn er sich an dem Ding zu schaffen machte. Als Sister Mary Anita mit der täglichen Lesestunde begann, war die Spannung in der Klasse schon so angewachsen, daß selbst Corwin es nicht mehr aushielt.

Unser Klassenzimmer war groß, es hatte eine hohe Decke und gebohnerte Dielen. Kugellampen hingen an dicken Ketten, und die großen Fenster sorgten für blendende Helligkeit. Seit zwei Jahren schon belegte unsere Klasse diesen Raum. Hier verbrachte ich jeden Tag. Ich kannte das Knarren der Dielen, das Rumpeln der Bänke, wenn sie an den losen Bodenschrauben rüttelten, das wilde Knacken und Knistern in den Heizkörpern wie von tausend gefangenen Elfen, daher hörte ich sofort das Klicken, das von Corwin kam, dann das trockene Schnarren des Aufziehschlüssels. Nicht so Sister Mary Anita. Sie wandte sich zur Tafel, weg vom aufgeschlagenen Buch auf ihrem Tisch, und schrieb Anweisungen an, die wir abschreiben sollten.

Sie war voll damit beschäftigt, sprach die Sätze beim Schreiben vor, ihr Arm hob und senkte sich mit einer, wie mir schien, unbändigen Freude. Sie entwickelte eine neue Art von Unterricht, eine neue Methode, die Dinge anzugehen, aber nichts davon erreichte uns. Aller Augen waren auf die dritte Reihe gerichtet, auf Corwins Hand, während er das Spielzeug bis zum Anschlag aufzog, sich zur Seite beugte und es auf den Fußboden stellte. Dann blieben die Blicke auf das Ding selbst geheftet, das sich, nachdem Corwin seine Hand weggezogen hatte, allein in Gang setzte.

Der Umhang, den es trug, behinderte es nicht. Die Beine marschierten unaufhaltsam, die winzigen Krallenpfoten bewegten sich wie Stößel, und der hohle Blechschwanz wackelte hin und her, während sich das Ding im Mittelgang nach vorn bewegte, auf Sister Mary Anita zu, die noch immer ins Anschreiben ihrer Sätze vertieft war.

Ich hatte mich in die erste Reihe umgesetzt, um der, die ich liebte, noch näher zu sein, und so sah ich aus nächster Nähe, wie sich das Ding zu der freien Fläche vor den Bänken vorarbeitete. Über dem schwarzen Umhang ragten die mächtigen Kiefer hervor. Die großen Reißzähne waren zu einem schaurigen Grinsen erstarrt. Die aufgemalten Augen hatten einen entschlossenen, durchtriebenen Blick.

Das Ding wurde langsamer, während es auf Mary Anita zumarschierte. Die Klasse hielt die Luft an, aber es blieb nicht stehen, mit beeindruckender Stetigkeit steuerte es direkt auf Mary Anitas Gewandsaum zu. Sie schien es nicht zu merken, schrieb und redete weiter, umkringelte Zahlen und hob einzelne Wörter mit sorgfältigen Unterstreichungen hervor. Und jetzt endlich, als der Moment nahte, begannen in meinem Kopf die Alarmglocken zu schrillen. Ich schoß aus der Bank hoch. Mit zwei Schritten hatte ich den gebohnerten Fußboden überquert. Aber gerade, als ich mich bückte, um das Ding an meine Brust zu raffen, senkte sich direkt vor meiner Nase ein schlanker schwarzer Stiefel auf die Dielen. Sister Mary Anita hatte sich umgedreht, die Kreide in der Hand. Flink und locker hob sie ihr Habit und versetzte dem Spielzeugsaurier einen Tritt. Er segelte durch die Klasse, mit rudernden Krallenfüßen und flatterndem Cape, das nun aussah wie ein zerfetzter Regenschirm. In steiler Flugkurve krachte es gegen die Decke und zerbrach in kleine Stücke. Die Klasse duckte sich unter dem Regen aus Blechteilen. Nur Schwester Mary Anita und ich standen aufrecht und reglos, vereint durch diesen Augenblick der Nähe.

Außer meiner Lehrerin gab es nichts, wohin ich blicken konnte. Aber als ich diesmal zu ihr aufschaute, sah sie mich nicht an. Ihr Blick war abgewandt, ihre Wange fleckig wie von einer Ohrfeige. Sister Mary Anita ging zum Fenster, wandte mir und der Klasse den Rücken zu, und als das Gelächter anfing, erst verhalten und stöhnend, dann immer schriller, dröhnender, zum brüllenden Tier wurde, spürte ich eine unauslöschliche Zärtlichkeit in mir aufsteigen, die mich mit Haut und Haar erfaßte. Innerlich flehte ich Mary Anita an, sich umzudrehen und den Lärm zu stoppen. Aber das tat sie nicht. Sie ließ es zu, daß er uns beide überschwemmte, ohne Gnade. Während sie auf den Hof hinausblickte, konnte ich ihr unvergleichliches Profil nicht sehen. In strahlendes Licht getaucht, wurde ihr Gesicht überblendet, weiß wie Papier und gestaltlos wie alle Dinge, die in den Himmel eingehen.

Holy Track

Obwohl sie mich nicht bestrafte, sondern mit neutraler Aufmerksamkeit behandelte, litt ich unter ihrer Mißachtung. Ich schrieb Briefe und zerriß sie wieder. Als mir nichts anderes mehr übrigblieb, stellte ich Sister Mary Anita unter Beobachtung und sammelte alles, was ich über sie in Erfahrung bringen konnte. Zettel, die sie in den Papierkorb geworfen hatte, holte ich wieder heraus. Ihre schräge Handschrift war absolut gleichförmig. Man konnte Großbuchstaben auf zwei verschiedenen Blättern übereinanderlegen und ins Licht halten, ohne irgendwelche Abweichungen zu erkennen. Und doch entsprach sie nicht genau der Palmer-Norm, sondern war sehr eigenwillig.

Eines Tages erfuhr ich zu meiner Überraschung, daß sie gegen Schokolade allergisch war und Ausschlag davon bekam. Die roten Striemen, die sich dann über ihr Gesicht zogen, gaben ihr das bedrohliche Aussehen eines bemalten Kriegers. Sie kratzte sich nie, aber der Ausschlag muß sie gequält haben. Trotzdem konnte sie der Verlockung nicht widerstehen, bei Hochzeiten etwa, wo sie gern mal Süßigkeiten oder ein Stück Kuchen aß und dann sagte: »Auf die Folgen pfeife ich«, obwohl »pfeifen« bei einer Nonne ebenfalls als Fluchwort gewertet wurde.

Im Unterschied zu den anderen Nonnen an unserer Schule, die aus einem Mutterhaus in Kentucky kamen, war Sister Mary Anita in der Nähe des Reservats aufgewachsen, auf einer Farm zwischen Hoopdance und Pluto. Das erzählte sie uns mitten in der Geschichtsstunde. Niemand fand das weiter bemerkenswert, aber ich sah darin eine Art Zeichen. Zu Hause sprach ich ständig von ihr, bis ich eines Tages einen bohrenden Blick von meiner Mutter erntete.

»Sister Mary Anita hier und Sister Mary Anita da. Du redest ja ohne Ende von ihr. Wie heißt sie eigentlich mit vollem Namen?«

Ich wandte mich ab und murmelte »Sister Mary Anita Bukkendorf.« Aus den Augenwinkeln sah ich, daß sie einen Blick mit meinem Vater wechselte. Der schien nichts Besonderes an dem Namen zu finden und klebte weiter Briefmarken ein. Die glänzenden Lederalben hatte er von Onkel Octave geerbt, dem Onkel, der einen tragischen Liebestod gestorben war, und er setzte dessen Werk fort, die Briefmarken zu geheimnisvollen Arrangements zu gruppieren. Wenn mein Vater mit den Alben beschäftigt war, ließ er nichts an sich herankommen. Mooshum, der am Tisch saß und mit Joseph Rommé spielte, hatte aber den Namen aufgeschnappt und sagte »Bukkendorf!« Er wollte weiterspielen, doch Joseph hielt seinen Arm fest, damit er aufhörte. Meine Mutter ging hinaus, Wäsche aufhängen, trotz des Gewitters, das sich zusammenbraute. Ich hatte den Unterton in Mooshums Stimme ebenfalls gehört und warf noch einen prüfenden Blick auf meinen Vater, der eine Briefmarke mit der Pinzette hochhielt und durch die Lupe studierte. Mit einem hingerissenen Seufzer bestaunte er das winzige Stückchen Papier, als enthielte es eine mystische Botschaft. Ich ging an den Tisch und fragte Mooshum: »Was ist denn mit dem Namen?«

»Welcher Name?« Er wußte, daß er uns geködert hatte.

»Na, meine Lehrerin, Sister Mary Anita Buckendorf.«

»*Oh yai!* Die Buckendorfs!« Sein Mund verzog sich bei dem Namen.

»Sie ist Nonne!«

Mooshum griff sich ans Kinn und zeigte mit dem Kopf auf seinen Spucknapf. Joseph gab einen angeekelten Würgelaut von sich, aber er brachte das Ding hinaus – eine rote Sanborn-Kaffeedose mit dem schreitenden Mann im gelben Talar, der aus einer Tasse trinkt. Wir kippten den Inhalt immer an den Fuß von Mamas kränkelnder Coloradofichte – bis sie dem tödlichen Saft erlag, schwarz wurde und einging.

»Ist doch klar, warum sie Nonne geworden ist, mein Kind«, sagte Mooshum, als Joseph noch draußen war. »Gibt nicht so viele, die mit eigenen Augen erleben durften, daß es keine Gerechtigkeit auf Erden gibt.«

Mooshum streckte die Hände vor und senkte sie, als würde er Luft in einen Karton stopfen. »Sie hat's erlebt. Keine Gerechtigkeit.«

»Und weiter?«

Joseph kam zurück, wir warteten beide, doch Mooshum drehte uns plötzlich den Rücken zu und wühlte in seiner Hemdtasche, so daß wir nicht sahen, was er da machte. Darauf spuckte er in die leere Kaffeedose, mit einem so lauten *Pling!*, daß mein Vater aufschaute, aber er nahm uns nicht wirklich wahr, weil ihn die Briefmarken zu sehr fesselten. Mooshum schob seinen Snus in die Backe und musterte uns mit zusammengekniffenen Augen. Maß uns mit Blicken. Wir saßen ganz still und starrten ihn an, übten uns in Geduld. Der Fernseher hatte sich irgendeiner atmosphärischen Störung ergeben, und keine noch so feine Ausrichtung der langen Antenne konnte den Schnee vom Bildschirm verbannen. Wir langweilten uns sehr, aber vielleicht konnte ich Neues über Sister Mary Anita erfahren. Es sah so aus, als wüßte Mooshum etwas über sie oder zumindest ihre Familie, und ich ahnte schon, daß es etwas war, was niemand sonst erzählt hätte.

Mooshum reckte sich mit einem heiseren Seufzer und stieß sich nach vorn ab. Schwankend kam er auf die Beine, und wir folgten ihm zur Gazetür, die Holztreppe hinab zum geschundenen Rasen. Dort ließ er sich auf dem abblätternden gelben Küchenstuhl nieder, den er im Frühling immer hinausbrachte und nach dem ersten Frost wieder hereinholte. Es war Ende September, aber noch warm. Er saß gern draußen auf dem verdorrten Rasen und schaute den Leuten nach, die auf dem Weg zum Agenturbüro waren. Wir holten uns Campingstühle und sahen ihm beim Nachdenken zu. Erst ließ er den Mund hängen, dann straffte sich sein Gesicht, er kratzte sich am Kinn, glotzte uns versonnen an. Mooshums Zögern machte die Sache nur spannender. Je länger er sich sträubte, um so neugieriger wurden wir. Wieder drehte er sich weg, senkte den Kopf, griff mit verstohlenem Blick in sein Hemd und schnupfte etwas, was wir nicht sahen. Dann, mit einer schnellen Drehung, schaute er sich zu unserer Mutter um. Sie nahm gerade eine Holzklammer zwischen die Zähne und zwei weitere in die Hand. Sie bückte sich, griff sich einen Kissenbezug, schlug ihn energisch glatt und befestigte ihn mit den zwei Klammern, die sie in der Hand hatte, an der Leine. Die Klammer im Mund war ihre Reserve, oder sie benutzte sie, um ihre Unterwäsche, züchtig wie sie war, unter den großen Laken zu verstecken.

Mooshum spuckte, daß die Dose klingelte, und wartete, ob sich unsere Mutter umdrehte. Sie tat es nicht, und so begann er leise zu erzählen, kehrte zurück zu der Zeit, als der jung war, wenn auch nicht so jung wie damals, als die Tauben den Himmel verdunkelt hatten. Sie waren verschwunden, als die nächste Sache passierte, sagte er, und Joseph fragte, ob die Gebete gewirkt hatten, ob sie die Tauben vertrieben hatten. Um diese Zeit sei alles schon fast verschwunden gewesen, antwortete Mooshum, sogar die Büffel, von denen es unzählige gegeben hatte. Abgeschlachtet, sagte er und spuckte schulterzuckend aus – eine kombinierte Geste, die wir später nachmachten, mit gestohlenem Snus. Wir sollten aber weder Mutter noch Vater etwas von den Dingen erzählen, die er uns nun erzählen werde, meinte Mooshum. Das natürlich ließ uns den Atem stocken, und wir rückten enger zusammen.

Die Stiefel

Mooshum spuckte gedankenverloren aus und verlagerte seinen Snus. Mehrere Male sagte er den Namen Holy Track vor sich hin. Dann plötzlich gab er sich einen Ruck, wie es alte Leute tun, und erzählte uns in einem einzigen Wortschwall, wie es kam, daß er und Junesse, als sie auf den guten Pferden von Mustache Maude ins Reservat zurückkehrten, als Pferdediebe beschuldigt wurden. Eine Zeitlang hatten sie große Mühe, sich die neu gegründete Stammespolizei vom Hals zu halten, die scharf war auf gute Zuchtpferde. Nur dem Einschreiten von Father Severine, der die Obrigkeit mit seinem Gezeter vertrieb, war es zu verdanken, daß sie die Pferde behalten durften. Die junge Stute, die von Junesse geritten wurde, war langbeinig, hatte einen runden Bauch und ein kämpferisches Temperament, war also ein gutes Rennpferd. Mooshum verdiente soviel an den Wetten, daß er eine Kuh kaufen und ein Windrad aufstellen konnte. Die Deckleistungen seines Hengstes tauschte er gegen Hilfe beim Bau einer Hütte aus Eichenstämmen. Aber da er sich auf die Freunde des Rennsports eingelassen hatte – nicht gerade der beste Umgang, sagte Mooshum –, machte er auch Bekanntschaft mit dem Whiskey.

»Aufhören konnte ich immer.« Er zog eine schiefe Grimasse und gestand uns leise, daß es nicht ganz stimmte. Daß der Whiskey seinen eigenen Willen hatte. Oder der Geist, wie er sagte. Ein tückischer Geist. Manchmal wurde Mooshum von ihm überlistet, manchmal befreit.

Am Rand von Mooshums Anwesen wohnte eine Mutter mit ihrem Sohn, sie war eine Cousine von Junesse, und es ging ihr erbärmlich, denn ihre Lunge war verfault. Mooshum breitete die Hände über die Brust. Sie war so schwach, daß sie kaum aus dem Bett kam, um für den Sohn zu sorgen, der dreizehn war und allmählich schlaksig wurde – ein braver

Junge. Solange sie noch bei Kräften war, brachte er seine Mutter jeden Tag zur Kirche. Sie blieb danach sitzen, ins Gebet versunken, während er die lateinische Messe lernte und sich zeigen ließ, wie er Father Severine dabei helfen konnte, Brot und Wein in Leib und Blut des Gottessohns zu verwandeln. Manchmal kam auch Junesse, dann gingen sie zu dritt nach Hause, die kranke Frau in der Mitte, von Junesse und dem Jungen gestützt. Ab und zu blieb sie stehen und hustete Blut in den Straßenstaub, wobei sie sich weit nach vorn beugte, um ihr Kleid nicht zu beflecken.

So ging das den ganzen Herbst, bis es zu kalt wurde. Im Winter wurde die Mutter immer abgezehrter, und als der Schnee endgültig geschmolzen war und das Grün der bitteren jungen Blätter kräftiger wurde, war sie beinahe tot. Junesse schickte Mooshum jeden Tag dorthin, nachsehen, ob ihre Cousine die Nacht überlebt hatte. An einem Frühlingsmorgen brachte er einen Hammer und kleine Nägel mit, wie ihn die Frau geheißen hatte. Außer dem Jungen war auch eine Tante da, die in einem kanadischen Lungensanatorium arbeitete. Das Sanatorium nahm eigentlich keine Indianer, aber weil die Tante so fromm war, hatten die Nonnen ausnahmsweise ein Bett freigemacht.

Die Mutter des Jungen hielt in jeder Hand ein kleines Kreuz. Die hatte der Junge vom Pfarrer bekommen, als Belohnung, weil er die langen Gebete auswendig gelernt hatte. Mit einer Kopfbewegung befahl sie dem Sohn, seine groben, dick besohlten Stiefel auszuziehen und Mooshum zu geben. Dann bat sie Mooshum, die Kreuze auf die Sohlen zu nageln. Er schlug die Nägel vorsichtig von innen ein und bedeckte die Köpfe mit Stücken von ihrer Decke, die er zu diesem Zweck abgeschnitten hatte. Als Mooshum damit fertig war, wankte sie auf ihre Schwester zu, die ihr in einen kleinen Karren half. Auf dem Karren war ihr ein Lager bereitet, und gezogen wurde er von einem zähen alten Pony.

»Trage diese Kreuze«, flüsterte die Mutter ihrem Sohn zu. »Die Krankheit wird dir nicht folgen. Das Böse wird nicht deine Fährte kreuzen. Du wirst leben.«

Der Junge steckte die Füße in seine Stiefel und blieb traurig neben Mooshum stehen, als seine Tante das Pferd mit dem Karren auf den Graspfad führte und dann auf die Straße einbog, die nach Norden führte. Mooshum brachte den Jungen zu einem alten Mann, der, benannt nach dem großen Häuptling Blackbird, Asiginak hieß und allein lebte, weit draußen im Busch. Der alte Mann war der Großonkel des Jungen.

Am Anfang müssen die Stiefel gedrückt haben, sagte Mooshum. Aber als er den Jungen wiedersah, hatte er die Füße mit Lederstreifen umwickelt und sich allmählich an das Gewicht gewöhnt. Die Leute sagten sich, daß die Mutter richtig gehandelt haben mußte, denn der Sohn bekam keinen Husten. Und irgendwann, weil seine Stiefel Spuren mit dem Kreuzeszeichen hinterließen, begannen sie ihn Holy Track zu nennen.

Die Wäscheleine

Mooshum schaute auf, ließ seine Augen blitzen und nickte. Mama hatte alles aufgehängt, was in ihrem Korb war. Dads blaue Lehrerhemden, unsere Hosen, die Laken und das braune Kleid, das ich so haßte, baumelten da, noch ein wenig tropfend, in der Sonne. Durch die Blätter des Eschenahorn sahen wir, wie sich die Wolkenmassen am westlichen Himmel vor dem dunkelgrauen Hintergrund der Regenfront zu leuchtendrosa Türmen aufbauten. Mama behielt uns im Auge. Sie besaß die Fähigkeit, einen völlig ausdruckslos anzusehen, so daß man sich sofort schuldig fühlte, egal ob man etwas ausgefressen hatte oder nicht. Mooshum hörte auf zu sprechen. Sie setzte den leeren Korb ab und kam über das trockene Gras auf uns zu. Ihre festen Schritte wirbelten Staub auf.

»Das brauchen sie nicht zu hören«, sagte sie.

»Was denn?« fragte Mooshum.

»Das weißt du genau.«

»Ach das. *Tawpway*, meine Kleine.«

Normalerweise sorgte sie dafür, daß Mooshum aufhörte, oder sie gab jedem eine kleine Aufgabe, um sicherzugehen, daß ihre Anweisungen befolgt wurden. Aber an diesem Tag schien sie abgelenkt und ging einfach weiter, die Treppe hinauf. Und kaum war sie im Haus verschwunden, rückten wir näher an Mooshum heran.

Die Korbflechter

Im Umkreis der Hütte wuchsen viele Weiden, daher lernte Holy Track bei Asiginak die Kunst des Korbflechtens. Im Frühling schnitten sie Ruten und lagerten sie in Bündeln an einem kühlen Ort, dann spalteten sie Eschenholz für die Rahmen. Sie machten Körbe mit geschnitzten Griffen, Tikinaganan für Babys, breit und flach, sogar herzförmige für die Farmersfrauen. Tag für Tag flochten sie die biegsamen Ruten in die Eschenrahmen, bis ihre Finger steif wie Stöcke waren. Wenn sie dreißig oder vierzig Körbe beisammen hatten, so viele, wie sie tragen konnten, gingen sie auf Verkaufstour.

Holy Track wurde die Körbe reißend los. Er hatte große weiße Kinderzähne, er lächelte schüchtern, und seine Wimpern waren so lang, daß sie Schatten warfen. Asiginak wollte, daß er wie ein Weißer aussah, und hatte ihm die Haare an manchen Stellen so kurzgeschoren, daß sie abstanden wie Borsten.

An einem Tag im Frühsommer, als die wilden Erdbeeren an den Wegrändern reiften und die jungen Enten über die

Sümpfe schwirrten, machten sich die beiden auf den Weg zu den Städten und Farmen außerhalb des Reservats. Überall wo sie anklopften, verkauften sie den einen oder anderen Korb, und sie hatten nur noch zehn übrig, als ihnen Mooshum und Cuthbert Peace auf der Straße entgegenkamen.

»Wir zwei Rabauken«, sagte Mooshum und zwinkerte uns zu, »hatten nichts mehr zu trinken. Also hängten wir uns an die beiden dran, weil wir dachten, daß der Alte genug mit seinen Körben verdient hatte, um seinen Freunden einen Drink zu spendieren.«

»*Gewehn!*« Mooshum machte eine ausholende Bewegung. »›Geht nach Hause‹, sagte der Alte.«

»Aber nicht doch«, Bruder, antwortete ich. »Wir helfen dir beim Tragen.«

Mooshum streckte die Hände aus, als wollte er nach den Körben greifen, aber Holy Track, so erzählte er, hielt sie fest und stapfte unbeirrt neben seinem Onkel her.

Mooshums Freund Cuthbert war rund und braun wie ein Bär, und den Spitznamen Opin, Kartoffel, hatte ihm seine Nase eingebracht. Irgendwas war nach einer Prügelei mit ihr passiert, sie war auf der einen Seite angeschwollen und immer größer geworden und bedeckte inzwischen fast sein ganzes Gesicht – ein seltsamer, unförmiger Klumpen. Er spuckte Tabaksaft aus und zog Holy Track am Arm.

»Laß ihn in Ruhe«, sagte Asiginak. »Sonst treibt deine Kartoffel noch Keime.«

Das nahm Cuthbert krumm. Er zog die Hände weg und stampfte und scharrte mit den Füßen wie ein Hund, der seine Scheiße verbuddeln will. Holy Track lernte immer noch den Katechismus bei Father Severine, aber selbst er mußte über Cuthbert lachen, der wütend davonstapfte, dann aber stehenblieb, seine Zottelmähne schüttelte und sich in die Brust warf wie ein kleines Mädchen. Um es vorzumachen, vollführte Mooshum auf dem Stuhl einen kleinen Tanz. Lachend äffte er Cuthbert nach: »Wenn du wüßtest, was mir meine Nase bringt, und dieser Bauch hier, aber am besten finden die Frauen das hier unten!«

Asiginak versuchte die beiden zum Schweigen zu bringen. »Dieser Junge wird Pfarrer. Er darf so was nicht hören.«

Darauf, so Mooshum, liefen sie stumm hinter den beiden Korbflechtern her, um vielleicht doch noch etwas zu ergattern, bis sich Asiginak umdrehte und drohte: »Tretet nicht in seine Spur!«

Mooshum wiegte versonnen den Kopf und schob seinen Snus in die andere Backe. »Damit meinte der Alte, daß wir's nicht wert waren, seiner Spur zu folgen. Das Böse hatte uns damals in der Gewalt.«

Die Lochren-Farm

Sie folgten ihnen zu einer Farm, die von struppigen Pappeln umgeben war. Die Farm lag in der Nähe der Stadt Pluto, aber die Einfahrt war verdeckt durch eine kleine Anhöhe und das Dickicht um einen Sumpf herum. Kaum hatten sie den Hof betreten, bereute Mooshum, daß er der Fußspur des Jungen gefolgt war, wie er uns erzählte. Er sah sofort, daß etwas nicht stimmte. Die verschmierte Haustür stand weit offen, aus dem Schornstein stieg kein Rauch. Als sie näher kamen, fingen plötzlich die Kühe im Stall zu stöhnen und zu klagen an, weil sie nicht gemolken waren. Das verzweifelte, weithin hallende Gebrüll ließ die Männer erstarren.

Asiginak setzte die Körbe auf dem zertrampelten Boden ab. Eine Kuh schrie wie eine Frau in den Wehen, und sofort wurde alles still. Nach einer kurzen Pause setzte das Quarren und Sägen der Sumpffrösche wieder ein.

»Geht nicht weiter«, sagte Asiginak. »Hier ist der Teufel am Werk.«

Dann hörten sie das Baby schreien. Ein kratziges, dünnes Geräusch, das aus dem Inneren des Hauses kam.

Asiginak griff seine Körbe und wollte weg.

»Das ist ein kleines Kind«, sagte Cuthbert, er packte Mooshum am Hemd und stand wie angewurzelt, in seiner stachligen Kinnlade arbeitete es.

Das Baby schrie weiter, als wüßte es, daß sie draußen standen, aber sie regten sich nicht vom Fleck, und bald erstarb das schwache Geräusch. Der Wind rüttelte die dürren Pappeln, Wollflocken wirbelten umher. Man hörte das Rascheln der jungen, steifen Blätter. Kaum machte Asiginak einen Schritt, fingen die Kühe wieder an zu brüllen, diesmal noch lauter. Vielleicht das Kind auch, aber das konnten sie bei dem Lärm nicht hören.

»Hier ist der Teufel am Werk«, schrie Asiginak. »Sieh dort!«

Aber Cuthbert war schon durch die blutverschmierte Tür ins Haus gegangen. Als er herauskam, trug er das Baby im Arm, und seine Augen quollen raus – genauso sagte es Mooshum, seine Augen quollen raus. Cuthbert wankte mit dem Baby zum Stall, es hatte ein winziges weißes Kleidchen an und eine volle Windel. Die anderen folgten ihm. Auf dem Weg dorthin sahen sie zwei kleine Jungen, die gekrümmt auf der Seite lagen, mitten im Unkraut, als würden sie schlafen, dann einen Mann, dessen Finger sich ins grünschwarze Gras krallten und der mit erhobenem Kopf auf die Jungen zukroch, sie anstarrte, doch er war tot, in seinem Rücken klaffte ein Loch.

»Sieh nicht hin«, sagte Asiginak zu Holy Track.

Die Männer rissen das Stalltor auf und drangen vor, gegen die Barriere aus irrsinnigem Gebrüll.

Es waren zehn Kühe, eine davon tot. Mooshum half Holy Track, die Körbe irgendwo im Dunkeln abzustellen, und schaute sich blinzelnd um. Er nahm sich die erste Kuh vor, dann die nächste. Das Gebrüll ließ nach, bald hörte man das

Zischen der Milch. Die gemolkenen Kühe klangen, als würden sie weinen, leise und wie befreit. Cuthbert legte das Baby in seine Ellenbeuge und hielt ihm eine Zitze an die Lippen. Das Mündchen war kaum zu sehen, aber es saugte die Milch begierig auf. Schließlich war das Kind satt und ließ den Kopf befriedigt zur Seite sinken. Mooshum trieb die Kühe auf die Weide hinaus, und die Männer verließen den Hof. Wie benommen standen sie auf dem Weg und rieben sich die Augen.

Cuthbert starrte verängstigt auf das Kind in seinem Arm. »Ich bringe es weg«, sagte er.

»Wohin?« fragte Asiginak.

»Zum Sheriff.«

»Zum weißen Sheriff?«

Asiginak sah, daß Holy Track wie gebannt zurückblickte, auf den Hof. Sanft drehte er seinen Kopf zur Seite, damit er nicht auf die reglosen Gestalten starrte, sondern ins wäßrige Blau des Horizonts.

Er wandte sich wieder an Cuthbert. »Bist du etwa betrunken? Wir sind Nichtsnutze, Indianer. Selbst ich. Wenn du zum weißen Sheriff gehst, sind wir alle tot.«

»Die hängen uns. Das ist sicher«, sagte Mooshum. Er sammelte Holy Tracks Körbe auf.

»Kein Problem«, sagte Holy Track. »Ich weiß, was zu tun ist. Ich sag's dem Pfarrer.«

Die Männer schauten ihn an.

»Geh bloß nicht zum Pfarrer«, sagte Mooshum.

Cuthbert hielt das Baby fest im Arm. »Wir können das Kleine nicht zurückbringen. Wenn wir gehen, nehmen wir es mit.«

»Das können wir nicht«, sagte Asiginak.

»Ich gehe nicht in dieses Haus zurück«, sagte Cuthbert.

»Du kannst doch schreiben«, sagte Asiginak zu Holy Track. »Schreib auf: *Einer lebt noch auf der Lochren-Farm.* In der Nacht lege ich den Zettel in den Zeitungskasten vom Sheriff. Dann finden sie morgen früh das Baby.«

Cuthbert nickte langsam und überreichte Asiginak das Kind, der ins Haus zurückging. Als er herauskam, schaute er zu Boden und sah die Spuren.

»Wir müssen die Spuren verwischen«, sagte er. »Alle, die wir finden. Zieht die Schuhe aus.«

Die Männer liefen auf dem Hof herum und verwischten alle Kreuze, die Holy Tracks Stiefel hinterlassen hatten. Als sie fertig waren, machten sie sich davon, am Rand der Kuhweide entlang, auf Pfaden, die sich im Wald verloren.

Ein bißchen Medizin

Mooshum lief weg, und wir dachten, er hätte genug vom Erzählen. Und weil es eine so seltsame und schreckliche Geschichte war, blieben wir einfach sitzen. Ich wickelte mir fortwährend eine Strähne um den Finger, und Joseph stierte auf den steinharten Boden.

Die Küchentür knarrte, es war Mama, die nach dem Gewitter sah. Die leuchtenden Wolkentürme wurden vom Dunkel aufgesaugt, aber der Regen schien noch weit entfernt. Im Ahornwäldchen war Wind aufgekommen, die Wäsche an der Leine begann zu flattern. Mama zog den Kopf ein, als würde sie ein Joch schultern, und schlug die Tür hinter sich zu. Mit weiten Schritten lief sie über den Hof und prüfte, ob die Wäsche trocken genug war. Irgend etwas stimmte nicht mit ihr, aber wir erfuhren erst später, was es war. Wäre sie nicht so abgelenkt gewesen, hätte sie vielleicht verhindert, daß uns Mooshum diese Geschichte erzählte – oder auch, daß er an der braunen Medizinflasche nuckelte, die er unter seiner grünen Reißverschlußjacke versteckt hielt. Er zog die Flasche heraus, schüttelte sie kräftig und genehmigte sich einen Schluck. Ein Hauch von wilden Kräutern wehte uns an, und sein Blick war wäßrig, als er die Flasche wieder verstaute.

Mama nahm ein paar Laken ab und ließ ihre Nylonunterwäsche hängen. Noch nie hatte ich ihre Unterwäsche einfach so auf der Leine hängen sehen. Die blaßblauen und rosa Höschen, vom Wind gebläht, blieben ihrer Form treu. Im Vorbeigehen sagte sie zu Mooshum: »Gleich kommt Geraldine, und ich weiß schon, was sie mir erzählen wird.« Von der Treppe her rief sie noch: »Ich werde keine Freude heucheln!«

Mooshum riß mit gespieltem Entsetzen die Augen auf und zog den Kopf ein, als die Tür knallte.

»Was ist mit dem Baby geworden?« fragte Joseph.

»Ein Mann namens Hoag kam und holte es«, sagte Mooshum. Ich glaubte, die Geschichte sei zu Ende, und stand auf, um Mama ins Haus zu folgen. Sicher brauchte sie meine Hilfe beim Zusammenlegen oder Einrollen der Wäsche. Sie war schon so geladen, daß ich ihre Geduld nicht länger auf die Probe stellen wollte. Doch dann nahm Mooshum einen weiteren Schluck aus seiner Flasche und sagte: »In der Nacht kamen sie zu Asiginak.«

»Sie?« Ich machte auf dem Absatz kehrt.

»Wen meinst du denn?« fragte Joseph.

»Die Stadtleute«, sagte Mooshum. »Deshalb erzähle ich euch das. Wildstrand. Die Buckendorfs …«

»Die Buckendorfs?« fragte ich zurück.

»Aber ja! Was dachtest du? In der Nacht kamen sie zu Asiginak, aber er hatte sie gehört und war schon weg. Ich, ich war gekommen, um die beiden zu warnen, und holte den Jungen raus, gerade noch rechtzeitig.«

Der Beichtstuhl

Die kleine Hütte hatte ein winziges Fenster nach hinten, das mit einem Lappen aus Tierhaut verhängt war. Holy Track und Mooshum waren binnen Sekunden durch das Fenster

gekrochen und hatten sich in wilder Flucht in den Wald gerettet. Sie flogen wie Blätter, sprangen in die Bäume, krochen
durch ein Dickicht aus Traubenkirschen und Weiden. Dann
stürzten sie sich in einen Sumpf und tauchten im Schilf unter.
Die Männer hatten Hunde dabei, aber es waren Hütehunde,
keine Jagdhunde, und die bellten bei jedem Anlaß. Vielleicht
witterten sie Asiginak oder irgendein Tier, jedenfalls rannten
sie in die falsche Richtung. Der Feuerschein der Fackeln spie-
gelte sich auf dem Wasser. Trampeln, Füßescharren, wütendes
Kläffen, und weg waren sie. Langsam verebbte der Lärm. Die
zwei arbeiteten sich durch den Morast, bis sie festen Grund
erreichten. Jetzt blieb ihnen nur noch Father Severine. Der
war zwar unzuverlässig und konnte Mooshum nicht mehr leiden, aber Holy Track liebte er sehr.

Während sie dem Pfad folgten, der um die Hügel herum-
führte, vorbei an den Viehweiden, begannen die Vögel in
den Erlen und den wilden Himbeeren zu singen. Mooshum
bat die kleinen Vögel um Hilfe, und Holy Track betete ein
Ave Maria nach dem anderen. Im Laufen sprachen sie über
die Eigenheiten des Pfarrers – daß er ewig brauchte, um die
Hostie zu brechen, und seine Gebete endlos in die Länge
zog, daß es fast unmöglich war, die Augen offenzuhalten und
man sich am liebsten auf den Boden warf, daß der Fußboden weich und einladend aussah, wenn Father Severine seine
Predigten hielt, daß man es kaum aushielt, wenn eine Laus
oder ein Floh zubiß oder man dringend pissen mußte. Sie
waren sich schnell einig, daß es beim Meßdienst immer am
fürchterlichsten juckte, und gestanden sich gegenseitig, daß
ihr Hintern bestens mit einer scharfen Kante der Kniebank
vertraut war, an der sie sich heimlich, aber genußvoll kratzen
konnten.

Am Rand eines Hügels, neben dem ein schmaler Bach von
Sumpf zu Sumpf floß, hörten sie Pferde und verkrochen sich
hinter einer umgestürzten Pappel. Sie hockten hinter dem

Wurzelgestrüpp und hielten die Luft an, als die Weißen vorbeikamen. Asiginak hatten sie nicht gefunden.

»Vielleicht lassen sie uns laufen«, sagte Holy Track.

Die Luft war noch frisch vom nächtlichen Tau, als Holy Track und Mooshum die Kirchentür öffneten und hineinschlüpften. Es roch nach faulem Sackleinen und Feldstaub von all den Kartoffelsäcken, die als Läufer dienten. Eine winzige Lampe flackerte vor dem geschnitzten Schrein, in dem der Pfarrer die Hostien aufbewahrte. Bedeckt war der Schrein mit einem Handtuch, das mit roten Buchstaben bestickt war.

»Diese Sorte Brot schmeckt mir nicht.« Mooshum verzog das Gesicht. »Das ist doch kein Brot! Das taugt nicht mal als Keks. Man kann tausend Hostien fressen und verhungert trotzdem.«

»Sie sollen dir aber das ewige Leben sichern«, warf Joseph ein.

»Bei Holy Track haben sie nicht geholfen«, erwiderte Mooshum.

Der Junge machte einen kurzen Kniefall vor dem Schrein, zog das Handtuch weg, öffnete die goldene Seitentür und aß die Hostien auf. Darauf schloß er die Tür, blies die Kerze aus und erzählte Mooshum, er habe seit Tagen nichts gegessen – seit Asiginak nach Hause gekommen war, wahnsinnig vor Angst, und erzählt hatte, irgendwelche Trunkenbolde hätten alles ausgeplaudert, der weiße Sheriff und vielleicht auch ein paar Farmer wüßten nun, daß Indianer bei der ermordeten Familie gewesen waren. Holy Tracks Hände griffen nach dem Lämpchen, und er trank das ranzige Öl aus der Schale. Sofort verkrampfte sich sein Magen. Er brach in Schweiß aus, rannte ins Freie und preßte die Stirn an die Rückwand der Kirche. Um das Geisterbrot im Magen zu behalten, zwang er sich, tief durchzuatmen und sich auf die Präsenz in seinem Inneren zu konzentrieren. Father Severine hatte ihm seine Seele erklärt.

Jetzt, sagte er zu Mooshum, ist es wirklich so, daß das Brot meine Seele ernährt, meinen Geist, und mir Kraft verleiht, eine Kraft, die ich brauchen werde.

Als es dem Jungen wieder besser ging, half ihm Mooshum, in die Kirche zurückzukriechen. Es gab dort einen Verschlag, eine verdeckte Nische, in der der Pfarrer die Beichte abnahm. Der Zugang war mit einem Sack verhängt. Holy Track kroch hinein und legte sich gekrümmt, die Knie bis ans Kinn gezogen, auf die nackte Erde.

Mooshum ließ ihn dort liegen und trank wie ein Tier aus dem Becken mit fadem Weihwasser. Dann schlief er unter einer Bank, bis die Morgensonne durch die groben Vorhänge schien. Er spähte in die braune Dämmerung des Kirchenraums. Die Tür öffnete sich, und ein schmales Band aus grellem Licht legte sich über den Fußboden. Father Severine näherte sich dem Beichtstuhl mit langen, behutsamen Schritten und schaute hinein.

»Mein Sohn!« hauchte er. Eine tiefe Angstfalte kerbte sich zwischen seine Augenbrauen. »Sind die anderen auch hier?«

»Nein«, sagte Holy Track.

Erleichtert atmete der Pfarrer auf. Der Junge hatte sich auf dem Boden zusammengerollt. Father Severines Blick schwankte zwischen Mitleid und Abscheu und wandelte sich schließlich zu enttäuschter Fürsorglichkeit.

»Ich nehme an, du bist zur Beichte gekommen.« Seine Stimme klang zittrig und schrill. »Du hast eine entsetzliche Tat begangen!« Er schien sich eines Besseren zu besinnen und trat einen Schritt zurück. »Ich bringe dir zu essen, aber mehr nicht«, sagte er und ging. Als er wiederkam, hatte er tatsächlich etwas zu essen bei sich. Mit Tränen in den Augen schaute er zu, wie sein Lieblingsschüler Dosenkekse und getrocknete Pfirsiche aß, kalten Rehbraten, Honig und Brot, das weich war wie Blütenblätter. Mooshum verhielt sich mäuschenstill, obwohl sein Magen knurrte.

Holy Track aß mit feierlicher Hingabe. »Sie waren alle tot, bis auf das kleine Kind«, sagte er mit vollem Mund.

Während er noch schluckte, hörte man draußen Männer lärmen. Der Pfarrer stand auf.

»Nichts, wir haben nichts gemacht … niemals«, sagte Holy Track, aber seine Zunge war vom Honig beschwert, und er konnte nicht schlucken, sein Mund war viel zu trocken.

»Du hast dich dazu anstiften lassen«, sagte Father Severine. Seine Augen flossen über. »Bleib versteckt, ich rede mit ihnen.«

Die Schwestern

Mit einem auffallend lauten Knall schlug die Tür zu. Mooshum spuckte aus, Joseph zuckte zusammen, ich sprang auf. Mam kam die Treppe herunter, diesmal mit ihrer Schwester Geraldine, und als sie vorbeigingen, hörte ich meine Tante fragen: »Wer hat dir das erzählt?« Schon waren sie durch den halben Hof, vorbei an den verwilderten Büschen und der aufgehängten Wäsche, für die sich Mama diesmal überhaupt nicht interessierte, so sehr waren sie in ihr Gespräch vertieft, Mama mit hochgezogenen Schultern, ihrer Schwester halb zugewandt. Von hinten sahen sie sich ziemlich ähnlich. Ihre schwarzen Dauerwellen wippten anmutig in Nackenhöhe. Mama hatte eine grüne Bluse an, Geraldine eine gelbe. Ihre dunklen Röcke waren lang, wohlgerundet und stramm gegürtet, ihre Füße, die in Leinenslippern und Söckchen steckten, wirkten dagegen zierlich. Mama schmierte ihre Slipper mit weißer Schuhkrem ein, damit sie sauber blieben. Die Sachen, die sie trugen, waren gebraucht, sahen aber immer tiptop aus. Die Leute dachten, sie würden nach Fargo zum Einkaufen fahren, aber in Wirklichkeit kamen ihre Sachen von der Mission.

Sie gingen bis zum Ende des Hofs, wo sich das alte, mit Schaufeln und Hacken vollgestopfte Klohäuschen befand. Dort standen sie mit verschränkten Armen, ihre Münder bewegten sich, ihre Röcke flatterten im heißen, nach Regen riechenden Gewitterwind. Als Mooshum sah, daß Mama abgelenkt war, sprach er weiter. Aber nicht mit der üblichen Geschichtenerzählerstimme. Er sprach nicht direkt zu uns, versuchte nicht, uns mit Worten und Gesten zu fesseln. Diesmal war es anders. Als müßte er einem vorbestimmten Pfad folgen, als könnte er nicht verhindern, daß sich seine Geschichte Bahn brach. Dies war das einzige Mal, daß er sie bis zu Ende erzählte.

Die Meute

Draußen vor der Kirche überschlugen sich die Stimmen. Erst hörten sie die erstickten Einwände des Pfarrers, dann Gepolter wie ein rollendes Faß. Mooshum achtete nicht darauf, stopfte sich mechanisch mit dem Essen voll, das ihm Holy Track hinschob. Was er mitbekam, war das Hin und Her, das Aufeinanderprallen der Wörter, bis der Lärm der Männer und ihrer Pferde zu einem einzigen Geräusch anschwoll, einem Gewirr aus Keuchen und Stampfen. Dann folgte eine kurze Stille, in der sie hörten, wie der Wind durch den Dachfirst fuhr. Plötzlich sprang Holy Track auf, stopfte sich die Fleischreste in die Taschen und rollte sich zusammen mit Mooshum unter die hinterste Bank.

Die weißen Männer stießen Father Severine beiseite und drangen in die Kirche ein. Mit schweren Stiefeln polterten sie durch den Mittelgang und gingen vor jeder Bank in die Knie. Manche bekreuzigten sich. Sie schauten hinter den Altar und in den Beichtstuhl.

»Er ist schon wieder weg«, sagte eine helle Stimme.

»Einen haben wir doch schon. Hängen wir den, den wir haben«, rief ein Mann von draußen. Eine schöne, klangvolle Stimme mit deutschem Akzent.

Father Severine draußen vor der Kirche erstarrte, als Asiginak herbeigezerrt wurde. Sein Mund ging auf und zu, als bliebe ihm die Luft weg, mit fahrigen Gesten wollte er den alten Mann segnen. Asiginak schlug ihm auf die Hände.

»Laß das!« schrie er. »Nimm lieber die Leute weg!«

Holy Track unter der Bank hörte seinen Onkel. Asiginak stieß einen durchdringenden Angstschrei aus und brüllte auf Ojibwe: »Ich will nicht allein sterben!«

Father Severine wankte und suchte Halt an einem Baum. Und plötzlich hielt alles inne. Die Männer merkten, daß jemand in der Kirchentür stand. Wie auf Befehl drehten sie sich um.

»Onkel, ich gehe mit dir«, sagte Holy Track.

Mooshum kroch unter der Bank hervor, um Holy Track zurückzuholen. Er versuchte die Tür zuzuhalten, aber die Bukkendorfs zwängten sich durch, packten die beiden mit ihren langen Bauernarmen und trugen sie hinaus wie Heuballen. Einer hielt den Jungen am Nacken fest. Der bereute natürlich, herausgekommen zu sein, als er sah, wie sehr sich Asiginak wegen seines Angstschreis schämte. Aber er blieb standhaft und bekreuzigte sich wieder und wieder, bis ihm die Weißen die Hände auf den Rücken banden und ihn zusammen mit Mooshum und Asiginak auf den Wagen warfen. Father Severine schrie lateinische Wörter, klammerte sich an die Seitenwand, stieß nutzlose Drohungen und Trostsprüche hervor und stolperte nebenher, während der Wagen bergab rumpelte. Bald blieb sein Gezeter hinter ihnen zurück. Asiginak saß mit gesenktem Kopf und starrte auf seine Füße. Schließlich sagte er zu Holy Track: »Ich wußte nicht, daß du da drinnen warst. Meine Worte waren nicht für dich bestimmt.«

Holy Track zuckte nur die Schultern.

Im Gebüsch blühten die wilden Pflaumen. Die Weiden trieben aus und zeigten ihre schmalen Blätter. Die Sümpfe glitzerten im Morgenlicht. Während die *chimookamanag* überlegten, welcher Baum in Frage kam, trafen sie auf zwei andere Männer, die Cuthbert an einem Pferd hinter sich her schleppten. Sie zogen ihn langsam, damit sie auch ihn hängen konnten. Cuthbert sah aus wie eine riesige, staubbedeckte Raupe. Sie schnitten ihn ab und hievten ihn auf den Wagen.

»Ah!« sagte er nach einer Weile, sein Gesicht war blutverschmiert. »Die haben mir das Schlimme von meiner Nase abgerubbelt. Schade, daß ich sterben muß, jetzt, wo ich schön bin.«

»Du bist immer noch häßlich, Bruder«, sagte Asiginak.

»Dann müssen ja die Frauen nicht viel vermissen«, sagte Cuthbert. »Das tröstet mich.«

Der Wagen rüttelte sie alle durch – auf angenehme Art. Als sie über die Grenze kamen, zu den Feldern und Straßen außerhalb des Reservats, standen die Farmer wie festgewurzelt auf ihren Äckern und verfolgten mit ihren Blicken die langsame Prozession von Männern, Pferden und gefesselten Indianern.

Das Kind

Mooshum schaute zu seinen Töchtern, die sich in der hintersten Ecke des Hofes stritten, und nahm einen gut bemessenen Schluck von seiner Medizin. Mama und Geraldine verstummten plötzlich und blickten besorgt gen Himmel. Sie gingen zur Wäscheleine hinüber, aber bevor sie auch nur eine Klammer angefaßt hatten, stritten sie schon wieder. Statt die restliche Wäsche einzuholen, blickten sie zu uns herüber, um sicherzugehen, daß wir nicht zuhörten. Doch sie fühlten sich beobachtet, zogen mit wehenden Röcken ab und gingen vors Haus. Wir wandten uns Mooshum zu. Er erzählte uns noch mehr von der Geschichte. Von dem kleinen Bruder einer Frau, die Electa Hoag hieß – na, klein war er nicht mehr, sondern schon siebzehn. Und in der Nacht nach dem Mord lief er davon, mit zwei von ihren frischgebackenen Broten, seinen Schuhen, einer Wolljacke und einem Overall zum Wechseln. Auch die Kappe ihres Mannes Oric fehlte am Haken neben der Tür. Oric war von Colonel Benton Lungsford und dem Sheriff abberufen worden und so schnell aus dem Haus geeilt, daß er nicht einmal Zeit fand, sich zu fragen, wo er die Kappe gelassen hatte. Daß Tobek durchgebrannt war, hätte ihm Electa sagen können, als die Männer wenig später von der Farm zurückkamen. Hätte. Wenn sie nicht so überrascht gewesen wäre von dem kleinen Kind, das Oric in die Höhe hielt. Sie war viel zu sehr abgelenkt von dem Baby und dann in Anspruch genommen, als er sich vom Sattel herunterbeugte und ihr das Kind in die Arme legte. Statt zu schreien, schaute das Kind sie an, still und voller Vertrauen, schaute ihr direkt in die Augen – wie ein erwachsener Mensch, der in einem winzigen Körper steckt. O ja, später, da hat es sehr geschrien, erzählte sie Mooshum, da hat es sich wieder in ein richtiges Baby verwandelt. Das war, nachdem die Männer sich was zum Essen rausgeholt hatten und wieder weg waren und sie allein mit dem Baby war, als sie es säuberte und zu füttern versuchte. Kaum hatte sie von den Morden erfahren, hatte sich Electa vorgenommen, Oric zu sagen, daß Tobek seine Kappe mitgenommen und verloren hatte, irgendwo auf der Farm abgelegt haben mußte, unter Schock. Kaum hatte sie erfahren, was passiert war, nahm sie sich vor, niemandem zu sagen, daß Tobek verschwunden war, vorerst nicht und so lange nicht, wie es ging.

»Wenn sie es erzählt hätte …« sagte Mooshum. »Wenn sie es doch nur erzählt hätte … Und dann war da Johann Vogeli. Mein alter Freund Vogeli. Als er vom Stall zurückkam, sah er seinen Vater Frederic eine Zigarette rauchen, mitten am Tage.

»Was ist daran so seltsam?« fragte ich.

»Ich weiß nicht«, sagte Mooshum.

Vogeli

Frederic Vogeli stand auf dem Hof und unterhielt sich auf deutsch mit den Buckendorfs. Johanns tote Mutter hatte ein komplizierteres Deutsch gesprochen. Ihre Stimme wurde immer leiser in seiner Erinnerung, oder sie brauchte sich auf wie alles andere an ihr. Sie hatte Briefe an ihre Verwandten in Heidelberg geschrieben und Abschriften gemacht, Liebesbriefe an Frederic geschrieben und Mitteilungen für Johann, und sie hatte gewissenhaft Tagebuch geführt, mit all den kleinen Abenteuern und dem, was sie im Alltag so erlebte – nur über die Prügel, mit denen Frederic sie traktierte, als sie krank wurde, hatte sie nichts geschrieben. Sei's drum: Frederic hatte dieses Geschreibsel nie leiden können, und er riß immer, wenn er eine Zigarette drehte, eine Seite aus dem Tagebuch oder benutzte das feine Papier eines Briefs. Johann ärgerte das sehr.

Er kam also um die Hausecke, und da standen sie. Auch die Buckendorfs rauchten. Sein Vater hatte ihnen Zigaretten gedreht. Das schlanke Papierröhrchen mit Tabak überragte das mächtige Kinn des jüngeren Buckendorf. Während sie dastanden und redeten, sah Johann, wie die wohlgeformten Wörter seiner Mutter in ihren Lungen verschwanden und als formloser Rauch zurückkehrten.

Johann ging ins Haus und suchte ein neues Versteck für das Tagebuch seiner Mutter. In den Monaten seit ihrem Tod war er einen Kopf gewachsen und hatte Muskeln angesetzt. An die Kräfte, die er jetzt besaß, war er noch nicht gewöhnt.

Als er wieder herauskam, packte Frederic ihn beim Kragen. »Hol die Pferde«, sagte er und stieß ihn in Richtung Koppel. Johann brachte ihm das Pferd, das Nadel hieß, worauf ihm der Vater befahl, auch Girlie zu satteln. Als sie aufsaßen, sagte der Vater: »Jetzt kriegst du was zu sehen.« Und sie ritten los, den Buckendorfs nach.

»Das war also Johann«, sagte ich. »Den du Der Deutsche genannt hast.«

»*Jawohl*«, sagte Mooshum. »Der Deutsche. Später hat er mir erzählt, was passiert ist, als er und sein Vater die anderen einholten und ihnen der Sheriff und der alte Colonel den Weg verstellen wollten.«

Das Sterbelied

Colonel Benton Lungsford und der Sheriff, der Quintus Fells hieß, holten die Meute ein, als sie nach einem geeigneten Richtplatz suchte. Oric Hoag war hinter den anderen zurückgeblieben und kam langsam näher. Die Männer standen an einem Brunnen, schauten in den Schacht, stritten sich und prüften das Seil, an dem der Eimer hing. Lungsford und der Sheriff nahmen mit ihren Pferden Aufstellung vor dem Wagen und blockierten den Weg.

»Nun, Freunde«, sagte Sheriff Fells auf seine lockere Art, »ich sehe, ihr habt uns die Arbeit abgenommen.«

»Und die bringen wir auch zu Ende«, sagte Frederic Vogeli.

Eugene Wildstrand, ein Nachbar der ermordeten Familie, und William Hotchkiss, Schlosser und Getreidehändler, bauten sich mit ihren Pferden dicht vorm Sheriff auf. Einige Männer waren zu Fuß. Zwei oder drei fuhren sogar auf dem Wagen mit, der von Emil Buckendorf gelenkt wurde. Seine helläugigen Brüder saßen neben ihm auf dem Bock, die Hände im Schoß, und sahen aus wie zu groß geratene Kinder in der Kirchenbank.

»Steigt ab«, sagte Sheriff Fells. »Ich bin der Befehlshaber, es ist meine Pflicht, die Verdächtigen hinter Schloß und Riegel zu bringen.«

»Befehlshaber?« Emil Buckendorf schnaufte verächtlich in den Bart. Einer der Brüder lachte. Der andere, der mit dem vorstehenden Kinn, starrte auf seine Knie.

William Hotchkiss beugte sich im Sattel vor und zückte ein altes Repetiergewehr. Sheriff Fells hatte sein Gewehr gezogen, und Colonel Lungsford hielt die Hand an den Revolver, den er im Spanisch-Amerikanischen Krieg getragen hatte und seitdem gut geölt und geputzt in einem besonderen Fach aufbewahrte. Die Pferde tänzelten nervös und standen so dicht, daß sich die Männer streiften.

»Ihr habt da ein Kind gefangen«, sagte Colonel Lungsford zu dem Trupp. »Weiter nichts.«

»Das ist ein Mörder«, sagte Vogeli.

»Habt ihr denn kein Gewissen?« Wildstrand straffte die Zügel, spuckte aus und fixierte den Sheriff und den Colonel mit kaltem Blick. Mit Augen spitz wie Reißzwecken auf weißem Papier. »Seid ihr nicht in dem Haus gewesen?«

Plötzlich war William Hotchkiss hinter Colonel Lungsford und stieß ihm den Gewehrlauf in den Rücken. Lungsford drehte sich um und schob den Lauf beiseite, weg von seinen Nieren.

»Nimm das Ding weg, du Idiot«, sagte er.

Vogeli schirmte Hotchkiss von Sheriff Fells ab.

»Tut uns leid, Jungs«, sagte Wildstrand. »Was sein muß, muß sein.«

Er beugte sich vor und schoß dem Pferd des Sheriffs zwischen die Augen. Der Sheriff warf die Arme hoch, als er mit dem Pferd zu Boden ging. Knochen krachten wie ein Peitschenknall, ein Geräusch, bei dem alle zusammenzuckten. Die Männer wechselten Blicke, Asiginak wollte vom Wagen herunter, zum Sheriff. Einer der Buckendorfs stieß ihn zurück.

»Jetzt sind wir erledigt«, sagte Cuthbert. Er würgte an dem Blut, das ihm aus der Nase in die Kehle rann.

Emil Buckendorf griff die Zügel, und der Wagen rollte los.

»Wir haben noch keine Stelle, wo wir die Indianer hängen«, sagte William Hotchkiss. »Wie wär's mit Orics Rindergalgen?«

»Ich hab damit nichts zu schaffen!« schrie Oric, der den Trupp gerade eingeholt hatte. Er sprang vom Pferd, um Quintus Fells zu Hilfe zu eilen. Der Sheriff lag hechelnd unter dem toten Pferd und machte »ho, ho, ho …« Seine Augen verdrehten sich, bis man das Weiße sah, dann wurde er ohnmächtig. Lungsford sagte »Verdammt« und noch ein paar andere Wörter. Er stieg ab, um Oric bei der Befreiung des Sheriffs zu helfen. Den Wagen ließ er passieren.

Jabez Woods, Henric Gostlin, Enery Mantle und all die anderen standen stumm am Straßenrand und sahen den bewaffneten Reitern zu. Jetzt liefen sie los, neben dem Wagen her, den zweispurigen Grasweg entlang.

»Vielleicht über den Hügel«, sagte Mantle. »Die Bäume auf dieser Seite hier sind zu mickrig.«

»An den guten Bäumen sind wir vorbei, die stehen hinter der Reservatsgrenze«, sagte einer der Buckendorfs.

»Wir brauchen nur einen Ast«, sagte Wildstrand. Er warf einen Blick in den Wagen, sein Gesicht war aschfahl unter der sonnverbrannten Haut, als wäre alles Blut aus ihm gewichen.

»Diese Leute waren schon tot«, schrie Cuthbert und riß Holy Cross aus seiner Schockstarre. Mooshum beobachtete alles und sagte nichts. »Wir haben sie gefunden, aber wir haben sie nicht umgebracht. Wir haben die Kühe gemolken, wir haben das Baby gefüttert. Ich, Cuthbert, habe das Baby gefüttert! Eure bösen Indianer, das sind nicht wir, das sind die im Süden!«

»Rede nicht schlecht von den Bwaanag«, sagte Asiginak. »Sie haben mich adoptiert.«

Cuthbert hörte ihn nicht und redete weiter auf die Weißen ein. »Wir sind doch genauso wie ihr!«

»So wie wir?« Hotchkiss beugte sich über den Rand des Wagens und schlug ihm den Gewehrkolben ins Gesicht. »Von wegen!«

»Stimmt«, sagte Asiginak auf Ojibwe. »Ihr seid der Irrsinn auf Erden.«

Cuthberts Kopf war blutüberströmt. Blutverklebtes Haar verdeckte seine Augen, sein Hals schwamm in Blut, sein schmutziges Hemd war von oben bis unten durchtränkt. Er sprach Ojibwe unter seiner blutigen Maske und sagte zu Holy Track: »Mach dir keine Sorgen. Die haben auch einen jungen Burschen dabei. Bald wird sich einer besinnen und auf den Sheriff hören. Sie lassen dich laufen. Wenn du von meinem Tod berichtest, erzähl von meinem Mut. Ich singe jetzt mein Sterbelied.«

»Ich hoffe, es fällt dir ein, bevor du dir in die Hosen scheißt«, sagte Asiginak.

»Aiii! Ich überlege ja schon, wie es ging.«

Die beiden Männer begannen ganz leise zu summen.

»Um ehrlich zu sein«, sagte Cuthbert nach einer Weile, »habe ich nie ein Sterbelied bekommen. Ich wurde nicht für würdig erachtet.«

»Denk dir eins aus«, sagte Asiginak. »Ich helfe dir.«

Sie schlugen den Takt auf den Knien und summten eine Klagemelodie. An Mooshum richteten sie kein einziges Wort. Er blickte hinaus auf die Felder, die frisch gepflügt und bestellt waren, mit geraden Furchen und dem ersten zarten Grün. Der Himmel war von einem herrlichen Blau, zum Horizont hin dunstig mit einem Stich ins Grüne, genauso wie ein Drosselei, und die Wolken hoch oben sahen aus wie weiße Flaumfedern.

Sie kamen zu einem Baum, der passend schien, aber den Weißen waren die Äste zu schräg und zu dünn. Unter einem anderen Baum stritten sie sich und nahmen Maß mit ihren Armen und Händen. Offenbar war ihnen auch der nicht gut genug.

»Dann haben wir wenigstens Zeit, unser Lied zu üben«, sagte Cuthbert. Er wischte sich das Gesicht ab. Es sah aus, als wäre sein Nasenklumpen restlos verschwunden.

»Wenn ich dich so ansehe«, sagte Asiginak, »muß ich sagen, du wärst ein hübscher Bursche gewesen, mein Freund.«

»Danke«, sagte Cuthbert.

»Der Baum da drüben ist gut«, sagte Emil Buckendorf.

Mooshum hörte ein Schluchzen und dachte erst, er wäre es selbst, der so schluchzte, denn genauso klang es, aber dann merkte er, daß es Johann Vogeli war. Der Junge ritt neben ihm, seine Hände krallten sich in die Mähne des Pferds, Tränen liefen ihm über die Wangen. Frederic Vogeli zog gleichauf, holte aus und schlug ihm mit dem Handrücken ins Gesicht. Fast wäre Johann rücklings vom Pferd gestürzt. Als er das Gleichgewicht wiedergefunden hatte, veränderte er sich. Er wurde breiter, größer, irgend etwas in ihm trat zutage, fing Feuer, explodierte. Mit einem Satz stürzte er sich auf seinen Vater und umklammerte ihn. Der flog seitlich vom Sattel und landete unter seinem Sohn, der auf dem Vater über den Boden rutschte wie auf einem Schlitten. Er schlug dem Vater mit der Faust ins Gesicht, als würde er auf den Tisch hauen, aber das mit aller Kraft, als wollte er den Tisch – oder das Gesicht – zertrümmern. Mit der anderen Hand hielt er die Kehle seines Vaters gepackt. Der Wagen fuhr ruckelnd weiter, der Trupp folgte ihm und ließ Vater und Sohn zurück, die sich im Staub wälzten – tretend, strampelnd –, dann aufstanden, sich weiterschlugen, wieder zu Boden gingen. Der Kampf wurde immer komischer, je weiter sie sich entfernten. Am Ende sah man nur noch zwei schwarze, auf und ab hüpfende Witzfiguren am weiten Horizont.

»Der Junge hat jedenfalls ein gutes Herz«, sagte Cuthbert.

»Hoffentlich bringt er seinen Vater nicht noch um«, sagte Asiginak. »Da könnte er schwer dran tragen.«

Cuthbert stimmte ihm zu.

»Du konntest also noch mit Cuthbert reden?« fragte Joseph. Seine Stimme klang belegt. »Und Holy Track? Und Asiginak? Sie sind doch noch alt geworden, oder?«

»Nein«, sagte Mooshum.

»Oh«, sagte Joseph.

Himmelsflügel

Die Eiche breitete ihre Äste in alle Richtungen. Wahrscheinlich war sie hundert Jahre lang in Ruhe gewachsen.

»Ich kann euch den Baum heute noch zeigen, am Rand von Woldes Feldern«, sagte Mooshum. »Dort legen sie Tabak ab. In den Zweigen hängen Gebetswimpel.«

Die Männer ritten zu dem Baum, saßen ab und umrundeten ihn, blickten hinauf und zeigten auf zwei Äste, die waagerecht aus dem Stamm traten und sich nach oben bogen wie ausgebreitete Arme. Dies sei der geeignete Baum, sagten sie und winkten den Wagen heran. Fünf oder sechs Stricke lagen ordentlich zusammengerollt unter dem Stroh der Ladefläche. Enery Mantle und die Buckendorfs holten die Stricke heraus und berieten, welche sie verwenden sollten. Dann prüften und erneuerten sie die Knoten, umständlich, mehrere Male, immer im Streit, und warfen die Stricke über den Ast. Sie probierten die Schlingen aus und berieten, wer die Pferde schlagen sollte und wann.

»Die wissen nicht mal, wie man eine Karnickelschlinge legt«, sagte Cuthbert. »Oder einen Mann erhängt. Das gibt Probleme.«

Holy Track jammerte und protestierte. Asiginak reagierte nicht. Mooshum starrte ins Leere und tat, als wäre er schon tot.

»Der Michif wird es schaffen«, sagte Cuthbert und meinte Mooshum. »Der windet sich da raus.«

Asiginak riß sich aus seiner Versunkenheit und berührte seinen Neffen an der Schulter.

»Ich betrachte dich als meinen Sohn«, sagte er zu Holy Track. »In die Geisterwelt gehen wir gemeinsam. Ich wäre diesen Weg nicht gern allein gegangen. *Howah!* Du hast mein Herz mit Stolz erfüllt, als du aus der Kirche kamst.«

»Danke, Onkel« sagte der Junge leise. »Ich betrachte dich auch als meinen Vater.«

»Bald sehen wir sie wieder«, sagte Cuthbert. »Alle unsere Verwandten.« Er berührte den Jungen am Arm. Sein Lächeln war schrecklich unter all dem geronnenen Blut. *»Aniin izhinikaazoyan?«*

»Charles.«

Cuthbert schüttelte den Kopf. »Nicht deinen Priesternamen. Auch nicht unseren Spitznamen für dich, Holy Track. Wie rufen dich die Geister?«

Holy Track sagte es.

»Everlasting Sky. Schön. Du hast einen guten Namen. Sag deinen Namen der Person, die dich auf der anderen Seite in Empfang nimmt. Dann kommst du in die Anishinaabeg-Geisterwelt. Deine Mama und dein Deydey erwarten dich dort, mein Junge. Hab keine Angst.«

»Wehr dich nicht gegen den Strick«, sagte Asiginak mit zitternder Stimme.

Wildstrand befahl den vieren, aufzustehen, und erneuerte die Knoten, mit denen ihre Hände auf den Rücken gefesselt

waren. Emil Buckendorf stellte sie auf der Ladefläche nebeneinander, legte jedem eine Schlinge um den Hals und zog sie
ein wenig fest, damit sie besser saß.

Henric Gostlin bestieg den Wagen.

»Er will nicht, daß der Junge gehängt wird«, sagte Emil
Buckendorf.

Einer seiner Brüder meinte: »Ja, laßt ihn laufen.«

Eugene Wildstrand lief rot an. »Wart ihr dort?« fragte er
und richtete den Blick auf Gostlin, dann der Reihe nach auf
alle anderen. »Wart ihr dort? Auf dem Hof? Ihr wart dort.
Ihr habt es gesehen.« Er hielt ihren Blicken stand, von seinem
Gesicht ging ein merkwürdiges Leuchten aus.

»Das Mädchen«, rief er. »Die Frau. Die zwei Jungen. Und
mein alter Freund. Alle.«

Emil starrte seine Brüder an, bis sie nickten und zu Boden
schauten. Henric Gostlin ging einfach davon, den Weg zurück, und schlug seinen Hut am Hosenbein aus. Die Männer
bei den Pferden zuckten zusammen, als Asiginak und Cuthbert zu singen anfingen, mit hoher Stimme. Cuthberts wildes
Falsett durchschnitt die Luft. Asiginak stimmte ein, und Holy
Track war fast getröstet, als er ihre machtvollen Stimmen vernahm. Und die Worte in der alten Sprache.

Diese Weißen sind nichts.
Sie können uns nichts anhaben.
Ich werde dem Geheimnis ins Auge schauen.

Sie sangen das Lied zweimal, dann gaben sich die Bukkendorfs ein Zeichen und machten den Wagen fertig. Emil
beruhigte die zwei Pferde und zählte rückwärts, damit die
Peitschen zur gleichen Zeit zuschlugen. Der Junge wollte das
Lied seines Onkels mitsingen, aber er konnte nur das eintönige Wiegenlied summen, mit dem ihn seine Mutter in den
Schlaf gesungen hatte. Die Buckendorfs hoben die Arme und

schlugen die Pferde zur gleichen Zeit, dann noch einmal, kräftiger. Der Wagen machte einen Satz, blieb stehen, und ruckte vorwärts. Die vier taumelten, aber hörten nicht auf zu singen. Dann schließlich liefen die Pferde los. Nach sechs Metern blieben sie stehen. Die vier versuchten weiterzusingen, als sich die Schlingen zuzogen. Der Junge war zu leicht für einen schnellen Tod. Er würgte, trat ins Leere, drehte sich am Strick. Hörte, wie erst Cuthbert, dann sein Onkel verstummte. Hinter seinen geschlossenen Lidern lauerte die schwarze Angst, bis ihm seine Mutter befahl, die Augen aufzumachen, und er ins dunstige Blau starrte. Da wurde es besser. Die winzigen Federwölkchen, ganz weit oben, wurden zu Flügeln und strebten dem Himmel zu, schneller und schneller.

Bitterer Tee

Als das Gewitter über uns hinwegzog, mit tiefen, schwarzbäuchigen Wolken, brachte Mooshum seine Erzählung zu Ende. Die Laken flatterten, die Overalls und Mooshums Arbeitshemden blähten sich zu Ballons. Sogar die pastellfarbenen Höschen meiner Mutter standen schräg im Wind, ihre BHs wickelten sich um die Leine. Meine Mutter mußte irgendwohin verschwunden sein, zusammen mit Geraldine, und die leeren Körbe rollten umher.

Ich sprang auf, als die ersten Tropfen auf meine Schultern klatschten, und nahm die Wäsche ab. Der heftige Wind riß mir die Sachen aus den Händen, ein T-Shirt schloß mich in die Arme. Ich war noch in der Geschichte gefangen und mußte mich sehr konzentrieren, um meine Gedanken zu sortieren und die Wäsche sicher ins Haus zu bringen.

Meine Mutter kam nach mir herein, völlig durchnäßt. Auf dem Rückweg vom Haus unseres Onkels war sie vom Regen überrascht worden, der aber ihr Feuer nicht gelöscht hatte. Jedenfalls war es die Sorte Gewitter, die schnell vergeht und keine Abkühlung bringt. In der Küche redete sie nur kurz mit Mooshum, schon war sie wieder draußen, um die Sachen aufzuhängen, die ich eben abgenommen hatte. Diesmal versteckte sie ihre Unterwäsche besser. Mooshum war mit ihr hinausgegangen, er stand ein wenig geduckt neben ihr und hielt den Klammerbeutel. Ich dachte, sie hätte mit ihm geschimpft, weil er uns die Geschichte von dem erhängten Jungen erzählt hatte, aber als sie zurückkkam, hielt sie seine Hand, den Korb hatte sie wieder draußen gelassen, und sagte nur: »Ich kann sie nicht daran hindern, sich mit ihm zu treffen, sie hängt an ihm. Obwohl sie weiß, daß er ein heimliches Verhältnis hatte – mit dieser Ärztin. Du weißt genau, wen ich meine.«

Ich tat, als wäre ich beschäftigt und würde nicht zuhören, aber sie ließ sich nichts vormachen. Und ich wollte unbedingt wissen, was es mit der Ärztin auf sich hatte.

»Ah, gut. Evelina. Ich brauch dich zum Kartoffelschälen.«

»Wollen wir heute abend unser Haar hochstecken, so wie Geraldine?«

Mama durchbohrte mich mit ihrem Blick, und ich schaute zur Seite. Ich zog am Ring der Falltür mit der zerbeulten Blecheinfassung, die ins Küchenlinoleum eingelassen war, und stieg behutsam die Leiter in den Keller hinab. Sie reichte mir eine Siebschüssel nach.

»Ich sperre dich da unten ein, wenn du Geraldine noch einmal erwähnst.«

Mit den Kartoffeln im Sieb kam ich hochgeklettert. Doch von unten hatte ich gehört, daß sie mit Mooshum über den Richter sprach, und brachte das mit ihrer Wut auf Geraldine in Verbindung. Natürlich lag ich falsch, und zwar vollkommen. Ich glaubte, daß Geraldine (ausgerechnet sie!) etwas Verbotenes getan hatte und nun vor Gericht gestellt wurde, eine Strafe zahlen oder ins Gefängnis mußte. Genau das hatte ich geglaubt.

Am nächsten Tag kamen Onkel Whitey und Shamengwa zu uns herüber. Onkel Whitey brachte mir Kampftechnik bei, und ich boxte gegen seine Hände.

»Du bist schnell«, sagte er, »aber nicht schnell genug.«

Immer versuchte ich meinen Kopf wegzuziehen, bevor er mein Ohr berührte, aber ich schaffte es nie.

»Du mußt denken wie eine Schlange«, sagte er. »Nicht denken, sondern reagieren.«

Aber er wußte schon, daß ich eher zum Denken neigte und niemals seine blitzartigen Reflexe entwickeln würde. Genausowenig wie Joseph.

»Junge, du bist nicht zu gebrauchen«, sagte Onkel Whitey. Er war groß und stämmig und hatte ein indianisches Elvis-Gesicht mit der passenden Tolle, die er mit Haaröl aus einer hellila Flasche zurückkämmte. Manchmal wohnte er bei uns und schlief auf der Couch.

»Was ist denn los mit Tante Geraldine?« fragte ich ihn.

»Wenn ich das verrate, bin ich so gut wie tot«, sagte er. »Streng geheim.«

»Holen wir uns Handschuhe«, sagte Joseph, »und gehen wir raus hinter den Schuppen, dann können sie reden, was sie wollen über Tante Geraldine. Über Klatsch sind wir Männer doch erhaben.«

»Ich bin dabei«, sagte Whitey und zeigte ihm die Halbliter-flasche Four Roses, die er unterm Hemd stecken hatte.

Also blieb ich allein mit Shamengwa und Mooshum, und nachdem ich eine Weile bei ihnen gesessen und Wasser getrunken hatte, fragte ich sie, was Geraldine gemacht hatte, daß meine Mutter so wütend auf sie war.

»Gemacht?« sagte Mooshum und tat auf einmal so, als wüßte er von nichts. »Gemacht hat sie gar nichts.«

»Noch nicht«, sagte Shamengwa mit unbewegter Miene.

Shamengwa hatte seine Geige mitgebracht, aber er zupfte und stimmte nur an ihr herum und schimpfte über die schlechte Qualität der Saiten.

Daher fragte ich Mooshum, was mit den Männern passiert war, die unsere Leute gelyncht hatten.

»Du hast davon erzählt!« zischte Shamengwa durch die Zähne.

Seinen Bruder im Auge behaltend, sagte Mooshum zu mir: »Die Buckendorfs sind reich und fett geworden und haben sich überall breitgemacht, die halbe County gehört ihnen.

Und Wildstrand – keiner hat ihn wegen Mord verklagt. Sheriff Fells wurde zum Krüppel, und der alte Lungsford war so verbittert, daß er in die Zivilisation zurückging – so nannte er Minnesota. Er zog nach Breckenridge, wo sie 1928 den Sheriff hängten. Offenbar konnte er diesen Dingen nicht entkommen. Ich glaube, er ist irgendwo im Osten gestorben.«

»Und du?« fragte ich. »Wie hast du überlebt? Kann man denn weiterleben, nachdem man erhängt wurde?«

»Die hatten doch gar nicht vor, ihn richtig zu hängen«, sagte Shamengwa.

»Warum nicht?«

Aber eine Antwort bekam ich nicht, weil Mooshum Streit mit seinem Bruder anfing und Dinge sagte, die ich nicht verstand. *Ich hab dasselbe gesehen wie Holy Track, die Tauben sind immer noch da oben.* Sie wurden immer wütender, also verdrückte ich mich und dachte über den Sinn ihrer Worte nach. Später hielt ein Auto vor dem Haus, und ich schaute nach, wer es war. Als ich Tante Harp sah, duckte ich mich zurück in die Tür.

Sie war von Pluto rübergekommen, um die zwei Brüder für den Newsletter ihrer Historischen Gesellschaft zu befragen. Meine Mutter richtete es normalerweise so ein, daß sie weg war, wenn Tante Harp kam. Aber wenn sie nicht wegkonnte, ließ sie Neve über sich ergehen, weil unser Vater seine Schwester eben mochte, obwohl sie sich das gemeinsame Erbteil unter den Nagel gerissen hatte – mit dem Segen des anderen Großvaters. Der alte Murdo hatte meinem Vater nie verziehen, daß der nicht Bankier geworden war. Mein Vater spielte mit dem Gedanken, seine Schwester per Anwalt zu zwingen, das Erbe mit ihm zu teilen, aber er tat es nie. Er blieb dabei, daß er nur ein paar alte Briefmarkenalben wollte, die Onkel Octave gehört hatten.

Trotzdem war es nicht diese Gier, die wir Tante Neve übelnahmen. Sie nervte uns alle mit ihren ständigen naiven Fragen, die sie erst stellte und dann, ohne abzuwarten, selber beantwortete.

»Welches Feuerholz haben die Indianer benutzt?« fragte sie an diesem Nachmittag. Es wurde eine ihrer berühmteren Fragen. »Das hab ich wirklich schon mal gefragt? Ich kann's nicht glauben!« Sie zerfloß geradezu vor Selbstgefälligkeit.

Shamengwa ertrug sie mit Fassung, aber Mooshum war begeistert, daß er seinen Charme entfalten konnte. Er flirtete hemmungslos und wollte, daß sie sich auf seinen Schoß setzte.

»Hast du schon mal auf einem Pferd gesessen, im Sattel? Dann weißt du ja, der hat ein Horn, an dem man sich festhält. Ich hab auch so eins …«

Sein Bruder blickte pikiert zur Seite, und ich sagte: »Welches Horn, Mooshum? Wo denn?«

Mama kam aus der Tür und sandte ihrem Vater einen langen, stummen Blick. Sofort hielt ich die Klappe. Sie trug eine blaukarierte Schürze, gesäumt mit gelber Zickzacklitze, und hielt die Arme über der Brust verschränkt. Als Mooshum sie bemerkte, setzte er sich in Positur, räusperte sich und fragte Mrs. Neve Harp, ob sie seine Nachricht erhalten hatte. Sie bejahte es und erklärte ihm, sie sei gekommen, weil sie Material für ihren Newsletter brauche. Eifrig versicherte ihr Mooshum, er werde ihre Fragen beantworten. Shamengwa faltete die Hände. Aber als Neve Harp verkündete, sie wolle zu den Anfängen zurückgehen und darüber reden, warum die Stadt Pluto auf dem alten Reservatsgebiet liege, obwohl sie kaum indianische Einwohner habe, da wirkten die beiden Alten auf einmal genauso wie Mama – stumm und abweisend. Und ich bemerkte noch etwas anderes an ihnen, was sich tief in mir festgesetzt hat. Ich sah, daß der Verlust ihres Landes sie für immer geprägt hatte. Dieser Verlust würde auch mich treffen. Mit der Zeit lernte ich begreifen, daß der Kummer etwas war, was jeder seinem Charakter entsprechend verbarg – mein Großonkel durch seine große Disziplin, meine Mutter durch unerbittliche Freundlichkeit und Ordnungsliebe. Was meinen Großvater betraf, hielt er sich an die geduldige Kunst des Spottens.

»Wonach du fragst«, sagte Mooshum an diesem Nachmittag mit ausgebreiteten Händen und einem breiten, anzüglichen Grinsen, »ist, wie uns das Land gestohlen wurde. Wie der große Diebstahl geduldet werden konnte. Wie wir hier leben, Seite an Seite mit euch, und wissen, was wir verloren haben und wer es uns genommen hat.«

Neve Harp meinte, sie könnte eine Tasse Tee gebrauchen.

»Ich mache welchen«, sagte ich und ging ins Haus. Ich füllte den Kessel und zündete die vordere Flamme an. Über dem Waschbecken war ein kleines Fenster, da stand ich und wartete, daß das Wasser kochte. Ich konnte gerade so über den Rand gucken und sah, wie Tante Neve den beiden Alten mit ihren winzigen Fingern vor der Nase herumfuchtelte und sich ein unbeschwertes Lächeln abrang. Mama kam herein, stellte sich neben mich und legte mir die Hand auf die Schulter. Da sie mich so gut wie nie berührte, hätte ich die Hand vor lauter Schreck auch abschütteln können, um es dann zu bereuen. Ich glaube, ich ging einen Schritt an sie heran, so daß ich mit der Schulter ein wenig ihren Arm berührte. Also standen wir zusammen da, und zum ersten Mal vielleicht wurde mir bewußt, daß wir beide ungefähr dasselbe dachten, wenn wir etwas Bestimmtes sahen.

»Sie kann nichts dafür«, sagte Mama, aber mehr zu sich selbst. Sie ermahnte sich, nett von anderen zu denken, damit sie es ertrug, daß Mrs. Neve Harp auf ihrem Hof saß.

»Ich glaube, doch«, sagte ich.

»Ja? Vielleicht meinst du, wegen des Geldes«, sagte Mama. »Ich weiß, du bist im Bilde. Wir brauchen das Geld nicht.«

»Die Harps haben beim Lynchen nicht mitgemacht«, sagte ich unbedacht. »Aber ein Wildstrand. Sie hat einen Wildstrand geheiratet.«

Zu meiner Überraschung reagierte Mama nicht darauf, daß ich Bescheid wußte, obwohl sie Mooshum verboten hatte, darüber zu reden. Sie schnappte nur kurz nach Luft.

»Tja«, sagte sie, »und die Buckendorfs. Das ist lange her. Und sieh mal, Mary Anita ist in unsere Gemeinde zurückgekommen, um den Kindern zu helfen.« Ihre Stimme bekam diesen betulichen, frommen Klang, bei dem ich immer auf Abstand ging. Ich machte einen Schritt von ihr weg.

»Ach, die!« heuchelte ich, und wir blieben eine Weile stumm. Kurz bevor das Wasser kochte, gab sich Mama innerlich einen Ruck. »Evelina, du weißt doch, daß deine Großmutter Junesse überhaupt keine Chippewa war.«

»Ja«, sagte ich.

»Ihr Vater hat sie verlassen, und natürlich wuchs sie bei ihrer Tante auf. Ihr Vater war Eugene Wildstrand.«

Ich guckte einfach weiter aus dem Fenster, als hätte ich nichts gehört. Aber innerlich dachte ich mir, jetzt hätte ich verstanden, warum sie Mooshum nicht *richtig* gehängt hatten, wie sein Bruder das nannte. Ich hörte, wie Mama hinter mir den Kessel vom Feuer nahm. Der Henkel klapperte ein bißchen, als sie ihn absetzte. Mit den Fingern nahm sie eine Prise Tee aus der Büchse, ließ ihn in die Kanne fallen und verschloß die Teebüchse. Ich hörte den Schwall des kochenden Wassers, das sie in die braune Teekanne eingoß, dann kam sie zurück und stellte sich neben mich. Diesmal schüttelte ich ihre Hand nicht ab. Wir warteten zusammen, bis der Tee gezogen hatte und so wurde, wie ihn die beiden alten Brüder liebten: stark und bitter. Für Neve Harp jedenfalls zu bitter, und wenn sie ein ganzes Pfund Zucker hineintat.

»Na, egal«, sagte Mama. »Wenn du's sowieso zu hören kriegst, erzähle ich's dir lieber gleich. Deine Tante Geraldine und Richter Coutts werden ...« Aber sie brachte es nicht heraus. Sie stieß nur einen großen, heiseren Seufzer aus und preßte die Hand an die Brust.

»Ein Baby bekommen?« fragte ich.

Mama schaute mich verdutzt an, dann merkte sie, daß ich wirklich nicht Bescheid wußte.

»Deine Tante kann keine Babys bekommen«, sagte sie düster.

»Hm«, machte ich. »Was denn dann?«

Aber wie ich sah, bereute Mama ihren Moment der Schwäche schon und schickte mich mit den Teetassen hinaus.

Linien

Mooshums Geschichte hatte ihre Nachwirkungen. Die erste davon war, daß ich nun alle Menschen mit anderen Augen sah als vorher. Und ich entwickelte meinen Abstammungsfimmel. Da ich mit dem kleinen leopardengemusterten Tagebuch aufhörte (der Schlüssel war nutzlos geworden, weil mein Bruder das Schloß abgebrochen hatte), schrieb ich alles hinein, was ich von Mooshums Geschichte behalten hatte, dann die Verwandten von allen, die ich kannte – Eltern, Großeltern, weit zurück in die Vergangenheit. Ich verfolgte die blutige Spur der Morde quer durch die Familien meiner Mitschüler und Freunde, bis ich ein kompliziertes Geflecht aus Linien und Doppelkreisen aufzeichnen konnte. Dazu benutzte ich einen Bleistift. Es gab ein paar, darunter Corwin Peace, deren Stammbaum so verworren war, daß ich immer wieder Teile davon ausradieren mußte, bis das Papier durchscheinend wurde. Doch die Fragen, die sich dahinter verbargen, ließen sich nicht ausradieren, und Mooshum half mir da nicht weiter. Er reagierte auf meine Nachforschungen, indem er mir auswich und schwieg. Ich aber blieb hart und fragte nach weiteren Einzelheiten, bis er mir aus dem Weg ging. So frei und flüssig wie beim ersten Mal erzählte er nicht mehr davon. In seiner Medizinflasche, die unsere Mutter inzwischen konfisziert hatte, war Whiskey gewesen. Wo er den herhatte, wußte keiner. Sie schaffte es einfach nicht, ihn vom Trinken abzuhalten. Ich liebte ihn natürlich trotzdem, aber diese Geschichte hatte mein Bild von ihm getrübt. Als wäre ich in einen klaren Bach gestiegen, und plötzlich wurden meine Füße von Schlamm umspült.

Richter Antone Bazil Coutts

Wie die Dinge stehen

Als ich im schmalen Flur des Stammesbüros an Geraldine Milk vorbeilief, beschloß ich augenblicklich, sie zu heiraten. Wir schoben uns seitwärts aneinander vorbei, nickten kurz, ihre Brüste in der schlichten weißen Bluse lagen direkt in meiner Blicklinie und wirkten so intensiv auf mich, daß ich mich zwingen mußte, den Blick auf Augenhöhe zu heben. Trotzdem roch ich den zarten Seifenduft, untermischt mit einer strengen Note weiblichen Schweißgeruchs. Meine Nakkenhaare begannen zu kribbeln, ich blieb stehen und schaute ihr nach wie ein junger Hund, der an der Leine zerrt. Geraldines Gang war elastisch, fraulich, aber er besagte nicht: Na, komm schon, eigentlich eher: Laß mich in Ruhe. Geraldine galt als abweisend, weil sie nie geheiratet hatte – ihr erster Freund Roman, der aus der Eisenbahn, war bei einem Autounfall ums Leben gekommen, und seitdem hatte sich bei ihr nichts mehr getan. Ich besaß meine Erfahrungen auf diesem Gebiet, und das verband uns.

Geraldine weiß natürlich über alles Bescheid. Sie ist spezialisiert auf die Personenstandsdaten des Stammes und ordnet alle persönlichen Geheimnisse in alphabetischer Reihenfolge. Tatsächlich muß ich sie oft zu Rate ziehen, in all den Verwandtschaftsangelegenheiten, mit denen ich zu tun bekomme. Ein paar Tage später besuchte ich sie in ihrem Büro. Ich nickte beim Eintreten, aber sie schaute zur Seite.

»Ich bin Antone Coutts«, sagte ich.

»Ja«, erwiderte sie.

Ihre Augen, schwarz und nach oben gerichtet, in einem

blassen, teilnahmslosen Gesicht, musterten mich mit einer merkwürdigen Intensität, aber ohne Wärme. Von Freundlichkeit keine Spur. Aber ein Zeichen gab sie mir dennoch: Sie hob ein ganz klein wenig die Augenbrauen. An dem Tag trug sie ein rosa Kleid mit schwarzem Stoffgürtel, dazu dünne Nylonstrümpfe und flache Pumps. Ihr Gardenienparfüm erweckte die Vorstellung von feuchter Vegetation. Eine Frau mit Tropenduft, hier in North Dakota. Sie stand auf und ging hinaus, und Margaret Lesperance, die mitbekommen hatte, wie ich abgeblitzt war, sagte mitleidig: »Wahrscheinlich wird sie draußen von ihrem alten Onkel erwartet.« Da glaubte ich noch, daß sie nur die Peinlichkeit überbrücken wollte. Es schien zu offensichtlich, daß Geraldine nichts mit mir zu tun haben wollte. Aber später fand ich heraus, daß ihr Onkel wirklich auf sie gewartet hatte, und natürlich hatte sie mich kennenlernen wollen, immer schon. Klar, sie war mir aus dem Weg gegangen, aber nicht, weil sie, wie ich vermutet hatte, schlecht von meiner Vergangenheit oder meiner Familie dachte. Sie blieb kühl, weil das ihre Art war. Sie war eine zurückhaltende Frau.

Es dauerte lange, ehe sie überhaupt mit mir sprach, und noch länger, bis sie sich hinsetzte und in meiner Gegenwart eine Tasse Kaffee trank. Bei einer Konferenz in Bismarck aßen wir schließlich miteinander – am Hotelbuffet stellte ich mich hinter ihr in die Schlange, und als sie zu einem Tisch ging, blieb ich einfach an ihr dran. Wir sprachen über allgemeine Dinge, lernten uns allmählich kennen, aber die ganze Zeit wollte ich ihr nur das eine sagen: Ich werde dich heiraten, Geraldine Milk – und du mich.

Trotz meiner Ungeduld hielt ich mich bedeckt. Ich hatte gehört, daß die Milk-Schwestern leicht explodieren, und wollte es nicht drauf ankommen lassen. Nach der Konferenz, auf der Rückfahrt, wahrte ich die angemessene Distanz, obwohl ich manchmal dachte, ich müßte sterben an all dem, was ich mich nicht zu sagen traute. Daß mir die Musik ihres Onkel gefiel, war von Vorteil – oft saß ich abends bei ihm. Es kam auch vor, daß ich frühmorgens zu ihm hinüberging, eine Kanne starken Tee kochte oder ihn zum Frühstücken abschleppte. Das war an den Wochenenden. Als Geraldine das erste Mal im Haus ihres Onkels aufkreuzte und mich dort vorfand, gab ich mir die größte Mühe, überrascht zu tun. Was sie natürlich durchschaute.

»Sind Sie zum Haarschneiden gekommen, Herr Richter? Ich habe meine Schere mit.« Sie zog eine Schere aus ihrem Täschchen und schnippte mit ihr umher. Am liebsten hätte ich gesagt: Mach mit mir, was du willst. Ich bin ziemlich sicher, daß sie mir das ansah und Mitleid bekam. Sie steckte die Schere weg.

»Angeln Sie gern?« fragte ich sie. Das war vielleicht nicht die ideale Art, eine Frau zu erobern, aber ich litt wie ein Hund.

»Nein«, sagte sie.

»Würden Sie trotzdem mit mir angeln fahren?«

»Na gut.«

Also fuhren wir am nächsten Tag mit dem Boot meines Cousins hinaus, einem kleinen Alu-Boot mit 45-PS-Außenbordmotor. Sie trug hochgerollte Jeans und ein kariertes Hemd, frisch gestärkt. Ihr Haar war graziös gelockt und berührte knapp die Schulter. Sie hatte einen knallroten Lippenstift aufgelegt, sonst kein Make-up. Und ich stellte mir vor, daß ich mich zu ihr hinüberbeugte, wenn sie mich ließ, ihr Gesicht in die Hände nahm, sanft mit dem Daumen über ihre Lippen strich, ihr in die Augen schaute und sie langsam küßte. Während ich gerade in derartigen Vorstellungen schwelgte, rief sie plötzlich »Aufpassen!« – mit scharfer Stimme. Wir hatten knapp ein Riff verfehlt, obwohl ich es genau kannte, und sie schüttelte den Kopf.

»Sie bringen uns noch um, Herr Richter.«

»Ich bin doch kein Henker.«

»Sie kennen die Geschichte?«

»Klar.«

Ich erzählte ihr, daß die beiden älteren Brüder von Cuthbert Peace, Henri und Lafayette, meinem Großvater vor langer Zeit das Leben gerettet hatten. Wir kamen an eine vielversprechende Stelle, warfen die Angeln aus, rollten sie ein, warfen und rollten, ohne ein Wort zu sagen. Das Schweigen war kein bedrückendes. Wir wußten, wo wir herkamen. Nach einer Weile fingen wir an zu reden, mit allgemeinen Worten, aber genau über dieses Thema. Wir sprachen über Geschichte, stellten Zukunftsspekulationen an. Unser Reservat grenzt an drei Städte – Hoopdance, Argus und Pluto. Letztere, die am nächsten liegt, aber am westlichen Rand des Reservats, also weit entfernt von den vielbefahrenen Straßen, ist eine sterbende Stadt, weil sie nicht vom bescheidenen Wohlstand (und vereinzelten Reichtum) profitiert, der mit der Leichtindustrie ins Reservat eingekehrt ist. Seit der Staat Geschäftsansiedlungen im Reservat steuerlich begünstigt, geht die Landwirtschaft ständig zurück, während sich die Städte der Umgebung entvölkern und langsam absterben. Es ist ein Jammer, das mit anzusehen, aber ich war mit Geraldine einer Meinung, daß sich unser Mitgefühl in Grenzen hielt. Im großen Hungerwinter, als unsere Leute in Massen umkamen, verkauften Bürger von Argus ihr Getreide und veranstalteten eine Tombola, bei der ein großer Flügel verlost wurde. In jüngerer Zeit, als wir nach Washington fuhren, um gegen eine Gesetzgebung zu kämpfen, die unsere vertragliche Beziehung zur Regierung der Vereinigten Staaten beendet hätte, trat ein einziger Anwalt aus Pluto für uns ein, und das war mein Vater. Und 1911, als westlich von hier eine Farmerfamilie bestialisch ermordet wurde, fiel ein Lynchmob über ein paar von unseren Leuten her. Sie fingen drei Männer und einen Jungen ein und erhängten sie alle – bis auf Mooshum. Das war die Geschichte, auf die Geraldine angespielt hatte. Ich erzählte ihr, daß die Vollstrecker der Selbstjustiz später zugaben, wahrscheinlich die falschen Täter erwischt zu haben. Das hatte sie nicht gewußt.

»Aber es ist eben passiert, in der allgemeinen Erregung, sagte einer von ihnen, ich glaube, Wildstrand. In der allgemeinen Erregung!«

Geraldine sagte: »Was passiert denn nicht alles in der allgemeinen Erregung? Jemand hat die Gelegenheit benutzt, um seine Vorurteile auszuleben. So geht das. So geht Geschichte. Manchmal wird es zu Geschichte.«

Ich fing ein paar kleine Sonnenbarsche und warf sie wieder ins Wasser. Bei Geraldine biß etwas Größeres an, ihre Rute bog sich durch.

»Ich wette, das ist eine Schildkröte.«

»Ganz langsam einrollen, laß sie auf dich zuschwimmen. Red ihr gut zu.«

Geraldine wußte natürlich besser als ich, wie man eine Schildkröte fing. Da wir keinen Käscher hatten, mußte sie das Tier bis an den Bootsrand bugsieren. Als sie an der Leine zog, sah ich den Spitzkopf und die runden Höcker und wußte, daß es eine riesige Schnappschildkröte war. Ich wunderte mich, daß sie die Schnur nicht durchgebissen hatte und abgetaucht war. Groß wie ein Autoreifen, hielt sie sich knapp unter Wasser. Ich verstaute vorsichtig die Angel und überlegte, wie ich das Ungetüm aus dem See herausholen konnte. Ich hätte lieber die Schnur gekappt, als es an Bord zu hieven, nicht aus Mitleid, sondern weil diese Biester mit enormer Kraft zubeißen. Als ich den Vorschlag machte, schaute mich Geraldine entrüstet an und sagte: »Nein, daraus kocht Clemence französische Schildkrötensuppe!« Also streckte ich die Finger aus und hoffte, daß ich sie behalten würde.

»Jetzt! Jetzt! Greif zu! Hol sie dir!«

Geraldines Schnappschildkröte schwamm neben dem Boot

her. Ich beugte mich über Bord, packte den Panzer, bekam ihn aber nicht richtig zu fassen. Zweimal rutschte sie mir aus den Händen, was Geraldine wütend machte.

»Hier, nimm! Ich habe schon jede Menge Schnapper gefangen.«

Sie drückte mir die Angel in die Hand, zog die Schildkröte am Schwanz hoch und kantete sie ins Boot. Es war der größte Schnapper, den ich je gesehen hatte, mit einem Rückenmuster aus olivgrünem Schleim und dem seltsamen, urtümlichen Saurierschnabel. Der Hals war dick und schlaff, die Nase bildete eine zarte, aber gruselerweckende Spitze.

»In Millionen Jahren haben sie sich nicht verändert«, sagte ich. Ich war darauf eingestellt, Angriffe der Schildkröte mit dem Notpaddel zu parieren, aber sie blieb passiv. Geraldine saß steif da, die Hände im Schoß gefaltet, und starrte angestrengt auf den Panzer. Dann wurde ihr Gesicht aschgrau.

»Soll ich sie wieder hineinwerfen?« fragte ich. Sie antwortete nicht. Ich redete weiter.

»Die Schildkröte, die mein Cousin im Aquarium hielt, hat nach zwei Jahren Einsamkeit versucht, Eier zu legen. Ich glaube, das Weibchen kann das Sperma so lange konservieren, bis es irgendwann gebraucht wird.«

Ich hätte mir am liebsten auf die Zunge gebissen, ich fand mich idiotisch, aber ihr Schweigen hatte mich verunsichert.

»Ich weiß«, sagte sie schließlich. »Mein Schwager befaßt sich mit Reptilien.«

»Ist irgend etwas faul?« fragte ich, nachdem wir schon viel zu lange dagesessen und auf die Schildkröte zu unseren Füßen gestarrt hatten.

»Siehst du nicht?«

Die Schildkröte wurde ein wenig munterer. Sie öffnete ihre schlammigen Augen und reckte den Kopf wie eine Schlange, dann sperrte sie langsam den Schnabel auf. Ihr Schlund sah grotesk aus, fleischig-filigran. Ein dumpfer Moschusgeruch ging von ihr aus.

»Wir haben sie erschreckt«, sagte ich leise und hielt ihr das Paddel hin. Das Tier biß sofort zu, knirschend grub sich der Schnabel ins Holz. Ich schrie auf, aber Geraldine achtete nicht auf mich.

»Siehst du denn nicht? Schau genau hin!« sagte sie noch einmal.

Jetzt, da sich die Schildkröte ins Paddel verbissen hatte, war ich entspannter. Aber ich konnte noch immer nichts sehen, bis Geraldine die Initialen auf dem Panzer mit dem Finger nachzeichnete. G & R.

»Ich habe die Schildkröte zusammen mit Roman gefangen, vor langer Zeit, als sie noch klein war«, sagte sie. »Er hat unsere Buchstaben in den Panzer geritzt. Ich war wütend deswegen. Ich sagte, wenn er sie umbringen will, sollten wir wenigsten Suppe aus ihr kochen.«

Langsam dämmerte es bei mir. »Aha«, sagte ich. »Du hast hier also früher schon geangelt.«

»Sozusagen.«

Ich verfluchte Roman, daß er gestorben war, und die Schildkröte, daß sie überlebt hatte, ich verfluchte die Schildkröte, weil sie bei ihr angebissen hatte, weil sie sich an Bord hatte ziehen lassen. Dank dieses Grußes aus der Vergangenheit konnte ich meine Brautwerbung getrost um weitere zehn Jahre verschieben. Langsam begriff ich, daß die romantische Ader der Milks auch ihre verhängnisvollen Seiten hatte.

Sie nahm mein Taschenmesser und schnitt die Angelsehne durch. Obwohl ich das Viech hätte roh fressen können, kippten wir es (mitsamt Paddel) über Bord. Ich stabilisierte das Boot. Geraldine hielt das Paddel am einen Ende, die Schildkröte im Wasser hielt es am anderen und beäugte uns mit einem merkwürdigen Hundeblick, bis Geraldine ihr befahl: »Nun laß los!« Gehorsam tauchte die Schildkröte ab, und Geraldine schaute mit finsterem Blick auf die Stelle, wo sie verschwunden war. Nach einer Weile startete ich den Motor.

Alles hinüber, dachte ich, aus und vorbei. Doch überraschen konnte mich das nicht. Pech mit Frauen liegt bei den Coutts' in der Familie.

Am Abend, während ich meine Junggesellenmahlzeit zusammenstellte (eine Büchse hiervon, eine Büchse davon), nahm ich mir vor, es mit Hartnäckigkeit zu versuchen. Ich dachte an die Liebesaffären und die schrecklichen Prozesse meines Großvaters. Er gehörte zur ersten (gescheiterten) Stadtgründer-Expedition und war der jüngste einer Gruppe gieriger Narren oder Venture-Kapitalisten, die beinahe verhungerten, aber später dann zu den ersten gehörten, die aus diesem Teil der Welt finanziellen Profit schlagen konnten. Die Erbeutung einer Schildkröte hatte sie damals gerettet – ein Gedanke, der mich jetzt erheiterte. Ich hatte seine alten Aufzeichnungen gelesen. Ein Teil seiner Bücher stapelte sich noch in meinem Haus und wartete auf freie Regale. Meine Wohnzimmerwände waren schon zweireihig mit Büchern bestückt. Kartons mit Akten und weiteren Büchern füllten den Keller. Obwohl die Bücher wertvoll waren, ging ich nicht besonders ehrfürchtig mit ihnen um. Klar, sie waren uralt, aber dazu da, von lebenden Menschen gelesen zu werden, und diese Ehre ließ ich ihnen angedeihen. Mit einer Hand hielt ich eins meiner Lieblingsbücher auf, mit der anderen löffelte ich Rindereintopf mit Baked Beans. Dann fand ich die Stelle, die ich gesucht hatte: »Den wohlgeordneten Verstand erkennt man an der Fähigkeit, an einem Ort zu bleiben und die eigene Gesellschaft zu ertragen.« Lucius Annaeus Seneca, der jüngere.

Zum Nachtisch wie gewohnt Obstsalat.

Gründerfieber

Schon damals zahlte sich das Lehrerdasein nicht recht aus, und die Schuljugend von St. Anthony wußte die Schriften von Mark Aurel nicht so zu schätzen, daß Joseph J. Coutts seinen Beruf mit Liebe hätte ausüben können. Außerdem galt es auch an die richtige Liebe zu denken. Da er auf die sechsundzwanzig zuging, war es an der Zeit, mit ein wenig mehr Selbstbewußtsein in diese goldenen Gefilde aufzubrechen. Aber wenn er sich nachts in seinem viel zu teuer bezahlten Bett im Haus der Witwe Dorea Ann Swivel umherwälzte, verursachten ihm seine Heiratspläne nichts als Kopfschmerzen. Kurzzeitig hatte er sich um eine Louisa Bird bemüht – klein, hübsch, etwa vier Jahre älter und leider presbyterianisch –, doch zum Kuß war es nicht gekommen, und bei einer Schlittenpartie wurde sie ihm ausgespannt, von einem jungen Geistlichen mit prunkvollem Backenbart. Dieser Diebstahl beseitigte in Joseph jegliche Zurückhaltung, und nun ging ihm die Frau überhaupt nicht mehr aus dem Sinn. So glühte er vor sich hin, heimlich, versteht sich, obwohl er manchmal fast zu spüren vermeinte, wie die Luft um ihn zu schmoren begann, wenn er etwa frühmorgens durch Kälte und Dunkelheit lief, um den Ofen im Büro der ehemaligen Sägemühle anzuheizen, das jetzt als Schule diente. Und er fragte sich, ob zum Beispiel die Witwe begriff, welcher Art die Bürde war, die auf ihm lastete.

Kurz nachdem Louisa dem Geistlichen in die Arme gesunken war, stellte er fest, daß die Witwe sehr wohl begriffen hatte. Eines Nachts klopfte es an seiner Tür, und Mrs. Swivel, breithüftig, reizarm und gewieft, betrat sein kaltes Kämmerchen. Seine Bettstatt schien nicht stabil genug, um auch ihr Gewicht zu tragen, und obwohl ihn die Wärme und der brotteigartige Duft ihres Leibes betörte, sorgte er sich, während er der Beglückung zustrebte, um die Frage, wer von beiden zahlen würde, wenn das Bett zusammenkrachte. Ihre nächtlichen Zusammenkünfte wurden immer häufiger und das Bett immer wackliger. Er band die Pfosten mit kräftigen Stricken an den Bettkasten und stützte ihn mit Wackersteinen aus dem Fluß. Sie verpflegte ihn besser als die anderen Mieter, was deren Mißtrauen erregte. Aber richtig angst wurde ihm erst, als er am ersten November die halbe Miete zurückbekam und sie ihm lächelnd verkündete, er könne jetzt billiger wohnen. Joseph Coutts war also drauf und dran, sein Leben zu ändern, als er auf Reginald Bull traf, der für seine Expedition in die Plains noch einen Mann suchte.

Reginalds Nachname entsprach so sehr seiner Statur, daß man ihn schon deshalb nicht vergaß: massig und stark, mit kräftigem Nacken. Aber er hatte sanfte braune Augen, und sein Mund, der ihm allerlei Spott einbrachte, erinnerte an eine rote Knospe. Wie Bull erklärte, stellten die zwei Bodenspekulanten Odin Merrimack und Colonel LeVinne P. Poolcaugh eine Mannschaft zusammen, die sie auf eigene Kosten ausstatten und über die Grenze nach Minnesota schicken wollten. Es ging ihnen darum, etliche große Landstriche, in denen sich mit allergrößter Sicherheit Städte, wenn nicht gar Großstädte entwickeln würden, sobald die Eisenbahn in diese Weltgegend vordrang, zu erkunden und kraft Inbesitznahme in Eigentum zu überführen. Ausgezahlt würden die Männer in Form von Ländereien, so Bull, und es werde gemunkelt, daß sich damit Millionen machen ließen, er habe derartige Redensarten schon vernommen. Mit anderen Worten, sie seien nicht als einzige vom Gründerfieber gepackt, andere trügen sich mit ähnlichen Plänen. Doch sie würden alle Konkurrenten aus dem Feld schlagen, indem sie mitten im tiefsten Winter aufbrachen.

»Daß Leute in der Wildnis ein bißchen reicher geworden sind, habe ich gehört«, sagte Joseph. »Aber nicht, daß sie dort Reichtümer angehäuft hätten. Bis jetzt jedenfalls.«

»Das Projekt hat Hand und Fuß«, beharrte Bull. »Wir sind bestens ausgestattet. Zwei Ochsengespanne und ein Koch. Und nicht nur das. Wir haben auch die besten Pfadfinder des Landes. Henry und Lafayette Peace. Mit denen kommen wir überall durch.«

Letzteres machte Eindruck auf Joseph. Henri Peace war allgemein bekannt, von Lafayette hatte er noch nicht gehört. Auch Deutsche waren dabei, Emil Buckendorf mit seinen drei Brüdern, allesamt tüchtige Ochsentreiber.

»Das muß ich erst überschlafen«, sagte Joseph. Aber beim Gedanken an seine Schlafkammer und den Zustand seiner Bettpfosten besann er sich eines Besseren und schrieb sich auf der Stelle ein. Noch am selben Nachmittag suchte er den Schulinspektor auf und überreichte ihm die Kündigung, in der Nacht meldete er sich bei seiner Wirtin ab. Er hatte damit gerechnet, daß Dorea mit Trauer reagieren würde, vielleicht sogar mit Wut, aber als er seine Pläne erläuterte und ihr von den Einkünften erzählte, die ihm die zukünftige Stadt bringen würde, begann sie zu strahlen und wurde beinahe schön. Die Vorstellung, soviel Geld zu machen, indem man irgendwo seine Zelte aufschlug, begeisterte sie so, daß sie drauf und dran war, mitzukommen. Erschrocken wies Joseph darauf hin, daß sie von *bois brûlé* geführt würden, von französischen Métis-Indianern also, und da verschloß sich ihr Gesicht wie eine Stahltür.

In der Nacht ließ sie ihn allein, und er war überrascht, wie sehr er sie vermißte. Da er keinen Schlaf fand, zündete er einen Kerzenstummel an und blätterte in den *Selbstbetrachtungen*, bis er die Stelle fand, die ihm riet, nicht länger ziellos zu wandern oder die Lektüre der fürs Alter reservierten Bücher aufzuschieben, sondern eitle Hoffnungen abzuwerfen (Louisa!) und sich selbst zu helfen, solange es nicht zu spät war. Er blies die Kerze aus und steckte das Buch unters Kopfkissen. Da er nun sicher war, die richtige Entscheidung getroffen zu haben, versuchte er, nicht länger an Dorea Swivels üppige Umarmungen zu denken. Aber die Nacht war kalt, die Decke dünn, und es schien ihm unmöglich, sich nicht nach Doreas Wärme zu sehnen, nicht nach ihrem weichen Oberarm, auf dem sich sein Kopf so schön betten ließ. Es würden noch viel mehr Entbehrungen auf ihn zukommen, sagte er sich; am besten, er gewöhnte sich daran. Im kommenden Jahr würde er, um sich zu wärmen, mit haarigen und sehr bald auch stinkenden Männern zusammenkriechen. Schließlich bestand das, was man gemeinhin Abenteuer nannte, im tagtäglichen Ertragen entsetzlicher Strapazen. Soviel wußte er, zumindest theoretisch, also versuchte er in jener Nacht, sich zusammenzureißen und alle Gedanken an Doreas zwei große Geheimnisse von sich fernzuhalten – ihr faszinierendes Repertoire schlimmer Wörter, die sie ihm ins Ohr flüsterte, und ein paar knappe, aufreizende Bewegungen, die so raffiniert waren, daß er vor lauter Lust verging. An diese Sachen durfte er nicht denken. Nein, auf keinen Fall.

Die Expedition

Am nächsten Tag brachte ihm Bull die Papiere zur Unterschrift und nahm ihn mit zu Colonel Poolcaughs Niederlassung, wo seine Kleidung genäht wurde und zwei Isländerinnen eigens für die neun Männer eine riesige, dick gefütterte Gemeinschaftsdecke anfertigten. Emil Buckendorf war da, dunkelhaarig, mit hauerartigen Zähnen und Augen so hell, als würde Licht in seinem Schädel brennen. Er war ein stiller, praktischer junger Mann, der den Frauen beim Nähen half und sich nicht einmal ungeschickt anstellte. Die zwei Pfadfinder waren sehr unterschiedlich geartet – Lafayette feingliedrig und ausgesprochen hübsch, mit glänzenden Zöpfen und listigen schwarzen Augen, Henry so stämmig wie Bull, nur kleiner und mit einer vertrauenerweckenden Sicherheit ausgestattet. Dann war da noch der Koch, English Bill, dessen Bartkoteletten weit vom Gesicht abstanden und bald seinen Hals verdecken würden. Joseph hatte eine Abneigung gegen auffallende Backenbärte entwickelt, aber er mochte English Bill, der ständig mit Colonel Poolcaugh aneinandergeriet und ihm hartnäckig zusetzte. Er blieb unerbittlich bei seiner Forderung nach einer guten Bevorratung und bestand auch darauf, seinen Hund mitzunehmen, einen pummligen, braunweißen Kurzhaarterrier. Joseph brachte er dazu, jedes Kleidungsstück anzuprobieren, von denen so viele vorhanden waren, daß Joseph geneigt war, den Stapel einfach zu akzeptieren. Aber als er die drei Wollhemden überzog und die drei Wollunterhosen, die drei Paar Strümpfe mit den dazugehörigen Mokassins, mußten Änderungen vorgenommen werden. Ein Mantel mußte repariert werden, und seine Überschuhe aus Elchhaut brauchten zusätzliche Schnürlöcher. Es gab auch eine prächtige Mütze aus Lammfell, die bis zu den Schultern reichte und deren Klappen man vor der Nase verschließen konnte, sowie ein Paar Pelzhandschuhe. Als Joseph alles angelegt hatte, wurde ihm so heiß, daß er kaum noch Luft bekam, weil es für den Dezember ein warmer Tag war. Am Ende des Monats aber, als die Expedition startete, redete man schon vom kältesten und schlimmsten Winter seit Menschengedenken.

Als er von Dorea Swivel Abschied nahm, schenkte sie ihm ein Porträt von sich. Er hätte es fast zurückgewiesen, da es ihm unrecht erschien, ein Medaillon von ihr anzunehmen. Er liebte zwar ihren erhitzten Körper, sah aber keine gemeinsame Zukunft mit einer Frau, die nicht lesen und kaum ihren

Namen schreiben konnte, auch wenn sie recht flott im Addieren und Subtrahieren war. Aber irgend etwas veranlaßte ihn, das kleine Foto zu behalten, das ihr biederes, standhaftes Gesicht und ihren strengen Mittelscheitel zeigte. Es war wie eine Vorahnung, daß ihn die bevorstehende Reise an den Rand des Wahnsinns treiben würde und daß er die Festigkeit und die Schwerkraft ihres Blicks zum Überleben benötigte.

Der große Vorstoß

Mit fünf Joch Ochsen und zwei schweren Lastschlitten versehen, brachen die Männer in St. Anthony auf. Der einzige persönliche Besitz, den Joseph mitnahm, war das Medaillon und das Buch mit Mark Aurels Selbstbetrachtungen. Ein Schlitten hatte Kolbenmais für die Ochsen geladen, der andere Proviant für die Männer sowie alles Gerät, das Bull, Emil Buckendorf und Joseph Coutts benötigten, um Gemüse anzubauen und ein Jahr lang zu überleben. Die anderen Männer sollten zurückgeholt werden, sobald die Prärie im Frühjahr trocken wurde, und die, die blieben, würden dann neuen Proviant erhalten. Nach zwei Tagen verschwand die Straße, und Joseph, Henri und Lafayette mußten den Weg mit Schneeschuhen bahnen, weil die Ochsen entweder in den Schnee einsanken oder weil ihnen die tückische, vom Wind blankgefegte Eiskruste der abgebrannten Prärie die Beine zerschnitt. Schritt für Schritt mühten sich die Männer voran und legten etwa acht Meilen pro Tag zurück. Für die Nacht bauten sie ihr Zelt auf, machten ein zünftiges Feuer, bereiteten auf dem Schnee ein Lager aus geschnittenem Sumpfgras, bedeckten es mit Büffelhäuten und Öltüchern und krochen vollständig bekleidet in ihr riesiges Gemeinschaftsbett. Die zwei Pfadfinder schliefen abwechselnd mit ihrem kostbarsten Besitz, einer Geige, die sie in einem Samtfutteral aufbewahrten und küßten wie eine Frau. Sobald sich die Männer mit der großen Wolldecke zudeckten, wurde ihnen mollig warm, und sie konnten schlafen, obwohl sich immer alle umdrehen mußten, wenn einer damit begann. Auf diese Weise, dachte sich Joseph, würden die Nächte lebhaft und zumindest vorerst nicht unerträglich. Aber jetzt war Januar, und bevor der Frühling kam, würde keiner von ihnen Gelegenheit zu einem Bad haben. Übermäßig wählerisch war er nie gewesen, aber die Mahlzeiten, die English Bill zubereitete, lagen ihm schwer im Magen, und eines Nachts bekamen die Männer solche Blähungen, daß fast die Decke fortgeweht wurde. Mitten in diesem Konzert fing Henri Peace zu lachen an und lobte die Männer dafür, daß sie so laut auf ihren französischen Fiedeln spielen konnten. Joseph mußte auch lachen, aber Emil Bukkendorf war beleidigt.

»*Gawiin ojidaa, ma frère*«, sagte Henri, der den französischen Chippewa-Dialekt genausogut beherrschte wie Englisch, reines Chippewa oder Cree. »Es tut mir leid, Sie gekränkt zu haben. Denn Sie haben ja eher das deutsche Waldhorn gespielt, nicht wahr?«

Emil wurde stumm und knirschte mit den Zähnen. Joseph konnte hören, wie seine Kiefer mahlten. Aber für eine Prügelei war es zu kalt. Niemand wollte unter der Decke hervorkriechen.

Als Joseph am nächsten Morgen aufstand und über den Rand der großen weißen Weltschüssel blickte, sah er, daß die Sonne zwei Hunde zur Seite hatte und von einer flammenden Sichel gekrönt war. Der Anblick war so überraschend, so überwältigend und bedrohlich, daß ihm die Tränen kamen und er wie angewurzelt stehenblieb.

»*Oui, frère Joseph*, weinen Sie nur, solange Sie die Kraft dazu haben.« Henri reichte ihm eine Blechtasse mit kochendheißem Tee. »Am Nachmittag wird es uns schwer erwischen.« Wie alles, was Henri sagte, erwies sich auch das als wahr.

In der grasigen Prärie gerieten sie in tiefe Schneeverwehungen und mußten den ganzen Weg freischaufeln. Schritt um Schritt schafften sie fünf Meilen. Henri und Lafayette fanden Elchspuren und machten sich auf die Suche, um Abwechslung in English Bills Pökelschweinmahlzeiten zu bringen. Kaum waren sie weg, setzte der Blizzard ein, und die Männer begannen eilends, das Lager zu bereiten, Holz zu suchen, das Zelt zu errichten. Aber der Schneesturm löschte das Feuer, riß das Zelt mit sich ins Nichts und hämmerte auf sie ein, bis sie blind umherstolperten. Henri kam zurück und schrie ihnen zu, sie sollten dort, wo sie standen, das Bett aufschlagen. Die Büffelhäute und Öltücher wurden schon beim Ausbreiten von Schnee verweht, und sie krochen schnell unter die Decke, Lafayette am einen Ende, English Bill wie immer am anderen, weil er seinen Hund mit ins Bett nahm. Lange Zeit zitterten die Männer so sehr, daß Henri seinem Bruder Lafayette etwas auf Chippewa zurief, was Joseph erst später verstand, als er die Sprache besser beherrschte – es bezog sich auf eine heilige Weissagungsmethode, bei der die Geister ein besonderes Zelt zum Zittern brachten. Allmählich ließ ihr Zittern nach, eng aneinandergeschmiegt schliefen die Männer ein. Joseph, eingezwängt zwischen zwei Buckendorfs, fragte sich, ob er jemals wieder aufwachen würde, aber er war so müde, daß es ihm egal war.

Kurz vorm Hellwerden wurde Joseph von Gesang geweckt. Er hob den Kopf und sah, daß die Decke vollständig von einer hohen, leuchtendweißen Schneewehe bedeckt war. Aus den Spalten an den Rändern stieg Dampf auf. Der Wind war verebbt, dafür wurden sie von eisiger Kälte gepackt. Henri und Lafayette hatten Feuer gemacht und trockneten sich in der Wärme. Henri spielte ein aufmunterndes Stück auf der Geige, Lafayette schlug die Handtrommel, sprang dazu im Takt und sang laut und heulend wie ein Blizzard. Fluchend und unter Gebrüll kamen die Buckendorfs, durchgeschwitzt, wie sie waren, herausgekrochen in die gräßliche Kälte, doch die Musik, die ihre Lebensgeister wecken sollte, wie sich Joseph von Henri erklären ließ, zeigte Wirkung. Irgend etwas von dem Lied ging auf Joseph über, als er in den Gesang einstimmte und sich vor dem Feuer im Kreis drehte. Plötzlich nahm er alles mit neuen Sinnen wahr. Die Gewalt des Sturms, das Prasseln und Heulen des Feuers mit seinem Widerschein in den Gesichtern ergriff ihn mit unwiderstehlicher Kraft. Ein dunkles, heftiges Glücksgefühl strömte in ihm hoch. Er lachte laut auf, als er in Henris Augen blickte, die über dem graubraunen Geigenkörper glitzerten, und begriff, wie knapp sie dem Tod entronnen waren. Wären sie nicht von der Schneewehe zugedeckt worden, hätten sie nach diesem extremen Kälteeinbruch im Schlaf erfrieren müssen, zu einem einzigen steinharten Eisblock verbunden, bis das Tauwetter des Frühjahrs diesem sonderbaren menschlichen Sandwich erlaubte, auseinanderzufallen und zu verwesen.

Joseph hatte wenig Gelegenheit, über diese Aussicht nachzudenken; vier Tage lang stapften sie verbissen vorwärts, sogar durch eine finstere Nacht und den darauffolgenden Tag, ihren geheiligten Sonntag, um einen pokertischflachen, fünfundzwanzig Meilen breiten Präriegürtel zu durchqueren – aus Angst vor dem Wind in diesen ungeschützten Weiten. Die Führer richteten sich nach dem Polarstern, und alle paar Stunden, wenn Eisnebel über sie hinwegzogen, blieb der Trupp orientierungslos stehen. Sobald die Ochsen innehielten, fielen die Buckendorfs von den Schlitten wie Erschossene und schliefen im Schnee ein. Emil mußte seine Brüder wachprügeln, dann schleppten sie sich weiter. Irgendwann, während Joseph im Halbschlaf vor sich hin stapfte, gingen ihm Sätze durch den Kopf. *Richte dich nicht ein, als solltest du hundert Jahre alt werden. Denn wie nahe ist vielleicht dein Ende! Aber solange du lebst, solange es in deiner Macht steht …* Da er den nächtlichen Blizzard überlebt hatte, entschied er für sich, daß es nicht von ungefähr kam, wenn er auch jetzt verschont blieb. Gewiß, ursprünglich hatte er nur vorgehabt, ein reicher Mann zu werden, aber jetzt in dieser unermeßlichen Nacht begriff er, daß noch mehr dahintersteckte. Er hatte gesehen, wie der Blizzard, aus dem Nichts kommend, im Zorn über sie hergefallen und dann ins Nichts zurückgekehrt war, so wie alle Menschen. Da war etwas Großartiges, Gewaltiges, das seiner harrte. Er mußte sich bereithalten. Im Weitergehen schlief er ein, und als er aufwachte, war einer der Ochsen gestürzt. Mit wütenden Schlägen versuchten die Männer ihn auf die Beine zu bringen. Aber die Fesseln des armen Tiers waren dick geschwollen, und jeder Schritt hatte einen roten Fleck im Schnee hinterlassen. Joseph eilte auf den Ochsen zu, beugte sich über den massigen Kopf, blies seinen Atem in den schäumenden Schlund und redete mit ruhiger Stimme auf ihn ein, bis sich das Tier unter Stöhnen aufrappelte und sich weiter durch die Schneewüste quälte. Er war der erste Ochse, den sie töteten, um Proviant zu gewinnen.

Das war ein schlechtes Zeichen – die Ochsen zu schlachten, bevor sie ihr Ziel erreicht hatten. Henri sah ein wenig grimmig aus. Aber in der Nacht, als sie das entkräftete Herz brieten, das angekohlte Fleisch salzten und verzehrten, als sich der kleine gefleckte Terrier neben dem Feuer einen Knochen vornahm, spielte Lafayette wieder die Geige und sang mit seinem Bruder. Nur war es diesmal ein französisches Chanson über eine schwarzhaarige Frau. Sogar die Buckendorfs stimmten laut und freudig und gar nicht mal unschön in den Refrain ein, als sie ihn verstanden hatten, bis sie, noch immer aufgekratzt, als wären sie betrunken, in ihr Lager krochen. Das frische Fleisch und das französische Lied taten ihre Wirkung, und in dieser Nacht träumte Joseph zum ersten Mal von Dorea. Sie habe sein Bett mit einer Planke verstärkt, sagte sie, als sie ihn an sich zog. Auch die anderen Männer hatten, nach ihrem Aussehen bei Tageslicht zu urteilen, unruhig geschlafen und begannen den Tag hohläugig, niedergedrückt, wortkarg. Den ganzen Tag stieß Bull tiefe Seufzer aus und richtete den Blick lange, zu lange, auf den Horizont.

»Ist sie dort?« fragte ihn Henri einmal und zeigte auf die Linie zwischen Himmel und Erde.

»Wer? Wo?« fragte Bull.

»Deine *ginimoshe*! Ist sie dort?«

Aber Bull konnte man nicht veralbern. Er hatte nicht den starren Stolz von Emil Buckendorf. Was er sagte, besaß eine gewisse Unschuld.

»Ach, wenn sie da wäre. Wenn sie nur da wäre!«

Die beiden Pfadfinder nickten andächtig. Die anderen wurden stumm vor Respekt und Neid. Bull war schon entschlossen gewesen, die Expedition abzusagen, mit der Begründung, daß er sich verliebt habe. Es sei nicht irgendeine Liebe, sondern eine kaum zu ertragende, hatte er Joseph erzählt. Sie sei der Himmel. Das Mädchen war ihm von Henri und Lafayette vorgestellt worden, als Haushälterin und Helferin eines Arztes, der chirurgische Operationen anbot, »mit oder ohne Chloroform, letztere auf Verhandlungsbasis!«, wie Joseph auf der Werbekarte des Arztes las. Eine hervorragende Methode zum Reichwerden, dachte er sich. Er hatte auch das Mädchen selbst gesehen. Sie war eine Nichte der Peace-Brüder, eine Tochter ihrer jüngeren Schwester, eine Métis-Katholikin aus sehr strenger Familie. Rund und süß, mit einer Haut wie Milchkaffee, mit braunschwarzem Haar und zimtfarbenen Sommersprossen auf der zarten Nase. Ganz passabel, von gradlinigem Wesen, doch kaum vorstellbar als Anlaß für eine unsterbliche Liebe. Aber dann dachte Joseph: Was maße ich mir an? Er bewahrte Doreas Medaillon in der Brusttasche seines untersten Hemdes und holte es nur insgeheim heraus.

Als sie die Gegend erreichten, die sie in Besitz nehmen wollten, war ein Monat vergangen. Sie hatten nur noch sieben Ochsen, das Mehl wurde bedrohlich knapp. English Bill hatte drei Fässer gefordert, doch geladen worden war nur eins. Er fluchte und spuckte vor lauter Wut auf Poolcaugh wegen des Mehls und wegen der Qualität der Bohnen – man habe ihm vertrocknete Ware angedreht. Doch da das Essen von Mal zu Mal angebrannter und seltsamer schmeckte, begriffen die Männer allmählich, daß English Bills Kochkunst eine ebensolche Belastung darstellte wie das Wetter. Und beides sollte sich alsbald verschlimmern. Die ersten Blizzards waren nichts gewesen im Vergleich mit dem vier Tage dauernden Schneesturm, der sie an ihrem Zielort ereilte und den sie nur dank dem Geschick ihrer Pfadfinder überlebten. Sie hatten einen Lagerplatz bestimmt, das Zelt aufgebaut und mit Gestrüpp und Schnee bewehrt, so daß es ihnen am Ende des Unwetters recht gemütlich darin vorkam. Weil das Mehl fast verbraucht war, beschlossen sie, die Ochsen mit Ulmenspänen zu füttern und deren Futter – grobes Maismehl und geschrotete Kolben – für sich selbst zu verwenden. Es wurde gerecht geteilt. Joseph füllte das Zeug, das sich anfühlte wie Kies, in seine Reservesocken. Es gab zwar noch ausreichend Bohnen, aber die Männer bekamen davon Darmbeschwerden und aßen sie nur widerwillig und verzagt. Gegen Morgen, nach einer Nacht unter der erstickenden Decke, waren sie kurz davor, sich gegenseitig zu erschlagen. Zu Anfang hatten sie sich noch in die Mitte gedrängt, dorthin, wo es am wärmsten war, inzwischen blieben sie lieber an den Seiten, wo sie wenigstens ein bißchen frische Luft bekamen. Die Märsche hatten sie so geschwächt, daß Bull am Ende beschloß, die Elixiere zu benutzen, die ihm der Dienstherr seiner Geliebten mitgegeben hatte.

Eines Nachts nahm er sich die schriftlichen Anweisungen des Arztes vor und bereitete für jeden eine Lösung aus Batners Pulver. Joseph nahm seine zehn Tropfen wie alle anderen und kroch ins Bett. Die Wirkung konnte man nur als phänomenal bezeichnen. Alle schliefen sie wie die Säuglinge, träumten prächtig und erwachten am Morgen erfrischt und bester Laune, ja sie brachen sogar zu einem Erkundungsgang auf. Mit einem Handkompaß, einem Meßband und einer Kette bewaffnet, vermaßen sie die wichtigsten Punkte, die sie später in St. Paul ergänzen würden. Joseph hatte so lebhaft von einer großen Mahlzeit geträumt, daß er einen Teil des Vormittags glaubte, sie wirklich genossen zu haben. Am Abend verkochten sie Ochsen- und Schweinefleisch mit dem letzten Mehl zu einem dicken Brei, den Henri *booyeh* nannte. Sie aßen davon, soviel sie konnten, und nahmen eifrig ihre Medizin. Im Verlauf der nächsten Wochen gingen die Vorräte zur Neige. Lafayette erlegte einen Luchs und konnte die gerissenen Saiten der Geige durch die Därme ersetzen, aber das streng schmeckende Fleisch lag allen schwer im Magen. Am Ende schlachteten sie den letzten Ochsen und waren froh, daß das Elixier auch gegen den nagenden Hunger half. Joseph fiel auf, daß seine Kleider immer weiter wurden und seine Gliedmaßen immer magerer.

»Wir sind nur noch Haut und Knochen«, sagte er eines Abends zu Lafayette, der grinsend sein Laudanum einnahm. In jener Nacht hatten alle, unglaublich, aber wahr, den gleichen Traum. Über ihrem Schlafplatz sahen sie ein großes aufrecht stehendes Rad mit blitzenden Lichtern und großen Gondeln, die sich, begleitet von überirdischer Musik, im Dunkeln drehten. Hunderte Menschen wimmelten durcheinander und verschwanden wieder in den Schatten. Da waren Türme und große Häuser und ein Lichterglanz, der sich mit den größten Städten Europas messen konnte. Am nächsten Morgen, als sie ihren Tee tranken und die heißen Maiskuchen kauten, die sie mit dem restlichen Schweineschmalz gebacken hatten, stimmten alle darin überein, daß dies ein wundersames und großartiges Vorzeichen sei. Auch erlegten Henri und Lafayette noch am selben Tag zwei Büffelkälber und eine Kuh. Sie schleppten die Tiere unter ein Reisigdach auf der verwaisten Koppel, bedeckten sie mit Schnee und Eis und steckten ringsum Fähnchen, um die Wölfe fernzuhalten. An dem Abend genossen sie eine wunderbare Mahlzeit, und die ganze nächste Woche herrschte klares Wetter. Im Vertrauen darauf, daß sie nun genug Nahrung bis zur Ankunft der Nachschubexpedition von B. J. Bolt hatten, machten sie sich frohgemut an die Arbeit und errichteten eine Blockhütte aus behauenen Stämmen. Sogar eine erhöhte Plattform für das Bett bauten sie und einen großen Kamin. Bald würden sie auch eine richtige Tür haben. Bull benutzte eine Spaltsäge, um die Rahmen und Füllungen für die Tür herzustellen – und auch für ein Fenster, damit ein wenig Licht hereinkam.

Der Sendbote

Am frömmsten von allen waren Henri und Lafayette Peace. Als sie sich an einem milden Februartag bis auf zwei Hemden auszogen, zeigte sich, daß sie beide ein Kruzifix trugen, direkt auf der Haut. Und es war interessant, wie sie an die Dinge herangingen, dachte Joseph. Zum Beispiel zogen sie, um Büffel zu erlegen, Wolfsfelle über Kopf und Schultern und schlichen sich mitten in eine kleine Herde, die in der Nähe graste. Da die Herden immer von Wölfen umkreist wurden, kam der Bulle nahe heran, beschnüffelte die Felle und hielt die beiden Pfadfinder offenbar für tote Wölfe. Die Büffel wandten sich ab und senkten die großen Köpfe in den Schnee, um nach Gras zu wühlen. Wenn sie dicht an dem Tier waren, das sie ausgesucht hatten, richtete sich einer der beiden Brüder kurz auf, tötete es mit einem einzigen Schuß aus kurzer Distanz und warf sich sofort wieder hin. Sie achteten darauf, daß die Gewehrschlösser unter dem Wolfsfell nicht naß wurden, und blieben reglos liegen, bis sich die Tiere, die beim Gewehrknall unruhig geworden, aber nicht in Panik geraten waren, weiter durch den Schnee arbeiteten. Joseph war nahe genug, um zu sehen, daß sich die beiden unter ihren Wolfsfellen auf papistische Art bekreuzigten und ihre Kruzifixe küßten, und aus ihrem Schweigen schloß er, daß sie Lob- und Dankgebete an Gott richteten. Sie liebten ihre Geige und nannten sie ihren Schatz, ihre Geliebte. Doch sonntags wurde sie für die *bois brûlés* zur Jungfrau Maria, und sie spielten nur Kirchenlieder auf ihr. Und ganz gleich, unter welchen Umständen: Morgens holten sie als erstes ihre Rosenkränze hervor, ließen die Perlen durch ihre Finger gleiten und murmelten ihre Gebete.

English Bill verfolgte die religiösen Praktiken der beiden mit Skepsis und machte sogar ein paar Witze auf ihre Kosten. Er hielt es auch für einen gelungenen Scherz, den Spiegel zu verstecken, den Lafayette immer nach dem Aufstehen benutzte, um seine gewissenhafte Morgentoilette durchzuführen. Aber eines Tages wurde English Bills Terrier, der sich am Rand des Lagers herumtrieb, von einem Wolf überrascht. Mit einem einzigen, eleganten Sprung schnappte ihn der Wolf und lief davon. Lafayette, der zufällig in der Nähe war, legte ebenso flink wie der Wolf sein Gewehr an und erledigte ihn mit einem Schuß, obwohl er schon ein gutes Stück entfernt war. Der Terrier entkam ohne einen Kratzer, beschnüffelte das tote Tier und kehrte zurück, als wäre nichts geschehen. Nach diesem Vorfall ließ English Bill nichts mehr auf die beiden Pfadfinder kommen. Und wie sich zeigen sollte, hatte Lafayette gut daran getan, den Hund zu retten, denn wenig später war es der kleine tapfere Terrier, der die Männer vor dem sicheren Untergang bewahrte.

Es blieb warm und wurde immer wärmer, bis das Fleisch verfaulte und sie wieder zu den Bohnen zurückkehren mußten. Offenbar hatte das Fleisch die Verdauung der Männer reguliert. Das Fleisch oder das Laudanum. Wieder begannen sie mit der Einnahme ihres Elixiers. Mittlerweile erschreckend abgemagert, versuchten sie sich in allen Methoden der Fallenstellerei, aber selbst die Peace-Brüder hatten kein Glück, und eines Abends verkündete Bull das bislang Unausgesprochene, daß sie alle mit dem Tod zu rechnen hätten. Er werde am nächsten Morgen aufbrechen, einen letzten verzweifelten Versuch wagen, sein Leben zu retten. Er werde zurück nach St. Anthony laufen. Zurück zu seiner Geliebten.

»Das schaffst du nie«, sagte Joseph. Er hatte Bull schätzen gelernt und war ihm dankbar für das mitgebrachte Laudanum, weil nur diese Medizin sie davor bewahrt hatte, mit heruntergelassenen Hosen im Schnee zu verrecken, da war er sich gewiß. »Bleib hier!« flehte er Bull an. »Laß ihn nicht gehen«, beschwor er Henri. Aber die Pfadfinder nickten nur und schauten zur Seite. Ihnen war klar, daß Bull einzig wegen seiner Geliebten so lange durchgehalten hatte. Wie die meisten Männer von kräftiger Statur hatte Bull unter den Hungerattacken stärker gelitten als die anderen. Er hatte sogar den Terrier mit seinen hungrigen Blicken verfolgt, daher waren English Bill und die beiden Pfadfinder an dem Abend die einzigen, die nicht versuchten, Bull von seinem Vorhaben abzubringen.

Das Eis brach, und am Morgen reichte der Fluß bis zur Hüttentür. Gegen Mittag, als sich Bull auf den Weg machte, stand das Wasser in der Hütte. Die Männer gaben ihm die Hälfte des verbliebenen Maismehls, und er steckte ein Fleischermesser ein. Alle schüttelten ihm die Hand, und keiner erwartete, ihn je wiederzusehen. Die Schneeschmelze war eine Katastrophe – nicht nur, weil sie zu dicht am Fluß gebaut hatten. Auch die Prärie, die zwischen ihnen und St. Anthony lag, war überschwemmt, ein Durchkommen unmöglich. Bull würde im Schlamm steckenbleiben. Einen J. B.

Bold mit einer Wagenladung Proviant würde es nicht geben. Ein Indianerpony könnte es vielleicht schaffen, meinte Joseph, aber die Pfadfinder verneinten das. Henri zerschnitt schweigend seine Reserve-Mokassins und tat sie in die Suppe. Joseph warf die Schnürriemen und Oberteile seiner Elchhaut-Überstiefel hinein. Sie hatten Bull mehr als seinen Anteil Laudanum auf den Weg mitgegeben, und die Dosis, die sie an jenem Abend einnahmen, es war die letzte, stürzte sie in Melancholie.

Als sie am nächsten Morgen aufwachten, stand das Wasser schon knapp unter ihrem erhöhten Schlafplatz. Mit letzter Kraft beschlossen sie, auf der Anhöhe hinter der Hütte einen provisorischen Unterschlupf zu bauen. Während die Arbeiten schleppend begannen, wurde Joseph plötzlich von der Furcht befallen, die *Selbstbetrachtungen* könnten vom Hochwasser erfaßt werden, und er rannte in die Hütte zurück, um das Buch zu retten. Sein Gewehr hatte er umgehängt, damit es nicht naß wurde. Beim Eintreten sah er Bewegung im Wasser. In den hellen Lichtschein der geöffneten Tür schob sich der Kopf eines Otters. Das Tier betrachtete ihn mit dem neugierigen, zutraulichen Blick eines Kindes. Langsam, ohne ihn aus den Augen zu lassen, legte Joseph an und schoß. Der Otter starb in einem Strudel aus Blut, und Joseph kamen die Tränen, als er ihn aus dem Wasser zog. Er weinte haltlos über dem glänzenden, geschmeidigen Körper des toten Tiers.

Das Buch war in Sicherheit gebracht. Er steckte es in seinen Mantel. Beschämt über seine Schwäche, brachte er den Otter ins Trockene, häutete ihn und weidete ihn aus. Als er English Bill das Fleisch überbrachte, hatte er sich wieder in der Gewalt, aber er war von dem entsetzlichen Gefühl gepackt, einen Mord begangen zu haben. Und dieses Gefühl ließ ihn nicht mehr los. Das Tier war so etwas wie ein Sendbote gewesen. Er hatte es gewußt, als er in diese menschlichen Augen geblickt hatte. Auch Joseph war ja ein Teil dessen, was von einer geheimnisvollen Kraft erhalten und zerstört wurde. Er hatte ihren Sendboten getötet. Und zudem erwies sich der Otter als ungenießbar. English Bill briet das Fleisch, ohne es ausgekocht zu haben, und der Geschmack nach faulem Fisch brachte die Männer zum Würgen, ganz im Gegensatz zum Terrier, der ein Festmahl vorgesetzt bekam.

Er war so überfressen, daß er am nächsten Tag keine einzige von den sechsunddreißig Schneeammern fraß, die er aufgestöbert hatte – eng zusammengedrängt, erfroren und perfekt konserviert. Die Buckendorfs häuften sich die Vögel in den Schoß und rupften sie mit flinken Fingern. Dann spießten sie die Leiber auf Stöcke, brieten sie und verzehrten sie, schaudernd vor Behagen, während sie die winzigen Gerippe zerknackten und aussaugten. Joseph lobte den Hund, der die Ohren aufstellte und recht stolz wirkte. Noch drei weitere Male schaffte er ihnen auf wundersame Weise Eßbares heran. Von einer Eisscholle holte er zwei große, nach Luft schnappende Welse, er fing ein Eichhörnchen und versuchte eine Schnappschildkröte von einem Baumstamm herabzuzerren, indem er sich in ihrem Schwanz verbiß. Als Henri die Schildkröte sah, grinste er und ließ nicht zu, daß English Bill sie auch nur anfaßte. Er reizte sie mit dem Stock, bis sie zuschnappte, dann schnitt er ihr den Kopf ab. Der Kopf ließ den Stock nicht los und klappte weiter mit den Lidern, als der Körper schon in eine köstliche Suppe hineingeschnitten wurde.

Millionen

Die Männer waren also einigermaßen bei Kräften, als Bull zurückkehrte – als Gespenst seiner selbst, abgemagert zum Skelett, eine geschundene Kreatur, die Augen tiefe Löcher, der Mund ein klaffender Schlitz. Der Bart war ihm übers ganze

Gesicht gewuchert, seine Brust war eingesunken. Knie und Ellbogen waren grotesk geschwollen, seine Muskeln bis auf die Knochen geschrumpft. Er hatte Stiefel und Socken verloren, seine erfrorenen Füße waren schwarz. Voller Mitleid legte Joseph die Arme um ihn und bettete ihn auf eine Büffelhaut. Er hielt ihn in den Armen wie ein Kind und träufelte ihm ein wenig Suppe ein. Kaum hatte die Suppe seinen Magen erreicht, streckte er die Beine, trat zweimal ins Leere und sackte zusammen. Während Bull starb, blickte er in die Bäume, die gerade Knospen trieben. Zahllose goldene Blütenquasten leuchteten in der Sonne und spiegelten sich millionenfach in seinen staunenden Augen.

Lafayette Peace

Die Knospen öffneten sich, und die grünen Schleier in den Bäumen wurde dichter, als eine Woche später J. B. Bolt eintraf, ebenfalls zu Fuß und in einem ähnlichen Zustand wie Bull. Vor über einem Monat war er mit vier Mann und drei Packpferden aufgebrochen und ins Tauwetter geraten – Schneematsch und eisiger Morast, soweit das Auge reichte. Nach einem Streit, wie es weitergehen sollte, waren die Männer desertiert und hatten ihn mit einem einzigen Pferd zurückgelassen, das ihm sofort entlief. Bolt verzehrte von seinem Proviant, soviel er konnte, dann schulterte er, was noch übrig war, und machte sich auf den Weg nach Westen – was bemerkenswert war, weil er zurück nach St. Cloud nur zwei Tagesmärsche benötigt hätte. Streckenweise mußte er, den Proviant über dem Kopf balancierend, durch brusthohes Eiswasser waten, dann wieder brach er ins morsche Eis ein. Irgendwie kam er weiter, aber er mußte essen, um bei Kräften zu bleiben. Als er schließlich das Camp erreichte und seinen Ranzen abschnallte, besaß er nichts mehr außer einem Dutzend harter Biskuits.

Die Männer teilten sie unter sich auf, und in der Nacht, während er sich jeden Krümel langsam auf der Zunge zergehen ließ, dachte Joseph an den Otter und sein gerettetes Buch, das er auswendig kannte. Ein Satz ging ihm unablässig durch den Kopf: *Harre heiteren Sinnes auf den Tod.*

Wenn er nur gewußt hätte, was nach dem Tod kam. Bull hatte offenbar nichts gesehen, als er unter den Bäumen lag, und Mark Aurel ließ die Frage unbeantwortet in den Lüften schweben.

»Ich beneide dich um deinen Glauben«, sagte Joseph zu Henri. Die Buckendorfs schliefen eng aneinandergeschmiegt. Die Nacht war klar, die Flammen des Lagerfeuers schlugen hoch. Abwechselnd spielten die zwei Pfadfinder sanfte Weisen, und Joseph dachte: Wären wir dem Tod nicht so nahe, könnte es eine schöne Nacht sein.

Henri legte die Geige weg und stocherte bedächtig mit einem Stock im Feuer. »Ich, ich habe keinen großen Glauben«, sagte er. »Die Heiligen lieben meinen Bruder hier.«

Lafayette putzte sein Gewehr. Er lächelte und beugte sich vor, um den Lauf anzuhauchen. Er sah jetzt bildschön und zerbrechlich aus, trotzdem hatte er mehr von seinem Humor und seiner Tatkraft bewahrt als alle anderen. Seine Musik hatte an Tiefe gewonnen. Er allein schien noch besonderer Anstrengungen fähig.

»Glaubst du, daß wir sterben müssen?« fragte ihn Joseph. Lafayette putzte weiter an seinem Gewehr, mit gebetsartiger Hingabe. »Versprichst du mir, daß du mich begraben wirst, wenn ich sterbe?«

Lafayette nahm plötzlich sein Kruzifix ab und hängte es Joseph mit anmutiger Geste um den Hals. Der Feuerschein erhellte sein scharf geschnittenes Gesicht. Dreimal klopfte er Joseph sanft auf die Brust, und Joseph spürte, wie sein Herz Sprünge machte, dann drehte sich Lafayette um und ging weg, in den Wald.

»Wo will er hin?« fragte Joseph und betastete das Kreuz an seinem Hals. »Was hat er vor?«

»Morgen haben wir Fleisch«, sagte Henri, mehr nicht.

Die Augen der Buckendorfs glühten vor Hunger wie Zaubersteine, und ihre gelben Zähne waren länger geworden. Es war die Rede davon gewesen, Bulls Fleisch zu verzehren, doch die Pfadfinder hatten angekündigt, jeden zu töten, der auch nur den Versuch wagte. Sie waren es auch, die den armen Bull begruben und einen großen Berg Steine auf sein Grab häuften. Mit ihren Rosenkränzen knieten sie nieder und beteten zur Jungfrau Maria. Joseph hatte versucht, ihnen zu helfen, doch er war mehrfach gestürzt und bat schließlich Henri und Lafayette, mit ihm zu verfahren wie mit Bull. Er war jetzt sehr müde. Neben Henri sitzend, nahm er das Medaillon mit Doreas Foto aus der Tasche seines untersten Hemds, klappte es auf und zeigte es dem Pfadfinder. Vorher hatte er ihr Bild nur betrachtet, wenn er allein war, vielleicht aus Scham, weil sie nicht schön war und viel älter als er. Vielleicht, weil man sie für seine Mutter halten konnte.

Henri legte die Geige mit großer Sorgfalt in ihr samtenes Gehäuse und streichelte sie, bevor er den Deckel schloß. Dann nahm er das Medaillon entgegen und schaute Dorea an, lange und gründlich, bevor es zurückgab.

»So eine schöne Frau«, sagte er. »*Très jolie*. Du wirst glücklich sein. Sie wird dir viele Kinder schenken und dich in der Nacht wärmen.«

Das war die einzige Unwahrheit, die er je aus dem Munde von Henri Peace vernahm, denn es kam anders. In der Nacht erlegte Lafayette eine tollwütige alte Elchkuh, und in der Woche darauf traf eine Nachschubexpedition mit Mehl ein, und alle aßen so viele Pfannkuchen mit Sirup, daß sie sich vor Qualen im Wald umherwälzten. Und als Joseph ärmer als je zuvor nach St. Anthony zurückkehrte, in der Tasche einen Titel über achtzig Hektar wertlosen Lands, klopfte er an Doreas

Tür – um von einem Mann empfangen zu werden, der sich als ihr neuer Gatte vorstellte und dem er wortlos das Medaillon übergab.

Der Heilige

Nach der Expedition litt Joseph lange an einer unbestimmten Krankheit. Er starrte häufig auf Lafayettes Kruzifix, das er an die Wand genagelt hatte, und fragte sich, wo English Bill und sein Hund, die Buckendorfs und Lafayette und Henri Peace wohl stecken mochten. Neben B. J. Bolt, der ab und zu nach ihm sah, war Bull der einzige, dessen Verbleib er genau kannte. Also machte Joseph, als es ihm ein wenig besser ging, einen Besuch bei der Haushälterin des Arztes, der Frau mit dem dunkelbraunen Haar, der milchkaffeefarbenen Haut, der sommersprossigen Nase. Sie setzte sich mit ihm in den Empfangssalon, wo die Patienten des Arztes warteten. Hinter der geschlossenen Tür hörten sie das Klappern der Instrumente und erstickte Schmerzenslaute. Joseph erzählte der Haushälterin alles über Bull – wie er, den Blick auf den Horizont gerichtet, von ihr gesprochen hatte, wie er aufgebrochen war, um zu ihr zu gelangen, quer durch die tödlichen Sümpfe der spätwinterlichen Prärie. Sie musterte ihn mit ihren klaren braunen Augen, vernahm seinen Bericht von der Schildkrötensuppe und wie Bull gestorben war – hinaufblickend in die knospenden Zweige, mit ihrem Namen auf den Lippen –, und nickte, als er geendet hatte. Daß er ihren Namen geseufzt hatte, war eine, wie er hoffte, verzeihliche Ausschmückung. Sie sah angemessen traurig aus – und auch ein wenig überrascht. Schließlich begann sie zu sprechen.

»Ich wollte ihn heiraten, das ist Tatsache. Ich habe ihn geliebt, glaube ich, aber die Wahrheit ist, daß ich nicht mehr weiß, wie er aussah. Unsere Zuneigung entstand ganz plötzlich, und er war so schnell weg. Er hatte kein Foto von sich. Aber ich glaube, er fehlt mir, und ich bin sehr traurig über seinen Tod.«

Sie war so klar und offen in ihrer Verwirrung, und ihre Art, mit ihm zu sprechen, war so ruhig, daß Joseph nahe daran war, gleich an Ort und Stelle um ihre Hand anzuhalten. Aber aus Respekt vor Bull hielt er sich zurück und ging zu Poolcaughs Niederlassung, wo man ihm auf Drängen von B. J. Bolt ein Zimmer überlassen hatte. Dort grübelte er wieder über das Geheimnis seines Überlebens und die Bedeutung des Otters nach, wie er es so oft getan hatte. Er nahm das Kruzifix ab und drückte es an seine Stirn. *Alexander, Pompejus, Cäsar – nachdem sie so manche Stadt von Grund aus zerstört und in der Schlacht so viele Tausende getötet –, mußten aus dem Leben scheiden. Heraklit, der über den Weltbrand philosophierte, starb an der Wassersucht, den Demokrit brachte das Ungeziefer um, den Sokrates ein Ungeziefer anderer Art. Kurz, zu einem jeden heißt es einmal: Du bist eingestiegen, gefahren, im Hafen eingelaufen – so steige nun aus!*

Er legte das Buch hin und preßte das Kruzifix an seine Stirn, als wollte er sich dessen Bedeutung einprägen. Er dachte an Bulls besonnene Verlobte. Und wieder schaute ihn der Otter an, ein unschuldiger Heiliger. Und Bulls unergründliche Augen starrten in die Zweige.

»Wohl denn«, sagte er laut. »Ich bin vom Gründerfieber geheilt.«

Er ging hinaus, kaufte sich einen Anzug mit Weste und beschloß, Jurist zu werden.

Der Wolf

Wer vor Gericht geht, hält einen Wolf beim Ohr, hat Robert
Burton gesagt. Da war ich nun, da bin ich nun, dem Klischee
zufolge ein Mischling, der einen Wolf beim Ohr hält. Einer
meiner Vorteile beim Festhalten an diesem Wolf besteht
darin, daß ich in der Familie meiner Mutter im Reservat
und gleichzeitig im großen Haus in Pluto aufgewachsen bin.
Daher weiß ich in vielen meiner Fälle über beide Seiten Bescheid. Mein Vater baute unser Haus auf dem Land, das er
von Joseph Coutts geerbt hatte und dessen Grenzsteine die
Eisenbahngesellschaft ausfindig machen und stehlen wollte,
als sie die Strecke verlegte, die Stadt projektierte und ihr einen
Namen gab. Das geschah einige Jahre nach der katastrophal
verlaufenen Gründerexpedition. Da war Joseph Coutts schon
Anwalt in eigener Sache gewesen. In seinem ersten großen
Fall gewann er Land für sich zurück und somit auch für die
Buckendorfs und jene Mitglieder der ersten Expedition, die
Wert darauf legten, in der Nähe von Pluto zu leben. Einige
kamen wirklich zurück, angezogen von dem Ort vielleicht,
wo sie Schweres durchgemacht hatten oder wo sie wie Bull die
tiefere Wahrheit des Lebens zwischen dem blassen Grün der
Zweige hatten entschweben sehen.

English Bill kehrte für kurze Zeit zurück, um einen Saloon
zu eröffnen, aber bei einem Pokerstreit wurde sein Terrier
durch den Raum geworfen und noch im Fluge von einem
Schuß getroffen, von dem er sich nie mehr ganz erholte. Bills
Schnaps war ebenso ungenießbar wie sein Essen. Wo er sein
Können als nächstes unter Beweis zu stellen versuchte, ver-

mag ich nicht zu sagen. Was die Buckendorfs betrifft, siedelten sich drei der vier Brüder dort an und wurden so natürlich zu Mittätern des Lynchmords am jüngsten Peace, dessen ältere Brüder ihnen mehr als einmal das Leben gerettet hatten.

Als er sein Land zurückhatte, wurde mein Großvater gebeten, nach Pluto zu ziehen und in dieser Stadt, die man nach dem Wüten des Mobs nicht mehr für würdig erachtete, sich zum zivilisierten, neugegründeten Staat North Dakota zu zählen, eine Kanzlei zu eröffnen. Dies tat er, auch mein Vater wurde Jurist, und da sie beide eine Chippewa heirateten, wurden wir als Juristen zugleich Stammesmitglieder – eine ungewöhnliche Kombination zu jener Zeit, aber zunehmend von Nutzen, als sich die Komplikationen zwischen dem Stammesrecht und der widersprüchlichen Gesetzgebung von Bund und Staat gerade zu manifestieren begannen.

Wenn ich heute sehe, wie diese Stadt langsam dahinstirbt, mutet es mich seltsam an, daß für ihre Gründung einmal Menschenleben geopfert wurden. So enden all die verzweifelten Anstrengungen, die damit verbunden sind, Gebietsansprüche auf dieser Erde abzustecken. Indem wir eine Linie ziehen und verteidigen, scheinen wir zu glauben, daß wir etwas gemeistert haben. Aber was? Die Erde verschluckt auch jene, denen es gelingt, einem Land, einem Reservat feste Grenzen zu geben. (Trotzdem: ein Land zu lieben und zu kennen, sich im Traum darauf zu besinnen, wie es die Alten taten, hat seinen Wert. Aus diesem Grund haben wir als Stamm bis heute überlebt.) Mein Beruf ist es, die Geltung des Stammesrechts auf Stammesland aufrechtzuerhalten, doch auch in dieser Eigenschaft vergesse ich nicht, daß mein Großvater die Krankheit der Landnahme als Gründerfieber bezeichnete und daß er beinahe an der Gier, ihrem Hauptsymptom, zugrunde gegangen wäre.

Ein paar Dinge, die mich mit Pluto verbinden, habe ich hier bisher verheimlicht – meine langjährige und gescheiterte

Liebesbeziehung zu der Frau zum Beispiel, die mein Haus abreißen ließ, sowie ein paar (meist verzeihliche) Jugendsünden und ein verbales Mißverständnis, das zur Folge hatte, daß ich längere Zeit als Totengräber auf dem Städtischen Friedhof arbeitete, einem Ort, mit dem ich noch immer eng verbunden bin. Aber zu meinen ersten Fällen gehörte die Verteidigung eines Mannes aus Pluto. Eine Folge seines Verbrechens war die Geburt von Corwin Peace. Der Mann hieß John Wildstrand und war Corwins Vater. Weil sein Großvater auch der Vater von Mooshums Frau war, war er auf komplizierte Weise mit unserer Familie verwandt – aber genug davon. Es gibt nichts, aber auch gar nichts, was hier nicht in irgendeiner Weise mit Blutsbanden zu tun hätte.

Ich führe die Wildstrandsche Neigung zum sexuellen Exzeß oder zur »unsterblichen Romanze«, wie Geraldines Nichte Evelina das nennt, wenn sie Seraph Milks Geschichten lauscht, vielmehr auf eine ganze Reihe interessanter gesellschaftlicher Konstellationen zurück. Aber natürlich ist das ganze Reservat voll von widerstreitenden Leidenschaften. Offenbar können wir nicht die Finger voneinander lassen, das ist wohl wahr, und jeder Versuch, unsere Gelüste mit Hilfe von Gesetzen und religiösen Geboten im Zaum zu halten, scheint neue Übertretungen zu provozieren.

Die gesamte Geschichte des Falls, der in seinen endlosen Weiterungen so unappetitlich wurde, daß sich die Presse von Fargo und sogar Minneapolis darüber hermachte, begann als Kette von Ereignissen, die sich durch die kultische Religion mitsamt ihren inneren Dramen und Heucheleien hindurchzogen, dann aber doch zu einem recht guten Ende führten, wenn man bedenkt, womit die Sache Jahre zuvor begonnen hatte, nämlich mit dem Entschluß von Corwins Onkel, die Ehre seiner Schwester mit einem verstopften Gewehr zu verteidigen.

Ich übernahm die Verteidigung von John Wildstrand, Corwins Vater, nachdem ihn die Polizei auf einer Rennbahn in Florida gestellt hatte, und zwar Jahre nach der Tat. Es war ein katastrophaler Prozeß – nervenzehrend, weil sich Wildstrand wie ein Irrer aufführte. Während der Verhandlungen sprang er ständig auf und belastete sich selbst, er hatte sich einfach nicht im Griff. Ich überlegte, ob ich auf Unzurechnungsfähigkeit plädieren oder ihm einfach das Maul stopfen sollte, und erreichte am Ende das, was er offensichtlich gewollt hatte – eine Haftstrafe. Wie ich später begriff, hatte er immer Zügel benötigt, irgendeinen Schutz davor, daß er sich selbst schadete. Im Verlauf unserer Gespräche natürlich hat er mir alles erzählt – mehr, als gut war. Er erzählte mir Dinge über sich, die ich nicht vergessen kann.

Wildstrands betrogene Frau, Neve Harp, die ich hin und wieder sehe, wenn ich meine Mutter im Altenheim von Pluto besuche, haßt mich dafür, daß ich ihn, den Zerstörer ihrer Ehe, verteidigt habe. Neve wohnt nicht im Heim, sie läuft dort herum und sammelt Auskünfte für ihren historischen Newsletter. Sie funkelt mich böse an und schaut weg, bevor ich reagieren kann, um dann einen verstohlenen Blick zu riskieren. Auch sie kann nicht aus ihrer Haut. Ich glaube, sie fragt sich, was ich über sie weiß – durch ihn. Sie spürt instinktiv, daß ich intime Details kenne, und daß ich so viel über das Leben ihres Exmanns weiß, macht sie wütend und neugierig zugleich. Trotz allem glaube ich, daß sie nie aufgehört hat, John Wildstrand zu lieben, und ich vermute, daß sie viele Jahre lang die einzige war, die ihn im Gefängnis besucht hat.

Burtons Zeitgenosse Francis Bacon glaubte, es sei nur der Justiz zu verdanken, wenn sich der Mensch dem Menschen gegenüber wie Gott verhält und nicht wie ein Wolf. Aber so, wie der Wolf vom Instinkt geprägt wird, wird der Mensch von der Geschichte geprägt. Wo ist der Unterschied? In beiden Fällen wird die Justiz zur Beute unbekannter Träume. Und außerdem war da eine Frau im Spiel.

Komm herein

John Wildstrand öffnete die Haustür, und vor ihm stand Billy Peace, der kleine Bruder von Maggie, seiner Geliebten. Der Junge wirkte zart und zerbrechlich, wie er da im Schnee stand mit seinen traurigen Augen und dem Gewehr in der Hand. Als Direktor der National Bank of Pluto hatte John Wildstrand seinen Angestellten eingeschärft, in solchen Situationen die Ruhe zu bewahren. Kleinstadtbanken waren immer gefährdet, und John war schon zweimal überfallen worden, einmal von einem sehr nervösen Drogenabhängigen. Diesmal zuckte er nicht mit der Wimper.

Mit lauter und ruhiger Stimme begrüßte er Billy Peace, als würde er das Gewehr nicht sehen. Neve, seine Frau, saß im Wohnzimmer und las.

»Was kann ich für dich tun?« fragte Wildstrand.

»Sie können mitkommen, Mr. Wildstrand«, sagte Billy und zeigte mit dem Gewehrlauf ein wenig nach links. Hinter ihm, am Straßenrand, tuckerte ein tiefergelegter Buick. Wildstrand sah niemanden in dem Wagen. Billy war gerade mal siebzehn, und erst fragte sich Wildstrand, ob Billy, wie ihm Maggie erzählt hatte, zur Armee gegangen war, dann wünschte er, Billy hätte es getan. Maggie war höchstens ein oder zwei Jahre älter oder jünger als ihr Bruder. Genaueres erfuhr man von ihr nie. Ihr Alter gehörte einfach zu den Dingen, die gefährlich an ihr waren.

»Wer ist das?« rief Neve aus dem Wohnzimmer, und Billy flüsterte: »Sagen Sie: Kinder, die Spendenmarken verkaufen.«

»Kinder, die Spendenmarken verkaufen«, rief John.

»Was? Sag ihnen, wir wollen keine«, rief Neve zurück.

»Sagen Sie ihr, Sie machen einen kleinen Spaziergang«, sagte Billy.

»Ich mache einen kleinen Spaziergang!«

»Bei diesem Schnee? Bist du verrückt?« rief seine Frau.

»Ziehen Sie Ihren Mantel an«, sagte Billy. »Damit sie nicht sieht, daß er noch am Haken hängt. Dann kommen Sie mit. Schließen Sie die Tür.«

John Wildstrand ging hinaus in den Schnee, und Billy zog hinter ihm die Haustür zu. Während Billy ihm auf dem Fußweg folgte, wahrscheinlich mit gezücktem oder notdürftig verstecktem Gewehr, verwandelte sich Wildstrands Verwirrung in den sehnlichen Wunsch, daß sich Maggie im Auto versteckte. Daß dies nur ein etwas überzogener Scherz war, eingefädelt von ihr, um ihn zu sehen. Die Fenster seines Hauses verstreuten ihr sanftgoldenes Licht auf dem geschwungenen Band der Gehsteigplatten. Die Steinmauer und der dicht gewachsene Lebensbaum warfen einen schwarzen Schlagschatten auf die Straße. Dahinter stand das Auto im winterlichen Schein einer Straßenlampe.

»Steigen Sie ein«, sagte Billy.

Wildstrand stolperte ein wenig über den vereisten Schnee und setzte sich auf den Beifahrersitz. Die Rückbank war leer, wie er feststellte. Billie verdeckte das Gewehr mit dem Ärmel eines weiten Mantels und hielt es auf die Frontscheibe gerichtet, während er das Auto umrundete und auf den Fahrersitz schlüpfte.

»Ich fahre jetzt aus diesem Licht raus«, sagte er.

Billy hielt das Gewehr und seine sanften Augen auf Wildstrand gerichtet, während er auf Drive schaltete und ein paar Meter weiter ins Dunkle rollte.

»Jetzt können wir reden.« Er stellte den Hebel auf Parken.

Billy war ein nervös wirkender Junge mit tiefbraunen Augen und einem schmalen Gesicht. Toastbraunes Haar wellte sich über ein Auge und verschwand in seinem Kragen. An seinem Kinn sproß dünner Bartflaum. Was Billie tat, hatte Stil. Solche Sachen, das wußte Wildstrand, waren ihm nicht in die Wiege gelegt, obwohl er von dem berühmten Pfadfinder Lafayette Peace abstammte, der auch unter Riel gekämpft hatte. Vielleicht hatte er sich Mut angetrunken, daß er es wagte, mit einem Gewehr zum Wildstrand-Haus zu fahren und zu klingeln. Und was, wenn Neve ihm geöffnet hätte? Hätte Billy ihr Schokoriegel verkauft, um für irgendeinen Schulausflug zu sammeln? Oder hätte er etwas anderes versucht? Hatte er einen Plan B? John Wildstrand starrte in Billys spitzes Gesicht. Der Junge sah nicht aus, als wäre er fähig, ihm eine Kugel in den Bauch schießen. Wildstrand war sich auch bewußt, daß Billy nur deshalb so vorging, weil er auf seine Kooperation bauen konnte.

»Also«, wiederholte Wildstrand mit der geduldigen Stimme, die er bei nervösen Anlegern einsetzte. »Wie kann ich dir helfen?«

»Ich glaube, zehntausend Dollar wären etwa angemessen«, sagte Billy.

»Zehntausend Dollar.«

Billy schwieg erwartungsvoll. Wildstrand zitterte ein wenig und zog den Mantel zu. Ihm war zum Heulen zumute. Mit Maggie hatte er viel geweint. Weinen sei keine Schande, meinte sie, und sie weinten zusammen, bis das Weinen langsam zu ihren wilden Vögeleien überleitete. Mit ihr zu weinen war ein dunkler Vorgang, angenehm und schmerzlos, wie eine Absolution in der Kirche. Wenn sie mit ihm weinte, lag für ihn darin ein Moment der Vergebung, und manchmal wurde er traurig und sentimental beim Gedanken daran, was sein Großvater einem Angehörigen ihrer Familie vor langer Zeit angetan hatte.

John Wildstrand hörte sich *äh* sagen, es war ein Laut des

Zweifelns; irgend etwas an der geforderten Summe kam ihm verzweifelt und armselig vor.

»Das ist doch nicht genug«, sagte er.

Billy schaute verdutzt.

»Sieh mal, wenn sie das Baby behält, und du weißt, daß ich will, daß sie es behält, braucht sie ein Haus, ein Auto. Vielleicht in Fargo, verstehst du? Und dann noch Kleidung und was weiß ich, eine Schaukel im Garten, all die Sachen. Ich hatte nie ein Kind, aber Kinder brauchen eine gewisse Ausstattung. Außerdem braucht sie einen guten Arzt, ein Krankenhaus. Dafür reicht das Geld nicht. Das ist keine Zukunft.«

»Okay«, sagte Billy nach einer Weile. »Was schlagen Sie vor?«

»Außerdem.« Wildstrand fuhr mit seinen Überlegungen fort. »Wenn schon Erpressung, dann richtig. Ein kleiner Fehlbetrag fällt genauso auf wie ein großer. Meine Frau prüft die Konten. Nötig wäre ein Betrag von … Laß mich nachdenken. Wenn es unter hunderttausend sind, steht sowieso in der Zeitung, daß es fast hunderttausend waren. Wenn es hunderttausend sind, sagen sie, es waren hunderttausend. Also könnte man gut über fünfzigtausend ansetzen, aber nicht siebzigtausend, weil sie dann sagen, es waren fast hunderttausend.«

Billy Peace sagte nichts. »Dann eben etwas über fünfzigtausend«, schlug er schließlich vor.

Wildstrand nickte. »Siehst du? So wird ein Schuh draus. Nur muß es einen Grund geben. Einen sehr guten Grund.«

»Na, vielleicht«, sagte Billy, »wollten Sie irgendein Geschäft aufziehen.«

John Wildstrand wirkte überrascht. »Ah ja. Ein Geschäft. Nur müssen wir das Geschäft dann wirklich betreiben, am Laufen halten, Belege produzieren, so etwas fordert weitere Manöver, und die Steuern … das fällt dann alles auf mich zurück. Das wird zu kompliziert. Wir brauchen eine Art Katastrophe.«

»Einen Tornado«, sagte Billy. »Ich meine, im Winter vielleicht nicht. Einen Blizzard.«

»Und wo kommt das Geld ins Spiel?«

»Das Geld könnte im Blizzard verlorengehen, oder?«

Wildstrand sah enttäuscht aus, und Billy zuckte ratlos die Achseln.

»Eine Geldübergabe?«

Beide schauten umher und grübelten. Dann sagte Billy: »Eine Frage.«

»Ja?«

»Wieso lassen Sie sich nicht von Ihrer Frau scheiden und heiraten Maggie? Sie lieben sie doch. Das hat sie mir vor einer Weile gesagt, und jetzt hört es sich für mich immer noch so an. Also hätte ich vielleicht gar nicht kommen und Sie hiermit bedrohen müssen.« Er schwenkte sein Gewehr. »Ich verstehe nicht, warum Sie Ihre Frau nicht verlassen und zu Maggie gehen, mit ihr abhauen oder so, wenn Sie sie doch lieben.«

»Ich liebe sie wirklich.«

»Wo ist dann das Problem?«

»Schau mich an, Billy.« John Wildstrand breitete die Hand aus. »Glaubst du, sie würde nur meinetwegen bei mir bleiben? Sei mal ehrlich. Ohne mein Geld? Ohne meinen Job? Nur meinetwegen?«

Billy Peace zuckte die Schultern. »So schlecht sind Sie auch wieder nicht.«

»Doch«, sagte Wildstrand. »Ich … ich bin viel älter als Maggie, habe eine Halbglatze. Wenn ich noch mein Haar hätte, dann vielleicht. Wenn ich gut aussähe oder sportlich wäre. Aber ich sehe mich realistisch. Das Geld hilft. Ich sage nicht, daß es der einzige Grund ist, weshalb Maggie mich mag, ganz und gar nicht. Maggie ist eine reine Seele, aber das Geld hilft. Ich werde doch nicht auf einen meiner größten Aktivposten verzichten. Wenn ich mich jetzt von Neve scheiden lasse, bin ich meinen Job los, und alles ist weg. Ich hab das Geschäft von ihrem Vater übernommen, der ist … ja, er ist alt und im Pflegeheim. Aber vollkommen klar im Kopf. Neve hält einundfünfzig Prozent der Anteile. Außerdem, das ist das Eigentliche. Neve hat nichts Unrechtes getan. Meines Wissens hat sie mich nie mit einem anderen betrogen oder mich in irgendeiner Weise enttäuscht. Sie trifft keine Schuld. Bevor ich Maggie richtig *sah*, du verstehst, war ich einigermaßen glücklich. Mit Neve hatte ich einmal in der Woche zwanzig Minuten Sex, und in den Winterferien waren wir in Florida; wir haben Dinnerpartys veranstaltet und jeden Sommer zwei Wochen am See gecampt. Im Sommer hatten wir zweimal wöchentlich Sex, und ich habe das Essen gekocht.«

Billy schien peinlich berührt.

»Außerdem sind wir eine kleine Bank und können ausgekauft werden. Das würde meine Lage ändern. Ich möchte gern mit Maggie zusammenbleiben. Das ist mein Plan. Wenn sie mich denn will.«

Jetzt war es Wildstrand, der sich fragend an Billy wandte. »Was hat dein Auftritt hier eigentlich zu bedeuten? Hat sie dich geschickt?«

»Nein.«

»Was ist passiert? Sie redet nicht mit mir, wie du weißt.«

»Na, sie hat mir gesagt, daß sie schwanger ist. Sie war irgendwie sauer, und ich dachte, Sie hätten Schluß gemacht mit ihr. Das habe ich gedacht. Sie wissen, daß wir immer zu zweit waren. Unsere Mutter ist im Wald erfroren, als ich elf war. Maggie hat mich großgezogen, im Haus unserer Großeltern. Für sie würde ich mein Leben opfern.«

»Natürlich«, sagte John Wildstrand. »Natürlich würdest du das. Das ist es, was uns beide verbindet. Wir würden beide unser Leben opfern für sie. Das Problem ist aber, daß nur einer von uns für sie sorgen kann, im Moment jedenfalls.«

»Was sollen wir tun?«

»Ich hätte eine Idee«, sagte Wildstrand. »Was ich dir jetzt

vorschlage, könnte dich erschrecken. Es klingt ziemlich schräg, aber denk drüber nach, Billy, weil ich glaube, daß es klappt. Läßt du mich ausreden? Sag nichts, bevor du dir alles angehört hast. Bist du bereit?«

Billy nickte.

»Sagen wir, du entführst meine Frau.«

Billy stieß einen erstickten Laut aus.

»Nein, hör zu. Du machst morgen einfach dasselbe nochmal. Als hättest du heute nur geübt. Du klopfst an der Tür. Neve macht auf. Du zeigst ihr das Gewehr und gehst ins Haus. Du bringst ein kräftiges Seil mit, eine Schere. Mit vorgehaltenem Gewehr befiehlst du mir, Neve zu fesseln. Wenn sie versorgt ist, fesselst du mich und sagst zu mir, so daß sie es hört, du wirst sie erst freilassen, wenn ich dir fünfzigtausend Dollar in bar gegeben habe. Andernfalls wirst du sie töten … das mußt du sagen, fürchte ich. Dann bringst du sie raus zum Auto. Und achtest darauf, daß sie das Nummernschild nicht sieht.«

»Nicht mit mir«, sagte Billy. »Was Sie da beschreiben, ist ein Verbrechen, das bundesweit verfolgt wird.«

»Klar, schon«, sagte Wildstrand. »Aber ist es wirklich ein Verbrechen, wenn nichts passiert? Ich meine, du wirst ganz, ganz lieb zu Neve sein. Das setze ich voraus. Du bringst sie an einen sicheren Ort außerhalb der Stadt, zum Beispiel in dein Haus. Ihre Augen müssen verbunden bleiben. Bring sie in das hintere Schlafzimmer, wo das Gerümpel liegt. Leg ihr eine Matratze rein, damit sie es bequem hat. Es ist ja nur für einen Tag. Ich bringe das Geld, wir machen eine Zeit aus. Dann läßt du sie irgendwo am anderen Ende der Stadt frei. Kann sein, daß sie einen langen Fußweg hat. Achte darauf, daß sie Schuhe mitnimmt und einen Mantel. Du fährst zurück nach Fargo und gibst das Auto ab. Ich glaube, Maggie sollten wir lieber nichts davon erzählen.«

»Maggie ist sowieso weg.«

Wildstrands Herz stockte. Irgendwie hatte er es geahnt.
»Wo?« brachte er gerade noch hervor.

»Ihre Freundin Bonnie ist mit ihr nach Bismarck, damit sie auf andere Gedanken kommt. Freitag sind sie zurück.«

»Na dann. Das ist ideal«, sagte Wildstrand.

Billy blickte ihn mit großen, stummen, dunklen Augen an. Fast die gleichen Augen wie Maggie, dachte Wildstrand. Dieses unergründliche indianische Dunkel, das er so geheimnisvoll fand. Beide hatten sie weißes Blut, eine cremefarbene Haut und schweres braunes Haar. Billy tat ihm entsetzlich leid. Er war so jung, so zart, und was sollte er mit Neve machen? Immer wirtschaftete sie draußen herum, im Winter schippte sie Schnee, im Sommer arbeitete sie im Garten, grub tiefe Löcher, pflanzte sogar Bäume. Billy wechselte ständig das Gewehr, von einer Hand in die andere, vielleicht weil es ihm zu schwer war.

»Mal ganz nebenbei, woher hast du eigentlich das Gewehr?« fragte Wildstrand.

»Es gehört dem Vater meiner Mutter.«

»Ist es geladen?«

»Natürlich ist es geladen.«

»Du hast gar nicht die Munition dafür«, sagte Wildstrand. »Aber das ist gut so. Wir wollen ja nicht, daß was passiert.«

Der Lebkuchenmann

Als Billy am nächsten Abend an die Tür klopfte, tat John Wildstrand, als hätte er geschlafen. Sein Herz schlug bis zum Hals, und seine Kehle schnürte sich zu, als die Sache, für ihn unhörbar, im Hauseingang vor sich ging. Dann kam Neve ins Zimmer, mit erhobenen Armen, ihr kleines, rundes, ehrliches Gesicht war bleich vor Schock. Mit einer Geste bat sie ihn um Hilfe, aber er war vollauf damit beschäftigt, sich das Lachen zu verkneifen. Billy trug eine gestrickte Skimaske in Zimtbraun, mit weiß umrandeten Öffnungen für Mund, Nase und Augen. Sein Mantel und die Hose waren ebenfalls backofenbraun. Er sah aus wie ein etwas mickrig geratener Lebkuchenmann, nur daß er außerdem noch geblümte Gartenhandschuhe trug, wie sie von Frauen für schmutzige Arbeiten verwendet werden.

»O nein, dann muß ich mich übergeben«, stöhnte Neve, als Wildstrand den Befehl erhielt, seine Frau zu fesseln und zu knebeln.

»Nein, dir passiert nichts«, sagte Wildstrand. »Dir passiert nichts.« Tränen liefen ihm übers Gesicht und tropften auf ihre Hände, während er sanft, aber energisch tat, was ihm aufgetragen war. Die Hände seiner Frau waren so schön gepflegt, die Nägel pfirsichfarben lackiert. Laß bloß nichts schiefgehen, betete er innerlich.

»Sehen Sie, er weint«, sagte Neve vorwurfsvoll zu Billy, bevor Wildstrand sie mit einem Schal knebelte und die Enden fest am Hinterkopf verknotete.

»Nnnnnn!«

»Es tut mir leid«, sagte Wildstrand.

»Jetzt sind Sie dran«, sagte Billy.

Da erst fiel ihnen auf, daß Billy sein Gewehr weglegen mußte, wenn er Wildstrand fesseln wollte. Mit großen Augen starrten sie sich an.

»Setzen Sie sich auf den Stuhl«, sagte Billy schließlich. »Schlingen Sie das Seil um Ihre Beine, aber nicht um die Stuhlbeine.« Er ließ Wildstrand das meiste selbst machen, sogar die Knoten mußte er testen, was Wildstrand ganz schön clever von Billy fand.

Nachdem er sich am Stuhl festgebunden hatte und von Billy geknebelt worden war, bekam Neve den Befehl, aufzustehen. Aber sie weigerte sich. Obwohl ihn die Angst plagte, war Wildstrand doch irgendwie stolz auf seine Frau. Sie rollte sich auf dem Boden, zappelte wie ein Delphin, bis sich Billy schließlich auf sie warf und ihr den Gewehrlauf an die Schläfe drückte. Rittlings auf ihr sitzend, entfernte er den Schal von ihrem Mund, kramte in seiner Manteltasche und förderte ein paar Tabletten zutage.

»Sie lassen mir keine andere Wahl«, sagte er. »Ich muß Sie bitten, die trocken herunterzuschlucken.«

»Was ist das?« fragte Neve.

»Schlaftabletten«, sagte Billy, dann, zu Wildstrand gewandt: »Hinterlegen Sie das Geld in einem Müllbeutel am Highway, unter dem Werbeschild für den Flickertail Club. Keine markierten Scheine. Keine Polizei. Oder ich töte Ihre Frau. Sie stehen unter Beobachtung.«

Wildstrand wunderte sich, daß seine Frau die Tabletten schluckte, aber aus irgendeinem Grund hatte sie immer bereitwillig Tabletten eingenommen, sie ging sogar zum Arzt, um sich den Rachen auspinseln zu lassen, wenn kaum eine Rötung zu sehen war – stets die brave Patientin. Jetzt erwies sie sich als brave Geisel und machte Billy keinen Ärger mehr. Er löste die Stricke um ihre Beine und legte ihr lose Fußfesseln an. Sie lief wie im Schlaf, den Mantel über die Schulter gehängt, und John Wildstrand blieb allein zurück. Nach einer halbe Stunde geduldigen Ruckelns hatte er sich vom Strick befreit, der am Stuhl festgeknotet blieb. Was nun? Am liebsten hätte er Maggie angerufen, mit ihr gesprochen, der schleppenden Musik ihrer Stimme gelauscht. Aber er blieb über Stunden auf dem Sofa sitzen, den Kopf in die Hände gestützt, und ließ das Geschehen Revue passieren. Dann begann er nach vorn zu denken. Morgen würde er früher als sonst in die Bank fahren und das Geld vom gemeinsamen Konto abheben. Dann würde er zum Werbeschild am Highway fahren und den Müllsack dort niederlegen. Alles würde vor elf über die Bühne gehen, und Billy Peace würde Neve westlich der Stadt freilassen, so daß sie nach Hause laufen oder trampen konnte. Keine Polizei, keine Ermittlungen, keine Presse. Folglich auch keine Versicherung. Es würde ihn die gemeinsame Altersrücklage kosten, aber Neve hatte ja die Bank. Alles würde sich wieder einrenken.

Mach mich fertig

Ein Blizzard setzte ein, und Neve verirrte sich. Sie hätte erfrieren können, wäre nicht ein Farmer gekommen, der sie aus einem Graben zog. Weil Billy doch tatsächlich daran gedacht hatte, ihre Schneestiefel mitzunehmen, und sie den langen Wollmantel anhatte, waren ihr Erfrierungen erspart geblieben. Sechs Tage lang hatte sie Fieber, aber sie bekam keine Lungenentzündung. Wildstrand pflegte sie mit Hingabe, bediente sie von vorn bis hinten, nahm Urlaub von der Bank. Er war schockiert, wie sehr die Entführung ihr zugesetzt hatte. In den nachfolgenden Wochen verlor sie stark an Gewicht und redete des öfteren wirr. Der Polizei beschrieb sie ihren Entführer als sehr groß, kräftig, mit harten Händen, großer Nase und tiefer Stimme. Ihr Kidnapper sei unglaublich hübsch gewesen, behauptete sie, ein Gott! Das alles klang so befremdlich, daß Wildstrand fast versucht war, sie zu korrigieren. Er war zwar erleichtert, weil sie mit ihrer Täterbeschreibung so weit danebenlag, doch ihre Ausschmückungen verstörten ihn. Und seit ihrer Rückkehr war sie so ruhelos geworden. Abends wollte sie reden, statt fernzusehen oder die abonnierten Zeitschriften zu lesen. Sie stellte Fragen.

»Liebst du mich?«

»Natürlich liebe ich dich.«

»Liebst du mich auch wirklich, ich meine, wärst du für mich gestorben, wenn dich der Entführer vor die Wahl gestellt hätte – du oder ich? Nehmen wir an, er hätte es gesagt. Wärst du für mich aufgestanden und mitgegangen?«

»Ich war doch an den Stuhl gefesselt«, sagte er.

»Metaphorisch gesehen.«

»Metaphorisch gesehen ganz bestimmt.«

»Ich weiß nicht.«

Sie begann ihn skeptisch zu beäugen, mit Blicken zu messen. Nachts wollte sie jetzt ständig getröstet und beruhigt werden. Sie verführte ihn und machte ihm angst, indem sie Dinge wie »Mach mich fertig« zu ihm sagte.

»Er hat mich fertiggemacht«, sagte sie eines Morgens. »Aber er war nett, sehr nett zu mir.«

Wildstrand ging mit ihr zum Arzt, der von Hysterie sprach und Klistiere und kalte Bäder verschrieb, was aber alles noch zu verschlimmern schien. »Halt mich fest. Fester. Quetsch mir die Luft raus.« »Sieh mich an. Mach nicht die Augen zu.« »Sag nicht solche Belanglosigkeiten. Ich will die Wahrheit.« Es war erschreckend, wie sie plötzlich aus sich herausging. Was hatte Billy mit ihr angestellt?

Nichts, beteuerte Billy am Telefon. Wildstrand schämte sich, daß ihm das Begehren seiner Frau peinlich war und ihn abstieß – es unterschied sich nicht von seinem eigenen Begehren. Wäre sie früher so gewesen, hätte er es vielleicht erwidern können, hätte er sich vielleicht nicht nach Maggie umgeschaut. Vielleicht wäre er erstaunt gewesen, dankbar. Aber wenn sie sich jetzt nachts auf ihn warf, war er nur verzweifelt, und sie spürte seine innere Distanz. Sie magerte ab und ließ ihr Haar grau werden, lang, ungebändigt, schön. Sie wurde immer seltsamer. Ständig schaute sie ihn an, mit den Augen einer Ertrinkenden.

Murdo Harp

John Wildstrand besuchte seinen Schwiegervater im Pflegeheim, das von dessen Geld gebaut worden war. The Pluto Nursing Home. Der Ort wirkte nicht bedrückend auf ihn, obwohl er genügend Gründe dafür sah. Murdo Harp ruhte auf einem Einzelbett, auf einer gelben Tagesdecke. Er hatte sich mit einer Wolldecke zugedeckt, die Neve für ihn gestrickt hatte, ein kompliziertes Regenbogenmuster, und er hörte Radio.

»Ich bin's, John.«

»Ah.«

Wildstrand ergriff die Hand seines Schwiegervaters. Die Hand war trocken und sehr weich, fast durchscheinend. Sein schmales, blutleeres Gesicht wirkte durchgeistigt, dabei war Murdo Harp als Bankier ein gnadenloser Halsabschneider gewesen, ein Überlebenstyp.

»Schön, daß du da bist. Hier ist es still und friedlich, aber heute bin ich um vier Uhr morgens aufgewacht, vor allen anderen. Ich dachte mir, wie schön, wenn jemand käme, ich will ein bißchen raus. Und du bist gekommen. Schön, dich zu sehen, John. Wohin fahren wir?«

John überhörte die Frage, und der alte Mann nickte.

»Wie geht's meiner Kleinen?«

»Gut geht's ihr.« Natürlich hatte ihm niemand erzählt, was passiert war. »Sie ist erkältet«, log Wildstrand. »Heute bleibt sie mal im Bett. Wahrscheinlich hat sie die Wärmflasche im Arm und schläft.«

»Das arme Kind.«

Er wollte *Ich passe auf sie auf* sagen, wie er es sonst immer tat, aber irgend etwas in ihm sträubte sich dagegen. Wie falsch, wie verlogen würde das klingen! Harps Hand erschlaffte, und Wildstrand stellte fest, daß sein Schwiegervater eingeschlafen war. Trotzdem blieb er am Bett sitzen, ohne die schlanke, ziemlich elegante Hand loszulassen. Einer, der so alt war, strahlte vielleicht ein bißchen Weisheit ab. Zumindest verspürte man ein angenehmes Gefühl der Ruhe. Losgelassen zu haben. Nichts mehr zu erwarten. Der Alte hatte seinen Teil geleistet. Sein Leben, das waren jetzt die Wolldecke und das Radio. John Wildstrand saß lange dort, es war ein guter

Ort, über alles nachzudenken. In vier Monaten würde das Baby kommen, Billy und Maggie wohnten in einem soliden kleinen Bungalow nicht weit von Island Park. Billy wollte ein Ingenieurstudium anfangen. Bei Wildstrands letztem Besuch war er gerade aus der Tür gekommen. Billy gab ihm die Hand, aber er sagte nichts. Er trug seinen alten Mantel, einen langen gestreiften Beatnik-Schal und weiche, ausgetretene Stiefel.

Was Maggie betraf, war sie viel allein. Wegen Neve kam Wildstrand nicht so oft weg. Maggie hatte Verständnis dafür. Von ihr ging ein Leuchten aus. Ihr Haar war lang, von einem glänzenden Braun. Mitten am Tag gingen sie in ihr Schlafzimmer und liebten sich bei hellem Licht. Es war sehr feierlich. Oft wurde ihm schwindlig von der Tiefe seiner Empfindungen. Lag er bei ihr, veränderte sich seine Wahrnehmung, und er sah die versteckte Seele der Dinge und der Pflanzen im Zimmer. Alles hatte Bewußtsein und Bedeutung. Maggie war unermeßlich, aber sie war auch gewöhnlich. Er trat aus der Zeit heraus, verlor sich im Nichts der Berührungen. Danach fuhr Wildstrand nach Pluto zurück und kam gerade rechtzeitig zum Dinner.

Wenn er sich von dem alten Murdo verabschiedete, tätschelte er ihm gewöhnlich den Arm oder machte eine andere vage Geste des Bedauerns. Diesmal war er in Gedanken noch bei Maggie, und er beugte sich wie im Traum über Neves Vater. Er küßte die trockene Stirn, strich dem alten Mann übers Haar und lächelte abwesend. Der zuckte plötzlich zurück und beäugte Wildstrand wie ein zorniger Falke.

»Du Hund!« schrie er.

Die Geste

Eines Tages, sie saß im Bademantel beim Lunch und klopfte mit dem Messer gegen ein gekochtes Ei, sagte Neve unvermittel: »Ich weiß, wer es war. Ich habe ihn in einem Stück gesehen. Shakespeare. Es handelt von zwei Zwillingspaaren, die erst am Ende zusammenfinden.«

John Wildstrand bekam ein eiskaltes Gefühl in der Magengegend, und kaum war er zurück in der Bank, rief er Billy an. Wie zu erwarten, hatte er letzten Sommer in einer Inszenierung des städtischen Theaterzirkels mitgespielt, als einer der beiden Dromios in der *Komödie der Irrungen*. Wildstrand legte auf und starrte den Hörer an. Neve war sofort in die Stadtbibliothek gefahren, um in den alten Lokalzeitungen nachzuschauen. So kam es, daß Billy, statt sein Studium zu beginnen, Hals über Kopf fliehen mußte und sich zur Armee meldete. Wildstrand hätte nicht geglaubt, daß sie ihn nehmen würden, weil er Untergewicht hatte, aber der Armee war das egal. Jetzt machte er sich gräßliche Sorgen, daß Maggies Kummer dem Baby schaden könnte, denn sie war untröstlich und weinte Tag und Nacht, als Billy zur Grundausbildung verschickt wurde. Sie behauptete, keine Empfindungen mehr zu haben, zeigte Wildstrand die kalte Schulter, wenn er sie besuchte, und ließ sich nicht mehr anfassen. Nach sechs Wochen schickte Billy ein Foto von sich in Uniform. Er sah nicht so aus, als hätte er bedeutend an Statur gewonnen. Der Helm, der seine unergründlichen Augen überschattete, schien auf seinem Kopf zu schaukeln, sein Hals war noch immer schlank und zart. Wie ein Zwölfjähriger sah er aus.

An einem Nachmittag, bei der Rückkehr von Maggie, stand ihm während der ganzen Fahrt Billys Kindergesicht unter dem Helm vor Augen. Als er sein Haus betrat, sah er, daß Neve an einer neuen Decke häkelte. Sie richtete ihre klaren, blauen Augen auf ihn.

»Ich verlasse dich«, sagte Wildstrand. Er legte die Autoschlüssel auf den Couchtisch. »Du kannst alles behalten. Kleidung habe ich, Schuhe auch. Ich mache mir noch ein Sandwich, dann gehe ich.«

John Wildstrand ging in die Küche, machte das Sandwich und wickelte es in Butterbrotpapier. Er ging zurück ins Wohnzimmer und blieb in der Mitte des Teppichs stehen. Neve blickte ihn an. Ihr Gesicht war weiß überblendet. Sie hob die Hand, machte eine wegwerfende Bewegung und ließ die Hand wieder fallen. Die Geste schien im Raum zu stehen, als hätte Neves Hand eine Spur hinterlassen. Wildstrand drehte sich weg und ging zur Tür hinaus, durch die Stadt zum Highway, um zu Maggie zurückzutrampen. Es wehte nur ein leichter Wind, die Temperatur lag bei achtzehn Grad. In den Feldern staute sich das Schmelzwasser, Enten und Gänse schwammen in den Seen. Den ganzen Nachmittag lang, während er immer weiterlief, tauchte der Horizont vor ihm auf und verschwand wieder. Erst als sich der Himmel verdunkelte, hielt er ein Auto an.

Die Löwen

Kurz nachdem John Wildstrand zu Maggie gezogen war, kam der kleine Junge zur Welt. In den erschütternden Minuten nach der Entbindung hatte er eine Vision. Das Baby sah aus wie Billy. Der Bühnenbilly, der lange Billy mit dem winzigen Po, der Billy mit großen Füßen, der aussah, als könnte er kaum die Feldflasche halten. Billys Herz, von Dornen durchbohrt. Gab es etwas Großartigeres als Billy? John Wildstrand sah in Billy Peace eine Art Christusfigur, einen Märtyrer wie im Neuen Testament. Nur daß er für ihr Glück in die Löwengrube geworfen wurde. Wildstrand hatte sich vorgestellt, daß Billy in der Army an Kraft und Mut gewinnen und genau zu der Person werden würde, von der Neve glaubte entführt worden zu sein. Nun stellte er fest, daß Billy diese Person schon längst war, und Neve hatte es bereits gewußt. Er stellte auch fest, daß Billy seiner Schwester von der Entführung erzählt

hatte. All das war in das Gesicht des winzigen neuen Erden-
bürgers eingezeichnet. Wildstrand schaute genauer hin, um
zu erkennen, ob Billy leben oder sterben würde. Aber bevor
er sich ein klares Bild machen konnte, öffnete das Baby den
Mund und schrie. Er legte es Maggie an die Brust, und als es
zu nuckeln begann, wollte er ihm übers Köpfchen streichen.
Doch Maggie schob seine Hand weg, mit der gleichen Geste,
mit der ihn seine Frau verabschiedet hatte, und er sank zurück in den Krankenhausstuhl. Ihm wurde schwindlig von all
der Aufregung. Lange saß er da und beobachtete die beiden
aus der anderen Ecke des Raums.

Die Garage

Nur zweimal kam John Wildstrand nach Pluto zurück.
Beim ersten Mal mit einem Anhänger, in den er alles lud, wovon sich Neve nicht getrennt hatte – eine Menge Sachen hatte
sie weggeworfen. Aber materielle Dinge hatten ihre Bedeutung für ihn verloren. Er schlief da schon in Maggies Garage,
neben dem gebrauchten Auto, das er gekauft hatte, zusammengerollt in einem Schlafsack, den er über eine schmale
Campingliege gebreitet hatte. Mit Maggie hatte er jeden Tag
Streit, weil sie zur Polizei gehen wollte, ihn wegen der Entführung anzeigen.

»Du wirst alles verlieren.« Wildstrand machte eine schwei-
fende Handbewegung. »Dieses Haus. Und Billy geht in den
Knast. Willst du das? Du sitzt auf der Straße. Und was wird
aus dem kleinen Corwin?«

Maggie hatte das Baby nach dem besten Freund ihres Bruders im Ausbildungscamp benannt. Der war jetzt in Korea,
stationiert in der Nähe der Entmilitarisierten Zone. Billy war
in Gefahr und schrieb wöchentlich Briefe über seine Visionen. Offenbar wurde er von mächtigen Geistern heimgesucht,

die ihn wieder und wieder retteten und ihm versprachen, ihn durchs Leben zu führen.

»Dabei ist er nie religiös gewesen.« Maggie weinte. »Nie im Leben. Nun schau dir das an! Schau, was du angerichtet hast!«

Wildstrand verzweifelte. Vor Billy gab es kein Entrinnen; er würde sie immer beherrschen, egal wo er steckte. Billy mit dem Bürstenschnitt und den unergründlichen Augen, mit Stiefeln und Gewehr. Da er nun Soldat war und von Engeln heimgesucht wurde, war jede Hoffnung vergebens. Selbst wenn ihm nichts passierte. In den Wochen nach der Geburt seines Sohnes war Wildstrand zur Einsicht gelangt, daß ihm die Sache mit der Entführung nie verziehen werden würde, daß er Maggies Liebe verloren hatte. Sie behandelte ihn mit kalter Wut, stellte ihn auf eine Stufe mit seinem Großvater, dem Indianerhasser, und verwendete den ganzen Tag auf ihr Baby und aufs Putzen. Sie warf ihm ihre Einkaufszettel hin oder ließ ihn anpacken, wenn es Schweres zu heben gab. Weiter ließ sie ihn nicht an sich oder das Baby heran. Er bewegte sich durch das kleine Haus wie ein Gespenst, ohne einen Platz für sich, ohne einen Ort der Ruhe. Im Keller richtete er sich einen armseligen Schlupfwinkel ein, den er aufsuchen konnte, wenn es in der Garage zum Schlafen zu kalt war. Ansonsten blieb er lieber draußen, hörte Musik, las die Zeitung. Bei seiner ehemaligen Versicherungsgesellschaft bekam er einen Job, eine untergeordnete Stelle als Hilfskraft zur Bearbeitung von Schadensfällen.

Der Hauseingang

Eines Tages landete eine Schadensforderung auf seinem Schreibtisch, die seine alte Adresse trug. Neve forderte Ersatz für alles, was er aus dem Haus geholt hatte, seine eigenen Sa-

chen, die er auf ihr Drängen hin ausgeräumt und abtranspor-
tiert hatte. Darunter seine teuren Werkzeuge, alle mit seinem
eingravierten Namen und Kenncode, die Schallplatten mit
der teuren Plattenanlage, sogar ein brandneuer Fernseher.
Beim Lesen der Liste flackerte Zorn in ihm auf. Seine Ohren
brannten. Er nahm den Mantel vom Haken an der Bürotür,
fuhr zu Maggies Haus, in dem seine und Neves Altersrücklage steckte, und lud alles auf, was er in der Garage abgestellt
hatte. Mit vollgepacktem Auto fuhr er nach Pluto und hielt in
der Einfahrt zu seinem früheren Haus.

Nach einer Weile kam Neve ans Fenster. Sie sah ihn an, als
er aus dem Auto stieg, und er sah sie an, durch das Fenster,
das aussah wie die Scheibe eines trüben Aquariums. Als sie
verschwand, war er nicht sicher, ob sie zur Tür kommen oder
vom Dämmer verschluckt würde. Aber dann öffnete sie und
winkte ihn herein. Im Eingang standen sie sich gegenüber,
ganz dicht. Ihre Haarfarbe hatte sich von Grau zu Silberweiß
verwandelt. In ihrem schlanken Hals pulste eine Ader. Ihre
Arme waren dünn wie Stöcke, aber sie schien auf merkwürdige Art zu leuchten. Wildstrand konnte sie förmlich spüren,
diese seltsame Strahlung, die von ihrer durchscheinenden
Haut ausging. Ihm war, als müßte er zu Füßen dieser schönen
Frau, der so viel Unrecht widerfahren war, niederknien und
den Saum ihres weiten Kleids küssen.

»Du forderst Schadensersatz für alle meine Sachen. Ich
bringe sie zurück«, sagte er.

»Nein. Ich will das Geld. Ich brauche das Geld.«

»Warum?«

»Wir sind pleite. Sie kaufen die Bank nicht auf. Sie eröffnen
eine neue, gleich nebenan.«

»Und was ist mit dem Vermögen deines Vaters?«

»Der wird hundert Jahre alt«, sagte Neve. »John, er hat mir
erzählt, daß du die ganze Zeit eine andere Frau hattest.«

»Keine Ahnung, wie er auf die Idee kommt.«

Neve wartete.

»Na gut. Es stimmt.«

Ihre Augen füllten sich mit entsetzlichen Tränen, und sie fing an zu zittern. Ehe er sich versah, hielt er sie in den Armen. Er schloß die Tür. Sie liebten sich direkt im Hauseingang, auf dem Läufer, wo so viele Leute stehenblieben, dann auf der Bank, wo die Besucher ihre Stiefel auszogen. Seine Reue und seine Scham waren verwirrend erotisch. Und ihr Verlangen nach ihm so mächtig, als würden sie gemeinsam auf einen Wasserfall zutreiben, in einem Faß hinabstürzen. Als sie unten aufschlugen, brach Wildstrand entzwei und erzählte ihr alles.

Das mußte er, wegen Billy Peace. Auf dem Fußboden des Hauseingangs, neben dem Stiefelregal, erkannte Wildstrand mit instinktiver Gewißheit, daß sich Billy an seiner Frau vergangen hatte, als sie gefesselt und wehrlos auf der Matratze lag, neben ausgemusterten Töpfen und alten Kleidern. Wildstrand klammerte sich an Neve, während ihn Schwärze umfing, und redete und redete.

»Ich weiß, er hat dich vergewaltigt«, sagte Wildstrand, nachdem er alles andere ausgeplaudert hatte.

»Wer? Dieser Gnom? Lachhaft!« sagte Neve. »Er hat mich nicht angerührt. Ich habe das nur so gesagt, aus Verzweiflung, um dich eifersüchtig zu machen. Warum, weiß ich auch nicht.« Sie richtete sich auf und betrachtete ihn in aller Ruhe. »Vielleicht dachte ich, daß du mich wirklich geliebt hast. Ich habe wohl geglaubt, da wäre etwas in dir drin.«

»Das ist es auch. Das ist es auch«, sagte Wildstrand an einen Hoffnungsstrahl geklammert und umfaßte ihre Knöchel, als sie sich auf die Füße erhob.

»Als ich da draußen eingeschneit wurde, im Graben, habe ich dein Gesicht gesehen. Richtig dein Gesicht. Du hast dich über mich gebeugt und mich rausgezogen. Das war nicht der Farmer, das warst du.«

»Das war ich«, bestätigte Wildstrand und hob die Arme. »Ich muß dich immer geliebt haben.«

Sie blickte lange auf ihn hinab und begrübelte diese erstaunliche Tatsache. Dann ging sie die Treppe hinauf und rief die Polizei.

Ein Schauder der Erwartung

In den Jahren, nachdem er verhaftet, vernommen, für schuldig befunden und verurteilt worden war, wurde Wildstrand manches Mal von Freunden, die er hinter Gittern kennengelernt hatte, und anderen Juristen (auch von mir, natürlich) befragt, was ihn dazu bewogen hatte, seine Tat zu gestehen. Was hatte ihn veranlaßt, Neve alles zu erzählen und die ganze Verantwortung auf sich zu nehmen? Manchmal fiel ihm ein plausibler Grund ein. Dann wieder sagte er, er habe gedacht, es würde nie ein Ende nehmen, er würde von einer Frau zur nächsten getrieben bis in alle Ewigkeit. Aber diese Antwort brachte ihn immer wieder zurück zu dem Moment, als er Billy Peace die Tür geöffnet hatte. Als er den Jungen im Schein der Verandalampe stehen sah, im Schnee, mit seinem traurigen Gesicht und dem stumpfglänzenden Gewehr, hatte ihn ein Schauder der Erwartung ergriffen, und er hatte gesagt: »Komm rein.«

Marn Wolde

Satan: Entführer eines Planeten

Es war ein dürregeplagter Sommer, als ich Billy Peace kennenlernte, und alles lechzte nach Regen. Die Fichte hatte ihre weichen Triebe abgeworfen. Unsere Pappeln reckten sich in voller Länge, jedes der herzförmigen Blätter harrte still und ausgebreitet. Die große Eiche am Ende des Feldes sandte ihre Wurzeln aus und sog Wasser aus dem Untergrund der Welt. An einem Nachmittag, für den Regen angekündigt war, saßen wir draußen auf dem Deck und verfolgten, wie sich der Himmel über dem Reservat verdunkelte. Fast war mir, als spürte ich die Planken unter meinen Füßen beben, während sich die großen Pfahlwurzeln suchend vorwärtstasteten. Noch blieb der Regen aus. Ich ließ meine Mutter im Sessel sitzen und ging zum alten Acker beim Haus, eine kleine Anhöhe hinauf. Dort sah es schon mehr nach Gewitter aus. Der Wind kam von der dichtbewachsenen Sumpfwiese und roch wie feuchtes Haar, und das ausgedörrte Saldengras bot sich dem Regen dar, buttergelb, alles Leben konzentriert in seinem Wurzelgeflecht, jeder Stengel so trocken, daß er beim Zerbrechen ein Staubwölkchen machte. Grashüpfer sprangen vor jedem meiner Schritte in die Höhe, prallten von mir ab. Am Abhang lag ein Steinhaufen. Jemand hatte den Hügel früher einmal von Steinen befreit, um eine Obstplantage anzulegen, die längst verfallen war, nur noch aus geborstenen Stämmen und silbrigen, verrenkten Ästen bestand. Ich setzte mich hin und blickte zum Himmel, während große, massive Wolken aus dem Nichts hervorquollen, sich zu überhitzten Wattebäuschen und Baumwollballen türmten. Ich war sechzehn Jahre alt.

Ich beobachtete den tintigen Regenstreifen am Horizont, als sein weißes Auto in unseren Hof einfuhr. Ein hochgewachsener Mann, dünn und angespannt, aber mit einem schüchternen, offenen Lächeln. Seine Augen waren von einem schmelzenden Braun wie Sahnekaramel. Später fand ich heraus, daß sie kalt und schwarz werden oder jede Farbe unter der Sonne annehmen konnten. Er war sehr gut angezogen, mit Krawatte und einem Hemd, das frisch gebügelt und nicht durchgeschwitzt war. Das stellte ich fest, als ich vom Hügel herunter in den Hof zurückkehrte. Damals begann ich diese Dinge an Männern zu registrieren, den Schwung ihrer Hüften, wenn sie Futter verteilten oder Weidezäune prüften, den Anblick ihrer braunen, sehnigen Unterarme, wenn sie die weißen Ärmel hochkrempelten. Ich schaute die Männer an, ohne Absichten zwar, weil ich noch nicht wußte, was ich mit ihnen hätte anfangen sollen, aber mit wachen Sinnen.

Ich schaute sie mir an, um mir eine Vorstellung von ihnen zu machen, wie es Mädchen eben tun – eine Sache des Überlebens. Oder wie ein Farmer die Bodenbeschaffenheit studiert, und mein Vater ist Farmer. Er liebt sein Land, also muß er sich eine Vorstellung davon machen, wie er es bestellt. Was es zu jeder Jahreszeit benötigt, wieviel Schaden es verträgt, welchen Nutzen es am Ende bringt.

Und auch ich lernte meine Lektionen, um meinen Nutzen zu steigern und rechten Gebrauch von mir zu machen. Aber vor der Ankunft von Billy Peace hatte ich mein Wissen nie auf die Probe gestellt. Er blickte mich an, dort wo ich stand, im Schatten von Mutters Schmetterlingsstrauch. Nicht, daß ich sofort zu flirten anfing. Noch wußte ich nicht, wie das ging. Ich trat einfach in die Sonne und blickte ihm in die Augen.

»Was haben Sie zu verkaufen?« fragte ich lächelnd und erzählte ihm, daß meine Mutter sicher etwas nehmen würde, weil sie alle möglichen Sachen kaufte – eine Astsäge, die man vom Boden aus bedienen konnte, einen Kirschenentsteiner, einen mechanischen Apfelschäler, der auch das Kerngehäuse entfernte, eine Nähmaschine, die sich alle genähten Stiche merkte. Er lächelte zurück und ging mit mir zur Eingangstreppe.

»Sie sind eine aufgeweckte junge Dame«, sagte er, obwohl er selber jung war. »Kommen Sie näher. Schauen Sie genau zwischen meine Augen. Dann sehen Sie, was ich verkaufe.« Er zeigte mit dem Finger auf die Stelle zwischen seinen Augenbrauen.

»Da ist nichts zu sehen.«

Meine Mutter kam um die Ecke, in der Hand ein Glas mit Eistee. Während sie redeten, schaute ich Billy Peace nicht an. Ich fühlte mich aufgefordert, mir einen Reim darauf zu machen, was er tat. Mit sechzehn hatte ich noch keinen Blick für das Verhalten von Männern. Ich hatte nie diesen Geruch aufgefangen, eine Witterung von dem bekommen, was von ihnen ausgeht wie eine Säure. Später genügte schon ein bestimmter Blick, eine Stimmfärbung, ein Wort, eine andere Art des Luftholens. Ein Hund wird auf diese Weise abgerichtet, seine Sinne werden geschärft wie Rasiermesser, aber am Anfang war es nicht so. Billys Befehle befolgte ich, um ihm einen Gefallen tun, aus demselben Grund, aus dem ich Dads Befehlen gehorchte, nachdem ich meinen Wachstumssprung hinter mir hatte.

Mit dem Unterschied, daß mein Dad nur Befehle gab, wenn er müde war. Zu allen anderen Zeiten machte er das, was getan werden mußte, lieber selbst. Mein Dad in seinen letzten Jahren war nicht das richtige Studienobjekt für mich, wenn ich das nackte Überleben lernen wollte. Da war er schon zu abgenutzt. Mein ganzes Leben lang hatten sich meine Eltern trennen wollen. Ich lebte im Niemandsland zwischen den beiden, und das war zernarbt und zerfurcht. Und doch, egal wie schlimm sie sich stritten: Sie waren immer zusammengeblieben. Irgendwie kam er nicht los von meiner Mutter und sie nicht von ihm. Also taugte er nicht als Vorbild dafür, was ein Mann war. Er war zur Hälfte sie. Und auch der Alte, um den sie sich kümmerten, taugte nicht als Vorbild, sein Onkel, dessen Vater die Farm ursprünglich gekauft hatte, mein Großonkel Warren, der mich immer anstarrte, als würde er verfolgen, wie das Blut durch meine Adern floß, wie ich mein Essen verdaute. Warrens Gesicht war ein Hackklotz, seine langen Arme hingen schwer herab. Er bekam Tobsuchtsanfälle und lief dann weg, manchmal für Tage. Wir fanden ihn dann auf den Feldwegen, desorientiert und entkräftet. In Warren sah ich nie den Farmer, der mein Vater war – Sie hätten sehen sollen, wie mein Vater Bäume pflanzte.

»Ein Zehndollarloch für einen Zweizollsteckling«, sagte er. So tief buddelte er, um die Wurzeln nicht einzuengen. Das Bäumchen stellte er ins Wasser, während er nach Steinen grub, obwohl unser Boden so gut war wie der beste Red-River-Boden, über drei Meter tief, fette schwarze Schollen, regelrecht zum Anbeißen, wenn man sie in den Händen hielt. Mein Vater steckte das Bäumchen mit den kahlen Wurzeln hinein und umhäufte sie mit Erde, indem er die Klumpen zu feinen Krümeln zerrieb, er schüttete den Boden auf und wässerte ihn, bis eine Pfütze blieb. Wer meinem Vater in die Augen sah, erkannte das sanfte, tiefinnerliche Wissen darum, wie die Wurzeln in der Erde Fuß fassen.

Anfangs glaubte ich, diese Art von Wissen auch in Billys Augen zu erkennen. Hinter dem Rücken meiner Mutter musterte ich ihn und sah, was er zu verkaufen hatte.

»Bibeln, nicht wahr?« sagte ich.

»Das ist unfair!« Er verdeckte die Brust mit der Hand und grinste uns beide an, denn er hatte gesehen, wie mein Blick zu dem kleinen goldenen Kreuz an seinem Revers gewandert war. »Etwas viel Besseres.«

»Und was?« rief meine Mutter spöttisch.

»Geist.«

Meine Mutter drehte sich weg und ging. Für Bekehrungs-
versuche hatte sie keine Zeit. Ich war immer nur phasenweise
religiös, hatte aber, glaube ich, das Gefühl, ihre Grobheit aus-
gleichen zu müssen, daher blieb ich einen Moment länger. Ich
trug sehr kurz abgeschnittene Jeans und ein kleines braunes
T-Shirt, enge alte Sachen für die Dreckarbeit. An dem Nachmittag sollte ich meiner Mutter beim Säubern der Brutanlage
helfen, frisches Stroh auslegen, die verzinkten Futterspender
abspülen, die dichtgewebten Spinnennester zerstören, die
Fenster mit Essig und Zeitungspapier putzen. Die ganzen
Utensilien, Lappen und Eimer, waren hinter mir auf der Treppe verteilt, und wie gesagt, ich war nie sonderlich religiös.

»Heute abend ist eine Versammlung«, sagte er. »Ich will Ihnen sagen, wo.«

Immer kündigte er im voraus an, was er sagen wollte. Das
war der Prediger in ihm. Man wartete und wurde neugierig,
auch wenn man gar nicht wollte.

»Und wo?« fragte ich schließlich.

Er beschrieb mir den Weg und wie ich dort hinkam, wo
das Zelt aufgeschlagen war. Und während er sprach, behielt
er diesen Blick, der in seiner ganzen Intensität auf mir ruhte.
Augen wie gebräunter Zucker. Da merkte ich, daß ich sein
Bild schon gesehen hatte, im Schlafzimmer meiner Großeltern. Billy hatte das Gesicht von Jesus, der sich ein wenig
vorbeugt, um zu lauschen, ob jemand auf sein Anklopfen reagiert. Ich beschloß, daß ich hingehen würde, am Abend zum
Rummelplatz, ohne Familie, um die Sache zu untersuchen.
Um mal zu schauen.

Der Regen tropfte vom Rand der Welt. Wir bekamen nicht
mehr ab als eine kleine Husche, die schon in der Luft ver-
dunstete, bevor sie den Boden erreichte. Nachdem sich das
Gewitter verzogen hatte, beschloß ich in die Stadt zu fahren.

Mit elf Jahren hatte ich schon den Traktor und einen kleinen Motorschlitten gesteuert, mit vierzehn war ich im Auto nach Pluto und zurückgefahren, mit meiner Mutter auf dem Beifahrersitz. Daher war es nichts Besonderes, daß ich fuhr, wohin ich wollte.

Als ich zum Auto hinüberging, traf ich Onkel Warren. Er saß auf einem Baumstumpf im Hof und beobachtete mich, sein graues Haar stand in Büscheln ab, sein Kinn war voller weißer Stoppeln, seine Augen ruhten auf mir, grün und frostig.

»Wo willst du hin?«

»In die Stadt.«

»Danach?«

»Nach Hause zurück.«

»Dann?«

»Weiß nicht.«

»Zur Hölle.«

»Vielleicht.«

»Nein, bestimmt.«

Manchmal behauptete er, ich sei genauso wie er, vielleicht sei ich sogar er selbst, das könne er sehen. Er könne in mich hineinschauen. Ich könne mich nicht verstecken. Ich sagte: Halt die Klappe und laß mich in Ruhe. Du bist allein, sagte er immer zu mir, und ich antwortete: Nicht so allein wie du.

Die Straßen in der Stadt waren ein klein wenig feucht, aber die Luft war noch dünn und trocken. Weiße Nachtfalter flatterten unter den hochgerollten Zeltwänden ein und aus. Aber da der August schon halb vorbei war, gab es keine Moskitos mehr. Es war auch zu trocken dafür. Obwohl das Zelt seitlich offen war, schien die Luft stickig, komprimiert und ein wenig salzig vom ausgedünsteten Schweiß. Zu drei Vierteln war das Zelt mit singenden Menschen gefüllt, und ich schlüpfte in eine der hinteren Reihen. Ich setzte mich auf einen grauen Metallklappstuhl, hielt die Augen offen und den Mund geschlossen.

Wie sich zeigte, war er nicht der erste Redner. Ich sah ihn erst, als der Hauptprediger fertig war und sein Gebet sprach. Nach einer kleinen Einführung rief er Billy nach vorn. Billy sei neu erweckt und habe eine Botschaft des Herrn empfangen, er könne mehrere Instrumente spielen. Wir sollten hören, was uns der Herr durch Billy verkünden werde. Er trat auf die Bühne. Jetzt trug er einen Dreiteiler, dazu ein rotseidenes Hemd mit Spitzenkragen. Dann begann er zu sprechen. Ich könnte ziemlich genau wiedergeben, was er sagte, Wort für Wort, weil ich ihn nach diesem Abend in den folgenden Jahren immer wieder hörte, und das oft vier- oder fünfmal am Tag. Wenn Sie Billy Peace nicht gehört haben, wissen Sie nicht, was eine Predigt ist. Sie wissen nicht, wie es ist, wenn man Gott verliert, ein Stacheldraht, der einem durch die Hand gezogen wird, bis Sie es von Billy Peace gehört haben. Sie kennen keine Unterwerfung, das Sterbensglück des Loslassens. Sie wissen nicht, wie es ist, sich so erleuchtet und getröstet, geborgen zu fühlen.

Ich war zu jung, um mich dagegen zu wehren.

Die Sterne sind die Augen Gottes, und sie sehen uns seit Anbeginn der Welt. Ihr glaubt nicht, daß für jeden ein Auge da ist? Dann geht und zählt. Als nächstes schaut in die Bibel und zählt alle Wörter, um ihre Bedeutung zu erfassen. Es wird euch nicht gelingen. Denn die Bedeutung, wenn es eine gibt, steckt in euch selbst. Bei Tage könnt ihr euch vor den Sternen verstecken, aber in der Nacht, wenn sie in ihrer ganzen Vielzahl leuchten, werdet ihr durchbohrt von ihrem Anblick.

Kriecht unters Bett!

Zieht euch die Decke über den Kopf!

Ich sage euch, steht auf, und wenn ihr fallt, fallt vorwärts!

Ich werde im Feuerbrand vergehen. Ich werde verlöschen

wie ein Licht. Ich werde brennen im Glorienschein. Ich sage euch, steht auf!

Und es gibt einen unter ihnen. Ihr habt von ihm gehört, von Luzius, Licht, Luzifer, dem gestürzten Engel. Ihr habt ihn mit eigenen Augen gesehen und wußtet nicht, daß er über euch kam. In der Nacht und in seiner eigenen Maskierung, wie der Entführer eines Planeten, stürzte er von oben herab, fiel er aus den dunklen Blättern, fiel er aus dem Duft eines Frauenkörpers, fiel er aus euch heraus und trat in euch ein, als hätte er aus der Erde nach euch gegriffen.

Streckte die Hand aus und zog euch hinab.

Packte euch mit einem Ruck.

Wie die Schlinge des Henkers.

Wie ein Niemand.

Wie der Sklave der Nacht.

Als kämt ihr nach Hause, und alle Lichter brennen und das Krankenauto steht in der Einfahrt und ihr fragt: *Herr, wen trifft es?*

Und der Herr sagt: *Alle.*

Auch euch. Folgt mir. Folgt mir nach. Ich weise euch den Weg. Im Angesicht der Sterne und im Angesicht des Menschensohns. Auf mir ruht die Gnade. Steht auf. Ich sage euch, *steht auf.* Und jawohl, ich werde schreien, weil ich es so will. Tretet ein durch das Tor. Nehmt sie mit euch. In vier Jahren wird die Erde in seinen Fängen zappeln.

Die Offenbarung. Das Antlitz des großen Tiers. In aller Aufrichtigkeit: Laßt uns still werden und Einkehr halten.

Billy Peace blickte aufmerksam, ruhig, gelassen in die Menge, schaute jeden einzeln an und zählte Prophezeiungen auf, die eingetroffen waren, daß sich zum Beispiel der Nahe Osten zu der Problemzone entwickeln würde, die er war. Daß die chinesischen Heerscharen in Tibet einmarschieren würden und daß es so gekommen war und daß sie weitermarschieren würden, immer weiter, bis zum fruchtbaren Zweistromland. Billy Peace sprach über die Zahlen. Er schlug sich mit der flachen Hand an die Stirn, daß ein roter Fleck blieb. *Dort,* schrie er wie in den Bauch geschossen, *dort wird sie eingebrannt.* Er meinte damit die Zahl des großen Tiers und sagte, sie würden die Zahlen von unseren Versicherungskarten holen, unseren Scheckheften, diesen Dingern, die man Kreditkarten nannte – American Express bis zum Umfallen, schrie er, sie holen die Zahlen von euren Steuerformularen, eurer Hausratsversicherung. Und schon diese Zahlen unterwerfen euch der Macht der Letzten Dinge, und ihr wißt es nicht.

Der Antichrist ist mitten unter uns.

Er ist das Plastik in unseren Brieftaschen.

Ihr wollt Kredit? Kredit?

Dann müßt ihr dafür brennen, und ihr werdet darben. Ihr werdet Stöcke fressen, ihr werdet verkohltes Papier fressen, eure Rechnungen, und die ganze Zeit werdet ihr aus der Tiefe schreien: *Warum zum Teufel habe ich nicht bar bezahlt?*

Weil die Zahl des großen Tiers eine bodenlose Zahl ist, und Kontonummern sind Knochen und Gedärm des Antichrist, welcher Luzifer ist, der reine Verstand.

Der reine Verstand bringt uns zum Mond, bringt uns über den Mond hinaus.

Die Stimme der einsamen Menschheit in der Raumsonde, die ruft: Ist da jemand? Ist da draußen jemand? Und der Antichrist wird antworten. Der Antichrist ist hier, überall um uns, in den Tunneln und den strahlenden Netzen, in den Transistorradios. Der Geist des Antichrist fügt sich zum Muster, zum Verhängnis, das langsam erwacht, Nerv für Nerv.

Wir haben es nicht anders verdient. Haben wir etwa verdient, daß wir errettet werden?

Die Rettung ist kein Kinderspiel. Es hilft nichts, mit dem Zauberstab zu wedeln. Ihr müßt die Augen schließen und diese kleinen Plastikkarten hochhalten.

Schaut her!

Er hielt eine Schere hoch und drehte sie nach allen Seiten, daß sie im Licht glitzerte.

Das Nullzinsschwert! Jetzt komm ich! Ich komme durch den Mittelgang. Ich komme mit dem Schwert, das euch befreit.

Billy Peace ließ einen Choral anstimmen, ging durch die Stuhlreihen, singend, und umarmte jeden, der eine Kreditkarte hochhielt, dann nahm er die Karte und schnitt zu. Einmal, quer durch. Zum Lob des Herrn! Und wieder schnitt er zu. Er heizte den Choral an, ging in den Reihen auf und ab, bis das zähe, niedergetrampelte Gras im Zelt mit Plastikstücken übersät war. Als er ganz zuletzt zu mir kam, erkannte er mich und lächelte.

»Du bist zu jung, um dir einen Kreditrahmen verpassen zu lassen«, sagte er, »aber ich freue mich, dich hier zu sehen.«

Dann starrte er mich an, seine Augen verhärteten sich zum schwärzesten Wintereis, kalt in der Wärme seiner braunen Haut, so eisig, daß ich einfach schmolz.

»Bleib«, sagte er. »Bleib hinterher hier und komm zu uns in den Camper. Wir wollen für Eds Mutter beten.«

Ich blieb also dort. Das klang nicht wie eine Liebeswerbung, aber damals habe ich es so verstanden, und es zeigte sich ja auch, daß ich recht hatte. Ed war der Hauptprediger, und seine Mutter war sehr, sehr krank. Sie lag flach und still auf einem Sofa am vorderen Ende seines Wohnmobils, wo sie gerade so hineinpaßte. Die Luft dort war trübe und stickig vom Geruch der Schwitzmedizin und dem, was die anderen gekocht und verzehrt hatten, Hamburger, angebrannte Zwiebeln, Kaffee. Den Tisch hatten sie an die Seite geschoben und die Stühle neben das Sofa gequetscht. Und Eds Mutter, die arme alte sterbende Frau, war mit einem weißen Laken zugedeckt, man sah kaum, ob sie atmete. Ihr Gesicht war eingefallen um Mund und Wangen. Mir kam sie vor wie ein Vogel ohne Federn, der aus dem Nest gefallen ist. Die geschlossenen Lider ihrer vorquellenden Augen waren blau, faltig, mit winzigen zuckenden Nerven. Weiße Strähnen bedeckten ihren Kopf. Die Hände auf ihrer Brust krümmten sich wie kleine blutleere Krallen, ihre Nase war ein großer, wachsfarbener Knochen. Ich zog einen Stuhl heran, den hintersten im Rücken der etwa acht Leute, die sich versammelt hatten. Einer nach dem anderen öffneten sie den Mund und rollten die Augen oder machten sie fest zu und ließen die Worte aus sich herausströmen, bis sie wirres Zeug redeten und sich ihre Stimme anhörte wie ein uralter, betörender Sprechgesang. Am Anfang war mir gar nicht wohl bei all diesen seltsamen Dingen, sogar ein bißchen ohnmächtig wurde ich von dem Geruch und der schlechten Luft, die ich mit ganz flachen Atemzügen einatmete, und ich hörte nicht mehr hin. Aber allmählich, ganz langsam, drangen die Worte in mich ein, und mir wurde schwindlig, bis es mich packte.

Die Worte sind in mir und um mich, hängen in der Luft wie kleine Tondreiecke, gebrochen und gebogen. Aber sie entstehen und zerbröckeln so schnell, daß ich den Staub einatme, die beißende antibiotische Säure, Medizin, Tod, Schweiß. Meine Augen brennen, und ich fange an zu würgen. Alles Blut fließt aus meinem Kopf nach unten, in die Arme, in meine Fingerspitzen. Meine Hände fühlen sich geschwollen an, doppelt so groß wie sonst, wie dicke, gepolsterte Handschuhe. Ich stehe vom Stuhl auf und will hinaus, aber da steht er vor mir.

»Komm«, sagte er. »Komm und berühre sie.«

Die anderen haben eine Hand auf Eds Mutter gelegt und beten. Mit der anderen Hand, blind in die Höhe gehalten, tasten sie nach dem Geist wie mit Fühlern. Billy schiebt mich, nicht indem er mich berührt, sondern sich so eng hinter mich drückt, daß ich den Zwang spüre und mich bewege. Zwei Leute machen mir Platz, und dann stehe ich über Eds Mutter. Sie liegt nach wie vor reglos da, wie tot, nur daß sie die verkniffenen Mundwinkel nach unten gezogen hat und in sich hineingrollt, in ihr eigenes Dunkel.

Ich strecke die immer noch riesigen, kribbelnden Hände aus und bin gespannt, was passiert, wenn ich sie berühre, ob sie reagiert. Aber sie bewegt sich überhaupt nicht, als ich die Hände auf ihren Bauch lege, der flach und weich ist. Nichts von mir strömt hinüber, keine heilende Kraft. Statt dessen werde ich erfüllt vom Dunkel ihres Leidens, ganz plötzlich, in einem Schwall. Wie ein Krug unter dem Wasserhahn, der sofort voll ist und überläuft.

Und da passiert es.

Ich bin nicht dumm. Das war ich nie. Ich sehe Bilder. Ich kann jederzeit ein Bild im Kopf empfangen, so scharf und so genau, daß es mir wie wirklich vorkommt. So etwas mache ich. Das macht auch mein Onkel, wenn er einfach so starrt. Angefangen habe ich damit, als Mom und Dad aufeinander losgingen. Wenn ich sie unten streiten hörte, wußte ich immer, daß der Moment kommen würde. Einer von beiden schrie, zerriß die Stille. Das Geheul erhob sich, füllte das Haus, dann kam einer von beiden angerannt. Einer von beiden kam und ergriff Besitz von mir. Meine Mutter roch nach Räucherhähnchen, Reis und Kaffeesatz, mein Vater nach saurem Schweiß, den Zigaretten in der Garage, dem bitteren Staub seiner Felder. Ich war dann irgendwo im Niemandsland, zwischen ihnen, und das war der unsicherste Ort der Welt. Abgesehen von den bohrenden Blicken meines Onkels. Also ging ich da raus. Ich sackte zusammen und trat in meine Bilder ein.

Ich habe ein Bild. Sofort, als ich Eds Mutter berühre, trete ich in das Bild ein, weiche dem Sog ihres Leidens aus. Sie ist in Montana aufgewachsen, und nun sehe ich, was sie sieht. Da, eine körnigblaue Bergkette im Westen, schwebend über dem Tal, die Ausläufer sind Streifen aus dunkelblauem Flanell, die Gipfel Wolkenkorridore. Einmal, zweimal, bricht die Sonne durch, ein rosiges Leuchten, das glühende Gestalten in die Wolken modelliert, sie aufglimmen läßt wie narbige Mondlandschaften. Schau sie dir an, schau sie genau an, Eds Mutter, und sie fangen an zu laufen. Ich rede zu ihr, bis ich weiß, daß wir uns diesen Bergen nähern, beide zusammen. Sie schraubt ihr Licht herunter, sie wird dünn wie Gaze unter meinen Händen. Sie stirbt, während sie mit mir in mein Bild eingeht, kraftvoll, mit festem Willen. Und kaum ist sie drinnen, gewinnt sie ihren Frieden, bezieht sie daraus ihre eiserne Kraft, ihre Macht, genau wie ich es immer tue.

Die Daniels

Drei Jahre durchwanderten wir die Wüste, und ich gebar Billy zwei Kinder im Taumel und Rausch seiner flottierenden Visionen. Seine Erleuchtungen überrollten uns wie Sattelschlepper, kegelten uns von Zelt zu Zelt, von Stadt zu Stadt. Er heulte laut, wenn ihn das Zeichen ereilte, krümmte sich unter den ungeheuerlichen Dingen, die er sah, schrie nach Stift und Papier, knurrte und spuckte und rang mit der Erkenntnis, bis er still und erschöpft auf dem Badezimmerboden lag und zu mir sagte: *Nun, zweifelst du?*

Das tat ich nie. Seit dem Abend, als ich ihn zum ersten Mal sprechen hörte, glaubte ich an Billy. Ich glaubte an ihn und hing ihm an, mit Leib und Seele. Doch während die Monate und Jahre vergingen, begann ich meinen Vater und meine Mutter zu vermissen. Mir fehlte der alltägliche Trott, ihre ruhige Art, sogar die Zumutung ihrer Streitereien. Mir fehlte, daß ich die Gefahren kannte, die von ihnen ausgingen, daß ich wußte, wo ich vor ihnen sicher sein konnte – in meinen Bildern. Und mit den Bildern hatte ich Probleme. Denn ich konnte meine diesseitige Existenz nicht verlassen – wegen der Kinder. Und weil ich nicht in meine Bilder verschwinden konnte, mußte ich nach Hause.

Judah ist rosig und friedlich, mit roten, blütenzarten Lippen, seine Bäckchen leuchten und zeigen noch den Abdruck meiner Bluse. Und Lilith, so winzig und heiß, geschmiegt in die Falten meines Rocks, seufzt auf und schläft gesättigt ein.

»Wir besuchen Grandma und Grandpa«, sage ich zu meinen Kindern und stelle mir das Gesicht meiner Mutter vor. Sie hat die beiden noch nicht gesehen.

Nichts kann mich von meiner Idee abbringen. Ich bin fest entschlossen.

»Billy«, sage ich, als er hereinkommt. »Wir fahren nach Hause.«

»Nein«, erwidert er, ohne auch nur einen Moment zu zögern.

»Wir müssen«, beharre ich.

Ich habe ihm nie zuvor widersprochen, und meine Entschiedenheit überrascht ihn, dann bringt sie ihn ins Wanken.

»Deine Eltern sind gestorben, als du noch klein warst«, erkläre ich ihm. »Du wurdest von deiner Schwester großgezogen, bis du zur Armee kamst, dann ging sie vor die Hunde, vermutlich. Also weißt du nicht, wie das ist, wenn man ein Zuhause hat oder Familie oder einen Ort, wo man aufgewachsen ist und zu dem man zurückkehren will. Aber jetzt ist es an der Zeit.«

Er setzt sich auf die Kante des schmalen Betts in unserem Motelzimmer. Ich habe ihm eine Tasse Kaffee gemacht. Er trinkt und scheint mir zuzuhören.

»Morgen«, sage ich.

Ich erzähle ihm, daß ich in letzter Zeit öfter mit meinen Eltern telefoniert habe. Als die Enkel kamen, fanden sie sich allmählich mit Billy ab, an Feiertagen und Geburtstagen richten sie sogar ein paar Grußworte an ihn. Wenn wir mit den Kindern nach Hause kommen, wird alles gut. Das weiß ich. Meine Eltern werden es sich überlegen. Ich glaube, jetzt ist es an der Zeit, den Bruch zu kitten.

»Ich habe dich noch nie um etwas gebeten«, sage ich zu Billy, und das ist wahr. »Ich fahre nach Hause«, wiederhole ich.

»Aber ich habe gerade mit der Missionierung angefangen. Ich kann doch unsere Mitglieder nicht im Stich lassen.«

Wir haben acht alte Leute gewonnen, die ihr ganzes Vermögen aufgelöst haben, um sich unserer Gemeinschaft anzuschließen. Wir leben in Wohnmobilen, auf einem Grundstück im Gallatin Valley bei Bozeman, das einer von ihnen gestiftet hat. Es sind nur achttausend Quadratmeter, auf denen wir uns zusammendrängen, immer das Gejaul von irgendeinem Radio im Ohr.

»Du hast Reservatsland«, sage ich, »und wir könnten ein größeres Grundstück kriegen, ganz in der Nähe meiner Eltern. Wir könnten ein Haus in der Stadt kaufen und einen religiösen Buchladen aufmachen. Aber ich will da wohnen, wo meine Familie lebt, in der Nähe der Farm. Mir fehlt das flache Land. Die grünen Felder, die Wolken. Wir haben alles angebaut«, erkläre ich ihm. »Getreide, Sojabohnen, Blumen, Flachs. Ich habe Sehnsucht nach den blauen Feldern. Den gelben Senffeldern. Den Sonnenblumen, die sich den ganzen Tag mit der Sonne drehen. Nach dem Garten am Haus. Der Minze für den Eistee. Tomaten so dick wie dein Fuß.«

Billy denkt darüber nach. Ausschlaggebend ist vielleicht der Hinweis auf die Größe der Farm, 360 Hektar, obwohl er weiß, daß ich zwei Brüder habe. Das heißt, ich werde nicht das ganze Land erben, zumindest stellt es sich so dar. Eine Woche lang bin ich sicher, daß er drüber brütet, und ich sage nichts, aus Angst, daß ich alles verderbe, wenn ich zuviel oder das Falsche sage.

Dann eines Abends, in der Versammlung, hebt er die Arme und macht die Ankündigung. Wir werden umziehen. Und ich fühle mich so glücklich, bin so stolz auf ihn, wie er dasteht vor seinen Anhängern, schlank und hübsch, mit frischem Lächeln, daß ich mir gar nicht die Frage stelle, wo wir wohnen sollen. Unsere acht Mitglieder und wir vier halten uns fest bei den Händen, bilden einen Kreis und beten. Wir singen eine

Stunde lang, dann trennen wir uns. Noch am Abend fangen wir alle an zu packen, und paar Tage später zieht die Karawane los. Erst an unserer Countygrenze wird mir mit einem Mal klar, daß der Platz, wo Billy die Campingwagen parken will, die Farm meiner Eltern ist. Wo auch sonst?

Als ich ihn darauf anspreche, sagt er: »Ich kümmere mich um ihre Einwände. Ich rede mit ihnen.«

Er grinst. Seine silbrige, gebogene Sonnenbrille reflektiert mein Spiegelbild und das Land zu beiden Seiten, das nun vollkommen flach ist. Der Himmel ist graugolden vom Staub, die Sonne riesig und verschwommen. Offenbar scheint sie hier länger und spendet ein reicheres, diffuseres Licht. Meine Eltern haben mir erzählt, daß es hier Anfang Mai eine lange, schreckliche Hitzewelle gegeben hat, einen Rekordfrühling ohne Regen, ohne Gnade. Obwohl die Temperaturen etwas gesunken sind, hat es noch immer nicht geregnet, und der Boden ächzt unter der Trockenheit.

Genauso war es, als ich Billy zum ersten Mal sah. Auch eine Dürrezeit. Aber wir werden sie beenden.

»Wir bringen den Regen«, sage ich aufgeregt, als es nur noch ein paar Meilen bis zur Farm sind. Es ist einfach ein Satz, der sich anbietet, aber Billy schaut mich an und wird nachdenklich. Wir erwarten das Armageddon, das aber noch nie an dem von Billy vorausgesagten Tag eingetreten ist – der sowieso nur ein vorläufiges Datum war, wie er dann sagt. Das nächste Armageddon, das wir erwarten, ist anders als die gewöhnlichen, und die Anzeichen dafür mehren sich, wie Billy anhand der Übereinstimmungen zwischen der Bibel und dem Wirtschaftsteil festgestellt hat. Aber während wir auf das Weltende warten, meint Billy, als wir in unsere Zufahrt einbiegen, sollen wir um Regen beten, um das Unausweichliche ein wenig hinauszuschieben. Und genau das schlägt er meinen Eltern keine fünfzehn Minuten später vor. Die anderen Gemeindemitglieder haben wir am Abzweig der Straße zurückgelassen.

Wir fallen uns um den Hals und weinen, als ich meinen Vater und meine Mutter wiedersehe, und sie sind voller Entzücken wegen der Kinder. Onkel Warren hält sich lauernd im Hintergrund. Er wird förmlich überwältigt von all den Gefühlsausbrüchen, die sich um ihn herum abspielen. Aber auch von seinen eigenen Emotionen. Ich gebe mir Mühe, seinen Tobsuchtsblicken zu entgehen. Es ist wie bei der Heimkehr des verlorenen Sohns. Mir sind sie bereit zu verzeihen, aber untereinander sind sie zerstritten. Sie tragen mir mein Fortgehen nicht nach, und das nach all dem Kummer, den sie ausgestanden haben. Billy scheinen sie zu akzeptieren. Höflich, mit feierlicher Stimme bittet ihn meine Mutter die Treppe hinauf in ihr Reich. Sie sammelt Glas – Schalen, Figuren, Vasen, Tableaus. Ich behalte Judah fest im Griff und überreiche Lilith meinem Vater. Beim Betreten des Wohnzimmers hören wir, wie Billy die Sammlung bewundert. Er würdigt jedes einzelne Stück, fährt mit den Fingern über die Rundungen des grünen Einhorns meiner Mutter, poliert ein schweres blaues Ei mit dem Ärmel. Und nachdem er mit der Glassammlung fertig ist, geht er mit meinem Vater hinaus zu den Schuppen und Scheunen. Ich weiß nicht, was sie da draußen machen oder was Billy ihm erzählt, aber als sie zurückkommen, liegt Billys Hand fest auf der Schulter meines Vaters, und mein Vater blickt ganz ernst vor Anstrengung und ruckt mit dem Kopf. Das Gesicht meines Vaters ist schmal und müde. Seine Augen haben das verwaschene Hellblau eines überarbeiteten Deutschen. Sein weißer Haarbüschel hängt dick zwischen seinen Augen wie das Stirnhaar eines Pferdes.

»Worüber hast du eigentlich mit Dad gesprochen?« frage ich Billy in der Nacht, als wir engumschlungen im Dreiviertelbett liegen, in dem ich zeitlebens geschlafen habe. Die Kinder liegen etwas tiefer neben uns, im Unterschiebebett. Ich höre ihre kindlichen Laute.

»Über deine Brüder haben wir gesprochen. Einer ist auf die

schiefe Bahn geraten, der andere geht lieber zur Navy, als Farmer zu werden. Außerdem haben sie Mühe, sich um deinen Onkel zu kümmern. Er läuft weg. Sie haben ihn halbtot vor Erschöpfung aufgefunden. Ihn ertappt, wie er mit der Axt auf eine Kuh losgegangen ist.«

»Mit der Axt auf eine Kuh?«

Billy zuckt die Achseln, und seine Stimme wird energisch – es ist die Stimme, die er am Ende seiner Predigten aufsetzt, die Erweckerstimme. »Wir könnten ihnen helfen, deinen Onkel ins Pflegeheim zu stecken, und du könntest die Farm bekommen, wenn wir einfach nur bleiben, das weißt du.«

Lange Zeit sage ich nichts. Die Nacht draußen ist still, nur das Sägen der Grillen in den Fundamenten ist zu hören, nur das dürre Gestrüpp der Windschutzhecken und der Tau, der sich auf der staubtrockenen Erde niederschlägt. Seit drei Jahren bin ich mit Billy zusammen und spreche eine unirdische Sprache. Ich rede Zungen, spreche mit dem Geist, aber ich bin erst neunzehn, in dem Alter fangen andere Mädchen mit dem College an, manche werden gerade mit der Schule fertig. Und ich komme mir so alt vor, schon vom Leben vereinnahmt. Während wir zusammen im Dunkeln liegen, bei abgeschalteten Hoflampen, wegen des Stromsparens, und während die mondlose Nacht uns alle zudeckt, spüre ich noch etwas anderes. Im halbwachen Zustand spüre ich, wie der gewaltige Vogel, der im Baum des Heiligen Geistes nistet, herabkommt und über mir schwebt.

Ich öffne den Mund, will nach Billy rufen, aber nichts. Die Schwingen senken sich tiefer, gestreiftes Weiß, die Brustfedern knistern leise, während Funken zwischen uns hin und her fliegen. Der Vogel breitet die Flügel über meine Brust, streift meine Brustwarzen. Dann preßt er sich an mich und dringt in mich ein, glutvoll. Seine Flügel sind in mir ausgebreitet, ich bin erfüllt von flatternden Worten, die ich noch nicht aussprechen oder entziffern kann. Nun spricht eine andere Stimme, es ist ein beständiges Murmeln in meinem Kopf, etwas Fremdartiges, das ich vor Bill verbergen muß, bis ich ermessen kann, welche Macht es über mich hat. Vor allen werde ich es verbergen, denke ich, weil es gewaltig und verstörend ist. Etwas daran erinnert mich an meinen Onkel, und ich frage mich, ob sein Zorn auf mich übergegangen ist.

Am nächsten Morgen setze ich Lilith draußen ins Ställchen, gleich neben dem Garten, und mache mich ans Jäten. Der Garten liegt in Reichweite des Schlauchs, daher gedeihen die Möhren und die purpurnen Buschbohnen, die beim Kochen grün werden. Es gibt an die zehn Reihen Süßmais, umzäunt mit Bindfäden, an denen glänzende Konservendeckel hängen, zum Abschrecken der Waschbären. Später im Sommer werde ich die Windschutzhecken abgehen und nach Johannisbeeren und Felsenbirnen suchen oder noch später nach Apfelbeeren und Wildpflaumen, das gibt eine gute Marmelade für Törtchen.

Meine Mutter kommt mit der Hacke und lockert in gebeugter Haltung den Boden, dann zieht sie eine Furche für eine späte Aussaat von Zuckererbsen. Sie ist abgemagert, überraschend gealtert. Falten durchfurchen ihre Wangen und ziehen ihre Augenlider nach unten, selbst ihr hübscher, voller Mund hat Fältchen und Risse bekommen. Mein großer Bruder will immer nur Geld, der jüngere ist vor drei Monaten ausgezogen und hat beschlossen, nie mehr zurückzukommen. Am Telefon hatte sie das nicht einmal erwähnt, aber ich glaube, ich habe den Einschnitt gespürt, die Verzweiflung. Und deshalb bin ich kurzerhand zurückgekehrt. Weil ich die Vereinsamung meiner Eltern spürte, aber nicht verstand.

Mein Vater bewirtschaftet die Farm praktisch allein, daher liegen die meisten Felder brach, und alles Vieh bis auf fünf Milchkühe ist verkauft. Doch unsere Rückkehr macht ihm bereits neue Hoffnung. Hoch auf dem Traktor fährt er los, um zu sehen, was von der Heuernte noch nicht verbrannt ist, was noch gerettet werden kann. Ich sehe die spitzen Ellbogen meiner Mutter schwingen, während sie sich mit der Hacke rückwärts durch die Bohnenreihen arbeitet. Vielleicht, denke ich, ist das, was Billy gesagt hat, gar nicht so schrecklich, wie es klingt. Vielleicht ist es gar nicht so falsch, die Lage realistisch zu betrachten. Vielleicht sollte ich mich mit meinen Eltern zusammensetzen und über die Zukunft nachdenken.

Aber das ist gar nicht nötig. Billy erledigt alles. Jeden Abend sitzt er mit Dad im Büro und hilft ihm, Ordnung ins Chaos zu bringen, die Ablage zu machen, zu entscheiden, welche Rechnungen bezahlt und welche aufgeschoben werden sollen. Mit überraschender Gelassenheit hat Dad genehmigt, daß die alten Leute in der Nähe eines abgebrannten Gehöfts campen dürfen, wo die Handpumpe noch funktioniert. Unser Land stößt mit dem Rücken direkt an die Reservatsgrenze. Billy sagt, es war Reservatsland und sollte es wieder werden. Das war das Land meiner Familie, Indianerland. Und wird es wieder werden. Er sagt es einfach so, ohne jedes Gefühl, und das beunruhigt mich. Irgend etwas ist da nicht in Ordnung. Irgend etwas hat sich unmerklich verändert.

Ein Monat vergeht und noch einer. Mein Mann kommt kaum noch zum Schlafen. Er setzt sich für die Belange seiner Gemeinde ein, wirkt als Gastprediger bei den Erweckungsversammlungen, die wegen der Dürre überall in der Gegend stattfinden, er fährt Traktor, lernt die Melkanlage bedienen, preßt mit meinem Vater Heuballen. Billy scheint nur noch auf dem Sprung, eilt von einer Aufgabe zur nächsten, mit enormer, nie erlahmender Energie. Und die Mahlzeiten, die er verdrückt! Bergeweise Spaghetti, körbeweise frische Brötchen. Bis spätnachts geht er in Dads Büro auf und ab, schreibt Predigten, unterzeichnet Schecks, denn Dad hat ihm die Vollmacht erteilt. Manchmal, wenn ich in aller Frühe die Treppe hinabstolpere, um mir Kaffee zu machen, sitzt er da und strahlt mich an, noch immer auf den Beinen, seit dem Vortag. Billy blüht auf, während die Hitze alles andere verdorren läßt. Den ganzen Brunnen trinkt er leer! Im Sommer borgen wir Geld bei der Bank und graben einen neuen Brunnenschacht. Vor lauter Kraft und Elan platzt ihm der Hosenboden.

»Ich hatte nie Eltern.« Mit einem Schluchzen umarmt er meine Mutter, als sie die Hose ausläßt und neu vernäht. »Ich habe nie erlebt, was eine Familie ist.«

Sie lächelt über sein Malheur, ihr Gesicht schmilzt in der Hitze wie Wachs. Hinter der Ecke steht Warren und schaut zu, steif wie ein Stock, nur sein Mund bewegt sich, während er seinen endlosen, unverständlichen Monolog vor sich hin brummelt. Pssst, macht meine Mutter, um ihn ruhigzustellen.

Jeden Tag backt meine Mutter frischen Kuchen, den Billy vertilgt. Er verdient Geld mit dem Predigen, mietet einen Anwalt, damit wir als Kirche eingetragen werden und uns nicht mehr um Steuern sorgen müssen. Das Farmhaus meiner Eltern wird zusehends zum Mittelpunkt. Jeden Abend kommt die Gemeinde herüber, wir beten zusammen im Wohnzimmer, weinen, bekennen, tun Abbitte, sitzen im Kreis beisammen, wenn wir geläutert sind, und lenken den Geist auf uns herab. Meine Mutter ist laut und ausgelassen – wer hätte das gedacht? Mein Vater, eher zurückhaltend, reagiert mit ungläubigem Blinzeln auf ihre Geständnisse, die Vielzahl und Harmlosigkeit ihrer Sünden. Und Onkel Warren bekommt einen bettelnden Blick und scheint sich zu krümmen unter der Last all dessen, was er da hört. Ich setze mich an diesen Abenden immer öfter zu meinem Vater, weil Billy so hoch und gewaltig aufragt. Mir ist, als ob mein Dad Schutz braucht. Ich habe das Gefühl, daß er zerbrechlicher geworden ist, obwohl das wahrscheinlich nur so scheint. Er kommt mir schmächtiger vor, weil Billy diese wundervolle Statur gewonnen hat, uns an Gewicht alle übertrifft und prachtvoll aussieht in seinen neuen weißen Anzügen.

Ein weiterer Monat, und Billy hat ein Doppelkinn, der Hals quillt ihm über den Kragen. Wir lieben uns jede Nacht, aber mir ist es peinlich. Er ist so laut, so ekstatisch. Ich werde hin und her geworfen auf ihm, als würde ich einen Walbullen reiten. Damit ich mich besser festhalten kann, muß er ein ärmelloses Unterhemd anziehen, ich umklammere die Träger wie Haltegriffe. Das Bett knarrt wie die Planken eines Bootes auf hoher See, und wenn er kommt, fühle ich mich schwer und überschwemmt. Ich habe Angst, wieder schwanger zu werden. Ich habe Angst vor dem, was hier passiert. Das Haus, einst so still in seiner angespannten Atmosphäre, in seiner Einsamkeit und braunen Eintönigkeit, wimmelt jetzt von Menschen. Ständig beten sie mit meiner Mutter und putzen wie wild, mit ätzenden Chemikalien. Alles riecht nach Pine Sol. Der Hof ist von Reifenspuren durchfurcht. Die Leute brechen Zweige vom Schmetterlingsstrauch, um sich Kühlung zu verschaffen, wenn der Geist sie in Hitze versetzt. Und währenddessen, während der ganzen Zeit, spreche ich nicht in Zungen und empfinde nichts beim Beten. Meine Bilder kommen nicht mehr zu mir. All das ist vorbei.

Ich weiß nicht mehr, mit wem ich verheiratet bin. Mir kommt er vor wie ein übernatürliches Wesen. Seine furchtbare Unermüdlichkeit treibt alle zur Erschöpfung, so daß wir uns abwechseln müssen, um mit ihm Schritt zu halten. Ich schleppe seine Hemden, Socken, Unterwäsche, Hosen hinaus zum Aufhängen. Die Sachen sind inzwischen so groß, daß Klammern überflüssig werden. Ich drapiere sie wie Laken über die Leine und setze mich entkräftet hin, dorthin, wo mich seine Augen nicht sehen. Er predigt Regen. Er predigt immer noch das Armageddon. Die Farm ist jetzt auf mich überschrieben und über mich auf Billy. Er predigt die Gründungsmission der Erwählten. Wir sind diejenigen, sagt

er, die durchs Feuer gehen werden. Wir sind die Daniels.
Vor den Augen der Gemeinde hält er unseren Sohn in die
Höhe, und das arme Kerlchen ist klein wie ein Fisch in sei-
nen Händen.

Es ist schließlich der Picknicktisch und die eiserne Bank,
die dieser Phase unseres Lebens ein Ende setzen – und der
unkontrollierbaren Macht, zu der Billy geworden ist. Der
Tisch steht im leeren Hof und ist aus Blech und Stahlrohr
und mit einer Stange verschweißt, die in den Boden getrieben
ist. Dad hat ihn für die heißen Tage gebaut, wenn es drinnen
zum Essen zu stickig ist, und für allgemeine Festlichkeiten,
die aber nie stattgefunden haben. Das Ganze ist so angelegt,
daß Mutter eine schöne Aussicht hat, daß sie nach der Gar-
tenarbeit, zufrieden mit ihrem hübschen Hof, den Blick über
die gelbroten Taglilien schweifen lassen kann. Sie kann auf
der gußeisernen Bank ausruhen, die Augen an schönen Dingen erfreuen oder auch lesen, obwohl dort noch nie jemand
ein Buch aufgeschlagen hat.

Die Augusthitze hat kurz nachgelassen, dann quält sie
uns erneut. Onkel Warren kratzt den Hühnermist von den
Stangen und schimpft mit leiser, raspelnder Stimme auf die
Hühner zu seinen Füßen. Vor ein paar Tagen ist meine Mutter unter die geblümte Couchdecke gekrochen, und jetzt will
sie nicht mehr aufstehen. Von ihrem Platz auf der Couch, wo
sie in aller Stille weiter abmagert, kann sie durchs Panora-
mafenster auf den Picknickplatz hinausschauen, die Sonne
aufgehen und über sich verschwinden sehen. Es ist nur eine
verschleppte Grippe, sagt sie, aber es gibt Zeiten, da sehe ich
sie still daliegen, die Arme ausgestreckt wie Bretter, um das
dünne, knautschige Laken niederzudrücken. Dann bekomme
ich Angst, daß sie stirbt, und will mich zu ihr legen.

An einem schwülen Nachmittag sitze ich bei meiner Mutter auf der Couch, wir sehen Billy unter der grünen Esche
mit ein paar von den anderen reden. Die Kinder schlafen auf

dem Fußboden, auf zusammengelegten Decken, die Ventilatoren quirlen die Luft über ihnen umher. Billy trinkt selten, und wenn, dann nichts Stärkeres als Wein. Auch jetzt trinkt er Wein, selbstgemachten aus Holunder, von einem Gemeindemitglied nach einem alten Familienrezept bereitet. Vermutlich glaubt Billy wegen dieser friedlich-harmlosen Herkunft, daß er mehr als gewöhnlich trinken kann. Und außerdem ist es heiß. Die Weinkrüge stehen in einem eisgefüllten Kühlbehälter auf dem Picknicktisch, ab und zu holt Billy einen Krug heraus und füllt sich nach. Beim Reden rinnt ihm der Schweiß von der Stirn. Sein dunkles Haar ist feuchtschwarz, sein riesiger Leib ragt hoch über die Lehne der Eisenbank. Er hebt die massigen Arme, um mit einem Gedanken zu ringen, zieht ihn aus der Höhe herab und läßt ihn auf seine Schenkel plumpsen. Wieder mal hält er eine Regenversammlung ab, und während wir so in der Hitze des Nachmittags sitzen, bei laufenden Ventilatoren, und die anderen in der prallen Sonne beten sehen, bemerken wir, daß sich die Wolken auftürmen zu phantastischen Gebilden und leuchtenden Formationen.

Diese Wolken sind beeindruckend: goldrosa, von innen leuchtend. Wunderschöne Gebilde. Ich zeige sie meiner Mutter.

»Gewitterwolken«, sagt sie aufgeregt. »Schiebst du mir die Couch ans Fenster?«

Ich müßte draußen sein, mit der Gruppe beten, oder Essen für alle kochen oder Tomaten aus dem Garten holen für den Fall, daß es regnet, daß diese Wolken Hagel bringen. Aber nichts davon tue ich, ich stelle nur einen Stuhl neben die Couch. Onkel Warren schläft mit offenen Augen, sitzt steif in seinem Sessel. Lilith liegt schlaff auf ihrem Teddybär. Ich decke sie mit einer Häkeldecke zu, weil eine kühle Brise aufkommt. Mein Vater kommt ins Zimmer, will uns die Wolken zeigen. Warrens Augen werden munter. Draußen macht Billy weiter. Er ringt die Hände, ballt sie zu großen goldenen Fäusten, schluchzend, brüllend vor Kraft, und trinkt den Wein mit großen Schlucken.

Jetzt erhebt sich der Wind, peitscht wie wild auf die Bäume ein. Wolken jagen übers Land, schieben sich zusammen. Sie leuchten purpurn, in einem giftigen Rosa, einem zarten Frühlingsgrün. Bis zum Horizont reichen sie jetzt, und inmitten der Wolkenmasse, die über uns aufbricht, sehen wir das Zentrum des Gewitters, die dunkle Unterseite des Ambosses, durchwirkt von elektrisch züngelnden Garben.

Ein kalter Wind weht von den Gräben her, der nach saurem Sumpfwasser riecht, dann immer frischer wird. Kleine Tropfen, sanft und tastend, fallen herab, und der Donner, ein Karren voller Steine, rumpelt näher.

Noch immer beten sie, mit erhobenen Händen und fest geschlossenen Augen. Von Blättern gepeitscht und der Gefahr preisgegeben, drängen sie sich zusammen, ihre Stimmen ein vom Wind ersticktes Murmeln. Nur sein Gebet übertönt alle anderen und donnert lauter, während das Gewitter losbricht.

Eine grelle Eruption. Blüten und Blätter wirbeln durch den Hof. Der nächste Knall, so laut, daß wir mittendrin sind. Billy Peace auf der Eisenbank bildet das Zentrum der blauen Funken, die zwischen den Eisenstangen sprühen und an den Lampendrähten entlang in die Bäume fahren. Billy, der Dirigent mit erhobenen Armen, zieht die Energien auf sich herab wie ein Blitzableiter. Der Knall des nächsten Einschlags schleudert uns weg vom Fenster, aber wir kriechen zurück, um zu schauen. Ein Tau aus goldenem Feuer schlängelt herab und wickelt sich zweimal um Billy. Er wird vollkommen schwarz. Blaues Licht ergießt sich aus seiner Brust. Dann Stille. Geduckte Anspannung. Leuchtpunkte tanzen in der Luft und verschwinden. Jetzt fallen Tropfen, durchmischt mit kleinen, hüpfenden Hagelkörnern, dann fliegt Weißes durch die Luft, dicke Eisbrocken, die auf Minze, Basilikum und Zitronenmelisse niederprasseln, so daß sich der Kräuterduft mit dem Grillgeruch verbrannter Haut vermischt.

Wir starren stumm. Die Kinder schlafen. Und Billy Peace?

Er ist ein Hügel, schwarz und zerrupft, auf allen vieren. Ein schnaufendes Geschöpf der Finsternis, von Feuer geblendet. Wir sehen, wie er sich erhebt, langsam aufrappelt, die riesigen Hände auf die Schenkel stützt. Endlich steht er aufrecht. Ich umklammere die Finger meiner Mutter, gelähmt vor Schreck. Billy ist am Leben, er ist größer als zuvor, angefüllt mit überirdischer Kraft. Wir treten weg vom Fenster. Er heult in den Himmel, wirft den Kopf immer von neuem in den Nacken, und die Wolken brechen auf. Silberne Wasserschwaden decken sich über die Szene. Wir wenden uns vom Fenster ab.

»Mom«, sage ich, »wir müssen ihn stoppen.«

»Niemand wird ihn jemals stoppen«, antwortet sie.

Die Gemeinde

Eines Tages, als ich im Schatten unter den Bäumen stehe, kommt mein Onkel zu mir und spricht zu mir, leise, ohne mich anzuschauen.

Du wirst es tun. Ich seh's dir an.

Was werde ich tun?

Du wirst es tun. Ich seh's dir an.

Was denn? Was denn?

Ich seh's dir an.

Und was?

Du wirst töten.

Halt die Klappe.

Du wirst es tun. Du wirst töten.

Wir brachten ihn ins Krankenhaus, und ich blieb auf der Farm. Unterdessen starben meine Eltern. Billy verließ uns und reiste mit seinen Ideen umher, bis er schließlich eine Religion schöpfte. Keine »Ich bin Gottes Diener«-Religion, nichts mit »Lobe den Herrn«, kein Bhagwan, kein Perfect Master, kein Derwisch oder Maharaji. Seine Religion gründete sich auf das, was Religion war, bevor es Religion wurde. Natürlich brauchte sie einen Namen und mußte organisiert werden, als Billy sie entdeckt hatte, aber er vermied nach Möglichkeit die Schlüsselworte. Als er aus Billings zurückkam, gab es keinen Gott mehr, keinen Heiland mehr in Minneapolis zum Beispiel, obwohl ihn Billy dort hätte gebrauchen können, wie andere mir erzählten. Und um die Zeit, als er und seine Anhänger auf demselben Weg zurück über die Grenze kamen und dann im Zickzack südwärts nach Hause, gab es nur noch den Geist. Die meisten verstanden das nicht. Sogar das Konzept des Antichrist gab Billy auf. Der Teufel impliziere auch sein Gegenteil, und die Gläubigen fänden den Teufel viel spannender als die rauschebärtige Vaterfigur ihrer Kindheitsträume, meinte Billy. So etwa verhielt es sich mit seiner Religion, auch wenn sie sich ständig änderte. Den Geist gab es, und der war gewaltig, gewaltig, gewaltig – so gewaltig, daß wir seine enorme Größe aus unserem Denken verbannen mußten. Wir sind wie Empfänger, sagte Billy, unsere Gehirne sind biochemische Apparate, kleine Rezeptoren, die die gewaltigen Dimensionen seiner spirituellen Intelligenz zu etwas reduzieren, mit dem wir umgehen können.

Unser individuelles Bewußtsein eine Art Filter des Göttlichen. Wir konnten nur das wissen, was unser Verstand ohne weiteres erfaßte. Die Aufgabe, wie Billy sie sah, war nicht, wie man vielleicht erwarten konnte, die individuellen Grenzen zu erweitern, jedenfalls nicht genau in der Weise. Billy glaubte, daß eine Gruppe von Individuen, die zusammenlebten und sich als ein Wesen empfanden, das Potential besaß, sich stärker zu entfalten als jedes Einzelindividuum. Wenn wir uns öffneten, alle miteinander, alle am selben Ort, konnten wir vielleicht zu den Randbezirken dessen vorstoßen, was diesen gewaltigen Geist ausmachte. Als Kreis aus verbundenen Gummibändern saßen wir manche Nacht, berührten uns mit den Fingerspitzen und summten bis in die frühen Morgenstunden, ganz nahe am Rand jener himmlischen Gefilde. Billy brauchte Zeit, seine Strategie zu entwickeln und seine Zielsetzung. Mit Sorgfalt bügelte er die Schwachstellen im Handbuch des Verhaltens aus. Und schmiedete Pläne, trieb Geld auf, suchte Leute, die seinen Ansprüchen genügten. Zuerst nahm er die Willensstarken, die Zielstrebigen, die Denkertypen, die Experimentierfreudigen. Dann die mit rationalen Erklärungen. Später dann nahm er die Angeschlagenen, denen etwas fehlte, obwohl sie auch Zuwendung erforderten. Besonders Ausschau hielt er nach denen, die feste Jobs hatten. Sie mußten getippte Lebensläufe mitbringen. Auf Treu und Glauben nahm er niemanden. Sie mußten mit ihm sitzen und grübeln, über Stunden, damit er ihre geistigen Qualitäten testen konnte. Es waren nicht die Abergläubischen, nicht die Fundamentalisten. Sie durften glauben, daß das Weltende nahte, daß alles im wirtschaftlichen Chaos enden würde. Sie durften an Gott glauben, sofern sie Gott und Licht für unteilbar hielten. Aber nie waren es ehemalige Katholiken – die schienen gegen Billy immun zu sein. Manchmal kamen Juden, die sich eine oder zwei Generationen von ihrer Religion entfernt hatten. Oder Protestanten, wenn auch nur wenige handfeste Lutheraner. Keine Baptisten, Hindus, Konfuzianer, Mormonen. Keine Anhänger irgendeiner anderen Stammesreligion. Weder Millenaristen noch Survivalisten.

Was mich betraf, paßte ich in keine dieser Schubladen. Auf unseren Reisen nach Süden hatte ich eine Familie getroffen, die Schlangen züchtete und glaubte, sie sei zu Teufelsaustreibungen mit Hilfe von Schlangengift berufen. Ein halbes Jahr blieb ich Mitglied ihrer Kirche. Ich saß bei Großmutter Virginie, deren weißes Haar bis zur Hüfte reichte und die mir riet, mein Haar niemals abzuschneiden. Ihre Augen hatten sich in Schlangenaugen verwandelt – ein schwarzer Spalt anstelle der Pupillen, dazu dünne Lippen. Eine Hand war schwarz und verdorrt bis auf die Knochen, seit sie gebissen worden war. Der anderen Hand fehlte der Ringfinger. *Auch du wirst gebissen*, verhieß sie mir, *aber durch den Biß gelangst du in den Besitz der Kraft*. Sie schenkte mir zwei Schlangen, eine sechs Fuß lange Diamant-Klapperschlange und eine rote Mokassinschlange mit Sanduhrmuster. *Sie üben das Richteramt*, sagte sie, *und sie bringen Liebe*.

Also richtet mich, sagte ich, als ich die Schlangen zum ersten Mal in die Hand nahm. *Nehmt mich*. Und das taten sie.

So fand ich zu meinem Glauben. Ich wußte gleich beim ersten Mal, daß das meine Art war, mich dem Geist zu nähern. Indem sich die kühlen, trockenen Leiber auf mir bewegten, über mich hinwegglitten, unbeteiligt, neugierig, züngelnd, schwer, erwiesen sie mir die Gnade des Geistes, liebten sie mich und durchströmten mich mit einer Blutwoge der Kraft. Ich konnte mich ganz loslösen, wenn ich die Schlangen hielt. Ich wurde kalt in meinem Inneren, während meine Haut rosig erglühte, die Schlangen besänftigte, und ich benutzte auch Bilder. Ich schenkte ihnen die Hitze der Liebe, die flachen Steine, die schwarzen Felsen, das beständige Glühen der Sonne.

Als ich begann, sie im Kreis um mich zu legen, ging mir die Familie aus dem Weg, und das war auch eine Erleichterung.

Dennoch hielt ich mich für willensschwach, passiv, und ich erhob nie die Stimme, wenn es sich vermeiden ließ. Ich glaubte, kein starkes Motiv oder keine geistigen Qualitäten zu besitzen. Ich sah ganz nett aus, aber alles andere als schön, ich war jung, jünger, als es mir zustand. Und ich betrachtete mich als hilflos, außer wenn ich meine Schlangen in den Armen hielt. Hilflos. Doch ich hatte die Bilder, und weil ich sie hatte, ließ mich Billy nicht gehen.

»Zeig mir Milwaukee«, sagte Billy eines Nachts.

Dort hatten seine Leute zwei Jahre als Umsiedler gelebt, bevor seine Eltern starben. Also zeigte ich ihm Milwaukee, so gut ich konnte. Ich lag da, und es kam alles zu mir, die grünen Mittelstreifen im Juni, wie man sich beim Betreten seines Lieblingsrestaurants fühlt, wenn man Plätze reserviert hat, in der hungrigen Gewißheit, daß man sich in fünfzehn Minuten mit deutschen Gerichten vollstopfen wird, deutschem Brot, deutschem Bier, deutschen Schnitzeln. Ich sah die Umgebung, in der Billy gelebt hatte, den morschen Bretterbau, den bröckelnden Putz, den Hof, alles zerlegt in Sonne und Schatten, das Laub, sah Billys Mutter im roten Kostüm langgestreckt auf dem Boden liegen und schlafen, sah die hintere Veranda mit ihrer aufgestauten Hitze und die Junikäfer, die unablässig gegen die nächtlichen Gazefenster anflogen. Ich roch Billys Fluß, den ersten Schultag, die Kreide und das Wachs, den Geruch, den benutzte Papierhandtücher Anfang September in den Schulen von Milwaukee hinterlassen, mir erschienen die Milchkartons, die Trinkhalme, dann Billys Schwester, dünne, drahtige Arme, die Billy niederdrücken. Schließlich Billy zuliebe ein Würstchenstand, ein Tütchen Erdnüsse, Durst.

»Nein«, sagte Billy. »Es langt.«

Er spürte es kommen, obwohl ich das vermeiden wollte. Ich steuerte fort von den brennenden Narben, den Scheren, eingeklemmten Nerven, dem toten Auge, dem Riemen, dem Gürtel, dem Hackenschuh, dem Rasierer, der kochendheißen Tapiokagrütze, den Glasscherben, den Messern, der löchrigen Rüstung, der Schwester, der Schwester, dem Keller, allem Unterirdischen.

»Zeig's mir, zeig's mir.« Billy war im Halbschlaf. Er wußte nicht, was er sehen wollte – womit ich natürlich nicht sagen will, daß er meine Bilder in ihrer Gesamtheit sah. Er ging an den Rand der Bilder, nahm sich die Brocken, die Wassertropfen, die ein Vogel abwirft, wenn er das Gefieder schüttelt. Etwa so viel konnte ich ihm geben, und mehr war auch gar nicht nötig. Wenn man sich auf diese Weise mitteilt, bleibt die Welt außen vor. Du bist eingeschlossen, ineinander verstrickt, verflochten, zu einem neuen Wesen vereint. Ich war dazu in der Lage, in diesem Ausmaß, und er brauchte es. Als Flucht.

»Zeig's mir.«

Also zeigte ich's ihm. Immer von neuem. Ein weiteres Jahr verging, und die Prozedur wurde härter und intensiver, als der Geist in Billy hineinfuhr und auch mich nicht verschonte.

Eines Nachts im Januar kam er ins Zimmer und sprach bis zum Morgen mit den Kindern und mit mir, nahm unsere Gesichter in seine schweren, heißen Hände, ohrfeigte uns, damit wir wach blieben, zwang uns zur Aufmerksamkeit.

»Haltet euch bereit! Die letzten Dinge stehen bevor!«

Ich weinte, und die Kinder weinten, aber er ließ uns nicht schlafen.

»Irgend etwas stellt sich quer, irgend etwas in euch. Irgend etwas blockiert den Kanal, verstopft das Guckloch, drückt die Frequenz.«

»Nein, das stimmt nicht. Das sind deine Kinder.«

»Ihr gehört mir. Euer Leben gehört mir. Ich mache, was mir der Geist befiehlt. Runter mit euch! Runter mit euch! Auf den Boden!«

Er beäugte uns mit Mißtrauen und Abscheu, bis die dunklen Stunden vergingen. Am Ende schlief er ein. Die Kinder sanken auf meinen Schoß. Doch ich war völlig entnervt und hellwach, daher ging ich zu meinen Terrarien. Ich nahm meine Schlangen heraus, um mit ihnen zu beten. Sie umschmeichelten mich, trösteten mich, über und unter meinen Kleidern. Die Schlangen lauschten, und ich lauschte auch. Der warme Chinook-Wind hatte eingesetzt. Einfach so.

Die Temperaturen schossen nach oben. Die Schneemassen konnten binnen Stunden auftauen. Ich hörte die Dachbalken stöhnen, ich roch Erde und Regen. Der Wind blies ohne Unterlaß, und bald lugte das Wintergras grau und bleich aus dem Schnee. Die Luft war in Bewegung, trieb in immer neuen dunklen Wogen aus dem Südwesten quer über die nassen, rutschigen Straßen. Und dann kamen die Wolfshunde heraus, reckten die langen Schnauzen in die Höhe.

Ich bekam einen Schreck, zuckte hoch, und in diesem Moment biß meine Mokassinschlange zu, im Schatten meiner Flügel, zu nahe an meinem Herzen. *Im Namen des Herren*, sagte ich, wie man es mich gelehrt hatte, und nahm meine rotgemusterte Schönheit in die Arme. In ihren Sanduhren trug sie die Zeit mit sich, ich spürte den Sand hindurchchrieseln, als ich sie in ihr Terrarium zurückgleiten ließ. Dann legte ich mich hin. Ich ließ das Gift in mir erblühen, die Krankheit hochkochen und die Fragen und die Frucht vom Baum der Kraft. Ich ließ das Wissen von mir Besitz ergreifen. Das Wissen der Schlangen. Mein Herz wurde schwarz und steinhart. Es blieb stehen und setzte wieder ein. Als das Leben in mich zurückflutete, wußte ich, daß ich stärker geworden war, daß ich das Gift angenommen hatte. Als es in mir wirkte, wußte ich, daß *ich* das Gift war und die Kraft.

Geh fort von ihm und nimm die Kinder mit, sagte die Schlange im Terrarium, als sie sich in ihrem Nest aus Gras zum Schlaf zusammenrollte.

Lange Zugfahrten, die schleppende, eintönige Anspannung des Reisens. Ich hatte Billy überredet, mich bis nach Seattle fahren zu lassen, um Geld für die Gemeinde zu besorgen. Meine Schlangen nahm ich mit, sie ruhten wohlgenährt in ihren Beuteln, an meinen warmen Körper geschmiegt. Wurden sie zu munter, legte ich sie zurück in ihre Lederbehälter auf dem kalten Fußboden, direkt neben meinen Füßen. Ich hatte ihn dazu gebracht, mich gehen zu lassen, obwohl ich in gewisser Weise wußte, daß ich nicht als dieselbe zurückkehren würde, nicht nachdem mich die Schlange gebissen hatte.

Während der ganzen Reise ließ ich es in mir reifen. Auf dem Rückweg ließ ich es kommen. Eingezwängt zwischen das Geseufze und Gestöhne der Mitreisenden schlief ich und wachte ich, verkrampft und wundgesessen, in meinem Doppelsitz. In den dunklen Cascades begriff ich: Das Dunkle bin ich, ich bin schwärzer als diese Berge. Die Gewißheit fuhr mir in die Glieder wie eine Virusinfektion, und von da an saß ich stumm in meinen Schmerz vertieft. Irgendwo im Kootenai-Gebiet wandelte sich der Schmerz in Angst.

Draußen vor dem Fenster duckte sich der tiefe Wald, unabsehbar in seiner Weite, schwarz und reglos unter frischem Schnee. Ich überlegte, was als nächstes kam, und prallte gegen eine Wand aus massivem Weiß. Hinter der Wand waren meine Kinder. Meine Liebe zu ihnen war eine tierische Liebe. Ich würde sie niemals gehen lassen. Kurz vor Whitefish, Montana, brach der Tag an, Frühstück wurde ausgerufen. Ich faßte meinen Entschluß und verschanzte mich in ihm. Und sofort wurde ich klar im Kopf. Ich setzte mich in den Speisewagen und bestellte Rührei. Serviert wurde es mit Bergen von Bratkartoffeln, Buttertoast, Grapefruit-Marmelade in kleinen Näpfchen. Ich aß ein paar Happen und trank Milchkaffee aus einer Plastiktasse. Drehkiefern zogen an mir vorbei, gelbe Lärchen, mehr Bäume, als manche Leute in ihrem ganzen Leben zu sehen kriegen. Sie drehten sich wie Speichen eines Rades, reckten sich wie Arme, siebten den Schnee wie Pulver durch ihre Nadeln. Große Klumpen Weiß fielen von den Zweigen und zerstoben.

Wo zwei Jahre zuvor ein Getreidezug entgleist war, stand ein dicker Bär, ein aus dem Winterschlaf aufgeschreckter Blackie, angelockt wahrscheinlich von dem laugendurchtränkten Weizen, den die Bahnarbeiter dort vergraben und mit einem Elektrozaun gesichert hatten. Die anderen Fahrgäste unterhielten sich oder befaßten sich mit ihren angebrannten Pfannkuchen, dem dünnen Tee. Ich war die einzige, die den Bär sah, und sagte nichts. Er schwenkte den Kopf, witterte Diesel, massiven Stahl, vielleicht einen Hauch kochende Haferflockensuppe. Vielleicht war er gewöhnt an den ostwärts rollenden Zug Nummer 28, weil er nicht davonlief, sich nicht vom Fleck rührte, einfach in seinem eigenen Schatten abwartete, daß wir vorbeifuhren. Meine Zukunft schien mir ein Rätsel, eine Wolkenbank, in Nebel gehüllt. Und die Freiheit erschien unerreichbar wie all das feine Getreide, das dort im Berg verscharrt war. Mein Leben war eine Falle, die sich geschlossen hatte, mit weichen Zähnen, von unten, aus dem Schnee heraus. Oben erscheint alles endlos und weit, und so weit geht auch mein Schmerz. Ja, es tut weh. Denn wir sind eng zusammengeschnürt, angepflockt, gefangen in einem Leid, das über den Verstand geht.

Gras, Wasser, Feuerkraut und Disteln, rettet mich, dachte ich. Aber Gott rief ich nicht an. Der war auf der Seite meines Mannes.

Als mich Frenchie vom Bahnhof abholte, war ich schon verloren. Anzumerken war mir das offenbar nicht, denn Frenchie half mir beim Aufladen der Sachen und stieg zu mir ein, ohne ein Wort zu sagen. Billy machte so etwas nicht – Leute vom Bahnhof abholen –, weil das Warterei mit sich brachte, und er konnte nicht stillsitzen. Jede Minute seiner Zeit war kostbar, der Sache geweiht.

»Ich lade dich zum Essen ein«, sagte ich zu Frenchie. »Ich habe gute zehntausend aufgetrieben.« Und es stimmte.

Um Geld für Billy aufzutreiben, wenn es um irgendeine Anschaffung oder Erweckungskampagne ging, kellnerte ich, oder ich sprach auf den großen Zeltveranstaltungen, verfaßte Traktate und führte in Trance meine Schlangen vor. Alles in allem war mir das Kellnern am liebsten. Nur daß mir das Stadion und das Zelt viel mehr Geld einbrachten. Ich wußte, daß ich die Außenwelt so schnell nicht wiedersehen würde, wenn ich erst einmal zu Hause war. Deshalb verleitete ich Frenchie zu einem Besuch des 4-B's, des Lokals mit dem Frühstück rund um die Uhr, in dem ich ein Jahr gearbeitet hatte und das ich ohne Groll verlassen hatte, sogar mit dem Angebot einer Gehaltserhöhung. Ich hatte dort immer das Gefühl gehabt, ein normaler Mensch zu sein, eine Frau wie jede andere, und dieses Gefühl brauchte ich jetzt. Wenn ich dort ein Foto von meiner Tochter, meinem Sohn zeigte, würde sich niemand über ihre Sackleinenkleider mokieren, niemand würde fragen, ob sie schon Spiritus herstellten.

Frenchie schaute ängstlich nach rechts und links, als er sich setzte. So richtig war das nicht geregelt, ob wir ins Restaurant durften, aber wir wußten beide, daß es nicht sein sollte, daß wir auf kürzestem Wege hätten nach Hause fahren müssen, zu unserer Gemeinde, daß wir das Geld hätten sparen müssen und nicht für eine zweite Portion Rührei verschwenden, die ich nicht essen würde, oder den dünnen Kaffee, den Frenchie trank, den Blick in die braune Steinguttasse gesenkt, ohne sich nachgießen zu lassen. Schon spürte er die Hand meines Mannes auf der Schulter, den Blick meines Mannes im Nacken – und Billys Stimme, immer seine Stimme, seine fürs Radio geschulte Stimme, rein und tief, volltönend wie der Donner, eingängig wie die Hoffnung. Die Stimme meines Mannes war vollkommen, so wie auch er. Geschaffen in Gott. Die Stimme meines Mannes war Erlösung, ein Halteseil im Schneesturm. Die Stimme meines Mannes würde mich zum Einlenken bewegen, wie sie es zuvor getan hatte, wenn ich zurückkam und in seine sanftgoldene Aura eintrat. Ich würde einknicken, kapitulieren, mich in den Traum fügen, den *er* träumte, mit mir in der Rolle, die er mir zugedacht hatte. Ich würde wieder zu einem Schatten werden, einem Licht, das er voller Liebe an eine Wand warf.

Ich trank meinen Kaffee langsam. Ich mußte testen, wie ich mich im Beisein eines Mitglieds unserer Gemeinde verhielt, und war froh, daß es Frenchie war, denn Frenchie war nicht besonders wachsam. Er hatte etwas Verschrecktes und Ausweichendes, etwas, das nicht ganz echt wirkte. Wenn man genau hinsah, hatte er ein hübsches Gesicht, anmutige Wangenknochen, tiefgrüne Augen mit buschigen Brauen, einen festen Mund, eine gerade Nase. Aber er benahm sich wie ein geprügeltes Tier – geduckt, kriechend, mit einem flehenden Ton in der Stimme. Er sprach nicht, sondern wartete, bis er gefragt wurde. Er nahm, was man ihm zuteilte. Das war seine Devise, vermutlich. Ich wollte ihm keine Probleme bereiten, deshalb wechselte ich nur ein paar freundliche Worte mit der anderen Serviererin, die ich aus meiner Zeit im 4-B's kannte. Ich bezahlte mit Geld, das ich in Seattle bekommen, aber nicht aufgelistet hatte, und sagte, wir könnten jetzt fahren, nach Hause. Kurz vorm Hinausgehen schaute ich mich noch einmal um, und obwohl der Raum recht nüchtern wirkte, groß und funktional, mit orangefarbenen Plastikabteilen und der üblichen Salattheke, und obwohl er gemessen an anderen Restaurants und Cafés nichts Besonderes war, wurde ich fast überwältigt von dem verheißungsvollen Licht, das in breiten, rauchverschleierten Balken durch die Fenster hereinfiel.

Wenn es vorbei ist, kehre ich hierher zurück, beschloß ich. Ich werde mich hinsetzen und die alberne Serviette mit der schwarzgelben Biene auffalten, sie sorgsam über meinen Schoß breiten und das Frühstück für meine Kinder bestellen. Und sie werden es essen.

Und sehe ich sie essen, kann ich auch essen.

Bis dahin werde ich nichts zu mir nehmen, nur das, was ich brauche, um Kraft zu gewinnen. Bis dahin werde ich keine Bewegung verschwenden, keine Münze, keinen Atemzug.

Fortan war ich ein Buch mit sieben Siegeln. Ich war der Stein, den niemand umdrehte. Und die Schlange darunter, die war ich auch.

Manche von uns wohnten in Hühnerställen, andere in großen Fässern oder im Freien unter der Mittwintersonne. Manche von uns wohnten tief im Berg, andere draußen auf der Weide mit dem Vieh oder auf Zugmaschinen oder in einem alten Burlington-Güterwagen. Manche von uns lebten mit Mann oder Frau, andere mit Kindern, manche waren selbst Kinder. Einige von uns wurden in der Hitze errettet, andere in der Winterkälte. Manche waren einfach neugierig und noch nie errettet worden. Manche von uns lebten zusammen mit Billy im neuen Blockhaus hinter der Feuerstelle, und unsere Sachen rochen den ganzen Tag nach Kiefernteer und dem Rauch der nächtlichen Feuer. Ich war seine einzige richtige Frau, die seinen Namen trug, zusammen mit meinen Kindern, und das war mein Lohn. Das heißt, die Treue in der Hauptsache, nicht in der Nebensache. Die Fortpflanzung, die er den anderen gegenüber stillschweigend einräumte. Im weitesten Sinne gehörte er zu mir, und diese Tatsache hielt er mir vor Augen wie einen glänzenden Spiegel.

Als wir in die Zufahrtsstraße einbogen, die schmal und bestens gepflegt war (nicht die zerfahrene Straße für schwere Güter), wurden meine Hände in den Wollhandschuhen kalt. Ich sah von weitem die Gebäude der Ranch auftauchen und fühlte mich innerlich leer und ausgehungert. Meine ganze Haut verlangte danach, meine Kinder zu berühren. Wir kamen zum Wachhäuschen. Unter meinen Armen lief mir der Schweiß herab. Mein Gesicht fühlte sich starr an unter dem Bemühen, sich zu verstellen. Ich war kalt durch und durch, so kalt, daß es schmerzte, bis ins tiefste Innere. Im Handbuch der Disziplin, an das die ganze Gemeinde gebunden war, war ein schuldiges Herz ein totes Herz, verkohlt zu einem Klumpen, und mußte verworfen, ausgestoßen werden. Auf der gewundenen Einfahrt knirschte der Kies unter den Reifen, ich fing an zu zittern. Meine Beine waren schwach und wacklig, mein Unterkiefer schmerzte. Ich wußte, daß Billy gleich beim ersten Blick tief in mich hineinschauen und den schwarzen Rauch sehen würde, den Dunst, die blaue Strahlung des Verrats. Er würde beten. Er würde triumphieren und mich zurückholen in unsere Ehe, in den Glauben.

Er rief mir zu, winkte mit dem Arm, erfreut über mich und zufrieden mit dem Bild des freudigen Gatten, das er bot. Er stand auf der langen Veranda des zweigeschossigen Blockhauses, des grauen Blockhauses mit den fest zementierten Ritzen. Er hatte nicht auf mich gewartet. Statt dessen hatte er Deborah hinausgeschickt, die ewig reumütige, seine persönliche Sekretärin. Wahrscheinlich hatte sie ihm unter dem Schreibtisch einen geblasen, sich die Lippen mit dem Taschentuch betupft und dann das Warten übernommen. Sie hatte auf der Straße nach uns Ausschau gehalten und ihn aus dem Büro geholt, weg von den Telefonen, weg von unserer Steno-Truppe, die nie Feierabend hatte. Deborah war gekommen, ihn zu holen, und er hatte das Büro verlassen, gerade rechtzeitig, um uns zu begrüßen, und er war ungeduldig. Ich verließ die Fahrerkabine des Pickup, als würde ich von einem hohen Sprungbrett ins Wasser springen, ohne zu wissen, ob ich überhaupt schwimmen konnte. Das war ein neues Element, tiefgrün, beängstigend, trügerisch. Ich rannte geradewegs auf ihn zu. Was ich demonstrieren wollte, war unbändige Freude. Ich flog ihm in die Arme, er drückte mich fest an sich, an seinen müden, weichen Körper, von dem diese beständige Strömung ausging. Es war der einzige Männerkörper, den ich kannte. Ich spürte seine entsetzliche Güte, die heimliche Extravaganz seiner Liebe zu mir. Sein Herz schlug hart gegen meine Wange. Ich konnte mich nicht entziehen.

Riesenhaft, weich und doch mit einer übermächtigen Kraft versehen war Billy, als er mich umfing. Wenn auch nicht ganz so riesenhaft wie beim Gewitter, als er den Blitz in sich aufnahm. Ich verlor mich in der Vertrautheit mit seinem Körper, mit seiner Stimme. Seine Stimme war rosa wie der Himmel. Sein Eifer und seine Freude über meine Rückkehr umrankte mich wie ein Blütenkranz, als wir in das Zimmer gingen, wo die Kinder spielten und wo ich sie bei ihrer Beschäftigung überraschen durfte.

Ich schaute sie eine Weile an, bevor sie sich umdrehten. Ich hatte noch Namen für meine Kinder, obwohl Namen für die Kinder jetzt verboten waren. Ich blieb bei den alten, jetzt geheimen Namen. Ihr Vater hatte vermutlich schon vergessen, wie sie hießen.

Judah war blond und zäh. Es schien immer, als wären seine Leitungen kürzer und fester gespannt, die Verbindungen direkt und schnell, als wäre er nicht nur im Kopf, sondern im ganzen Körper intelligenter. Seine Augen waren groß und traurig und von wechselnder Farbe wie die seines Vaters. Manchmal, bei starken Empfindungen, verdunkelten sie sich zu einem tiefen Schwarz. Er habe mein Gesicht, sagten die Leute, obwohl ich das nicht bei ihm erkennen konnte. Wohl aber bei Lilith, sie sah wirklich aus wie ich. Sie sah aus wie ich auf meinen Grundschulfotos, finster zusammengezogene Brauen, immer ein wenig abwesend. Sie war schüchtern und widerborstig, beides gleichzeitig, und ihre plötzlichen Anwandlungen von Faulheit waren willensgesteuert, nie hilflos. Ich hielt sie für schrecklich intelligent, aber das konnte man von außen nicht erkennen. Ich konnte nicht genau beurteilen, was sie im Vergleich zu anderen Kindern wußte. Jetzt kam sie auf mich zugerannt und sank in meine Arme, verschmolz mit mir, nach Salz und Schnee riechend. Ich drückte beide an mich, vergrub das Gesicht in warmem, zerrauftem Haar. Ich atmete ihre Strahlung, und wir begannen zu schweben, einen knappen Zoll über dem Webteppich, kreisend, ineinander verschlungen. Von der Tür hinter uns umwirbelte uns eisige Luft und zog sich fest um uns.

Tief in der Nacht – und zwar jede Nacht – wurde ich geweckt vom stotternden Geklingel der Telefone, die quer durch den offenen Mittelraum des Hauses zu mir herübertönten. Das waren die hochwillkommenen Anrufe der Bekehrten nach den monatlichen Rundfunksendungen, die hier oder in Grand Forks oder Fargo oder Winnipeg aufgezeichnet und dann über die ganze Welt verbreitet wurden. Jedes Klingeln brachte Geld. Frauen berichteten, sie hätten im Osten ein Licht gesehen, hätten eine Stimme gehört, die aus der Wäscherutsche zu ihnen sprach, hätten das Brodeln der Energie in ihren Knöcheln gespürt, eine fremdartige, erhabene Sprache verstanden, die sie umschwebte. Frauen riefen an, um zu bezeugen, daß ihre Brotlaibe die Umrisse von Billys Gesicht zeigten, daß das rohe Fleisch auf dem Küchentisch seinen Namen flüsterte. Auf Notizzetteln, die sie den Schecks beilegten, berichteten Mütter, daß sie beim Windelwechseln den Ruf vernommen hatten. Oder daß der Strohhalm, mit dem sie den Kuchen im Backofen anstachen, einen Ton von sich gegeben hatte, der die Errettung signalisierte. Oder daß sie im Telefon ihre eigene Stimme hörten, und die Stimme sagte: Laß dich erretten. Ihre Waschmaschinen streikten, wenn sie Billys Sendung versäumten. Ihre Hände schmerzten von all dem Wissen, ihr Geschlechtsleben stumpfte sie ab, machte sie krank. Sie starben an Verdauungsstörungen, an Krebs, an tödlichen Warzen, an einem seltenen Virus, an Nesselsucht, an Würmern, an Gehirnlähmung, an Krebs, an Krebs.

Männer schrieben und riefen an, um Billy zu berichten, daß ihr Autoradio mitten in der Verkündung explodiert war, daß ihre Elektrowerkzeuge aufgekreischt hatten, daß ihre Namen plötzlich erloschen waren und niemand mehr wußte, wer sie waren. Nicht einmal sie selbst erinnerten sich an ihren Namen. Ihre Zahnfüllungen spielten seine Sendungen in ihren Köpfen ab. Ihre Mütter hatten sie gewarnt, und sie hatten nicht auf sie gehört. Männer riefen Billy an und gestanden ihm die ungeheuerlichsten Ehebrüche. Sterbende Männer riefen an, und sie starben an vergrößerten Herzen, vergrößerten Vorsteherdrüsen, inneren Geschwüren, verdorbenem Wasser, senilem Irresein, einem verheerenden Virus, dem Kuß der Tsetsefliege, am Essen, an Pflanzenschutzmitteln, an Haushaltsunfällen, an Thrombosen, verstopften Venen, Depressionen, Krebs, Krebs. Die ganze Nacht hindurch tuteten und bimmelten die Telefone, und unsere Leute registrierten alle Errettungen. Am Morgen bedeckte billiges

Durchschlagpapier die Schreibtische und Fußböden, und die Bekenntnisse wurden von den Füßen der übermüdeten Schreibkräfte über den Teppich geschoben und bis zur Treppe mitgeschleppt.

»Ich sehe, die Reise hat sich gelohnt«, sagte Billy.

»Ja«, antwortete ich.

Er umfaßte mein Gesicht mit den Händen und schaute mir in die Augen. Aber er betrachtete nicht mich, sondern sein eigenes Spiegelbild. Er sah, wie er mich ansah, und zwischen ihm und seinem eigenen Anblick blieb ich unsichtbar.

»Ich fahre gern mit der Bahn«, sagte ich so erleichtert, daß ich Blut im Mund schmeckte.

Darauf erwiderte er: »Wenn du mich je verläßt, Marn, behalte ich die Kinder. Und du weißt, was ich dann mit ihnen mache.«

Er strich mir mit beiden Händen übers Haar und zog mich an sich, dann schlossen wir unsere Tür, und er machte es so, wie er es öfter tat. Auf die eine Art. Er stellte mich neben das Bett und zog mich aus, Kleidungsstück für Kleidungsstück, dann brachte er mich zum Höhepunkt, indem er mich einfach nur streichelte, langsam, mal hier, mal da, fast ohne mich zu berühren – bis er meine Beine mit Gewalt öffnete und mich grob mit dem Mund bearbeitete. Dem Wecker nach dauerte es fast eine Stunde. Was danach kam, dauerte ebenfalls lange. Er drang in mich ein, ohne sich auszuziehen, der Reißverschluß seiner Hose stach und kratzte. Ich schrie, und er stieß härter zu, dann zog er sich zurück. Er drehte mir die Hände auf den Rücken und zwang mich hinab auf den Teppich, beugte sich über mich und fuhr sanft ein und aus, schnell und langsam, besinnungslos, ohne Ende oder Anfang, bis mir langweilig wurde, bis ich schlafen wollte, bis ich stöhnte, bis ich wieder schrie, bis ich nichts anderes mehr wollte, bis ich ihn so wollte wie beim ersten Mal, im ersten trockenen Sommer.

Am nächsten Morgen holte ich in der Runde das Geld heraus, zählte es durch und überreichte es Billy. Er stapelte es vor sich auf, segnete es und gab es an Bliss weiter, unsere Schatzmeisterin. Sie stammte aus Aberdeen, South Dakota, war dick und blond, sehr kompetent und stolz auf sich. Sie hatte ein Bulldoggengesicht, Hängebacken, ein breites, häßliches Grinsen. Und manchmal mußte ich lachen, wenn ich daran dachte, daß ich es war, die sie hierher geholt hatte. Ich hatte diese Frau aus ihrer sexuellen Katastrophe befreit. Sie war eine Dampfmaschine gewesen, voller explosiver Zusammenstöße, und noch immer ging eine rohe, elementare Energie von ihr aus, strömte durch die Dielen von ihr fort. Sie war Diabetikerin und benutzte Spritzen mit langen Kanülen, nicht die Sorte, die ich bei anderen gesehen hatte. Den Schmerz hatte sie verabschiedet – geopfert, wie sie sagte. Und ich hatte den Eindruck, daß ein Brandgeruch von ihr ausging, daß sie roch. Aber sie versicherte mir, sie würde mich mögen, und weil sie auch die Geistesmutter meiner Kinder war, war ich gezwungen, sie ebenfalls zu mögen, von ganzem Herzen. Ich war sogar verpflichtet, ihr mein Leben zu opfern, falls sie das jemals von mir verlangte. Billy Peace hatte sich Bliss erwählt, aber als ich sie an diesem neuen Tag sah, stellte ich fest, daß sie die fetten, geschundenen Hände eines Metzgers hatte.

Jetzt erhob sie sich, ein feister grüner Krieger in Trainingsanzug und Uniformjacke. Sie streckte die fetten Hände aus, und wir streckten unsere aus, lange, um die Energie zu erwidern. Ein Lied setzte ein, und wir ließen die Energie kreisen. Dann nahm sie die Hände herunter und begann ihren Finanzbericht. Sie schrie ihn heraus wie eine Art Gebet, und da er aus lauter Zahlen bestand, verwirrenden Prozentangaben, Steuervorteilen und Geldflüssen, die hier hineingingen und dort herauskamen, recht nett aussahen, für uns arbeiteten, nickten wir alle zur rechten Zeit, immer wenn sie es wollte, und strahlten.

»Also dann«, sagte sie schließlich. »Der Abschluß. Wir brauchen drei Leute für einen Tag, als Aushilfe bei der Gewinnabrechnung.«

»Laßt uns miteinander meditieren, wer das machen soll«, schlug Frenchie vor und senkte den Kopf.

Also meditierten wir. Ich hielt Deborahs kalte Hand, sie war kalt wie das Licht. Wenn ich überhaupt auf jemanden als Freundin rechnen konnte, dann auf Deborah, deren Kinder etwa so alt waren wie meine und mit der ich gegen die kleinen Versuchungen des Gartens und der Küche ankämpfte. Sie war eine stille Frau mit langem dunklem Haar und erschöpften Augen. Meine Haut war blaß, so blaß wie nur möglich. Schneewittchenblaß, geisterblaß, grasblaß. Eine gute Haut, eine schöne Haut, nicht verdorben durch Äderchen oder Sommersprossen. Lilith hatte auch diese feine Haut, die perfekte Hülle, den wunderbar elastischen Überzug, der alle inneren Wandlungen ermöglichte, ausglich, sich nach Wunsch dehnte oder zusammenzog, mit jedem Wetterwechsel glatt oder rauh wurde. Empfindsame Haut, die sich aufs feinste über unsere Glieder spannte. Ich saß da, händehaltend, ließ die Energie durch mich und über mich fließen, fing die unsichtbare Strahlung der Inbrunst und Zusammengehörigkeit auf, die wir von uns weg in die Mitte des Kreises schaufelten. Wir schwelgten in dieser Vereinigung, suhlten uns in ihr wie Tiere – wie immer, wenn wir morgens in unserer Verlassenheit erwachten.

Ich quetschte Licht aus Deborahs Hand, und sie zuckte hoch, vor Schreck oder vor Schmerz.

»Was ist?«

»Nichts, nur der Tag vor meiner Reinigung«, flüsterte ich zurück.

Sie nickte und senkte wieder den Kopf ins dunstige Zwielicht der morgendlichen Meditationen. Ich hob den Blick, und das war etwas, was ich in der Runde noch nie getan hatte. Ich setzte meinen Blick frei und schaute unter dem Rand meines Kopftuchs hervor, direkt in die Augen von Bliss, die mich mit ihrem Geldblick taxierte. Ein leerer Blick. Ich hütete mich, diesem Blick zu begegnen. Um ein Haar hätte ich mich verraten. Wenn sie merkte, was ich dachte, was ich vorhatte, war alles vorbei, bevor es auch nur begann. Wenn sie auch nur einen Verdacht schöpfte. Bliss, vor der ich mich hüten mußte, meine Vernichterin, die Steinumdreherin. Ich lächelte abwesend, als wäre ich verwirrt, als wäre ich für einen Moment aus meinem Traum herausgefallen. Ich schloß die Augen wieder und blickte aus dem Inneren meines dunklen Bewußtseins in die Tiefe, tief hinab in den Schacht eines leeren Bergwerks.

Wir träumten von Gold. Wir malten uns den totalen, kompletten, soliden Rückhalt aus. Wir sahen die Batzen, die Flocken, die Perlen, die Adern, ganze Nuggets. Wir schauten durch Fels und Lehm, durch Lava, Torf und Schiefer, durch die Überbleibsel längst versunkener Zeiten, durch Elfenbeinzähne und versteinertes Holz, durch die Knochen und das verteerte Blut der Dinosaurier. Wir sahen das Gold, schmeckten es, bissen auf Goldmünzen und glaubten. Bald würden wir anfangen in unserem Hinterland zu graben.

Ich begann ein Tagebuch – nicht das übliche, sondern ein Tagebuch der seelischen Eindrücke. Hier eine Reihe Einträge aus dem Gedächtnis:

Billy kam eines Nachts ins Schlafzimmer, holte tief Atem und saugte die ganze Luft aus dem Zimmer.

Billy wartete, bis ich aus der Dusche kam. Und als ich nackt und triefend dastand, trocknete er mich mit dem heißen Bügeleisen seines Blicks.

Billy kam auf mich zu, weinend, mit ausgestreckten Armen, und sagte, niemand könne ihn so trösten wie ich.

Billy ließ die Kinder und mich knien, bis wir keuchend umfielen.

Wir tranken saure, klumpige Milch, als er uns beim Nacken packte und uns in die Ohren zischte.

Er sagte, er liebe uns bis in den Tod, mich und die Kinder, deshalb werde er uns nicht aus den Augen lassen. Die ganze Nacht beobachtete er unseren Schlaf.

Am nächsten Morgen legte er den Kopf in meinen Schoß und fing an zu schnarchen, während ich stundenlang stillsaß und nachdachte.

Billy liebte mich, bis ich innerlich in Ohnmacht fiel, dann hörte er auf und schlief ein.

Billy sagte, er begehre mich, und dann behalf er sich selbst.

Billy brachte mir ein kleines Tablett, auf das er eine Tasse dampfender heißer Schokolade stellte. Mit jungenhaftem Stolz sah er mir beim Trinken zu.

Billy brachte mich dazu, daß ich kam – mit geschlossenen Augen, mit zugeklebtem Mund, mit verstopften Ohren, gefesselt an Armen und Beinen.

Billy sagte, er wird dafür sorgen, daß ich ihm gehöre, für immer. Wart's nur ab.

Billy hat eine Acht, das Zeichen für ewiges Leben mit einer Nadel in die Innenseite meines Schenkels geritzt. Weil ich weinte, sang er, um mich zu beruhigen. Er leckte das Blut ab und preßte seinen Mund in meine Mitte, um mich abzulenken, als er die Wunde mit Alkohol betupfte. Er rieb Farbe, dunkelrote Tinte in das Zeichen.

Seins war auch zu sehen, noch dunkler.

An dem Abend, nachdem er mich gezeichnet hatte, nahm ich meine Schlangen und legte mich ins Bett, nackt. Komm, sagte ich, als mein Mann ins Zimmer kam. Billy streckte die Hand nach seinem Kissen aus, und die Schlange klapperte mit dem Schwanz.

Ganz ruhig, sagte ich.

Bring sie raus, sagte Billy. Bring sie sofort raus, Marnie. Bitte!

Sie rollten sich gern in meinen Achselhöhlen zusammen, wo meine Hitze am stärksten war. Das regte ihren Duft an, der betörend war, roh und rein wie Sex.

Schau sie an, Billy. Das sind meine Gotteslämmer, sagte ich.

Bring sie hier raus, Marn. Sie mögen mich nicht.

Aus dem Grund, weil dein Fleisch kalt ist – und auch dein Schweiß. Was sie nicht mögen, ist der Geruch von Schweiß. Und in dir ist zu viel Licht. In mir dagegen ist Dunkelheit. Und Hitze.

In dir steckt etwas Böses, sagte Billy. Ich wünschte, ich könnte dir das austreiben.

Nein, das tust du nicht. Ich lachte. Du würdest mir nicht austreiben, was du am meisten brauchst. Es ist das Böse in mir, was du so sehr brauchst.

Bring sie raus, bring sie sofort raus, sagte er.

Aber am liebsten fickte er mich, wenn der Geruch der Schlangen an mir haftete. Er roch seine eigene Angst.

Nach der Meditation fing die Arbeit an. Ich hatte Küchendienst. Damit kamen alle dran, sogar Billy, wenn auch selten. Das Kochen geschah mit der Liebe des Geistes, und weil Deborah mit mir eingeteilt war, freute ich mich auf die Arbeit, besonders weil wir am Nachmittag unsere Kinder aus dem Gemeinschaftshaus holen konnten.

In allem, was wir aßen und einander zu essen gaben, waren wir sorgfältig und wählerisch. Und das mußten wir auch sein. Es gab nicht viel. Wir hatten es mit Treibhaus- und Hydroponezucht versucht und waren gescheitert. Unsere Hühner wurden von den Habichten geholt. Unsere Truthähne blickten im Regen nach oben und ertranken. Die Gänse flogen davon. Die Ziegen fraßen den Garten kahl. Die Ferkel wurden von den Wieseln totgebissen, die Kälber von den Kojoten. Niemand verstand etwas von Landwirtschaft außer mir, und mir fehlte mein Vater. Alle zwei Monate kauften wir ein Mastschwein oder einen Ochsen, und ich tötete sie in der großen zementierten Schlachtküche – ein häßlicher Vorgang. Ich hatte ein Bolzenschußgerät gekauft, damit ich schonend töten konnte, und nachdem das erledigt war, ging ich immer hinaus. Ich konnte nicht mit ansehen, wie die anderen die Tiere zerhackten. Das war nichts als Chaos und Verwüstung.

Immer wenn Deborah und ich die Kinder am Nachmittag bei uns hatten, kochten wir. Zumindest waren wir beide ein Gespann, das kochen konnte. Wir schlossen die große Pastamaschine an und rührten den Teig an, auch für unsere Brote und das Gebäck. Wir putzten und pürierten Mohrrüben für eine Suppe mit Sahne und Dill. Unser anderes Gemüse waren gekaufte Broccoli, und wir ärgerten uns mit ihnen herum, bis wir merkten, daß man sie mit Semmelmehl, Käse und Milch zu einem Auflauf backen konnte und daß sie dann ergiebiger waren. Wenn wir um zwei losgingen, um die Kinder zu holen, waren wir glücklich und erschöpft von unserer Arbeit, und ich hätte mich fast vergessen können in der Fülle des Tages, wäre mein Blick nicht immer an gewissen Dingen hängengeblieben. Da war das Schloß am Tor der Spielfläche, die Sprechanlage im Wickelraum, die Art, wie die Fenster von innen verschlossen und gesichert wurden, die massiven, verstärkten Wände eines Bunkers.

Ein Jahr zuvor noch hätte ich gesagt, der Bunker sei zum

Schutz der Kinder da, vor der Außenwelt, vor verderblichen Einflüssen, vor den Wolken und der Verblendung derjenigen, die außerhalb unserer Gemeinde lebten, atmeten und strebten. Jetzt, als ich Judah an mich zog, jetzt, als ich Lilith drückte, ihre unerträgliche Wärme aufnahm, die gerade noch erträgliche Freude empfand, ihre Arme fest und energisch an meiner Hüfte zu spüren, ihr Flüstern zu hören, leise und ungestüm, *Mutter*, ein verbotenes, nur heimlich gebrauchtes Wort, sah ich die Sache anders. Mit leerem Blick und eingeübtem Lächeln schaute ich über ihre Schulter. Da stand Anguish, die Kinderpflegerin, mit ihrer stumpfen Leidensmiene, eine Frau, die alle ihre Kinder verloren hatte. Betrunken war sie aus dem brennenden Wohnwagen geflüchtet, in dem ihre zurückgelassenen Kinder verbrannten. Nicht mit mir. Meine würde sie nicht kriegen. Ich sammelte meine Kräfte, um mit ihnen zu fliehen.

Judah hauchte seinen heißen Atem gegen meinen Hals. Irgend etwas war wieder passiert. Vielleicht das alte Problem mit Anguish, ihr zudringlicher Griff, über den ich mich schon bei Billy beschwert hatte. Das konnte ich nicht noch einmal tun, ohne das Mißtrauen in seinem Herzen zu wecken, also flehte ich, als ich Judah befragte, daß nicht Anguish die Ursache war.

»Hat sie?«

»Nein, es war nur, ich habe Vater enttäuscht, gerade eben, vor ein paar Minuten, er war hier, und ich wurde so nervös, so nervös, daß ich die Wochenlosung aus dem Handbuch nicht wußte, und er hat mich getadelt.«

»Getadelt?«

»Ich stehe auf der Liste.«

Ich zog ihn fester an mich. Die Liste. Das bedeutete, daß Judah gemaßregelt werden sollte, statt zur Schule zu gehen. Einer von uns war immer dran, wenn wir die Runde abhielten. Einer von uns mußte immer dabeisein und leiden. Der

Schmerz machte Raum für den Geist, hatte Billy sich sagen lassen. Aber Judah war dafür zu jung!

»Wann?«

»Morgen.«

»Du bist krank. Ich vertrete dich.«

Es gab die Regel, daß man andere beim Leiden vertreten konnte, wenn sie zu krank waren oder gereinigt wurden. Ich brachte Lilith und Judah zur Küche und lachte und scherzte mit ihnen, so wie Deborah mit ihren Kindern, während ich im Schrank kramte.

»Was suchst du da?«

Es war Billy, direkt hinter mir, mit tiefer, melodischer Stimme. Aber ich hatte die Sojasauce schon versteckt – wenn Judah die Flasche austrank, würde er leichtes Fieber bekommen, genug, um von der Liste herunterzukommen und mir den Platz zu überlassen.

Stillstehen, einen ganzen Tag lang, sich in der Starre verlieren, das Pulsen des Bluts spüren, den Schmerz, den Blutandrang – ich fürchtete die Maßregel so sehr, daß schon der Gedanke daran mein Adrenalin hochjagte. Um mich darauf einzustellen, rannte ich. Ich rannte meine lange Strecke, die Klapperschlangenstrecke, die Elefantengrasstrecke. Zu laufen heißt eine Scheinfreiheit auskosten. Ich laufe langsam, passe den Atem ans Schrittempo an, komme an den vertrauten Zäunen und Absperrungen vorbei und denke nach. Laufen ist nach einer Weile wie Zugfahren, eine Bewegungsform, die möglich macht, daß einem die Gedanken mit frappierender Klarheit aus dem Kopf purzeln.

Hoffnungslos ernüchtert, erkannte ich, daß ich in einem weiten, unsauberen Kreis lief. Die Ernüchterung machte mich zu einem anderen Menschen. Die Maßregel hatte ich nie in Frage gestellt. Auch nicht die Demütigung, den Schmerz, der sich einstellte. Zur Geistwerdung gehörte die Disziplin der Züchtigung, denn unserem Schöpfer begegnen wir nur in der Selbstauflösung, wie Billy sagte. Die Methode wählten wir meist selbst. Bliss hatte ein verkalktes Herz. Sie schlug sich an die Brust und benutzte statt der feinen Diabetikerkanüle eine Novocain-Spritze, lang und hinreichend bedrohlich. Anguish malträtierte ihre Fingernägel. Frances schlief auf den nackten Dielen, ohne Decke. Aß nur Fleisch und stank daher. Meine Freundin Deborah praktizierte unterwürfigen und unvollendeten Sex und begrüßte ihre Migräne. Billy praktizierte – der zu sein, der er war. Schmerz genug.

Ich rannte weiter und schneller, auf der Strecke, die mir erlaubt war. Mir war angenehm warm in meinen leichten Sachen, in der kräftiger werdenden Sonne. Die Strumpfbandnattern kamen schon heraus, wärmten sich auf den besonnten Felsen. Sie waren schwarz mit gelben Längsstreifen und unschuldig gelben Bäuchen. Wenn man sie berührte, in die Hand nahm, rochen sie nach fauligen Blumen. Manche erkannte ich an ihrer Größe und ihrem Temperament. Sie waren nicht so giftig wie meine Lämmer in ihrem Terrarium, aber ich liebte auch die ungefährlichen. Sie rollten sich zu Kugeln, um den Winter zu überstehen, jetzt räkelten sie sich in der Wärme. An warmen Stellen, wo der Schnee schon verschwunden war, keimte der Salbei. Ich sprang über vertrocknete Grasbüschel und rannte über Rinderweiden, die bis auf den kahlen Grund abgefressen waren, aber da kam ja der Salbei, der Salbei, das entflammbare Grün, und hinten, hoch über dem Zaun, eine Formation zurückkehrender Schneegänse.

Ich blieb stehen, streckte die Arme aus und schlug sechsmal Rad. Himmel über mir, Himmel unter mir, Himmel nördlich von mir, südlich von mir, westlich von mir. Ein Mensch allein, all dem ausgeliefert, lebend und staunend, durchdrungen vom großen Ganzen. Als ich rannte, den Staub mit meinen

Füßen aufwirbelte, war es aus lauter Freude an der Bewegung im Freien geschehen, aus Freude an diesem Leben, an dieser Güte, die aus der Erde nach oben quoll.

Das nahm ich mit in meine Maßregelung.

Die ersten zwei Stunden waren die schlimmsten. Fast schien es unmöglich, bewegungslos dazustehen. Jeder Muskel, der weh tun konnte, tat weh, alle Knochen protestierten, und das Herz, gelangweilt von so viel Starre und Stagnation, pochte trübsinnig in meiner Brust. Ich konnte es hören, und das Flattern des Vogels im Käfig meiner Rippen fühlte sich an wie eine Krankheit. Die dritte Stunde, die war schon besser, und die vierte war gar nichts mehr. Sie strich vorüber wie eine Hand auf meiner Stirn, denn ich war verloren an das, was ich sah. Ein warmer Vorhang aus Schmerz wehte mit jedem Atemzug ein und aus und zerteilte sich, öffnete meiner blockierten Wahrnehmung eine Pforte. Durch die schlüpften meine Schlangen herein und sprachen zu mir. Mein Diamantenfürst, meine Königin des roten Staubs. Sie sprachen mit mir wie Beschützer, flüsterten leise Befehle.

Ich hörte zu, stellte Fragen, um sicherzugehen, daß ich jeden Schritt verstand. Mit einer Verbeugung dankte ich ihnen für meine Freiheit. Für mein Leben. Ich wußte, wie ich den Kopf meines Schlangenfürsten an das Tuch halten würde, wie ich das Gift seiner Fangzähne behutsam abmelken würde in ein Gewürzglas, das ich zuvor gereinigt und gespült hatte. Ich würde noch drei weitere Schlangen brauchen, bis ich genug Gift hätte, um die Spritze aus Bliss' Arzneischränkchen zu füllen – sie hatte eine ganze Schachtel davon. Ich würde die Schlangen freilassen. Ich würde das Terrarium in Stücke brechen, das Glas zerstampfen, in den Brunnen werfen. Ich würde die aufgezogene Spritze in einen Apfel stechen, mit einem Stück Buntpapier umwickeln und bei mir tragen. Anguish würde das Bild sehen wollen, das Lilith gemalt hatte, aber ich würde ein breites Grinsen aufsetzen und nein sagen, das Bild sei eine Überraschung für ihren Vater, was der Wahrheit entsprach.

Du wirst es tun. Ich seh's dir an.
Was denn? Was siehst du mir an?
Du wirst es tun. Ich seh's dir an. Du wirst töten.

Ich war erledigt, ich war zusammengebrochen. Um da wieder herauszukommen, gab es nur eine Möglichkeit: Ich mußte eine Vision beichten, und das tat ich. Von Billy hatte ich gelernt, meine Absichten anzukündigen. Ich flüsterte ihm meine Vision ins Ohr. *Ich wollte dich ficken.* Der Haß war ein großes Tier, ich wollte, daß es Billy mit den Zähnen packte. Aber ich konnte nicht, noch nicht. Es würde noch dauern, Tage und Tage. Meine Zeit würde kommen. Die Zeit zu fliehen, die Zeit innezuhalten, die Zeit zu töten und die Zeit zu ernten. Die Zeit der Sammlung und der Zerstreuung, die Zeit, meine Vision zu verstehen, und die Zeit, sie zu verwirklichen. Die Zeit, abzuwarten, abzuwarten und schließlich zu handeln.

Und es kam die Zeit.

Im Liebestaumel erklomm ich meinen Gatten und drückte beide Daumen auf die Schlagadern hinter seinem Kiefer. Ich drückte und strich, bis er wehrlos und geschwächt war. Dann, wie eine Katze, stahl ich ihm den Atem. Die ganze Nacht stillte ich meine Gier, machte ihn hart mit dem Mund und holte aus ihm heraus, was ich konnte, mit allem, was von mir noch übrig war, heftig und behutsam, streng, wenn er schwach wurde, und strafend. Dann wieder liebevoll, als wollte ich ihn glattbügeln. Er lag still unter mir wie unter einem warmen Bügeleisen. Ich schob mich wieder und wieder über seinen Rücken, kreuz und quer über seine Beine, schmiegte mich an jedes seiner Glieder, bügelte den bösen Zwilling glatt, der sich in ihm knüllte wie Zündwatte, und ich war das Petroleum. Ich fesselte seine Hände ans Bett und maß sein Gesicht mit meiner gesichtslosen Gier. Küßte ihn mit meinen sprachlosen Lippen, stellte ihm eine Aufgabe nach der anderen. Und als er fertig war, als es heller wurde, war mein Entschluß gefaßt: Ich haßte ihn so sehr, daß ich ihm keinen Atemzug mehr gönnte, bis ich mich in ihn eingelötet hatte. Bis ich ihn so zugerichtet hatte, daß er keinem mehr weh tun konnte. Bis ich, ein Strom aus flüssigem Blei, in seine Eingeweide gefahren war, in seinem Bauch hart geworden war, ihn noch tiefer in den Wahnsinn getrieben hatte. Nein, ich würde nicht von ihm ablassen, bis ich durch seine Knochen sickerte wie eine zehrende Krankheit. Ihn von innen auffraß, seine Vergeblichkeit verschlang, ihn statt dessen mit einer schönen Sehnsucht füllte.

Ich holte die Spritze, die mit dem Gift der Schlange gefüllt und mit dem Apfel von Gut und Böse verschlossen war, unter dem Buntpapier des Kindes hervor und zog den Apfel ab. Dann stach ich schnell zu, mit fachmännischem Griff, wie ich ihn in meinen Bildern oft vor mir gesehen hatte, direkt in den lauten Muskel seines Herzens.

Da, sagte ich und strich über seine Haut, über die Einstichstelle. *Da*, als sich seine Augen öffneten, *da wird es eine Brandstelle geben.*

Und während er sich aufbäumte und zusammensackte, kam das Bild zu mir. Ich würde ihm ein auffälliges Halstuch um den Hals binden und ihn am Dachbalken aufhängen. Ich sah Bliss, die ihn abschnitt, sah ihn reglos daliegen unter den Blicken der anderen, zog meine Kraft daraus und meine Trauer. Ich sah den uralten Blick meiner Kinder, sah, wie sie mich mit ruhigen Händen hielten, ohne zu weinen, wie sie still hinausschauten über die Hügel. Ich sah Bliss toben, schäumen, explodieren, lachen, Billys Seele vom langsam ansteigenden Himmelspfad zurückholen, sah, wie sie das Einverständnis der anderen erwirkte, wie sie Billys Erbe antrat, und dann

uns selbst, wie wir, bevor sie mich im Buch der Disziplin fest-
nageln konnte, schon alles Geld zusammengerafft und die
Flucht ergriffen hatten.

Ach ja, ich sah uns Rührei essen im 4-B's, mich und meine
Kinder, mit dem Landtitel in der Tasche, der auf meinen Namen lautete.

Evelina

Die 4-B's

Ich zog eine Doppelschicht durch, und es war gerade die ruhige Zeit am Nachmittag, zwischen dem Mittags- und dem Abendbetrieb. Um mich zu beschäftigen und weil man nie wußte, wann Earl, der Chef, seinen Speckschädel aus der Bürotür streckte, füllte ich Ketchupflaschen auf. Earl nannte das Verdichten. Wir hatten einen hohlen Plastikring mit Halteklauen an beiden Enden. Den Ring legte man auf eine halbvolle Ketchupflasche, dann stellte man eine andere Flasche mit der Öffnung nach unten darauf und ließ sie in die untere Flasche abfließen. Da wir nur zwei von diesen Ringen hatten, war es sehr zeitaufwendig, alle fünfunddreißig Ketchupflaschen des Restaurants aufzufüllen. Manchmal, wenn überhaupt nichts los war, so wie an diesem Nachmittag, ließ ich die Hälfte der Flaschen auf der anderen Hälfte balancieren, Öffnung auf Öffnung, ohne den Ring. Eine riskante Methode. Wenn eine Flasche voll war, wischte ich sie ab, stellte sie auf den Tisch und sah nach, ob auch die Salz- und Pfefferstreuer und die Serviettenspender gefüllt waren. Ansonsten lernte ich entweder Französisch mit meinem Berlitz oder las heimlich das Paperback, das ich in der Tasche hatte (Albert Camus, *Der Fall*, ein kleines, schwarzrotes Exemplar), oder schaute aus dem Fenster.

An dem Nachmittag tat ich alles gleichzeitig. Die Ketchupflaschen balancierten im hinteren Abteil. Ich hatte den Camus gerade weggelegt und murmelte *Je vais à Paris, Je vais à Paris. Je n'ai jamais visité la belle capitale de la France.* Und schaute aus dem Fenster. Daher sah ich Marn Peace mit ihren zwei Kinder schon von weitem – das heißt, ich ging davon aus, daß es ihre Kinder waren, obwohl ich sie nie mit Kindern gesehen hatte. Ich kannte Marn vom Sommer zuvor, als sie im 4-B's gearbeitet hatte, und wußte auch, daß sie mit Corwins Onkel Billy Peace verheiratet war. Und *ich* arbeitete im 4-B's, weil ich kurz vorm Schulabschluß stand und Geld fürs College sparen wollte.

Marn parkte auf der anderen Straßenseite, stieg aus dem Auto, einem alten, verbeulten Chevy, und lief mit den Kindern über die Straße, auf den Eingang vom 4-B's zu. Es wehte ein stürmischer Frühlingswind, und sie stemmten sich kräftig dagegen, mit fliegenden Haaren. Marns Hände waren weiß und verkrampft, sie hielt die Kinder fest, mit hartem Griff, aber die sahen nicht aus, als würden sie sich daran stören. Sie sträubten sich nicht, und sie sahen weder unterdrückt noch traurig aus, wie man es erwarten konnte, wenn man wußte, wo sie herkamen. Sie wirkten verblüfft – genau den Eindruck hatte ich. Als wären sie gerade aus dem Trichter eines Tornados herausgekommen. Als könnten sie gar nicht fassen, welche Dinge da eben noch um sie herumgewirbelt waren. Ich stand auf, um sie hereinzulassen, weil sie draußen vor der alten verglasten Doppeltür stehenblieben, als würde sich der Gehsteig an ihre Füße klammern.

Als ich die Tür öffnete, griff Marn schließlich nach der schweren Messingstange neben meiner Hand und ließ die Kinder unter ihrem Arm durch. Sie war klein, ihr Haar hatte die Farbe von Hanfschnüren, ihre Ohren ragten durch die dünnen Strähnen der Zöpfe, die ihr bis zur Taille reichten. Sie schaute mich an, mit großen Augen – ihre intensivblaue Iris war fast ganz von Weiß umgeben – und rang sich ein Lächeln ab, das ihre langen weißen Zähne entblößte.

Später dachte ich, vielleicht sieht eine Frau so aus, die gerade ihren Mann ermordet hat. Denn es kursierten alle möglichen Gerüchte, daß sie Billy Peace umgebracht hatte.

Marn und ihre Kinder liefen durch zum letzten freien Tisch, der am weitesten von den Fenstern entfernt war. Die Ketchupflaschen hatte ich auf dem Tisch hinter ihnen aufgestellt. Da für vier Personen eingedeckt war, nahm ich ein Gedeck herunter. Marn wies die Speisekarte mit einer Handbewegung zurück und bestellte dreimal die Acht, Frühstück spezial mit Steak. Alle drei gut durch. Kaffee, Orangensaft, Wasser mit Eis. Nach dem gestrigen warmen Tag hatte es sich abgekühlt, das Wetter war rauh geworden. Sie waren gekleidet wie für den Winter und zogen die Mäntel aus.

»Ich bring sie weg«, sagte ich und nahm die Mäntel der Kinder entgegen.

Ihren eigenen ließ sie auf der Bank liegen. »Ich habe Sachen in der Tasche.«

Die Kinder bekamen Farbstifte von mir. Ein Junge und ein Mädchen, mausgrau und blaß, aber mit den dunklen Peace-Augen. Sie fingen an, die Kühe und Hühner auf den Platzdecken auszumalen. Als das Essen kam, legten sie die Stifte sorgfältig beiseite, senkten den Kopf und falteten die Hände im Schoß. Selbst als die Teller vor ihnen standen, blieben sie in dieser Haltung und warteten. Vielleicht auf das Ketchup. Ich holte eine halb verdichtete Flasche und stellte sie auf den Tisch. Marn griff nach ihrer Gabel.

»Lilith, Judah«, sagte sie. »Nehmt eure Gabel und eßt.«

Zuerst nahm das Mädchen die Gabel und schaute die Mutter aufmerksam an. Dann der Junge. Marn aß ein paar Bratkartoffeln. Die Kinder schauten ihr zu. Sie nahmen ebenfalls Bratkartoffeln auf ihre Gabel und schoben sie in den Mund. Dann begannen sie zu kauen. Unvermittelt griff Marn nach der Ketchupflasche und schüttete Ketchup auf die Teller, erst auf den des Mädchens, dann auf den des Jungen, dann auf ihren eigenen. Sie beugte sich über den Tisch und zerschnitt die Steaks der Kinder mit hastigen, ruckartigen Bewegungen. Dann ließ sie das Messer fallen und machte sich über ihr Essen her. Auch die Kinder wurden hastiger, bald holten sie kaum noch Luft zwischen den Happen. Als die Teller leer waren, die Geleenäpfchen ausgekratzt, der Toast bis auf ein paar Krümel vertilgt, goß ich Marn Kaffee nach und räumte die Teller ab. Ob sie die Rechnung wolle, fragte ich sie.

Ihre schmalen Wangen wurden rot. Die Kinder saßen da wie gebannt. »Nein, wir nehmen noch Nachtisch.« Jetzt wurden ihre Gesichter hellwach.

Marn warf einen prüfenden Blick ins Lokal und auf die Straße, dann ging sie zur Toilette. Während sie weg war, brachte ich den Kindern die Karte. Sie beugten sich über das Angebot und formten die Wörter mit den Lippen.

»Bananen-Sahnetorte«, sagte der Junge schließlich.

»Kriegst du«, bestätigte Marn und setzte sich zurück an den Tisch.

»Kann ich auch Eis haben?« fragte der Junge mit Piepsstimme und schaute nach unten.

»Den Schokoladeneisbecher«, sagte das Mädchen und lächelte. Sie hatte große, drollige Kaninchenzähne.

»Mit Nüssen?« fragte ich.

Sie blickte fragend zu ihrer Mutter auf, und Marn nickte. Ich ging in die Küche und machte extragroße Portionen mit Schlagsahne und vielen Maraschino-Kirschen obendrauf.

»Was zum Teufel soll das?« sagte Earl, der von hinten nahte.

»Was glaubst du denn?«

»Das sind einfach viel zu –«

»Verzieh dich in dein Büro, Speckschädel«, sagte Onkel Whitey. Seit er durch Heirat mit Earl verwandt war, machte er sich einen Spaß daraus, ihn zu beleidigen.

Earl hatte einen dicken, runden, bleichen Schädel mit blaßblondem Haar, das er seitlich anklatschte. Obwohl er es nur eine Woche bei den Marines ausgehalten hatte, gab er sich immer möglichst militärisch. Er konnte nicht leiden, daß ich

Bücher mit zur Arbeit brachte, und als er mein französisches Buch sah, sagte er in einer Anwandlung von Wut: »Die Franzosen sind Pussys.«

»Nimm das zurück«, sagte Whitey. »Oder du kriegst es mit mir zu tun. Du sollst dieses Wort nicht unnütz im Munde führen.«

Earl wollte etwas erwidern, aber Onkel Whitey redete weiter. »Außerdem wird meine Nichte nach Paris reisen. Sie ist verliebt in Paris. Sie ist eine freche kleine Frankophile.« Whitey fand sich ja so clever.

»Okay, die Pussy nehme ich zurück«, sagte Earl. Er kriegte ein rotes Gesicht, sein Hals schwoll an. »Und du kratzt die verdammte Sahne wieder runter!« sagte er zu mir.

»Die zahle ich von meinem Trinkgeld.«

Oft, wenn Earl weg war, rösteten wir eine ganze Tüte Krabbenchips und aßen sie auf. Außerdem klaute ich Zuckerwürfel, Geleenäpfchen und vor allem Ketchup. Ich liebte Ketchup und haßte den Gedanken, er könnte mir ausgehen. Earl konnte Whitey nicht feuern, weil Whitey Earls Schwester geheiratet hatte, und die würde das nicht zulassen.

»Meine Güte!« sagte Whitey zu Earl. »Hab dich nicht so wegen der Sahne. Ist doch keine Kundschaft da. So was wie Schlagsahne haben diese Kinder noch nie zu sehen gekriegt.«

Earl lugte durch einen Spalt des Küchenfensters und entdeckte Marn. Ich hatte ganz vergessen, daß er scharf auf sie war.

»Ja«, sagte ich. »Es sind *ihre* Kinder.«

»Oh«, meinte er enttäuscht. Da war mir klar, daß auch er nicht wußte, daß Marn Kinder hatte.

Ich stellte die Portionen auf ein Tablett und schob mich rückwärts durch die Schwingtür. Marn rauchte eine Zigarette. Die Kinder schauten fasziniert zu, als hätten sie ihre Mutter noch nie rauchen sehen.

»*Voilà*«, sagte ich. Die Kinder machten große Augen.

»Oh, nett«, sagte Marn. Sie blickte zu mir auf, und diesmal war ihr Lächeln echt, mit tiefen Schatten in den Mundwinkeln. Sie war fast schön, wenn sie so lächelte und einem dabei in die Augen sah. Das hatte etwas Anziehendes. Kein Wunder, daß Billy und vermutlich auch Earl auf sie abfuhren. Ihr Körper war schmächtig, wirkte aber zäh und energisch.

Jetzt kam Earl an den Tisch und wollte Marn überreden, den alten Job weiterzumachen. Sie winkte ab. »Du brauchst mich nicht zu bearbeiten. Ich fange an, wann du willst.«

Earl zog den Kopf zwischen die massigen Schultern, fast schüchtern. Marn erklärte, sie sei in die Stadt gekommen, weil sie zu Coutts, dem Richter, wolle. Earl warf mir einen Blick zu. Ich beschloß, die Ketchupflaschen herunterzunehmen, bevor er merkte, daß ich sie einfach so übereinandergestellt hatte.

»Ich will mein Land zurückhaben«, sagte Marn.

Das hörten wir zum ersten Mal.

»Was willst du denn damit?« fragte Earl.

»Eine Schlangenfarm aufmachen.« Marn hob die Augenbrauen und klopfte mit Geschick eine Zigarette aus ihrer Schachtel.

In diesem Moment ging die Tür auf, diesmal mit einem Luftzug und einem Knall. Eine korpulente blonde Frau mit grüner Steppjacke stürmte herein und brüllte los. »Da haben wir's! Da haben wir's! Sakrileg!«

Marn warf die Zigarette hin, fuhr herum, sprang auf. Ich hörte, wie sie »Bliss!« zu den Kindern sagte. Dann stand sie plötzlich im Gang, mit einem Steakmesser in der einen Hand und einem Hammer in der anderen. Den Hammer hatte sie in der Manteltasche versteckt gehalten. Die Kinder rutschten unter den Tisch, als hätten sie schon Übung darin, solchen Turbulenzen aus dem Weg zu gehen. Bliss stürmte vorwärts, blieb aber stehen, als sie das Messer und den Hammer sah.

Ihr Gesicht war voller Aknenarben, ihre Augen geschwollen und rot wie vom Weinen oder einer schweren Erkältung. Ihr borstiger Hahnenkamm zitterte, während sie eine Flut von Anschuldigungen auf Marn niederprasseln ließ. Sie habe Billy Peace ermordet und Geld von der Gruppe gestohlen, daher werde sie erschlagen werden von etwas oder jemandem, möglicherweise von ihr höchstpersönlich.

»Moment!« sagte Earl zu Bliss und pflanzte sich breitbeinig in Cowboymanier hinter Marn und ihren Hieb- und Stichwaffen auf. »Das können Sie hier nicht abziehen.«

»Dann rufen Sie die Polizei«, brüllte Bliss. »Rufen Sie die Polizei. Und sie hier soll gleich mit in den Knast!«

»Sie hat nichts getan«, sagte Earl.

»Ich habe hier friedlich mit meinen Kindern gegessen«, sagte Marn. Sie tänzelte und strömte Elektrizität aus, als hätte sie schon auf diese Begegnung gewartet, und schien im Begriff, der dicken Frau das Messer in den Bauch zu rammen. Als würde sie nur überlegen, wie sie am besten zustechen konnte. Den Hammer hielt sie erhoben, zum Zuschlagen bereit. Ich stand hinter ihr und Earl, und hinter mir stand Whitey. Er war herausgekommen, um zu sehen, was los war.

»Meine Güte«, sagte Whitey. Er tippte mir auf die Schulter und beugte sich an mein Ohr. »Marn sieht ja aus wie ein Kamikaze-Krieger. Was meinst du? Oder würdest du sagen, wie eine Katze?«

»Bist du etwa auch in sie verknallt?«

»Ich begnüge mich mit distanzierter Bewunderung«, sagte er. »Verstecken wir uns lieber hinter Earls Wampe.«

Bliss leckte sich die Lippen und lauerte. Sie schüttelte ihre Hände ab, als wären sie naß, ihre geschwollenen Augen wurden zu bösartigen Schlitzen. Sie pumpte ihre Backen auf, ging in Sprungstellung und stürzte sich auf Marn, drehte ihr den Arm um, der den Hammer hielt. Dann stieß sie Marn gegen Earl, der zurücktaumelte, aber so langsam, daß ich noch ausweichen konnte und er mit dem Hintern auf dem Tisch mit den Ketchupflaschen landete. Die Flaschen fielen um, krachten zu Boden, erst in einer Kaskade aus berstendem Glas, dann klirrend und langsam ausrollend. Ich zog mich mit Whitey zurück an die Schwingtür, bereit zur Flucht. Marn hatte den Hammer fallenlassen, aber das Messer war in Bliss' grüne Steppjacke eingedrungen, unter dem Arm, und Marn versuchte stumm, es herauszuziehen, weil sich die Sägezähne im Stoff verfangen hatten. Bliss schlug ihr indessen mit der Hand ins Gesicht und auf die Schultern, anfangs sprachlos vor Schreck, wie es schien. Dann, als sie merkte, daß das Messer sie nicht verletzt hatte, sondern im Jackenfutter hängengeblieben war, packte sie Marn mit beiden Händen bei den Haaren und begann zu zerren. Marn schrie auf, stieß wieder zu, und diesmal traf sie besser. Das Messer war höchstens zwei Fingerbreit eingedrungen, ohne ein lebenswichtiges Organ zu verletzen, aber als Marn einen Schritt zurücktrat, ging Bliss zu Boden, umfaßte den Messergriff und fing an, erbärmlich zu heulen. Der Fußboden war voller Ketchup, aber nur ein paar Flaschen waren zerbrochen. Daß Bliss stark geblutet hat, glaube ich nicht. Man sah den Griff aus der Jacke ragen und auch den größten Teil der Klinge. Bliss lief schluchzend hinaus, wir schauten ihr nach und sagten nichts. Sie schleppte sich zu einem senffarbenen Auto, das ich nicht hatte halten sehen, riß die Tür auf, stieg ein und fuhr weg.

»Bloß eine Fleischwunde«, sagte Whitey zu mir. Er besaß Bücherregale voller Krimis und Abenteuergeschichten mit sexy Frauen auf den Umschlägen, die enge gelbe Pullover oder rote Abendkleider mit tiefem Ausschnitt trugen. »Aber schau mal: Das Nachbeben der Gewalt.«

Zitternd, mit hängenden Armen, stand Marn im Gang. Die Kinder hockten noch unter dem Tisch, und Earl versuchte vom Tisch herunterzukommen, ohne noch mehr Flaschen zu gefährden. Ein paar von ihnen nahm ich weg und stellte sie behutsam auf einen anderen Tisch.

»Du bist gefeuert«, sagte Earl mit bebender Stimme zu mir.

»Bin ich nicht«, erwiderte ich.

»Doch.«

»Und weshalb?«

»Ich habe dir verboten, die Ketchupflaschen übereinander-zustellen. Außerdem hab ich dein Benehmen satt.«

»Qu'est-ce que c'est«, sagte ich, »der große Kehraus.«

»Du kannst sie nicht feuern«, sagte Whitey, »nicht nur, weil sie eine Frau von Grazie und Intellekt ist, die es noch weit bringen wird, sondern auch, weil du niemand anderen hast.«

»Marn sagt, daß sie wieder anfängt.«

»Nicht, wenn Evey gefeuert ist«, sagte Marn, die sich etwas gefangen hatte, wie es schien, und sich jetzt unter den Tisch bückte, um mit den Kindern zu reden. Die Kinder kamen hervorgekrochen.

»Paßt auf«, sagte Marn. »Kommt nicht mit dem Kopf an die Unterseite. Da kleben die Leute ihren Kaugummi an.«

Earl mochte Marn zum Teil auch deshalb, weil sie die Tische nicht nur oben abwischte, sondern auch an dem Kaugummi und dem angetrockneten Zeug darunter herumkratzte. Jetzt half sie den Kindern zurück auf die Sitzbank, während ich Wischlappen und Eimer holte, um den Ketchup aufzuwi-schen. Während wir damit beschäftigt waren, kam Kund-schaft, die ich bedienen mußte. Bei der Gelegenheit brachte ich Marn und Earl frische Kaffeetassen und Dessertteller, denn sie saßen zusammen und machten einen Dienstplan.

Was ich am 4-B's unter anderem mochte, war das Motiv der vier ineinander verschlungenen B's, ein altes Brandzei-chen des ursprünglichen Besitzers, dazu kamen Bienen. Bie-nen hier, Bienen da, Bienen auf den Papierservietten. Die Serviererinnen trugen gelbe Blusen und schwarze Hosen, das war unsere »Uniform«. Mir gefiel auch, daß wir das Trinkgeld nicht zusammenwarfen oder teilten, obwohl das bedeutete, daß wir die Tische selber abräumten. Nach dem Schließen mußten wir aufwischen, Tische und Sitzbänke reinigen, an schwachen Tagen sogar die Fenster putzen. Wir mußten die Sodamaschinen warten und die Toiletten saubermachen.

Das Restaurant war früher einmal die National Bank of Pluto gewesen und stabil gebaut, mit hohen Decken und eleganten Messinglampen, die von muschelförmigen Stuckrosetten eingefaßt waren. Die Theke war aus Messing, die Böden aus altem Terrazzo, die Wände marmorgetäfelt, in den Ecken standen ehrwürdige Halbsäulen aus Marmor. Die orangefarbenen Abteile verliefen längs der hohen Fenster, von drei Seiten flutete Licht ins Lokal.

Gegenüber war eine Tankstelle und ein muffiges Kino, das drittklassige Filme zeigte. Immer mal wieder schoß ein Stand für Kunstblumen oder Zierkörbe aus dem Boden – das hoffnungsvolle Kunstgewerbevermarktungsprojekt irgendeiner Farmersfrau – oder ein Secondhand-Kleiderladen, der nach Schweiß und Mäusen roch, öffnete plötzlich in der alten, mit Brettern vernagelten Ladenzeile.

Marn Wolde brütete vor sich hin, und ihre Kinder verdrückten gerade ein weiteres Stück Torte, als Mama kam und Mooshum im Lokal ablieferte. Er setzte sich zu Earl, den er gern ärgerte, worauf Earl aufstand und ging. Marns Kinder waren so vollgefuttert, daß ihnen die Augen zufielen. Sie durften sich auf die Bank legen, und ich gab ihnen ihre Mäntel als Kissen, danach schenkte ich weiter Kaffee aus. Mooshum brachte ich saure Sahne und Rosinentorte. Normalerweise zog er eine Linie mit dem Messer quer durch die Mitte, und wir arbeiteten uns von beiden Seiten zur Linie vor. Aber an dem Tag teilten wir uns die Torte mit Marn.

»Ich glaube, ich sehe französisch aus«, sagte ich zu Marn.

»Du bist ja auch Französin, oder?«

»*La zhem feey katawashischiew*«, sagte Mooshum.

»Paß bloß auf«, sagte ich zu Marn. »Der fängt gleich an zu flirten.«

»Sind französische Mädchen nicht schön? Du jedenfalls bist es.«

»Lieber möchte ich chic sein«, sagte ich. »Leider muß ich diese Uniform tragen. Aber mein Bruder Joseph ist an der Universität von Minnesota. Ich hab ihn zweimal besucht. Er macht Naturwissenschaften. Ich will Literatur studieren. Ich lerne Französisch, siehst du?«

Ich zeigte ihr den Berlitz, den ich an einem meiner Glückstage in der Wühlkiste der Mission gefunden hatte, brandneu, ohne irgendwelche Abnutzungsspuren.

»Sag etwas! Sag etwas!« rief Marn.

»*La nord, le sud, l'ouest, et l'est sont les quatre points cardinaux!*«

Mooshum verzog das Gesicht. »Das ist doch kein Französisch! Sie will Michif sprechen und klingt wie eine verfluchte Chimookamaan.«

»Ich klinge französisch, Mooshum. *Je parle français.*«

»Ehhh, die Franzosen, *Lee Kenayaen!*« Er winkte ab und biß vorsichtig in seine Torte. Seine neuen Zähne hatten sich nur schwer einpassen lassen und lockerten sich schnell. Ich vermißte den Anblick seiner alten Zähne und wie er sich unverdrossen das Essen hineingeschaufelt hatte. Da schien er sich wohler gefühlt zu haben, selbst wenn ihm die Zähne weh taten. Und die Zahnschmerzen waren immer ein guter Vorwand für ein Gläschen Whiskey.

»Du!« sagte er. »Mein Mädchen, du wirst die beste in der Schule. Wie dein Bruder.« Er zwinkerte Marn zu. »Kein Wunder bei diesen Vorfahren. Auf jeden Fall ist sie königlicher Abstammung, auf beiden Seiten. Die großen Häuptlinge und die blaublütigen Schotten. Sie ist verwandt mit Antoinette, also auch mit den deutschen –«

»Die Mormonen sind uns wieder ins Haus gekommen mit ihren Stammbäumen. Sie wollen Mooshum in ihren Verein locken, indem sie ihm königliche Vorfahren einreden«, erklärte ich Marn.

»Ich weiß, daß es stimmt«, sagte Mooshum überzeugt und leckte seine Gabel ab. »Und auf der Chippewa-Seite sind wir Erbhäuptlinge. Und schnell sind wir auch. Ich bin Liver-Eating Johnson entkommen – er hat bloß mein halbes Ohr erwischt.«

Er zupfte an seinem lädierten Ohr.

»Was?«

»Hör zu«, sagte ich zu Marn. Ihre Kinder waren wieder munter und malten still am Nachbartisch. »Wir teilen uns die Stunden. Du hast Kinder, also suchst du dir die Schicht aus.«

»Wir kriegen das schon hin.« Ihr Lächeln wirkte jetzt ein wenig müde. »Und ich glaube, ich schneide mir die Haare ab.«

»Was höre ich da?« fragte Mooshum. »Eine Schlangenfarm?«

Marn schaute mich mit großen Augen an.

»Ich muß den Richter sprechen, Evey.«

»Bei uns können Sie eine Weile wohnen«, sagte Mooshum. »*La Michiinn li doctoer ka-ashtow ita la koulayr kawkeetuhkwawkayt.*«

»Er sagt, der Doktor wird deine Schlangenbisse behandeln. Der Doktor ist er selbst, vermute ich. Komm morgen einfach vorbei, und wir besuchen Geraldine. Richter Coutts wird schon da sein.«

Marn lachte, sah aber ziemlich fertig aus. Sie sammelte ihre Kinder ein und ging. Danach sagte ich zu Mooshum: »Du hast sie vertrieben mit deinem Gerede von den Schlangen.«

»Die alten Frauen reden über sie. Die alten Frauen wissen Bescheid.«

»Du warst also wieder bei den alten Frauen?«

»Nein, mein Liebchen. Deine Mama bringt mich nicht zu ihnen hin. Sie haben sogar die Briefmarken vor mir versteckt. Ich kann ihr nicht mal schreiben!«

»Die Briefmarken besorge ich dir«, sagte ich. »Im schlimmsten Fall macht dann Tante Neve die Briefe nicht auf.«

»Du bist eine gute Enkeltochter!« Mooshum strahlte. »Und du siehst französischer aus als alle anderen Mädchen hier. Das schwöre ich dir.«

Richter Antone Bazil Coutts

Shamengwa

Nur wenige Männer altern in Würde. Shamengwa gehörte dazu. Auch wenn Geraldine nicht seine Nichte gewesen wäre, hätte ich ihn besucht. Ich bewunderte ihn und interessierte mich für ihn. So wie er, dachte ich, wollte ich auch alt werden – mit einem gewissen Stil. Abgesehen von seinem Arm war er ein äußerst gut erhaltener älterer Herr. Daß er einmal sehr attraktiv gewesen war, sah ihm jeder an, und er machte immer noch eine gute Figur, schlank und mittelgroß. Sein edel geformter Kopf war mit frappierend dichtem weißen Haar bedeckt, auf das er stolz war und das er alle paar Wochen schneiden ließ – von Geraldine, die eigens zu diesem Zweck von ihrem Anwesen hereinkam.

Ja, er sah gut aus, aber es waren noch andere Dinge bemerkenswert an ihm. Shamengwa war ein Mann von Lebensart und gepflegten Manieren. Jeden Tag bereitete er sich sorgfältig auf die Herausforderungen des Lebens vor. In unserem Reservat werden verschiedene Ojibwe-Dialekte gesprochen, zusammen mit Cree und Michif – einer Mischung aus allen drei Sprachen. *Owehzhee* ist eins der Wörter dafür, wie sich Männer herausputzen – hübsch machen, schrubben, einzelne Härchen entfernen, jeden Zahn einzeln wienern, präzise Scheitel ziehen und heutzutage sogar ihre Bluejeans mit einer messerscharfen Bügelfalte versehen – um zu zeigen, daß wir uns nicht unterkriegen lassen, obwohl die Regierung alles daransetzt, unsere Männlichkeit zu zerstören. *Owehzhee*. Wir sehen immer noch prächtig aus und wissen es. Der alte Mann hatte sich nie eine Blöße gegeben, und doch war da noch etwas anderes.

Er spielte die Geige. Und wie er sie spielte! Obwohl sein Arm so verkrümmt und entstellt war, daß seine Hemden geändert werden mußten, damit er durch den Ärmel paßte, hatte er durchaus Beweglichkeit in diesem Arm, sogar Kraft. Statt sich mit einem alten Lappen zu begnügen, benutzte er seit frühester Jugend einen weißen Seidenschal, um seinen Ellbogen in einer Stellung zu fixieren, die es ihm erlaubte, seine schön ausgebildete Hand ungehindert über die Saiten gleiten zu lassen. Mit der anderen Hand führte er den Bogen.

An dieser Stelle fällt es mir schwer, die rechten Worte zu finden. Shamengwa kehrte sein Inneres nach außen, wenn er spielte. Doch damit ist die Sache nicht einmal halbwegs treffend beschrieben. Seine Musik war mehr als nur Musik – zumindest mehr als das, was wir zu hören gewohnt sind. Die Musik selbst war es, die zu Gefühl wurde. Der Klang verband sich unmittelbar mit einer tiefen Beglückung, mit machtvollen Augenblicken der wahren Empfindung, die wir sonst mit unserem Alltagsverhalten überdecken. Die Musik rührte auch an längst vergessene Schrecken. An Dinge, die wir durchlebt hatten und auf keinen Fall noch einmal erleben wollten. Vorstellungsfetzen, uneingestandene Sehnsüchte, Ängste, auch freudige Überraschungen. Nein, leben können wir diese Tonlage nicht. Aber immer wieder bricht das Eis, und wir stürzen in den Fluß unseres Daseins. Wir finden zu uns selbst, und dieses Erwachen steckte irgendwie in der Musik oder in Shamengwas Spielweise.

Shamengwa war daher nicht auf jeder Party erwünscht. Der wilde Übermut seiner Jigs und Reels konnte die Leute genausogut an den Klippen ihrer schlimmsten Erinnerungen stranden lassen, was damit endete, daß sie völlig aufgelöst dasaßen und in ihr Bier weinten. So ist es nun mal. Gefühle kehren sich oft auch gegen einen. Manchmal fuhr ihn Geraldine zu Geigenwettbewerben oder Veranstaltungsorten, wo er unter Konzertbedingungen spielen konnte. Er war sehr bekannt. Sogar Auszeichnungen gewann er, Preise der billigen Sorte, wie man sie bei lokalen oder regionalen Musikwettbewerben bekommt – gravierte Plaketten oder kleine Zinnpokale auf Plastiksockeln. Die bewahrte er getrennt von seinen anderen Sachen auf, in einem Eckregal, das er nie abstaubte. Als seine Großnichte, die Tochter von Clemence, noch klein war, durfte sie mit den Preisen spielen. Sie zerbrachen und mußten geklebt werden, oder es bildeten sich rostige Flecken auf dem goldenen Lack. Ihm war es egal. Doch wenn es um seine Geige ging, verstand er keinen Spaß.

Er behandelte das Instrument mit der Verehrung, die wir auch unseren Trommeln zukommen lassen, weil sie als Lebewesen betrachtet werden und von uns Nahrung, Wasser, Schutz und Liebe verlangen. Sie tragen die Lieder in sich, die ihren Besitzern im Schlaf eingegeben werden, und sie müssen entsprechend ihrem Charakter eingekleidet werden, mit perlenbesetzten Schürzen und Bändern und liebevollen Bemalungen. So auch die Geige, die Shamengwa gehörte und mit der er einen riesigen Aufwand betrieb. Er wischte sie mit einem weichen Baumwolltuch ab, bewahrte sie in einem Schrank auf, aus dem er zwei Regalbretter entfernt hatte, legte sie jeden Abend sorgfältig in einen Kasten, der ihrer Form angepaßt war und dessen Leder er genauso gründlich polierte wie seine Schuhe. Gefüttert war der Kasten mit Samt, der im Lauf der Zeit von einem tiefen Blutrot zu einem wäßrigen und streifigen Violett verblaßt war. Ich bin kein Geigenkenner, aber seine Geige galt als außergewöhnlich schön und hatte einen menschlich warmen Klang. Als Geraldine eines Morgens kam, um ihrem Onkel das Haar zu schneiden, und ihn noch im Bett liegen sah, die Füße an die Pfosten gefesselt, fiel ihr erster Blick daher auf den Schrank, während sie noch damit beschäftigt war, Shamengwa loszubinden, und war kaum überrascht zu sehen, daß das Schloß aufgebrochen und die Geige verschwunden war.

Derartige Dinge gelangen über die Gerüchteküche der Justiz oder der Stammespolizei zu mir. Klatsch und Tratsch, üble Nachrede oder verzerrte Berichte. Ich höre mir das immer an und mache mir sogar Notizen. Manches ist unzutreffend oder übertrieben, aber genauso oft verbirgt sich darin ein Körnchen Wahrheit. In diesem Fall zum Beispiel wurde wiederholt der Name Corwin Peace genannt, obwohl es keine direkten Hinweise auf ihn als Täter gab.

Corwin gehörte zu denen, die ständig Ärger machten. Natürlich wußte ich mehr über seine Herkunft, als mir lieb sein konnte. Und eine positive Entwicklung wäre ja auch ein Wunder gewesen. Aus schlechten Anfängen kann nichts Gutes erwachsen. Dennoch versuchten wir, seine Fehlentwicklung auszubügeln, weil er so jung war. Manche ließen überhaupt kein gutes Haar an ihm. Ein Soziopath. Ein Borderline-Typ mit manipulativem Geschick, nach dem Abbruch der Schule durch Drogendelikte zur Gefahr geworden. Andere bedauerten ihn und erklärten sein Verhalten mit dem folgenschweren Verbrechen seines Vaters oder der daraus resultierenden Trunksucht seiner Mutter. Wieder andere glaubten, daß an ihm noch etwas zu retten war – vielleicht die gefährlichste Vorstellung von allen. Er war ein Kleindealer mit wechselnden Frauenbekanntschaften und fuhr betrunken Auto. Zu allem Überfluß sah er auch noch gut aus, wie von Edward Curtis fotografiert, obwohl ihn sein Lebenswandel allmählich aufzuschwemmen begann.

Der Drogenhandel folgt den alten Pelzhändlerrouten, und wo Corwin einst auf einem Ballen Büffelhäute oder Biberfelle gesessen, das Quietschen des Ochsenkarrens mit einem Lied begleitet hätte, fuhr er nun einen verbeulten Chevy Nova mit fehlenden Radkappen und lose hängendem Heck. Er drehte immer voll auf, wurde aber selten erwischt, weil er zu den unterschiedlichsten Zeiten unterwegs war, um seinen Geschäften nachzugehen, schnell mal nach Minneapolis düste und in derselben Nacht zurück. Alles ohne Führerschein – den hatte man ihm abgenommen. Und immer auf der Jagd nach Geld – Betrug, Wetten, Billard, manchmal auch ein regulärer Job, der ihn zu seinem Verdruß auf die andere Seite der Theke verbannte, zum Frittieren von chinesischen Hähnchenstreifen. Ich blieb ihm immer auf den Fersen, weil ich dazu verurteilt schien, seine Lebensbahn bis zum endgültigen Niedergang zu verfolgen. Wenn ich ihn aus dem Verkehr ziehen mußte, wollte ich auch sichergehen, daß ich es mit ruhigem Gewissen tun konnte. Obwohl er nicht mit der Geige gesehen worden war und wir den Nova eingezogen hatten, behielt ihn die Polizei im Auge, weil sie davon ausging, daß er versuchen würde, das Instrument zu verkaufen.

Doch die Tage vergingen, Corwin hielt sich bedeckt und trat seinen Job an der Fritteuse an. Wahrscheinlich wußte er, daß er beobachtet wurde, weil er einen jener Besserungsversuche machte, die seine vielen Möchtegern-Wohltäter immer von neuem in ihren Absichten bestärkten. Er brachte sein Leben in Ordnung, blieb nüchtern, legte die besten Manieren an den Tag. Auf Befragen zeigte er sich auf überzeugende Weise hoffnungsvoll, was seine Zukunft betraf, und einsichtig im Hinblick auf seine Fehler.

»Ich bin vielleicht ein Schwachkopf«, gab er zu, »Aber nicht so tief gesunken, daß ich einem alten Mann die Geige wegnehme.«

Natürlich hatte er's getan. Wir wußten nur nicht, wo er sie versteckt hielt oder ob er die Dreistigkeit besaß, sie einem Antiquar oder Musikalienhändler in den Städten anzubieten. Während wir warteten, daß Corwin aus der Deckung kam, verfiel der alte Mann zusehends. Mir war gar nicht bewußt gewesen, wie gern ich ihn spielen hörte – manchmal draußen auf seinem struppigen Rasen nach Sonnenuntergang, manchmal, wie schon erwähnt, bei kleinen Konzerten oder einfach nur so, für Leute, die sich im Haus von Clemence und Edward versammelten. Nicht daß ich ihn öfter als ein- oder zweimal im Monat gehört hatte, aber ich merkte, wie sehr ich seine Musik vermißte, und vielen anderen ging es genauso. Nachdem Wochen vergangen waren, wurde mir mit überraschender Klarheit bewußt, daß Shamengwas Verlust auch mich betraf, daß ich seinen Schmerz ehrlich teilte. Daher mußte ich ihn einfach besuchen, mich zu ihm setzen, als wäre ihm damit geholfen, wenn wir gemeinsam trauerten. Auch wollte ich in Erfahrung bringen, ob wir für den Fall, daß die Geige nicht wieder auftauchte, zusammenlegen und ihm ein neues, vielleicht sogar besseres Instrument kaufen konnten. Ihn das direkt zu fragen hatte ich nicht den Mut – als wäre es ein egoistisches Ansinnen gewesen. Ich war mir nicht sicher. Also saß ich eines Nachmittags in Shamengwas kleinem Wohnzimmer und suchte nach einem Einstieg.

»Natürlich haben wir unsere Vermutungen, was den Täter betrifft«, sagte ich. »Wir behalten ihn ständig im Auge.«

Shamengwa strich sein Haar zurück, mit einer seiner graziösen Gesten, und sagte wie schon viele Male zuvor: »Ich habe die ganze Zeit geschlafen.«

Trotzdem war er beim Versuch, sich zu befreien, halb vom Bett gefallen. Er hatte sich die Wange aufgekratzt, und sein Augapfel zeigte auf dieser Seite ein zorniges Rot. Er bewegte sich mit der schmerzbedingten Langsamkeit und Steifheit eines sehr alten Menschen, und wenn er vom Stuhl aufstehen wollte, brauchte er seine Zeit.

»Bleib nur sitzen. Den Tee koche ich.« Geraldine war sanft und praktisch veranlagt. Mit ihr gab es niemals Streit. Shamengwa ließ sich Stück für Stück in seinen gepolsterten braunen Schaukelstuhl zurücksinken. Er starrte mich an – oder an mir vorbei. Bald merkte ich, daß er, obwohl er ruhig sprach und alle Fragen beantwortete, nicht recht bei der Sache war. Man könnte sagen, er war nur halb anwesend, wirkte ein wenig durcheinander, auch gereizt, und das hatte ich an ihm noch nie erlebt. Sein Hemd war falsch geknöpft, seine Decke verrutscht, er war unrasiert, hatte Mundgeruch und schien sich ganz und gar nicht über meinen Besuch zu freuen.

Es herrschte beklommenes Schweigen, bis Geraldine zwei Tassen mit starkem süßen Tee hereinbrachte und sich selbst auch eine holte. Shamengwas Hand zitterte, als er die Tasse hob. Nach dem ersten Schluck hellte seine Miene etwas auf, und ich fand, daß jetzt die Gelegenheit gekommen war, ihm meine Idee zu unterbreiten.

»Onkel«, sagte ich. »Wir möchten dir gern eine neue Geige kaufen.«

Shamengwa nahm einen weiteren Schluck von seinem Tee, aber er sagte nichts, sondern stellte die Tasse ab und faltete die Hände im Schoß. Er schaute an mir vorbei, mit nachdenklichem, verschlossenem Blick. Das schien mir kein gutes Zeichen zu sein.

»Würde er sich denn nicht freuen über eine neue Geige?« sagte ich zu Geraldine. Sie schüttelte den Kopf, so als wäre sie böse auf mich und zugleich wütend auf ihren Onkel. Wir saßen schweigend da, und ich wußte nicht weiter. Shamengwa hatte die Augen geschlossen. Er saß weit zurückgelehnt, aber er schlief nicht. Ich vermutete, daß er mich auf diese Weise loswerden wollte. Aber ich ließ nicht locker. Ich wollte Shamengwas Musik wiederhaben.

»Nun erzähl schon, Onkel«, meinte Geraldine schließlich.

Shamengwa richtete sich auf und senkte den Kopf über seine Hände, als wollte er beten.

Ich wurde ganz entspannt, weil ich wußte, daß jetzt ein Bekenntnis kommen würde. Es war genau dieser Moment der Konzentration, der Sammlung, bevor der Zeuge die Haltung verliert und zusammenbricht, bevor die Wahrheit ans Licht kommt, das Ungesagte schließlich gesagt wird. Ich bin mit diesen Dingen vertraut, und obwohl es sich nicht um ein Geständnis im eigentlichen Sinn handelte, kam dabei doch etwas heraus, das im Reservat nicht allgemein bekannt war. Shamengwa und seine Geige hatten schon immer zusammengehört, und niemand konnte sich vorstellen, daß er sich jemals von seinem geliebten Instrument getrennt hätte. Doch in Wirklichkeit hatte es zwei Geigen in seinem Leben gegeben. Die seines Vaters, auf der er als kleiner Junge spielte, und dann eine andere, die im Traum zu ihm kam.

Die erste Geige

Als ich vier Jahre alt war, begann Shamengwa, starb mein kleiner Bruder an Diphtherie, und dieser Verlust war es, der meine Mutter dazu brachte, sich fest an die Kirche zu binden. Ich erinnere mich noch an die Chansons, die Jigs und Reels, die mein Vater spielte, aber nach dem Tod des Kindes zwang ihn meine Mutter, die Geige hinzulegen und zur Heiligen Kommunion zu gehen. Wir zogen für eine Weile von unserem Land weg und wohnten genau hier, aber damals war das noch alles von Bäumen und Wildnis umgeben. Nach Westen hin gab es keine Häuser. Es war überhaupt nicht vorgesehen, daß wir in der Siedlung wohnten, und wir weideten unsere Pferde dort, wo jetzt Dairy Queen ist. Meine Mutter erstarrte innerlich vor lauter Kummer und kommandierte uns herum – meinen Vater, meinen großen Bruder, meine große Schwester und mich. Unser ältester Bruder oder Halbbruder war schon aus dem Haus. Er übertraf meine Mutter noch an Frömmigkeit und wurde Pfarrer. Wir hatten Verständnis dafür, daß sie uns so streng behandelte, und ließen es uns gefallen, aber wir dachten alle, das würde sich geben, wenn das Trauerjahr erst vorüber war. In unserem lebhaften Haus, das die Leute so gern besuchten, wurde es still. Kein Wein, keine Musik. Wir sprachen mit gesenkter Stimme, weil ihr der Lärm weh tat, wie sie sagte, und von unserem Vater, der doch ein fröhlicher Mensch gewesen war, immer zu Tänzen aufgelegt, kam kein Lachen, kein Scherzen mehr. Auch ich trauerte um meinen kleinen Bruder. Wir hatten ihn auf dem katholischen Friedhof begraben, unter einem kleinen weißen Grabstein, wo er heute noch liegt.

Ich glaube nicht, daß meine Mutter diese Entwicklung gewollt hatte, aber sie und mein Vater hatten schon einmal alles verloren, und der Kummer ging über ihre Kräfte. Als wäre auch ihr Herz unter diesem Stein begraben, wurde sie kalt, wandte sich von uns ab, verlor ihre Gefühle. Jetzt, wo ich alt bin und weiß, was der Schmerz in einem anrichtet, verstehe ich, daß sie zu viel gelitten hat, zuviel geliebt hat und Angst hatte, uns genauso zu verlieren wie unseren Bruder. Aber einem kleinen Jungen bleiben solche Dinge verborgen. Mir blieb nur die Empfindung, daß ich zusammen mit dem Brüderchen auch ihre Liebe verloren hatte. Ihre starken Arme, ihre Küsse, ihr reinlicher Duft, ihre besänftigende Stimme, all das war Vergangenheit. Sie war starr wie eine Statue in der Kirche. Immer wieder kam es vor, daß sie in der Küche stand und stumm vor sich hinblickte. Am Anfang zupften wir noch an ihrem Kleid, streichelten ihre Hände. Mein Vater küßte sie, flüsterte ihr sanft ins Ohr, kämmte ihr kurzes, buschiges Haar – sie war ein Vollblut und hatte sich nach hergebrachter Art die Haare abgeschnitten, der Trauer wegen. Später, als wir resigniert hatten, gingen wir einfach um sie herum wie um einen Baumstumpf. Unser ältester Bruder, mein Halbbruder, kam zu Besuch. Er nahm meinen kleinen Bruder mit, weil er einen Meßdiener brauchte. Das Haus wurde still, meine Schwester übernahm das Kochen, mein Vater wurde ein stummes Wesen, taub für Musik, und allmählich fanden wir uns damit ab, daß die lebhafte, liebevolle Mutter, die wir gekannt hatten, nicht wiederkehren würde. Wenn sie den ganzen Tag im Dunkeln sitzen wollte, ließen wir sie. Wir versuchten nicht, sie herauszulocken. Häufiger aber war sie in der Kirche. Sie ging zur Frühmesse und blieb gleich dort. Den Rosenkranz aus Elfenbein und Silber fest um die rechte Hand gewickelt, arbeitete sie mit der linken die Perlen ab, die immer glatter und kleiner wurden, bis ich allen Ernstes glaubte, sie würden zwischen ihren Fingern verschwinden.

Kurz nach der großen Heimsuchung durch die Tauben hörten wir, daß Seraph weggelaufen war. Eines Tages, als die Familie in der Kirche war, um für seine Rückkehr zu beten, packte mich die Unruhe, und ich wollte auch am liebsten weglaufen. Ich war mit einer Erkältung zu Hause geblieben, und meine Schwester hatte mir befohlen, den Herd warmzuhalten. Aber ich war nicht richtig krank, sondern hatte nur einen fürchterlich rasselnden Husten vorgetäuscht, damit mir meine Schwester die Kirche erließ. Ich begann herumzustöbern und stieß bald auf die Geige, die zu spielen meine Mutter meinem Vater verboten hatte. Da lag sie also. Und ich war allein mit ihr. Mit meinen fünf oder sechs Jahren konnte ich sie schon halten, und bevor all das Unglück geschehen war, hatte ich meinen Vater den Bogen führen sehen. An dem Tag entlockte ich ihr zwar Laute, aber keine, die mich zufriedenstellten. Trotzdem ließen mich diese Laute bis auf die Knochen erbeben. Ich legte die Geige sorgfältig zurück, rechtzeitig vor der Rückkehr der Familie, kroch unter die Decke, als ich sie kommen hörte, und stellte mich schlafend – aber nicht, weil ich ihnen eine Krankheit vorgaukeln wollte, sondern weil ich es nicht ertrug, wieder zum alten Stand der Dinge zurückzukehren. Etwas war passiert. Etwas hatte sich verändert. Etwas hatte mein ganzes Leben, wie ich es kannte, durcheinandergebracht. Man könnte meinen, es hatte damit zu tun, daß mein Bruder weggelaufen war. Doch nein. Dieser tiefe Einschnitt hing mit der Geige zusammen.

Freiheit, fand ich heraus, liegt nicht nur im Weglaufen, sondern auch im Herzen, im Verstand, in den Händen. Fort-

an versuchte ich, allein im Haus zu bleiben, sooft ich konnte.
Kaum waren alle weg, holte ich die Geige aus ihrem Versteck
unter den Decken in der Truhe und stimmte sie, wie es mir
gefiel. Note für Note lernte ich auf ihr zu spielen, ohne einen
Namen für jeden neuen Ton zu haben. Dann fing ich an die
Töne miteinander zu verbinden. Die Tonfolgen, die ich erfand, spukten mir im Kopf herum. Es wurde mir zur Qual,
die Geige wieder zu verstecken, wenn meine Eltern oder meine Schwester nach Hause kamen. Manchmal, bei günstigem
Wind, schlich ich mich mit der Geige hinaus, selbst wenn sie
zu Hause waren, und spielte draußen im Wald. Ich achtete
immer darauf, daß der Wind meine Musik in westliche Richtung trug, in die Wildnis, wo niemand sie hören konnte. Aber
eines Tages hatte sich der Wind vielleicht gedreht. Oder die
Ohren meiner Mutter waren feiner als die meiner Schwester
oder meines Vaters, denn als ich ins Haus zurückkam, starrte
sie aus dem Fenster, in westliche Richtung. Sie war erregt und
außer Atem. *Hast du das gehört?* rief sie. *Hast du das gehört?*
Aus Angst vor Entdeckung sagte ich nein. Sie regte sich sehr
auf, und mein Vater konnte sie kaum beruhigen. Nachdem
er sie schließlich zum Einschlafen gebracht hatte, saß er am
Tisch, eine Stunde lang, den Kopf in die Hände gestützt. Ich
schlich auf Zehenspitzen durchs Haus, machte meine Arbeit
und kam mir wie ein Verbrecher vor, weil ich ihm nicht sagte,
daß es meine Musik war, die sie da gehört hatte. Denn auch
wenn ich nicht genau verstand, woran mein Vater verzweifelte, wenn er so mit hängendem Kopf im Licht der Lampe am
Tisch saß, wußte ich sehr wohl, daß es mit meiner Mutter und
meiner heimlichen Musik und damit zu tun hatte, daß mein
Vater glaubte, sie hätte etwas gehört, was nicht da war. Ich
wußte, daß es ihm geholfen hätte, die Wahrheit zu erfahren.
Aber aus heutiger Sicht war mein Schweigen die erste Entscheidung, die ich als wirklicher Musiker traf. Als Künstler.
Daß ich spielen konnte, war mir wichtiger als das Leid meines

Vaters. Ich sagte nichts, ging aber um so listiger und doppelt so heimlich zu Werke.

Schließlich war es eine Frage des Überlebens. Hätte ich die Musik nicht gefunden, wäre ich am Schweigen gestorben. Das Schweigegebot im Haus wurde noch strenger, und bald floh meine Schwester ins Internat. Aber ich war noch ein Kind, und wenn meine Mutter und mein Vater stundenlang dasaßen, ohne ein Wort zu sprechen, und von mir dasselbe verlangten, wohin sollte sich mein Geist sonst wenden als zur Musik? Ich rettete mich selbst, indem ich Lieder erfand und in meinem Kopf spielte, wo meine Eltern sie nicht hören konnten. Ich machte mir meine eigenen Noten, die eigentlich keine Musik waren, sondern die reinen Empfindungen meines kindlichen Herzens. Bis dahin hatte noch niemand an die Schule gedacht. Mein Vater hatte sich vom Verstummen meiner Mutter anstecken lassen. Es gibt viele Arten des Verlassenwerdens, selbst wenn deine Eltern ganz nah bei dir sind.

Wir hatten zwei Kühe, und meine Aufgabe war es, morgens und abends zu melken. Das war mein Glück, denn wenn die Eltern die Mahlzeiten vergaßen, hatte ich wenigstens die Milch. Manchmal bestand mein Abendessen aus einem halben Eimer warmer, schäumender Milch. Vielleicht noch einem kleinen Mehlfladen zum Eintunken und Kauen. Ich kann nicht sagen, daß ich jemals hungern mußte, aber es war eine andere Art von Hunger, die mich quälte. Ich war einsam. Etwa um die Zeit geschah es, daß mich eine der beiden Kühe trat. Aus Versehen sicher, normalerweise war sie gutartig. Vielleicht hatte eine Wespe sie gestochen. Ohne es zu wissen, brach mir die Kuh mit ihrem Tritt den Arm. Ob es weh tat? Und wie! Daran erinnere ich mich nur zu gut. Aber meine Eltern dachten nicht daran, mich zum Arzt zu bringen. Wahrscheinlich hatten sie gar nichts gemerkt. Ich sagte es meinem Vater, aber er nickte nur, tat, als hätte er verstanden, und kehrte zu seiner Beschäftigung zurück.

Der Schmerz hielt mich wach, und nachts, wenn ich mich nicht ablenken konnte, lag ich neben dem Ofen und stöhnte in meine Decken. Schlimmer noch war, daß mein Arm für das Geigenspiel nicht mehr zu gebrauchen war. Ich versuchte ihn abzustützen, aber er hing herab wie der Arm einer Marionette. Schließlich fand ich die Lösung – einen Stoffstreifen, den ich seitdem benutze. In diesem frühen Alter begann ich mir den gebrochenen Arm hochzubinden, so wie ich es noch heute tue. Natürlich hatte ich keine Ahnung, daß der Bruch in dieser Stellung verheilen und ich für immer als Krüppel gelten würde. Ich wußte nur, daß ich mit dem hochgebundenen Arm spielen konnte, und daß ich spielen konnte, hat mir das Leben gerettet. So wurde ich, wie die meisten Künstler, durch meine Kunst deformiert. Und geformt.

Irgendwann mußte die Sache auffliegen, aber es dauerte eine ganze Weile, und als es dann geschah, war ich schon zwölf Jahre alt. Mein Vater, meine Mutter und ich hatten uns längst an unsere Entfremdung gewöhnt. Zur Schule ging ich, weil der Bummelbeauftragte schließlich kam und mich holte. In der Schule bekam ich auch den Namen, den ich heute trage. Die Vollblutkinder verliehen mir den Namen als eine Art Segen, vermute ich. Shamengwa, der schwarz-orange Schmetterling. Es war eine Anerkennung meines »Flügelarms«. Am Anfang mochte ich den Namen nicht – obwohl mir eine Nonne erzählte, daß ein Schmetterling, wenn er auf einem Bild unserer Jungfrau zu sehen ist, den Heiligen Geist darstellt. Aber ich war zu schüchtern, um mich dagegen zu sträuben. Wegen meines Arms schämte ich mich so, daß ich die Menschen mied, auch später keine Freunde hatte. Mein wahrer Freund lag in der Truhe unter den Decken versteckt, der einzige Freund jedenfalls, den ich wirklich brauchte. Und dann verlor ich ihn.

Meine Eltern waren zur Kirche gegangen, aber dort gab es an diesem Wintertag Probleme mit dem Ofen. Bei Beginn der

Messe war der Kirchenraum voller Rauch, und alle wurden nach Hause geschickt. Daher kamen mein Vater und meine Mutter zurück, als ich tief in mein Spiel versunken war. Sie blieben wie angewurzelt in der Tür stehen und lauschten. Wie lange, weiß ich nicht. Ich hatte nicht gehört, wie die Tür ging, und, weil ich mit geschlossenen Augen spielte, auch nicht das Licht gesehen, das durch die Tür hereinfiel. Dann spürte ich den kalten Hauch, der sie umwehte, wandte mich um, und wir starrten uns an, mit einem stummen Entsetzen, bis mein Vater schließlich fragte: »Wie lange?«

Ich konnte nicht antworten, obwohl ich wollte. *Sieben Jahre. Sieben Jahre!*

Er führte meine Mutter herein. Sie schlossen die Tür hinter sich. Dann sagte er leise und bekümmert: »Mach weiter.«

Also spielte ich weiter, und als ich aufhörte, sagte er nichts mehr.

Da ich nun ertappt war, dachte ich, das Schlimmste sei vorüber, und legte die Geige am Abend weg. Aber beim Aufwachen am nächsten Morgen herrschte Stille, während ich sonst immer meinen Vater gehört hatte, und bevor ich das Gefühl der Abwesenheit so recht deuten konnte, wußte ich schon, daß das Schlimmste erst noch bevorstand. Mein Spiel hatte etwas in ihm geweckt. So sehe ich es. Das war der Grund, weshalb er gegangen war. Aber warum er die Geige mitnahm, weiß ich nicht. Als ich die Truhe öffnete und sah, daß sie fehlte, stockte mein Atem, mein Verstand, mein ganzes Fühlen. Über Monate war ich wie meine Mutter. In unserem Verlust waren wir abgeschnitten von allen leichten, unbeschwerten Seiten des Lebens. Ich hätte so bleiben können, mich noch tiefer in mein Schweigen vergraben können, meiner Mutter auf die dunkle Wartebank folgen können, von der sie nicht mehr zurückkehren konnte. Ich hätte in dieser reduzierten Form weitergelebt, wäre der Traum nicht gewesen.

Der Traum war einfach. Eine Stimme. *Geh zum See, warte am südlichen Felsen. Ich werde kommen.*

Ich beschloß, diesen Befehlen zu gehorchen. Nahm meine Bettrolle, etwas Dörrfleisch, ein Laib Brot und setzte mich auf die schuppigen grauen Flechten des südlichen Felsens. Die Felsplatte ragte ins Wasser und fiel steil ab bis in schwarzgrüne Tiefen. Von dort aus konnte ich alles überblicken, was auf dem See geschah. Ich legte Tabak nieder für die Geister. Den ganzen Tag saß ich und wartete. Die Fliegen stachen, der Wind dröhnte mir in den Ohren. Nichts geschah. Als es dunkel wurde, rollte ich mich zusammen und schlief. Am Morgen wartete ich weiter, ja, ich wartete den ganzen nächsten Tag. Es war das erste Mal, daß ich am Ufer geschlafen hatte, und ich begann zu verstehen, warum man sagte, der See habe kein Ende, wo er doch, wie ich immer geglaubt hatte, von Felsen umgrenzt war. Aber es gab Zuflüsse und Abflüsse, geheime Strömungen, sechs Arten von Wetter, die seine Oberfläche formten, und ein verborgenes Terrain darunter. Man sah nicht, woher die Wellen kamen, man wußte nicht, wohin sie gingen. Ich sah Vögel vorüberfliegen, mit fremdartigem Gefieder, auf dem Weg nach Irgendwo. Beim Lauschen am See wurde ich zum ersten Mal von einer anderen Musik getröstet als der meiner Geige. Ich ließ es geschehen. Ich zehrte von meinem Brot, trank das Wasser des Sees, rollte mich in meine Decke. Ich sah drei Morgendämmerungen, und drei Nächte lang sah ich am knisterschwarzen Himmel die Sterne in ihren Konstellationen. Ich glaubte, ich könnte für immer so sitzen, auf den blauen Streifen des Horizonts starren. Nichts war mehr wichtig. Als sich etwas vom Horizont löste, verdunkelte, langsam weitertrieb, verfolgte ich es mit geringem Interesse. Der Fleck schien sich vorwärts und rückwärts zu bewegen, hin und her zu schwanken. Lange verlor ich ihn aus den Augen, dann kam er wippend näher, auf einer Welle.

Es war ein Kanu. Aber entweder lag der Paddler schlafend

auf dem Boden, oder das Kanu trieb unbemannt dahin. Als
es nahte, war ich überzeugt, daß es herrenlos sein mußte. Es
trieb scheinbar ziellos durch die Wellen, mal in die eine, mal
in die andere Richtung. Aber so ausweichend und zögerlich
es sich bewegen mochte: Es strebte doch genau auf den südlichen Felsen und genau auf mich zu. Ich folgte ihm mit dem
Blick, bis ich erkannte, daß es unbemannt war. Da fiel mir
wieder ein, warum ich an diesem Ort wartete, und entsann
mich der Worte aus dem Traum: *Ich werde zu dir kommen.*
Begierig sprang ich ins Wasser, schwamm auf das Kanu zu –
mein Arm hinderte mich nicht daran. Als Junge schon hatte
ich gelernt, den Makel auszugleichen und war auf meine Art
ein kräftiger Schwimmer. Vielleicht hatte sich das Kanu los-
gerissen, dachte ich, aber es zog keine Leine hinter sich her.
Irgendwie hatte es seinen Paddler verloren, sich von seinem
Herren entfernt. Vielleicht hatte er es ans Ufer gezogen, und
es war es von einer hohen Welle fortgespült worden. Es gelang
mir, das Kanu an Land zu schieben, in eine Lücke zwischen
zwei Steinen zu klemmen. Erst dann schaute ich hinein, um
die Ausrüstung zu betrachten. Angeschnallt an eine Quer-
strebe des Boots war ein schwarzer Kasten mit weiblichen
Formen und zwei Schlössern aus Messing an der Seite.

So kam die Geige zu mir, sagte Shamengwa und schaute
mich eindringlich an. Leise fügte er hinzu: Und deshalb werde ich keine andere Geige spielen.

Stummes Solo

Corwin verschloß den Kellerraum, in dem ihn der Freund
seiner Mutter vorübergehend wohnen ließ. Er stieg auf eine
Tür, die über Böcke gelegt war, und drückte mit ausgestreckten Fingern gegen die Styroporplatte der abgehängten Decke.
Dann schob er die Platte beiseite und tastete im Hohlraum

unter der gelben Glasfaserisolierung umher, bis er den Griff des Kastens zu fassen bekam. Corwin zog den Kasten mit dem Instrument näher heran, Stück für Stück, und bugsierte ihn durch die Öffnung. Als er den Kasten in den Armen hielt, sprang er von der unstabilen Hohlkerntür herunter und legte ihn auf der Schaumgummiplatte ab, die ihm als Matratze diente und durch die ihm jede Nacht die Kälte des Betonfußbodens in die Beine kroch. Er hatte dem alten Mann die Geige weggenommen, weil er Geld brauchte. Aber ohne lange zu überlegen, wo er sie loswerden konnte. Wer sie kaufen würde. Dann hatte er eine Idee. Er würde mit der Geige nach Fargo trampen. Er würde an der West Acres Mall aussteigen und sie an einen Musikliebhaber verkaufen.

Corwin stieg aus und betrat mit dem Geigenkasten die Mall. In seinen stummen Monologen zitierte er sich gern. Es gibt zwei Arten von Menschen, die Nehmer und die Geber. Ich bin ein Nehmer. Gebt Corwin, was ihm zusteht. Sein Lieblingsfilm in letzter Zeit handelte von einem Cop mit so schrägen Ansichten, daß man nicht wußte, ob er zu den Guten oder zu den Bösen zählte. Man wußte nur, daß er einem mit seinen Sprüchen den Kopf verdrehte. Und für Sprüche hatte Corwin eine Schwäche. Er saugte sie förmlich auf, aus Filmen, aus Rocksongs, aus dem Fernsehen. Die Wörter arbeiteten in ihm, rieben sich aneinander, Wort an Wort. Manchmal glaubte er, in Gedanken Gedichte zu schreiben, aber die Gedichte schafften es nicht bis zu seiner Hand. Die Wörter erstarrten zu seltsamen Mustern, die über den Bildschirm seiner geschlossenen Augen rasten und dann an den Schläfen vorbei in die Dunkelheit seines Nackens stürzten. Während er also durch die Klimaschleuse in die warme Kathedrale des zentralen Lichthofs eintrat, war sein Gehirn ein einziges Gemurmel aus Absichten und Vorsätzen.

Er war sehr stolz auf seine Lederjacke, deren Innentaschen

den größten Teil seines Besitzes aufnahmen. Und wie immer war er sich total bewußt, wie gut er aussah. Die Leute behandelten ihn auch so – wie einen, der extrem gut aussah. Andere, die ihn kannten oder die er enttäuscht hatte, gingen ihm aus dem Weg. Aber dieses Problem konnte er jetzt nicht lösen. Beweisen konnte er sich nur auf eine Art – indem er die Leute auf einem Niveau beeindruckte, das er noch nicht erreicht hatte. In seiner Phantasie war er ein Rockstar, ein Rockstar, interviewt von *Rolling Stone*. Corwin Peace – wie er wirklich ist. Jetzt, als er sich in den Lichthof setzte und die abwesenden Blicke der Leute sah, begriff er, daß keiner die Geige einfach so kaufen würde. Er stand auf, suchte ein Musikgeschäft und wollte dem Verkäufer das Instrument zeigen, aber der sagte nur »Gebraucht nehmen wir nicht«. Corwin ging wieder hinaus und sprach ein paar Leute an. Sie wichen vor ihm zurück oder ließen ihn stehen.

Ich muß mich neu sortieren, sagte sich Corwin und ging zurück zu der langen Mittelbank, die er sich zum Hauptquartier erkoren hatte. Und dort kam ihm die entscheidende Idee, eine Goldgrube von Idee. Sie stammte aus einem Fernsehclip: Eine Frau geht an einem Straßenmusiker vorbei, der Saxophon spielt, zu seinen Füßen der aufgeklappte Instrumentenkasten. Die Frau bleibt stehen, lächelt und wirft einen Dollar in den Kasten. Corwin stand auf, holte die Geige heraus, legte den geöffneten Kasten vor sich auf den Boden. Er nahm die Geige in die eine Hand, den Bogen in die andere. Dann zog er den Bogen über die Saiten und erzeugte ein kreischendes Geräusch, das eigenartig klang und schrecklich.

Das Geräusch hallte durch den ganzen Lichthof mit seinen Imbißständen, etliche Leute schauten von ihren Papptellern hoch und reckten die Köpfe. Als sie Corwin erblickten, vergaßen sie ihr Essen. Er schaute zurück, aufrecht und starr. Ein dramatischer Moment – und er hatte sie gewonnen. Ein Publikum. Jetzt mußte er handeln, oder alles war verloren. Er machte eine gekonnte Verbeugung. Seine Geste – den Bogen in der einen Hand, die Geige in der anderen – zeigte Eleganz. Sie kam einfach so aus ihm heraus, als nähme er eine Ovation entgegen. Hier und da gab es amüsiertes Gemurmel, jemand applaudierte. All das wirkte sofort zurück auf Corwin Peace, mächtiger als jede Droge, die er je probiert hatte. Der Sog ergriff von ihm Besitz, er hob das Instrument, warf das Haar zurück und spielte ein lebhaftes, aber stummes Solo.

Seine Imitation war makellos. Wo hatte er das gelernt? Er wußte es nicht. Er berührte nicht einmal die Saiten, und doch war es Musik, was er da machte. Musik, die in ihm widerhallte. Er konnte kaum Schritt halten mit dem, was er hörte. Sein ganzer Körper war von diesem Spiel erfaßt. Jede Bewegung, die er je gesehen hatte, floß mit ein – und einiges mehr. Als die Musik in seinem Kopf geendet hatte, ging er zu Boden, machte ein Spagat, das er geübt hatte, ohne zu wissen, wofür. Er hob Bogen und Geige hoch über den Kopf. Applaus wogte über ihn hinweg. Ein betörendes Geräusch.

Das gewisse Feuer

Corwin Peace wurde in einer Mall in Fargo aufgegriffen, wo er vorgab, Geige zu spielen, und bei mir abgeliefert. Bei der Festlegung des Strafmaßes verfüge ich über gewisse Spielräume. Obwohl ich ihn eigentlich für nicht besserungsfähig erachtete, beeindruckte mich Corwins ungewöhnliche Behandlung des Instruments. Unwillkürlich mußte ich an seine Vorfahren denken, die Peace-Brüder Henri und Lafayette. Vielleicht schlummerte da in ihm ein Talent. Und vielleicht war es mir bestimmt, ihren Nachfahren zu retten, so wie sie meinen Großvater gerettet hatten. Verwicklungen dieser Art sind einfach Teil der Stammesjustiz. Ich beschloß, von meinem Vorrecht, mich auf die Rechtstraditionen des Stammes zu stützen und Präzedenzfälle zu schaffen, Gebrauch zu machen. Erst besprach ich meine Entscheidung mit Shamengwa, dann verurteilte ich Corwin dazu, bei diesem alten Meister in die Lehre zu gehen. Sechs Tage in der Woche, drei Stunden am Vormittag, dazu drei Stunden Übung am frühen Abend, nach der Arbeit. Entweder er lernte Geige spielen, oder er ging in den Bau. In Wirklichkeit war ich mir gar nicht so sicher, wen ich damit am meisten strafte, den Jungen oder den alten Mann. Aber jetzt hörten wir wenigstens wieder die Geige vom Haus herübertönen.

Mitte September im Reservat. Morgens war es kühl, nachmittags heiß, noch waren die Bäume dicht und üppig belaubt. Alles Heu war geerntet, der Wildreis ausgeklopft. Die Heizungen im Stammesbüro schalteten sich nachts ein, aber gegen Mittag mußten wir die Fenster öffnen, damit es abkühlte. Der Rauch der Herbstfeuer und Dieselgestank wehten herein, manchmal auch Corwins Geigengejaul. Die ersten Wochen klangen nicht vielversprechend, und ich wurde an die Tatsache erinnert, daß man, um ein Instrument ordentlich zu erlernen, normalerweise als Kind beginnen muß. Vielleicht, dachte ich, war es einfach zu spät. Dann blieb es tagsüber kalt, wir hielten die Fenster geschlossen, und bis zum Frühling wurden wir nur durch Geraldine und die Berichte des Bewährungshelfers über Corwins Fortschritte informiert. Viel erwartete ich nicht. Aber Corwin erschien jeden Morgen um acht bei Shamengwa. Erst Anfang Mai, am ersten warmen Nachmittag, öffnete ich wieder das Fenster und hörte Corwin spielen.

»Gar nicht mal schlecht«, sagte ich zu Shamengwa, als ich ihn am Abend besuchte. »Ich habe deinen Schüler spielen hören.«

»Er stellt sich furchtbar ungeschickt an, aber er hat das gewisse Feuer«, sagte Shamengwa und tippte sich an die Brust.

Sein Gesundheitszustand hatte sich verbessert, zusammen mit Corwins musikalischen Fähigkeiten. Ich merkte, daß er stolz auf Corwin war, und erlaubte mir den Gedanken, daß die Geschichte vielleicht doch manchmal auf unserer Seite ist. Jedenfalls hatte der idealistische Versuch, einen alten Mann mit einem jugendlichen Wiederholungstäter zusammenzubringen, funktioniert oder eine gewisse Wirkung gezeigt, zumindest nicht in die Katastrophe geführt.

Die beiden setzten den Unterricht und ihre Beziehung sogar fort, über den Strafrahmen hinaus, und während des Sommers verfolgten wir Corwins langsame Fortschritte. Der Herbst kam, und die Fenster blieben zu. Im Frühling gingen sie wieder auf, ein paarmal hörten wir Corwin spielen. Am Ende des Sommers klang seine Musik schon so selbstbewußt, daß wir uns manchmal an den Meister erinnert fühlten. Dann starb Shamengwa.

Er starb einen friedlichen Tod, einen Tod, wie wir ihn uns vom heiligen Joseph erbitten. Im Schlaf, die Geige neben dem Bett, die Decke hochgezogen bis zum Kinn. Am Morgen von Geraldine aufgefunden. Es gab eine große Beerdigung mit der üblichen Aufbahrung, bei der die Leute Schlange standen, um Blumen, Pfeifentabak und kleine Andenken in seinen Sarg zu werfen, Dinge eben, die Shamengwa unter die Erde begleiten sollten. Und alle sagten: *Er sieht so friedlich aus, der alte Mann.* Geraldine setzte ihrem Onkel einen Monarch-Falter auf die Schulter, den hatte sie am Morgen auf dem Kühlergrill ihres Autos gefunden, wie sie sagte. Clemence und Whitey hielten sich vor der Kirche untergefaßt. Dann sah ich, daß sie Whitey aufrechthielt – er war betrunken. Edward kam dazu und stützte Whitey von der anderen Seite, und so setzten sie sich in die Kirche. Shamengwas Bruder Seraph hatten Evelina und Joseph zwischen sich genommen. Sie streichelten seine Schulter. Zum ersten Mal war er sprachlos. Er wirkte gebrochen, untröstlich und schaute nicht einmal auf, als Father

Cassidy zur Kanzel schritt und feierlich mit viel Getue und Geräusper zur Totenpredigt ansetzte.

Im Geiste der Vergebung trete ich nun vor euch hin, um der Seele von Seraph Milk meinen Segen auszusprechen.

»Was?« zischte Geraldine. »Er hat den falschen Bruder erwischt!« Sie versuchte dem Pfarrer ein Zeichen zu geben. Aber Father Cassidy fuhr unbeirrt fort, und Seraph richtete sich ein wenig auf.

Seraph Milk, der ohne Heilige Kommunion starb, die Krankensalbung verweigerte oder auch Letzte Ölung genannt. Seine Seele dürfte sich in der Hölle befinden, aber mit Bestimmtheit können wir das nichts sagen, da er es immer wieder verstand, sich aus brenzligen Situationen herauszuwinden, wie mir seine Familie versichert, und zudem entscheiden die Heiligen aus einer Laune heraus manchmal auch zugunsten eines Sünders. Daher könnte es sein, daß die Jungfrau Maria auf der Suche nach ihm ist, obwohl Seraph Milk sogar in meiner Anwesenheit Zweifel an den zwei Säulen unseres katholischen Glaubens äußerte – der unbefleckten Empfängnis und der Jungfrauengeburt. Sein Kommentar dazu, und ich zitiere, lautete: Ich glaube eher, sie hat getrickst!

Der alte Sünder lebte sichtlich auf und begann zu strahlen. Den Trauergästen, die aufstehen und protestieren wollten, bedeutete er mit einer Handbewegung, daß er gern noch mehr davon hören wollte. Sowieso kam der Pfarrer jetzt erst richtig in Fahrt, seine Stimme dröhnte, keiner hätte ihn bremsen können.

Nun wird Seraph Milk herausfinden, ob sein großer Held Louis Riel recht hatte, als er die Ansicht vertrat, die Hölle sei weder endlos noch besonders heiß. Wie oft haben wir darüber gestritten! Seht ihr, die Métis glaubten an einen gnädigen Gott, aber es ist meine traurige Pflicht, euch zu verkünden, daß Gott auch gerecht ist, und obwohl seine allmächtige Barmherzigkeit mit seiner Gerechtigkeit in Widerstreit geraten kann, müssen wir überlegen, ob wir ihn hier auf Erden so recht ernst nehmen könnten, würde er die Sünder nicht bestrafen, die Ketzer, Lügner, Hurer, Trinker und auch diejenigen, die das Fest des Esels feiern, wie Seraph es nach eigenem Bekunden regelmäßig tat, zusammen mit seinem Bruder, der ihn irgendwann wiedertreffen wird, auf einer Geige spielend, deren Klang das Höllenfeuer schürt und die heilige Marter entfesselt. Aber all das soll nicht unbedingt heißen, daß Seraph Milk die Hölle, an die er nicht glaubte, verdient.

Ein paar Leute standen wütend auf, wurden aber von den anderen nach unten gezogen.

O nein! Father Cassidy hob die Hände. *Es steckte auch Gutes in dem Mann, er hatte seine Tugenden. Seraph Milk war ein treusorgender Familienvater, der seine Kinder liebte und Freude an ihnen hatte. Obwohl in seiner Jugend der Trunksucht verfallen, gab er sein Laster bis zu einem gewissen Grade auf, vielleicht zu spät, um seiner Frau damit noch einen Gefallen zu tun, aber trotzdem, er hielt sich zurück. Von Zeit zu Zeit ließ er es sogar sein. Zum Glück wurden seine Enkelkinder Joseph und Evelina nicht negativ beeinflußt und haben sich so gut entwickelt, wie man es nur erwarten kann. Deren Mutter ist natürlich eine regelmäßige Kommunikantin unserer Kirche, und die Kirche in ihrer Gnade hat sich entschieden, ihren Vater zu beerdigen. Nein, es ist wirklich nicht an mir, zu behaupten, daß Seraph Milk die Hölle verdient hat, denn ich bin nur ein Diener Gottes, des Sohnes und des Heiligen Geistes. Seraph sprach viel von den Tauben, und daher wünsche ich, daß der Heilige Geist in seiner schönsten Verkörperung auf seiner Seele ruhen möge – in Gestalt einer reinen, weißen Taube. Ich erbitte diesen Segen ungeachtet des ausdrücklichen Wunschs von Seraph Milk, daß ich, was die Heiden betrifft, »die Klappe halten« soll. Trotz seiner heimlichen Trunksucht und seiner offenen Verachtung für die Gesetze und Gebote unserer Mutter, der Heiligen Katholischen Kirche, bete ich, daß ihm der barmherzige Gott alle Sünden und die Lästerungen vergebe und ihn mit seiner leidgeprüften Frau Junesse vereine, die sich das Himmelreich gewiß verdient hat, indem sie Seraph unter ihrer sanften Führung …*

An diesem Punkt hielt Clemence es nicht länger aus. Sie schüttelte Mooshums und Whiteys Hände ab und schritt nach vorn. Kurzerhand klappte sie den Sarg auf und nahm die Geige heraus, die man Shamengwa mitgegeben hatte. Father Cassidy verstummte, als sie ihm das Instrument entgegenstreckte. Dann sah er Seraph/Mooshum in der zweiten Reihe winken, und ihm fiel das Kinn herunter. Clemence stand da, als wollte sie ihm einen Schwinger versetzen, aber sie übergab die Geige an Geraldine, die sich erhob, vor die Gemeinde stellte und dem erstarrten Father Cassidy ein Zeichen gab, daß sie nun sprechen werde.

»Vor ein paar Monaten hat mich Onkel Shamengwa beauftragt, diese Geige nach seinem Tod an Corwin Peace weiterzugeben«, verkündete sie. »Und so überreiche ich sie ihm hiermit. Und ich habe ihn schon gefragt, ob er uns heute eins von Shamengwas Lieblingsstücken vorspielen wird.«

Mooshum winkte Father Cassidy immer noch zu, der sich rückwärts stolpernd aus der Affäre gezogen hatte, an der Wand saß und sich den Kopf kratzte.

Corwin hatte ganz hinten gesessen, nun kam er nach vorn, mit eingezogenen Schultern, die Hände in den Taschen. Die Trauer in seinem Gesicht überraschte mich. Mir wurde richtig unbehaglich, als ich sah, daß er seine Gefühle so direkt zeigte, ausgerechnet er, der Flatterhafte. Aber als er die Geige ansetzte, hatte er sich wieder im Griff, und er spielte ein Lied, das jeder kannte, ein Lied, das typisch für unsere Leute war, weil es langsam und zart begann, dann in eine fremdartige Raserei ausbrach, die den Puls hochjagte und uns den Atem nahm. Corwin spielte mit Temperament, wenn auch nicht ganz präzise, doch es steckte so viel von der Haltung und Energie des alten Shamengwa in seiner Musik, daß wir feuchte Augen bekamen.

Dann kam der Schock. Während alle mit ihren Taschentüchern hantierten, sich die Augen tupften, diskret schneuzten, stellte sich Corwin an den Sarg und schaute seinen Lehrmeister an, die Violine hielt er lose in der Hand. Neben dem Sarg verlief das geschmückte Altargitter. Corwin hob die Violine und zerschmetterte sie auf dem Gitter, mit ein, zwei, drei Hieben, um die Sache gründlich zu machen. Father Cassidy kniff die Augen zu. Seine Lippen bewegten sich im Gebet. Ich saß in der ersten Reihe, und plötzlich fand ich mich neben Corwin wieder. Als hätte ich schon etwas dergleichen erwartet, war ich von meinem Sitz aufgesprungen. Ich hielt Corwins Arm fest, aber als er die zertrümmerte Geige behutsam neben Shamengwa in den Sarg legte, ließ ich ihn los. Er hatte getan, was er tun mußte, und ging zurück zu seinem Platz. Mein Blick wechselte von Corwin zu der Geige, weil ich in ihren Trümmern eine Papierrolle entdeckt hatte. Ich zog die Rolle heraus. Sie war vergilbt und mit einer altmodisch steifen Schrift bedeckt. Father Cassidy, völlig zerknirscht, begann seine Predigt von neuem. Die Leute saßen still, wie gebannt von den Ereignissen. Ich steckte die Rolle in die Jackentasche und kehrte zu meinem Platz zurück. Nicht daß ich vergaß, den Text zu lesen, aber nach der Trauerfeier passierte einfach so viel – erst die Beisetzung bei starkem Wind, dann das Supper mit sechs Sorten Fladenbrot im Saal der Kolumbusritter –, daß ich keine Zeit fand, mich zu konzentrieren. Erst am Abend, als ich endlich zu Hause im Sessel saß, mit der hellen Leselampe im Rücken, kam ich dazu, zu lesen, was in all den Jahren in der Geige versteckt gewesen war.

Brief

Ich, Henri Baptiste Parenthau, auch als Henri Peace bekannt, hinterlasse meinem Bruder Lafayette diese Botschaft, welche die Geschichte der Geige enthält, die ich am Tage des Herrn, dem 20. August 1888, den Fluten übergebe, auf daß sie den Weg zu ihm finde.

Zuvor folgendes zum besseren Verständnis: Eingedenk der Missionierung der Iroquois durch LaFontaine, während welcher sich dieser Pfarrer davor bewahrte, daß ihm seine Leber unter den eigenen Augen herausgerissen wurde, indem er mit Geschick die Flöte spielte, hielt es unser Father Jasprine für angeraten, ein Musikinstrument zu erlernen, bevor er sich aufmachte, die Einöden jenseits des Lac du Bois zu bereisen. Also erkor er sich die Musik zu seiner Beschützerin. Er erlernte das Geigenspiel und führte das edle Instrument mit sich, das er nur zum geringsten beherrschte. Um der Wahrheit die Ehre zu geben – er hätte besser daran getan, die Ojibwe mit seinen mäßigen Talenten zu verschonen. Doch da er jung starb und die Geige seinem Meßdiener hinterließ, meinem Vater, sollte ich den wackeren Jasprine nicht schelten, ihm vielmehr danken für die Freuden, welche die Geige meiner Familie bereitete. Ich sollte froh sein um die glücklichen Stunden, die mein Vater damit verbrachte, unser Schmuckstück, unseren Liebling zu stimmen und erklingen zu lassen, sollte froh sein um die Hingabe, mit der ich und mein Bruder seinem Spiel lauschten. Doch da es wegen der Geige zwischen mir und meinem Bruder zu einem so bösen Ende kam, sehe ich mich von dem Wunsch beherrscht, wir hätten sie nicht gekannt und ich hätte nie gelernt, auf ihr zu spielen, ihre Stimme zu verstehen. Denn als mein Vater starb, hinterließ er die Geige uns beiden, meinem Bruder Lafayette und mir, und für den Fall, daß wir uns über ihren Besitz nicht einigen konnten, bestimmte er, daß wir als wahre Söhne der großen Wasser mit unseren Kanus um die Wette paddeln sollten.

Als uns sein Wille verlesen wurde, schwiegen wir. Es gab nichts zu sagen, denn sosehr wir uns liebten, so sehr wollte jeder die Geige für sich besitzen. Beide hatten wir ihr Jahre der Übung gewidmet, beide hatten wir dem Schalloch unseren Kummer anvertraut, beide hatten wir ihre Freuden genossen. Die Geige hatte unsere wilden Gemüter besänftigt, unseren Frauen gehuldigt. Und nun war es vorbei mit dem Hin- und Herwandern des Instruments. Wenn es nur einem von uns gehören sollte, dann, so beschloß ich, sollte es nur mir gehören.

Zwei Nächte vor der Wettfahrt faßte ich einen unfehlbaren Plan. Als sich der Mond hinter den Wolken versteckte und die Welt dunkel wurde, ging ich mit einem Tiegel heißen Teers ans Ufer, um Lafayettes Gleichgewicht zu stören. Unsere Kanus waren so sorgsam gebaut, daß eine Seite genau der anderen entsprach. Indem ich die Fugen seines Kanus nur auf einer Seite mit zähem Pech verstärkte, würde ich meinen Bruder beim Paddeln aus dem Takt bringen – nur ein wenig zwar, aber genug, um mir einen deutlichen Vorsprung zu sichern.

Unser See ist groß und voller Inseln. Er wird heimgesucht von Vögeln, die wie Menschen schreien – höhnisch oder klagend. Schnell verliert man sich aus den Augen, die Rufe reichen weit und hallen von den Felsen wider. Es gibt Höhlen dort, in denen die Geister der toten Kinder hausen, es gibt fliegende Skelette, treibende Sümpfe und tückische Launen des Wetters. Wir lieben den See und kennen seine Geheimnisse – manche, nicht alle. Auch nicht die geheime Kraft, die ich herausgefordert habe.

Wir sollten vom nördlichen Ende des Sees aufbrechen und im Süden ankommen, wo unsere Onkel Feuer gemacht hatten und mit der Geige warteten, die in rotes Tuch eingeschlagen in ihrem schmucken Kasten ruhte. Wir starteten gemeinsam und riefen uns Scherze zu. Lafayette, du weißt, wie wir die ersten Hindernisse nahmen, lachend, mit übertriebener Anstrengung, und wie ich zu dir sagte: »Vielleicht sollten wir uns das verdammte Ding doch lieber teilen«, weil mir meine Untat auf der Seele brannte.

Lachend hast du erwidert, wir dürften unsere wartenden Onkel nicht enttäuschen, und alles werde beim alten bleiben, wenn du das Rennen gewännest, nur daß du als der bessere Kanufahrer gelten würdest. Ich versprach dir dasselbe. Dann verschwandest du hinter einen Felssaum, um deine, wie du glaubtest, geheime Abkürzung zu nutzen. Ich paddelte weiter und mußte gelegentlich pausieren, um Wasser zu schöpfen. Anfangs glaubte ich, ein kleines Leck gerissen zu haben, aber dann begriff ich. Während ich dein Boot mit Pech bestrich, hast du das meine durchlöchert. In Gefahr geriet ich dadurch nicht, im Gegenteil. Als der Wind überraschend drehte und ein Sturm aufkam, ohne Donner und Blitz, nur mit kalten Regengüssen, lachte ich und dankte dir. Denn das eingedrungene Wasser hielt mein Boot aufrecht. Es lag tiefer, und ich blieb auf Kurs. Doch du bist gescheitert – es war schlimmer, die Balance zu verlieren. Du mußt gekentert sein.

Die Feuer auf der Südseite verglimmen zu Asche. Ich wickle mich in Decken, aber schlafe nicht. Ich halte Wacht und warte. Anfangs ist jeder Schatten eine Ankunft. Dann werden die Schatten zum Inbegriff des Schreckens. Wir jagen dich, wir rufen deinen Namen, bis unsere Stimmen verwehen. Keine Antwort. Im Traum eines alten Mannes geht alles andersherum, anders als die Sonne, gegen den Uhrzeiger, und das bedeutet, daß der Traum aus der Geisterwelt kommt. Dann sieht er dich dort in seinem Traum, und auch du gehst in die falsche Richtung.

Die Onkel sind in ihre Hütten zurückgekehrt, zum Jagen, zu ihren Wildreispflanzen, Kindern, Frauen. Ich bin allein am Ufer. Wenn die Nacht schwarz wird, singe ich für dich. Wenn die Sonne aufgeht, rufe ich über das Wasser. Die weißen Möwen antworten mir. Und im Lauf der Zeit finde ich mich mit meiner Untat ab. Ich beginne das Wesen der Dinge zu begreifen.

Sie haben mir die Geige dagelassen. Jede Nacht spiele ich für dich, Bruder, und wenn ich nicht mehr spielen kann, binde ich unsere Geige im Kanu fest und schicke es hinaus zu dir, wo immer du sein magst. Ich muß den Boden nicht durchbohren, damit es über den Grund des Sees fährt. Das hast du schon getan, Bruder, so wie ich das Meine getan habe.

Das war nun wenigstens eine halbe Antwort auf die Frage meines Großvaters, was aus den zwei Peace-Brüdern Henri und Lafayette geworden war, die einst versprochen hatten, ihn zu beerdigen, ihn aber statt dessen mit Fleisch versorgten und ihm ein Kruzifix um den Hals hängten. Mehr noch: Das Kanu sank weder auf den Grund des Sees, noch fuhr es in die falsche Richtung. Vielmehr fand es mitsamt der Geige den Weg zu einem Peace – auf dem Umweg über Shamengwa. Diese Geige hatte lange nach Corwin gesucht. Da gab es keinen Zweifel. Denn was sich in mir festhakte, was mich mitten in der Nacht aus dem Schlaf riß, nachdem ich den Brief gelesen hatte, war das Jahr. Das Jahr 1888. Aber die Geige hatte viel später zu Shamengwa gesprochen. Es dauerte fast zwanzig Jahre, bis er im Traum zum Seeufer gerufen wurde.

»Was sagst du dazu?« fragte ich Geraldine. »Kannst du mir das erklären?«

Sie schaute mich erwartungsvoll an.

»Wir haben nichts davon gewußt«, sagte sie schließlich.

Ich habe sie dann geheiratet. Wir nahmen Corwin bei uns auf. Die Geige liegt tief begraben, und der Junge ist auch gut aufgehoben, aber hier auf Erden. Er reist mit einer Band herum, verdient sich sein Geld. Ich mache meine Arbeit. Ich tue mein Bestes, um die kleinen Probleme zu lösen, und strebe nicht nach großen Dingen, nach tieferen Erklärungen. Denn ich bin dazu verdammt, über dieses Fleckchen Erde zu wachen, über seine Leiden zu urteilen und seine Geschichten zu erzählen. Ja, so einer bin ich. *Mii'saago iw.*

Evelina

Der Reptiliengarten

Im Frühjahr 1972 fuhren mich meine Eltern zum College. Alles, was ich brauchte, war in einen nagelneuen königsblauen Alukoffer verpackt – eine verrückte Decke, die meine Mutter für mein Bett gehäkelt hatte, neue Klamotten für hundert Dollar aus meinem 4-B's-Verdienst, mein Berlitz-Kurs, die *Selbstbetrachtungen* von Mark Aurel (als Paperback von Richter Coutts), ein gerahmtes Foto, ein perlenbesetzter lederner Tabaksbeutel, der Mooshum gehörte, seit ich mich erinnern konnte, und den er mir irgendwann überreichte, so wie es alte Männer tun – und von meinem Vater ein Stapel adressierte Briefumschläge, die jeweils einen neuen Dollarschein enthielten. Auf jedem Umschlag klebten Sondermarken, die er gestempelt haben wollte, manche an bestimmten Tagen.

Die anderen Frischlinge zogen in ihre Zimmer ein, ihre Eltern halfen beim Schleppen. Ich sah Kartons mit Taschenbüchern, Stereoanlagen. Dylan-Platten und Klampfen aus golden gefirnißtem Holz. Selbstgestrickte Decken, aber keine so toll wie meine. Janis-Poster. Bowie-Poster. Buntbedruckte T-Shirts, Knautschbälle, Kuschelbären. Als wir meinen Koffer die zwei Treppen hochtrugen, überfiel mich die Panik. Ich war zwar entschlossen, nach Paris zu gehen, hatte aber Schiß davor, auch nur nach Grand Forks zu fahren, und am Ende wollten auch meine Eltern mich am liebsten zu Hause behalten. Doch es mußte sein, und nun war ich hier. Wir gingen wieder raus, die Treppe runter. Nicht mal heulen konnte ich vor lauter Elend, und ich habe keine Erinnerung an den Abschied, auch nicht an die letzten Umarmungen. Nur, daß ich meine Mutter und meinen Vater neben dem Auto stehen sah. Sie winkten mir zu, und dieser eine Moment hat sich in mir festgesetzt wie ein scharfes Foto, das ich jederzeit abrufen kann.

Mein Vater, so mager und athletisch, sah vor Kummer ganz zerbrechlich aus, während meine Mutter, die noch immer auffallend schön war und im Reservat für ihre Ruhe und Zurückhaltung bekannt, ihre typische Gelassenheit ganz und gar verloren hatte. Ihr Gesicht und das meines Vaters wirkten geradezu entblößt vor Liebe. Über so etwas redeten wir nicht – Liebe –, und ich war ganz erschrocken, diesen Ausdruck in den Gesichtern meiner Eltern zu sehen. Aber sie gönnten mir diesen einen unverstellten Blick. Sie strahlten ihre Liebe ab, und dann waren sie weg. Jetzt denke ich, daß alles, was in diesem einen Blick zusammenkam – daß sie mich mit Hingabe großgezogen, mir geduldig beigebracht hatten, was sie wußten, daß sie mir, wenn auch widerstrebend, Freiheiten eingeräumt, mir ein Beispiel für hartes Arbeiten gegeben hatten –, die Voraussetzung dafür war, daß ich die Trennung überstehen konnte.

Der Koffer war schnell ausgepackt, mein Zimmer noch fast leer. Ich hatte mir ein Bild von Mooshum in seiner alten Tracht eingerahmt. Er hielt eine Kriegskeule in der Hand, aber lachte freundlich, mit erschreckend weißem Gebiß. Sein Kopfputz aus zwei Adlerfedern wippte an Kugelschreiberspiralen, die mit Angel-Ösen befestigt waren. Den Kopf neigte er neckisch zur Seite. Der herzförmige Spiegel mitten auf seiner Stirn war dazu da, die Herzen der Frauen zu betören. Auch von meinem Großonkel hatte ich ein Bild, ein bescheidenes Schwarzweißfoto, auf dem er seine Geige hält. Als alles unter Dach und Fach war, kroch ich unter meine Decke und schaute erst Mooshum an, dann Shamengwa, dann aus dem Fenster. In dem Moment war mir klar, daß ich auf diese

Weise den größten Teil meines ersten Semesters verbringen würde.

Die weißen Mädchen, die ich kannte, hörten Joni Mitchell, ließen ihr Haar lang wachsen, rauchten hastig, brüteten über ihren poetischen Notizbüchern. Andere Mädchen – Dakota, Chippewa und Mischlinge wie ich – sah man seltener auf dem Campus. Die Indianerinnen, die ich kannte, waren schüchtern und sehr fleißig, obwohl manche demonstrativ mit Fransenshirts herumliefen und Freunde hatten, die gefährlich nach Indian Movement aussahen. Ich hatte das Gefühl, daß ich nirgends richtig dazugehörte. Wir waren ganz normale Reservatsindianer, und ich wollte nach Paris. Ich vermißte meine Eltern und meine Onkel und hatte Angst, daß Mooshum sterben würde, während ich weg war.

Meine Mitbewohnerin, ein stämmiges blondes Mädchen aus Wishek, hatte sich so sehr darauf versteift, Krankenschwester zu werden, daß sie mich zur Übung pflegte – mir eine Tasse Wasser brachte oder, wenn ich Kopfschmerzen hatte, Aspirin. Ich erlaubte ihr, meinen Blutdruck und meine Temperatur zu messen, aber nicht, daß sie ihre Spritzen an mir ausprobierte. Die meiste Zeit verbrachte ich in der Bibliothek. Dort versteckte ich mich in der Abteilung Dichtkunst und las. Meine Lieblingsautoren gehörten alle zur düsteren Sorte, von Rimbaud bis Plath. Es war die Ära der romantischen Selbstzerstörung. Besonders interessierten mich die frühverstorbenen, die verrückt gewordenen, die verschwundenen *und* nach Paris ausgewanderten Schriftsteller. Von denen, die nicht so waren und alles überlebt hatten, interessierte mich nur eine, und sie wurde meine Muse, mein Vorbild, mein Alles. Anaïs Nin.

Ich ging völlig auf in der Seelenverwandtschaft. Ich lieh ihre Bücher aus, wieder und wieder, aber als der Sommer kam, brauchte ich sie mehr denn je. Ich mußte sie bei mir haben, wenn ich im 4-B's arbeitete, wenn ich Wäsche aufhängte, wenn ich, zusammen mit Joseph, Geraldines alten Pinto ritt. Anaïs. Ich kaufte ihre sämtlichen Tagebücher – im Schuber. Eine gewaltige Investition. Und schwer zu erklären: Sie war so künstlerisch, so scheu und doch so kühn. Und dieser schwimmende Blick! Irgendwie kam ich über den Sommer. Und im Herbst, als ich zurückfuhr und aus dem Campus in ein hübsches, halbverfallenes Farmhaus zog, war ich durchtränkt von den Essenzen meines selbstverfertigten Deliriums.

Wie Anaïs zerfaserte ich jeden Gedanken, selbst das Triviale wurde bedeutsam, schon das kleinste Gelüst ein rasender Hunger. Anaïs begleitete mich überallhin, obwohl es anstrengend wurde, zu sein wie sie, weil ihr Leben so anders war. Anaïs hatte Bedienstete, die für sie kochten und hinter ihr her putzten. Selbst ihre verruchtesten Liebhaber hoben ihr die Kleider vom Boden auf; ihre Dinnerpartys waren voller Abgründe und Klippen, aber hinterher mußte sie nicht abwaschen. Trotzdem: Auch ich schrieb Tagebuch, sorgfältig und ausführlich. Jedes neue Heft erhielt einen Titel aus einem ihrer Tagebucheinträge. Mein Herbsttagebuch hieß »Sprießend ins Nichts«.

Wie Anaïs es getan hätte, schrieb ich lange Briefe an Joseph. Er antwortete mir mit kurzen. Fuhr mich Corwin zum College, las ich ihm auf der ganzen Fahrt aus ihrem Tagebuch vor. Ihm gefielen nur die Sexszenen, alles andere, sagte er, sei ihm zu »intellektuell«. Ab und zu besuchte mich Corwin. Über unsere Grundschulromanze konnten wir lachen, und daß er die Geige meines Onkels geklaut hatte, war nach der Beerdigung vergessen. Er war Dealer und versorgte meine Freunde.

In dem Haus wohnten lauter Hippies und Dichter, und keiner scherte sich um Sauberkeit. Ich gab mir Mühe, da mitzuhalten, aber meine Reinlichkeitsstandards hinderten mich daran, dem Zeitgeist so richtig zu genügen; von meiner Mutter hatte ich gelernt, meine Umgebung sauber, mein Geschirr gespült, meine Handtücher frisch zu halten. In dem windschiefen Holzhaus gab es nur ein Badezimmer. In gewissen Abständen und weil es sonst niemand tat, knickte ich ein und machte es sauber. Auf diese Weise lernte ich meine Freunde hassen und verachten – weil ich mit ansehen mußte, wie sich der Schmutz hinterher wieder ausbreitete, aber ich konnte nicht anders. Mein Ordnungssinn siegte immer über meine Wut.

Im Spätherbst, es war schon nach Mitternacht, bekam ich wieder einen meiner Badezimmerputzanfälle. Ich nahm Eimer, Scheuerbürste und ein streng riechendes Putzmittel, das Soilax hieß. Dann riß ich ein altes Handtuch in vier Teile, feuchtete die Badewanne an, die Toilette und das Waschbekken und verteilte das Soilax gleichmäßig über alle Oberflächen. Eine Weile lang suchte ich umher, bis mir das Kittmesser einfiel, das ich im Kellerschrank verstaut hatte. Ich holte es hoch, nahm eine Plastiktüte und fing an die wachsartigen braunen Ränder aus Fett, Haaren, Seife, versteinerten Zahnpastawürsten, Scheiße und allgemeinem Dreck herunterzukratzen.

Die Säuberung dauerte mehrere Stunden, und die Lampe über mir blendete mich, als ich fertig war, weil ich auch die Lampenschale von toten Fliegen befreit hatte. Und während das Licht so reinlich auf mich herableuchtete, flogen mir ein paar Verse zu.

Mein Hirn ist eine Lampenschale voller toter Fliegen.
Wie sehn ich mich, daß meine Gedanken hell erstrahlen!
Streckt aus die zerknitterten Flügel,
ihr Studenten und Professoren der University of
                                 North Dakota,
laßt eure Körper treiben wie Staub über die Prärien!

Ich schrieb die Zeilen in das Tagebuch, das immer in der Seitentasche meiner Jeans steckte. »Sprießend ins Nichts« war fast voll. Ich wollte heiß baden, um den Desinfektionsgestank loszuwerden, aber weil ich die Wanne nur stellenweise sauberbekommen hatte, sah sie noch schmutziger aus als zuvor und irgendwie verdorben, als hätte ich ein Ökosystem zerstört. Also duschte ich ganz schnell und ging nach unten, wo die übliche Party im Gange war. Sie galt der Rückkehr eines Dichters, der zu Fuß über die Grenze aus Kanada gekommen war und in den Untergrund gehen wollte, wie er mehrfach lauthals verkündete. Aber vorher wollte er in meinem geputzten Badezimmer duschen. Ein Glas Wein hatte ich mir wirklich verdient. Ich weiß nur, daß er billig war und sehr rosa aussah und daß Corwin, nachdem ich das Glas halb intus hatte, ein Stück Papier aus einem weißen Umschlag nahm und ein paar kleine Quadrate abriß, die ich in den Mund schob.

Anaïs hatte alles probiert, sie hätte auch das probiert! *Ich bin Anaïs, die spanische Tänzerin*, rief ich Corwin zu. Er war mein Cousin dritten oder vierten Grades, auch Anaïs hatte ihren Cousin geliebt. *Eduardo!* sagte ich zu Corwin und küßte ihn. Das alles ging mir erst viel später auf. Denn wegen des Weins war mir nicht klargeworden, daß ich Löschblatt-LSD genommen hatte, auch dann nicht, als schon alle Wirkungen eingetreten waren – die fratzenhaften Gesichter meiner Freunde, die Wände und Korridore aus Klängen, die geflüsterten Befehle von Gegenständen, die panikartige Angst, die mir die Sprache raubte. Ich schloß mich in mein Zimmer ein, das sich, wie ich bald feststellte, in einen Garten für heimische Kriechtiere verwandelt hatte, auch ein paar Exoten wie die Kobra waren darunter. Sie schlüpften unter der Scheuerleiste durch, gelegentlich kamen sie auch aus der Lampenschale. Zwei Tage verließ ich mein Zimmer nicht, ich konnte nicht schlafen und schaute mir die rotgestreiften Strumpfbandnattern an, die Chorfrösche, auch mal eine Präriekröte. Der Horror kam in Schüben, ich wußte nicht mehr, wer ich war oder wie ich in diese Lage geraten war. Da ich mich auch sonst meist zurückzog und in dem Haus sowieso Chaos herrschte, fiel meine Abwesenheit nicht weiter auf.

Am dritten Tag erschien mir nur noch der Tigersalamander, *Ambystoma tigrinum*, ein alter Freund. Das war sehr tröstlich. Allmählich stellte sich auch der Zusammenhang zwischen dem einen Moment und dem nächsten wieder her, und meine Gewißheit wuchs, daß ich nur einen Körper und nur ein Bewußtsein hatte. Der Horror verblaßte zu einer milderen Form der Angst. Ich aß und trank wieder. Am vierten Tag schlief ich, am fünften und sechsten Tag weinte ich. So wurde ich allmählich wieder die Person, als die ich mich gekannt hatte. Aber ich war nicht mehr dieselbe. Ich hatte herausgefunden, auf welch schmalem Grat ich wandelte. Ich hatte das Maß für meine Wahrnehmungen verloren, das Vertrauen in die Beherrschung meines Geisteszustands. Nachdem ich mich diesen Schrecken ausgesetzt hatte, fand ich die Rückkehr zu den Tagebüchern um so tröstlicher. Anaïs war so tief vertraut mit ihren inneren Empfindungen. Sie konnte so genau beschreiben, wie die Welt auf sie einwirkte – die Tageszeit, der Himmel, das Wetter, alles wirkte sich auf ihre Stimmungen aus. Bei manchen ihrer Einträge begann ich zu zittern – diese Fülle von Einzelheiten. Ich brauchte jemanden, der genau auf die Welt achtete, die ich beinahe verlassen hätte.

»Alles. Das Haus verhext mich. Die Lampen sind angezündet. Die phantastischen Schatten, von den bunten Lichtern auf die glänzenden Wände geworfen …«

Das war ihr Schlafzimmer im September 1929.

Keine Kriechtiere bei Anaïs. Aber meine eigenen Schreckensbilder kehrten zurück. In jenen entsetzlichen Tagen war mir, als hätte ich irgendwelche inneren Schalter umgelegt, die mich direkt mit der Angst verdrahteten. Panikattacken, Schockzustände. Nur ein kleiner Schreck, und ich konnte nicht mehr aufhören zu zittern. Tagträume so lebhaft, daß mir schlecht wurde. Ich schaffte es, zu funktionieren. Weil ich mich sowieso zurückzog, konnte ich diese geistigen Verwerfungen vor den anderen verbergen. Nur hatte ich für mich beschlossen, daß ich nicht mehr in den sorglosen Trubel der Welt hineingehörte. Ich gehörte zu … Anaïs. Auf dem Campus sah ich die wohlgenährten, gesunden, gut abgesicherten Studenten mit ihren glänzenden Haaren und ledernen Gürteln in Scharen an mir vorüberziehen. Nie würde ich zu ihnen gehören! Und da ich nicht tanzen konnte – was waren spanische Tänze überhaupt? – und noch nicht nach Paris durfte, beschloß ich statt dessen, in einer psychiatrischen Klinik zu leben und zu arbeiten, nur ein Semester lang. Ich bat meinen Psychologieprofessor, mir bei der Stellensuche behilflich zu sein, und bekam eine Anstellung als Hilfskraft. Im Winter packte ich meinen Koffer und fuhr mit dem leeren, überheizten Greyhound-Bus zum psychiatrischen Krankenhaus, wo ich wie geblendet durch Schnee und Kälte tappte und zu einem kleinen Zimmer im Schwesternheim gewiesen wurde.

Warren

Das Zimmer war eng, die Wand tiefrosa. In mein Tagebuch schrieb ich: *Ich werde sie mit Tüchern verhängen.* Die Tagesdecke meines Einzelbetts hatte ein orientalisches Muster. Eine üppige Landschaft mit Pagoden, gewundenen Bächen, hängenden Zweigen. Das gefiel mir. Es gab einen Spiegel, eine glänzende rotbraune Kommode, einen winzigen Kühlschrank auf einem Tischchen, einen blauen Stuhl mit gerader Lehne. Blau! Meine Nebenmuse, die Farbe Blau. Den Kühlschrank stellte ich auf den Boden, um den Tisch in einen Schreibtisch zu verwandeln. Ich hängte die Sachen in den Schrank, meine langen Röcke und den handgestrickten türkisfarbenen Pullover, den ich ständig trug. Von den anderen Hilfskräften war mir noch keine begegnet. Jemand hielt sich im Nachbarzimmer auf. Die Wände waren dünn, und ich hörte die Person leise rumoren, ihre Kleiderbügel hin und her schieben. Es gab Lärmverbote, Musikverbote, weil die Leute mit Nachtschicht den ganzen Tag schliefen. Meine Schicht sollte um sechs Uhr morgens beginnen. Also duschte ich am Ende des Flurs und fönte mir das Haar. Ich legte meine Schwesterntracht auf dem Stuhl zurecht, das schwere weiße Viskosekleid mit den tiefen Taschen, die Strumpfhose, die dicksohligen Schwesternschuhe, die ich bei JC Penney gekauft hatte.

Wie immer wachte ich gerade rechtzeitig auf, um den Wekker kurz vorm Klingeln abzuschalten. Ich kochte Wasser in meinem kleinen grünen Wasserkocher und machte mir eine Tasse Instantkaffee. Der Himmel war von einem frühmorgendlichen Indigo. Ich zog den langen schwarzen Mantel an, den ich im Goodwill gekauft hatte, mit irgendeinem gekräuselten Pelzbesatz, wahrscheinlich Hundefell, an Kragen und Ärmeln. Er war mit Satin gefüttert und vielleicht auch mit Wolle unterlegt, weil er schwer war wie eine Ritterrüstung. Die Kälte kribbelte mir in der Nase, meine Haut zog sich zusammen, ein Froststachel bohrte sich in meine Stirn.

Ich lief über den gefrorenen Rasen zur Station und setzte mich ins hellerleuchtete Büro. Die Schwester, die ihren Dienst antrat, stellte sich als Mrs. L. vor, weil, wie sie sagte, ihr wirklicher Name zu lang sei, polnisch, unaussprechlich. Sie war groß und breit und sah schon jetzt müde aus. Über ihrer Kluft trug sie eine ausgebeulte hellbraune Strickjacke, die Schwesternhaube hatte sie mit Klammern in ihrem bauschigen rosablonden Haar befestigt. Sie trank Kaffee und aß einen glasierten Doughnut aus der Tüte.

»Wollen Sie auch?« Ihre Stimme klang dumpf. Sie drehte sich zu einer der anderen Hilfskräfte um, die gerade hereinkamen, und sagte, sie habe eine schlimme Nacht hinter sich, ihr kleiner Junge sei krank. Die anderen kannten sich alle, und ein paar Minuten gingen die Gespräche hin und her.

»Was soll ich machen? Können Sie mir eine Arbeit geben?«
fragte ich mit heller, ein wenig zu aufgeregter Stimme.

»Hört euch das an.« Mrs. L. lachte. »Keine Sorge, hier gibt's
genug zu tun. Von den Patienten ist noch keiner auf.«

»Außer Warren«, sagte die Schwester, die Dienstschluß
hatte. »Warren ist immer auf.«

Ich ging hinaus in den Flur, der sich zu einem großen, mit
gelben und schwarzen Linoleumvierecken ausgelegten Raum
öffnete. Die Wände zeigten ein seltsames Lavendelgrau, vielleicht sollte das beruhigend wirken. Die vorhanglosen Fenster
waren Rechtecke aus Neonblau, das sich in normales Tageslicht verwandelte, während die Patienten aufstanden und in
gestreiften Bademänteln durch einen anderen Korridor liefen, der zu dem großen Raum zur Linken führte. Anfangs
sahen alle gleich aus, Männer, Frauen, Alte, Junge. Mrs. L.
gab Medikamente aus, in kleinen Pappbechern, und sagte zu
mir: »Gehen Sie mit Warren mit und passen Sie auf, daß er
sie nimmt.«

Also ging ich mit Warren mit, der Nachteule, einem älteren – nein, wirklich alten – Mann mit langen Armen und der
knorrigen, lederartigen Gestalt eines Farmers, der so schwer
gearbeitet hat, daß er ewig weiterlebt – oder zumindest über
die Reichweite seines Verstandes hinaus. Die Bräune war für
immer in seine Hände und die untere Gesichtshälfte eingebrannt, eingegerbt wie auch das V auf seiner Brust nach einem Leben mit geöffnetem Hemdkragen, Beine, Bauch und
Oberarme wirkten dagegen totenbleich. Er war bereits ordentlich angezogen – das Rasieren und Ankleiden übernahm
er immer selbst. Heute trug er eine saubere braune Hose und
ein kariertes Hemd, das ein wenig verschlissen war, aber gebügelt. Er schluckte seine Pillen und lief los. Lief und lief,
ohne auch nur eine Sekunde stehenzubleiben. Er stammte aus Pluto und war wahrscheinlich mit Marn Wolde verwandt, aber erwähnt hatte sie ihn nie. An diesem ersten Tag

achtete ich genau auf Warren, weil ich nicht glauben konnte, daß er sein Marschtempo durchhielt, aber er blieb höchstens einen Atemzug lang stehen, verdrückte seine Mahlzeit zu den festgesetzten Zeiten und wanderte weiter durch die Korridore, kreuz und quer durch den Aufenthaltsraum und durch alle Schlafzimmer. Jeden, den er traf, begrüßte er mit einem Nicken, dann sagte er: »Ich mach sie alle kalt.« Die Patienten antworteten mit »Klappe!«, das Personal schien nichts zu hören.

Der Ablauf des ersten Tages wurde zur Routine. Ich wachte früh auf, schrieb meine Träume und Eindrücke nieder, dann zog ich mich an, steckte mir einen Stift und ein kleines Notizbuch in die Tasche, dazu ein noch kleineres Buch, das ich mir hatte schicken lassen – ein französisches Miniwörterbuch in blauem Plastik. Nein, ich hatte nicht aufgegeben. Ich notierte alles, schrieb es hastig auf, in den Toilettenpausen. Zur Frühstückszeit lief ich durch den Rohrtunnel zur Kantine. Meine Aufgabe war es, aufzupassen, daß sich niemand im Tunnel versteckte oder verlief. Ich aß mit den Patienten, stellte mich mit dem Tablett an und wartete ab, was auf ihm landete. Grießbrei, kalter Toast, ein Klecks Butter, ein Karton Milch, Saft, wenn ich rechtzeitig kam, und Kaffee. Kaffee gab es immer, ohne Ende, schwarze Säure in fleckigen, sterilisierten Plastiktassen. Ich aß, was sie mir auftaten, egal was es war, heißhungrig, selbstvergessen. Dasselbe zu Mittag. Gestampfte Kohlrüben. Makkaroni mit Fleischsoße. Dazu Brot und Butter. Den ganzen Tag dachte ich ans Essen. Das Essen okkupierte meine Gedanken. Das Essen nahm überhand in meinem Tagebuch. Als mir auf Englisch nichts mehr dazu einfiel, beschrieb ich das Essen auf Französisch. Bald fiel mir in beiden Sprachen nichts mehr dazu ein.

Ich war einer offenen Station zugeteilt. Die Patienten konnten sich abmelden, wenn sie auf dem schneeverwehten Gelände spazierengehen wollten. Solange sie den Ausgang nicht überschritten, konnten sie gehen, wohin sie wollten. Es wurde auch viel herumgesessen. Ich sollte es als Teil meiner Aufgabe betrachten, den Leuten zuzuhören, sie zum Reden zu bringen, ihnen eine Art Realitätskulisse zu bieten, ihnen zu sagen, wenn sie phantasierten.

Warren erzählte manchmal vom Krieg, aber eine Schwester sagte mir, er sei gar nicht Soldat gewesen. »Ich habe die Parade abgenommen. Sie sind vorbeimarschiert und haben die Augen auf mich gerichtet. Da drehte ich mich zu General Eisenhower um und sagte: ›Aus psychiatrischer Sicht sind Sie kein guter Präsident.‹ Sein Adjutant sah mich an. Er war in Zivil …« Und so weiter. Seine Monologe endeten immer mit »Ich mach sie alle kalt.« Immer dasselbe. Ich wollte seine Gedankenschleife ein wenig ändern, statt dessen lief ich mit ihm mit. Regelmäßig versuchte er mir Geld zu geben, Dollarnoten, klein zusammengefaltet, zu merkwürdigen Päckchen. Immer um dieselbe Zeit drehten wir unsere Runden durch die Flure. Ich kannte den Tagesablauf aller Patienten. Ich kannte ihre Wahnideen, den Sprung in der Platte, die Stelle, wo sie anfingen sich zu wiederholen.

Im Kaffeeraum für die Patienten, wo die kleinen Mahlzeiten vorbereitet wurden, aß Lucille löffelweise Maisstärke aus der Schachtel.

»Das müssen wir jetzt mal wegstellen«, sagte ich zu ihr. Meine Stimme veränderte sich, sie wurde genauso leiernd, übergeduldig, einschmeichelnd wie die der anderen Pflegekräfte. Ich konnte meine eigenen Worte nicht mehr ertragen.

»Das hab ich in der Schwangerschaft gegessen«, sagte Lucille. »Wußten Sie schon, daß ich neunmal künstlich befruchtet wurde?«

»Bitte Lucille, geben Sie mir den Löffel.«

»Ich habe alle neun Kinder zur Adoption freigegeben, eins nach dem anderen, aber das hat ihnen nicht gepaßt. Wissen Sie, was die gemacht haben?«

»Nein, sie haben keine Spinnen unter Ihrer Tür durchgeblasen. Das bilden Sie sich nur ein. Also sagen Sie so etwas nicht, und geben Sie mir den Löffel.«

»Sie haben aber Spinnen unter meiner Tür durchgeblasen.«

»Hey!«

Ich nahm ihr den Löffel und die Schachtel weg. Ein flinker Griff, und sie gehörten mir.

»Niemand hat Spinnen unter Ihrer Tür durchgeblasen.«

»Doch, meine Kinder«, sagte Lucille trotzig. »Meine Kinder haben mich gehaßt.«

Warren kam herein. Er war nachlässiger geworden, unrasiert, das Hemd falsch geknöpft, die Hose offen. Sein Haar stand nach allen Seiten ab. Aber ungefähr fünf Minuten lang konnten wir uns völlig normal unterhalten. Dann kam er auf General Eisenhower zu sprechen und driftete ab. Ich ließ ihn stehen und brachte den Karton mit der Maisstärke weg.

Nonette

Mrs. L. nahm gerade eine neue Patientin auf, eine junge Frau, die mit dem Rücken zu mir saß. Ich blieb in der Bürotür stehen. Von der Frau ging irgend etwas aus – ich spürte es sofort. Eine Glut. Sie trug ein schwarzes Kleid. Ihre Augen waren von einem zornigen Blau, ihr Mund sehr rot. Ihre bleiche Haut glänzte wie im Fieber, ihr blondes Haar, vielleicht gefärbt, war fettig und stumpf. Sie drehte sich auf dem Stuhl und lächelte. Etwa mein Alter. Ihre Zähne standen ein wenig auseinander, was ihr etwas Raubtierartiges verlieh. Ich überreichte Mrs. L. die Maisstärke, sie stellte den Karton achtlos aufs Fensterbrett.

»Das ist Nonette«, sagte sie.

»Ist das französisch?« fragte ich. Genau. Sie sah französisch aus.

Statt zu antworten starrte mich die neue Patientin an, bis ihr Lächeln zu einem falschen, anzüglichen Grinsen wurde.

Mit spitzen Lippen füllte Mrs. L. die Formulare aus. »Nonette kann in der Zwanzig schlafen. Hier ist der Wäscheschlüssel. Vielleicht helfen Sie ihr beim Einrichten?«

»Hier, trag mein Gepäck«, befahl Nonette.

»Evelina ist kein Hotelpage«, sagte Mrs. L.

»Schon gut.« Ich schleppte einen von Nonettes Koffern den Korridor hinunter. Kaum waren wir außer Sichtweite von Mrs. L., lächelte sie durchtrieben, blieb stehen und setzte den anderen Koffer ab, bis ich zurückkam und ihn ebenfalls ins Zimmer trug. Sie schaute mir zu, während ich ihre Bettücher, einen Kissenbezug, eine dicke Decke und eine dünne Baumwolldecke mit Waffelmuster aus dem Wäscheschrank nahm. Ihr Zimmer gehörte zu den besseren mit nur zwei Mitbewohnern. Statt der wackligen Blechschränke gab es Einbaumöbel aus Holz, das Bett war stabil und hatte sogar Rollen an allen vier Beinen.

»Scheiße«, sagte Nonette.

»So schlecht ist es nicht.«

»Du Biest!«

»Du Bidet!«

Im Heilsarmeeladen hatte ich die 1924er Ausgabe eines französischen Wörterbuchs erstanden, *Nouveau Petit Larousse Illustré*, und war bis zum Buchstaben B gekommen. Auf der Seite mit dem Wort *bidet* waren auch hübsche kleine Stiche, die einen *biberon* zeigten, eine *biche*, eine *bicyclette* und einen *bidon*.

Nonette verzog hämisch den Mund, und ich ging. Am

nächsten Morgen war sie extrem nett zu mir. Als ich auf die Station kam, nahm sie sofort meine Hand, als hätten wir uns am Vortag wunderbar unterhalten, und zog mich in die verglaste Veranda, die eiskalt war, von den Patienten aber zu Privatgesprächen genutzt wurde. Ich, im Pullover, nahm einen Alu-Gartenstuhl und setzte mich neben Nonette. Sie trug ein dünnes Baumwollhemd, ein Herrenhemd mit Krawatte, dazu Herren-Chinos und sehr feminine Pumps. Ihr Haar war mit Wasser oder Vitalis zurückgekämmt. In diesem seltsamen Aufzug sah sie depressiv aus, aber, das ließ sich nicht leugnen, auch schick. Heute hatte sie schwarzen Eyeliner aufgelegt, ihr Gesicht wirkte hübscher, harmonischer im milden Tageslicht.

Sie rauchte nicht. »Eine stinkige Angewohnheit«, sagte sie, als ich mir eine anzündete. Ich rauchte nikotin- und teerarm, weil ich sowieso zu viel rauchte, nämlich ständig, wie alle hier, und meine Brust schmerzte.

»Ja, ich müßte aufhören.« Ich drückte die Zigarette aus. »Worüber willst du reden?«

»Ich wollte mit einer Gleichaltrigen reden, nicht mit diesen Spießern hier. Außerdem siehst du nicht schlecht aus. Das hilft. Ich wollte über meine Probleme reden. Ich soll doch hier gesund werden, oder? Also will ich darüber sprechen, wie krank ich bin. Ich hab zwar schon drüber gesprochen, noch und noch, aber ich hab's nicht wirklich *gesagt*. Oder wenn doch, dann ist nichts passiert. Und deshalb will ich jetzt darüber sprechen.«

Sie zögerte kurz und beugte sich näher zu mir. Ihr ganzes Gesicht spitzte sich zu, ihre Augenbrauen wichen zurück zu den Schläfen, ihr Mund schob sich vor.

»Wenn ich nochmal geboren werden könnte«, sagte sie, »wäre ich neutral. Ich spreche nicht von Mann oder Frau. Ich meine, ich hätte keinen Sextrieb. Der wäre mir egal, kein Verlangen, nichts dergleichen. Das Problem ist, daß du Sachen machst, für die du dich hinterher haßt. Zum Beispiel als ich neun Jahre alt war, bei meinem ersten Mal. Mit einem Verwandten, einem Cousin oder so ähnlich, der im Sommer bei uns zu Besuch war.«

»Wo?« fragte ich.

»Nicht in dem doofen Frankreich«, antwortete sie. »Jedenfalls, er kommt rein, ohne Anklopfen, und kniet sich an mein Bett. Er zieht die Decke weg und macht's mir mit dem Mund. Und ich, ich weiß erst gar nicht, wie mir geschieht, und schäme mich. Ich hätte mir einen Türhaken kaufen können, hätte ihn verpfeifen können. Hab ich aber nicht, weil ich es dann auch wollte. Er zieht sich nackt aus. Ich muß ihm einen runterholen, er zeigt mir, wie man das macht. Und dann macht er es wieder mit mir.

Und ich ein kleines Mädchen, verstehst du, ich weiß nicht mal, wie man sich richtig wäscht. Beim nächsten Mal bringt er einen Waschlappen mit und macht mich erst mal sauber. Das wird unser Ritual. Wo stecken meine Eltern? Sie schlafen am anderen Ende des Flurs, eine Treppe tiefer, der Ventilator rauscht in ihrem Zimmer. Und mein Cousin ein beschissener Pfadfinder! Wollte er sich sein Abzeichen verdienen, oder was? Jedenfalls, er fährt nach Hause. Die Dinge gehen ihren Gang, und ich fühle mich schon anders, werde eine andere. Da ist ein Geruch an mir, ein Sexgeruch, den keiner in meiner Klasse hat. Ich drehe mich zu den älteren Jungs um. Ich weiß, was kommt. Und nehme es mir.

Sieh mal an!« Sie lachte plötzlich und rückte von mir ab. »Du bist ja richtig ... fasziniert.«

Sie blickte hinaus in die verschneite Landschaft. »Ich bin keine Französin«, sagte sie sanft. »Ich bin verkorkst. Ich sitze hier im Krankenhaus. Ich glaube, ich will eine Geschlechtsumwandlung. Ich will ein Mann sein, damit ich mir diese Scheiße hier nicht bieten lassen muß.«

»Ich hab dir keine Scheiße geboten.«

Sie tat beeindruckt, ihr Mund klappte spöttisch auf. »Sieh mal an, die harte Tour. Aber du bist nicht hart. Du bist eine College-Maus, stimmt's? Wen juckt das schon. Ich bin auch von der Uni. Man nennt mich Doktor Schwengel. Ich bin ein Mann, der als Frau rumläuft. Willst du den Beweis?« Sie winkte angewidert ab. »War nur Spaß. Und jetzt verpiß dich.«

»Tut mir leid«, sagte ich. »Du bist wirklich schön.«

Sie sagte nichts, sah mich nicht an.

»Du bist Indianerin oder so was«, murmelte sie schließlich. »Das finde ich cool.«

Ich ging zurück in den Aufenthaltsraum und spielte Rommé mit Warren, der sich aber nicht konzentrieren konnte. Wahrscheinlich drückte er sich um seine Medikamente. Wenn ihm das gelang, war er ganz schön clever. Wir paßten jeden Morgen auf. Er schien seine Pillen zu schlucken, sein Mund war immer leer.

Am nächsten Morgen stand ein Polizist im Büro und trank Kaffee mit Mrs. L. Er hatte Warren zurückgebracht. Nach dem Kartenspiel war Warren hinausgegangen, durch die Felder, eine schmale Straße Richtung Westen, und wurde zwanzig Meilen weiter aufgegriffen, als er auf den Hof einer Farm gekrochen kam. Er war gestürzt und hatte sich am Kopf verletzt. Jetzt schlief er, unter Beruhigungsmitteln, und es wurde Nachmittag, bis er aufstand und sich in den Aufenthaltsraum setzte. Eine Seite seines Kopfs war dunkel angelaufen und bandagiert. Ich setzte mich zu ihm.

»Ich höre, Sie hatten einen schlechten Tag.« Das sagte ich nur so dahin. Doch ich war neugierig. Vielleicht war sie grausam, diese Neugier. Ich fragte ihn nach seinen Stimmen. Ob sie ihn gequält hatten.

Er setzte sich aufrecht, zuckte ein wenig die Achseln. Heute trug er ein anderes Hemd, ein gelbes, fast neues. Vorsichtig betastete er sein Gesicht. Dann griff er in die Tasche und hielt mir eine seiner zusammengefalteten Dollarnoten hin.

»Nein«, sagte ich und schloß seine trockenen Finger um das Geld.

»Bitte!« Seine alten Augen bettelten. Sie waren feucht und entzündet. »Ich hab's getan, weil sie gesagt haben ...«, das Weitere verschluckte er, seine Stimme wurde zum Krächzen. Er rieb sich das Gesicht und schloß die Augen. Da erkannte ich – an der geballten Muskulatur seines Gesicht, an der Stellung seiner Augen, seines Kiefers –, daß er sich in einem Wachtraum befand. Er begann irgend etwas Unsichtbares in seinem Schoß auseinanderzunehmen. Plötzlich wurde er starr wie eine Statue, blickte zur Seite und verfiel in eine Trance des Schweigens, des Lauschens.

Der Kuß

Ich saß mit Nonette auf der eisigen Sonnenveranda, diesmal rauchte sie auch.

»Nur damit es mich nicht so anwidert, wenn du rauchst«, sagte sie.

Ich zuckte die Schulter und nahm einen kräftigen Zug. Sie war aggressiv auf eine verdruckste Art, die keiner allzu ernst nahm. Und daß sie von ihrem Cousin, dem Pfadfinder, mißbraucht worden war, hatte sie allen Schwestern, Hilfskräften, Ärzten und Patienten erzählt, deren sie habhaft werden konnte. Es war der Einstieg in ihre Unterhaltungen. Hier natürlich spielte es keine Rolle, ob die Geschichte stimmte oder nicht, hier zählte nur Nonettes Bedürfnis, sie zu erzählen. Das hatte ich inzwischen gelernt. Sie trug einen schwarzen Totengräberanzug, eine Chaplin-Melone. Alles zu groß und auf komische Art maskulin. Sie nahm mir die Zigarette aus der Hand und zerdrückte sie im Aschenbecher. Darauf streckte sie plötzlich die Hand aus und griff nach meinem Kinn. Sie beugte sich vor und küßte mich. Daran war nichts Erschreckendes, anfangs, es war nicht anders als andere erste Küsse, dieselbe zaghafte Erregung, dieselbe Neugier. Nur war sie die angeblich Verrückte und ich die angeblich Normale, und wir waren beide Frauen. Oder vielleicht so: Nonette hatte Probleme, ich hatte weniger Probleme, und sie wollte ein Mann sein. Sie gab vor, ein Mann zu sein. Oder sie gab vor, es vorzugeben.

Nach dem Kuß lehnte sie sich zurück, zog ein Bein hoch und streichelte ihr Knie. Sie blickte mich an, um meine Reaktion zu deuten. Eine geradezu irrsinnige Verlegenheit hatte mich plötzlich erfaßt. Ich glühte vor Scham, verlor jede Kontrolle über mich. Ich zwang mich zum Aufstehen, und genauso gezwungen stolperte ich zurück zur Station. Sie, die mich noch immer beobachtete, lächelte jetzt.

Die Wahrheit ist, daß ich damals glaubte, Frauen könnten sich nicht auf diese Weise küssen – außer in Paris. Ich hätte nicht geglaubt – und hatte nie gehört –, daß so etwas in North Dakota passieren konnte. Ich war einfach überrumpelt von diesem zärtlichen Überfall.

Später wurde ich losgeschickt, um nach Nonette zu sehen. Sie lag im Bett, mit all ihren Sachen. Ich sah ihre schweren Schuhe unter der Decke hervorschauen. Der Anblick ihrer Sohlen belustigte mich und weckte mein Mitgefühl.

Die vielen Schicksals- und Liebesgeschichten meiner Onkel und Tanten konnten mir jetzt nicht weiterhelfen. Der Kuß eines Mädchens verbannte mich aus ihrem Erzählkanon. Die Familienlegenden betrafen mich nicht mehr. Jetzt war ich Teil der Geschichte von Anaïs, einer gefährlichen Liebe, die vernichten konnte. Und hatte gleichzeitig solche Angst vor den möglichen Folgen dieses Kusses, daß ich nur noch an Essen denken konnte. Ich stopfte mein kleines Zimmer mit Nah-

rungsmitteln voll und hörte nicht mehr auf zu essen. Keks-
schachteln stapelten sich an den Wänden, Becher mit Frucht-
joghurt reihten sich im Doppelfenster. Ich war umgeben
von Dosen mit Mineralwasser, Obsttorten und Erdnüssen,
Beuteln voller Äpfel. Stundenlang stand ich im Flur und te-
lefonierte, rauchte, suchte Kontakt zu ehemaligen Mitbewohnern, Freunden, sogar zu Corwin, der sich reserviert verhielt.
Mir war es egal. Ich hielt ihn so lange am Telefon fest, wie
ich konnte, weil mir nach dem Auflegen nichts übrigblieb,
als in mein Zimmer zurückzukehren, wo das Essen wartete.
Solange ich aß, konnte ich mich auf das konzentrieren, was
ich gerade las oder schrieb. Meine Augen wanderten über die
Seiten, meine Hand zwischen Tüte und Mund hin und her.
Für die Stunden bis zum Einschlafen funktionierte das. Ich
mußte nicht darüber nachdenken, was ich tat, was Nonette
tat, warum ich nicht an sie denken konnte und warum ich
nicht aufhören konnte, an sie zu denken.

Es ist Vormittag, ich habe gerade eine Patientin zur Kosme-
tik gebracht und laufe durch den Rohrtunnel zurück, da sehe
ich sie. Sie kommt mir entgegen, ohne Begleitung.

»Ich habe Ausgang.« Nonette grinst und bleibt vor mir stehen.

Wir stehen dicht beieinander, es ist niemand sonst im
Tunnel, der schwach beleuchtet, weißgekalkt und warm ist,
gesäumt von Seitenkammern mit Besen, Schrubbern und
Putzmitteln. Ihr Gesicht ist hell und klar, ohne Make-up, ihr
Haar im trüben Licht golden zerzaust, ihr Blick ruhig und of-
fen. Eine Schönheit wie in einem ausländischen Film, einem
Buch, einem Katalog mit exotischen, teuren Kleidern. Und
ihre Augen sind heute grün wie Flaschenscherben am Strand.
Ihren Mund kann ich fast schmecken, so nahe ist er mir, ro-
sig, zahnpastafrisch. Sie trägt Jeans, ein weißes Sweatshirt,

Turnschuhe und Gymnastiksocken, ich meine billige weiße Tracht aus kratzigen Ersatzfasern mit Abnähern und einem Reißverschluß in der Mitte.

Sie tippt auf die Zunge des Reißverschlusses an meiner Kehle. Und lacht.

»Hast du einen Slip an?«

Ich nehme ihre Hand beim Gelenk, mein Daumen liegt auf ihrem Puls.

»Stop!« ruft sie, als hätte ich einen Angriff auf sie vor, aber ihre Stimme ist weich. Ich folge ihr um eine Ecke, eine scharfe Biegung, durch eine Tür, und wir stehen inmitten der Rohre, manche sind mit kalkigen Bandagen aus Asbest umwickelt, andere glatt und kochendheiß. Meine Haube bleibt hängen, ich lasse sie fallen. Wir dringen vor in das Gewirr aus Rohren, ducken uns unter den dicksten durch und laufen Betonstufen hinab zur anderen Seite, einer Art Laufsteg, der völlig umschlossen ist. Hinter uns eine Wand aus Ziegeln und Natursteinen, die nach Erde riecht, wie ein sommerlicher Acker, wenn nach dem Regen die Sonne wieder scheint. Die Wärme setzt den Geruch frei.

»Setzen wir uns«, sagt sie. »Ich würde dich gern stoned machen, aber ich habe nichts dabei.«

Ich halte immer noch ihr Handgelenk. Zum Stehen ist kaum Platz. Die Rohre über uns stoßen gegen unsere Köpfe.

Wir setzen uns nebeneinander. Ich zittere, aber sie ist sehr ruhig. Jedenfalls ist es anders, als ich befürchtet habe. Nach kurzer Zeit hat es überhaupt nichts Erschreckendes mehr, sie zu küssen oder zu berühren. Es ist vertraut, viel vertrauter, als wenn ich einen Jungen zum ersten Mal berühren würde. Nur daß ich nicht aufhöre zu zittern, zu beben, weil wir den gleichen Körper haben, und wenn ich sie berühre, weiß ich, was sie spürt, so wie sie es weiß, wenn sie mich berührt, daher ist das ganz normal und unerträglich zugleich. Wir ziehen uns nicht aus, machen gar nichts, berühren nur unsere Arme, unsere Kehlen, unsere Hände und küssen uns. Ihr Gesicht glüht und ist sanft wie Blütenblätter.

»Genug jetzt«, sagt sie. Ich soll zurückgehen, und sie wird folgen. Bleiben wir länger weg, werden wir vermißt. Während ich durch Korridore aus geweißten Steinen laufe, durch die fünf Türen, zurück zur Station, fange ich an zu überlegen, wie sich die Sache verhält. Ich erfinde ihre Geschichte, die Phantasie geht mit mir durch. Nonette ist aus einer offenkundigen Notlage heraus hier gelandet, und ich war für sie da. Sie war für mich da. Ich bin hierher gekommen, ohne zu wissen, daß ich hier die treffen würde, die ich immer gebraucht habe. Eine Woche, vielleicht auch drei, und sie ist wieder gesund. Und ich gehe mit ihr.

»Nonette sagt, Sie hätten sie zu einem Patientenbesuch eingeladen.« Mrs. L. sitzt am Schreibtisch, einen Stapel Formulare unter ihren gespreizten Fingern.

»Ja«, sage ich, obwohl es nicht stimmt. Aber ich lächle, erwärme mich langsam für die Idee. Nonettes Idee.

»Wir begrüßen es, wenn unsere Hilfskräfte auch in der Freizeit mit den Patienten Umgang haben, und ich sehe daran nichts Schlechtes, solange Sie sich im klaren darüber sind, daß sie wegen ernster Probleme hier ist.«

»Das weiß ich. Ich habe mit ihr darüber gesprochen.«

»Gut.«

Mrs. L. wartet, mustert mich ein wenig zu aufmerksam. Ich soll nicht allzu viel über die persönlichen Umstände der Patienten wissen, nicht mehr jedenfalls, als sie mir anvertrauen.

»Schauen Sie«, sage ich. »Sie hat mir erzählt, daß sie von ihrem Cousin mißbraucht wurde. Sie kam in einem kritischen Zustand hierher, und bis jetzt kenne ich die Ursache nicht. Ich weiß nicht, welche Probleme sie zu Hause hat – oder am College, falls sie dorthin zurückgeht. Es ist nur so, daß ich

Nonette wirklich mag. Ich tue es nicht, weil ich Mitleid mit ihr habe.«

Mrs. L. beißt sich auf die Lippe. »Ich weiß, Ihre Absichten sind gut. Aber Sie müssen wissen, müssen verstehen, daß sie Lithium bekommt und wir ihre Dosis einstellen. Sie ist depressiv, außerdem hat sie ihre manischen Schübe.«

»Wir wollen nur Kekse backen.«

Mrs. L. lächelt zustimmend und unterschreibt den Ausgangsschein.

Im Keller des Schwesternheims gibt es eine kleine Küche. Ein Herd und ein paar Schränke, ein Kühlschrank, ein weißgestrichener alter Tisch und sechs Plastikstühle. Wir backen unsere Lieblingskekse. Beide lieben wir Sirupkekse, die in der Mitte weich sind. Wir backen drei Bleche und bringen sie hoch in mein Zimmer. Die Kekse sind noch warm, als wir sie essen, auf dem Bett sitzend, mit vollen Händen. Dazu trinken wir kalte Milch. Später ziehen wir uns aus. Es ist überhaupt nichts Seltsames dabei. Die Decke ist zurückgeschlagen, die Trauerweiden lassen ihre Zweige über die Bäche und die geschwungenen chinesischen Brücken hängen. Sie hat kleine spitze Brüste, runde und rauhe Nippel, ein wenig rissig, weil sie keinen BH trägt. Ich fasse sie bei den Hüften, und sie ist über mir, ich blicke zu ihr auf. Sie ist älter als ich, zwei Jahre, und weiß so viel mehr. Wie man im Sitzen kommt. Sie spreizt die Schenkel und zeigt es mir, mit klinischer Sachlichkeit, dann beugt sie sich über mich, während sie kommt, und fängt an zu lachen. Wir lachen über alles, was ich noch nie getan habe, und dann tun wir es. Sie zeigt mir, wie man es macht, ganz zart und langsam anfängt, sich gegenseitig kaum berührt, so daß es, wenn wir kommen, immer und immer wieder passiert, daß es endlos so weitergeht. Kurz vor neun bringe ich Nonette zurück zur Station, eine Tüte Kekse in der Hand.

»Denkst du daran – du weißt schon …« frage ich schließlich an der Tür.

»An was?«

Nonette schaut mich an, mit leerem Blick, und lächelt. Mehr und mehr ähnelt sie einem Mädchen aus einer Ski-Reklame. Gesund. Am Nachmittag in meinem Zimmer, als sie kam, mußte ich ihr tief in die Augen schauen, in einen Abgrund aus seligem Erschrecken. Jetzt hat sie gruslige Cheerleader-Augen.

»An was soll ich denken?« wiederholt sie.

Ich blicke auf meine Stiefelspitzen. *Daran, was nun aus uns werden soll.* Ich bin in Jeans, Mantel und Pullover, normal gekleidet wie sie. Ich antworte nicht. Die Nacht ist dunkel und so kalt, daß der Schnee, der sich auf dem großen Hof zu Wehen türmt, quietschende Geräusche macht. Die ganze Nacht hört man die Bäume knacken, die großen, schwarzen Kiefern. Ich bleibe draußen stehen, als Nonette ins Krankenhaus hineingeht, als sich die Türen aus Glas und Stahl hinter ihr schließen, mit dem typischen Kinogeräusch, metallisch, zuschnappend, final. Die Tür schließt automatisch, trotzdem rüttle ich noch einmal an der Klinke, während sie im hellen Korridor verschwindet.

»Nächste Woche werde ich nach Hause entlassen«, sagt sie eines Morgens. »Meine Eltern sind einverstanden.«

Ihre Eltern? Warum habe ich sie nie gesehen? Ein plötzlicher Energiestrom aus der Mitte meiner Brust durchflutet mich, schießt durch meine Nervenbahnen. Ich klatsche in die Hände, schnell hintereinander, um das Gefühl zu vertreiben, ich ringe die Hände, um den Schmerz abzustreifen wie Wasser.

Nonette schüttelt den Kopf und lächelt. »Alles in Ordnung?«

Ich halte die Luft an, lasse sie langsam hinaus. »Haben sie dich schon besucht?«

»Klar. Du hast ja Frühschicht. Sie fahren zum Dinner und kommen dann am frühen Abend.«

»Nächste Woche. Nächste Woche.«

Ich verziehe mein Gesicht zu einem blöden Lächeln, und sie blinkert mich an. Supersüß. Cool. Sie ist nicht normal, denke ich. Und sie ist verrückter als ich, wenn sie das leugnet. Ich wende den Blick ab, spüre das Brennen in der Brust, meine Rippen glühen wie ein Grillrost. Ein wüstes Durcheinander von Was-wäre-wenn-Fragen geht mir im Kopf herum. *Was wäre, wenn nicht sie verrückt wäre, sondern ich, wenn die Sache nicht so kompliziert wäre, wenn man nichts dagegen machen könnte, wenn ich im Unrecht wäre, wenn das die Leute sehen würden, wenn sie nur der Anfang wäre, nur die erste von vielen, wenn sie abreisen würde, wenn das alles gar nichts bedeuten würde, wenn ich ihr völlig egal wäre.* Ich gehe auf Abstand zu ihr. Sie hat ein so hübsches Gesicht, so freundlich, so nett. Ein amerikanisches Gesicht. Dazu der blaue Pullover, der karierte Rock, Kniestrümpfe, ultranormale mittelwestliche Versandhausklamotten.

»Kommst du mich besuchen?« Meine klägliche Stimme.

»Klar! Ich komme.«

Meine Kehle schnürt sich zu, ich muß schlucken. Ich habe Mühe, richtig durchzuatmen. Das Atemholen tut weh in der Brust. Ich rauche viel zuviel. Sie meint es nicht so, natürlich meint sie es nicht so. Nicht jetzt, auch sonst nie. Ich bin Teil von dem, was sie für ihre Krankheit hält, ein Symptom, von dem sie sich geheilt glaubt. Und sie ist das, was mir gefehlt hat. Ich kriege kaum Luft vor lauter Verlangen nach ihr. Ich gehe weg von ihr, und meine Hände in den kratzigen Taschen des Schwesternkleids zittern. Ich gehe immer weiter, hinaus, ohne mich abzumelden, gehe durch die Korridore des Krankenhauses, quer über den verschneiten Hof und direkt in mein Zimmer.

Nonettes Bett

Am nächsten Morgen melde ich mich krank, am Morgen darauf ebenfalls. Zwei Tage vergehen. Ich schaffe es nicht bis zum Telefon. Unter Mühen zwinge ich mich, auf die Toilette zu gehen. Irgendwann hänge ich einen Zettel draußen an meine Tür und vergesse sofort, was ich geschrieben habe. Wieder im Bett, falle ich in ein schwarzes Loch, die Schwerkraft zieht mich nach unten, oder ist es die Angst. Ich weiß nur, daß die Luft weh tut. Das LSD strömt zurück in mein Gehirn. Meine Gedanken sind nichts als Flashbacks. Gestalten bewegen sich auf der chinesischen Decke, und ich werfe sie in die Ecke. Dann der Schmerz. Graue Vorhänge, die ich nicht wegschieben kann. Ich atme den Schmerz ein und aus, er bleibt in mir stecken wie der Teer und das Nikotin der Zigaretten, macht jeden Atemzug ein wenig schwerer. Nach einer Woche kommt Mrs. L. an meine Tür. »Darf ich reinkommen? Bitte melden Sie sich.« Ich versuche es. Ich mache den Mund auf. Nichts kommt heraus. Das ist so komisch, daß ich lachen muß. Aber das Lachen ist ohne Geräusch. Ich schlafe wieder ein. Schlafe und schlafe. Als ich das nächste Mal aufwache, ist Mrs. L. im Zimmer, sitzt auf meiner Bettkante und spricht mit mir, wie sie mit den anderen spricht.

»Wir werden Sie verlegen«, sagt sie. »Ihre Mutter ist informiert.«

Und so lande ich im Bett von Nonette.

Ich sitze auf dem rissigen grünen Plastiksofa im Aufenthaltsraum, mit Schwesternschuhen, aber ohne Tracht, mit ausgebeulten Jeans und braunem Schlabberpullover. Mit meiner Mutter habe ich telefoniert, ihr gesagt, daß sie sich keine Sorgen machen soll, daß ich nur Ruhe brauche, daß es mir gutgeht und ich weiterstudiere, wenn das nächste Semester anfängt. Ich habe mich eingeschrieben, ich bin neunzehn, ich habe alles im Griff. Meiner Mutter habe ich erzählt, daß ich diesen freiwilligen Einsatz als Atempause brauche – aber in Wirklichkeit habe ich Angst. Ich habe Angst, meinen Aufpasser zu verlieren, das Ich, das mir sagt, was ich zu tun habe. Mein Bewußtsein bewegt sich auf unsicherem Grund, wie auf losen Eisschollen. Jeden Morgen, wenn ich aufwache und meinen ersten klaren Gedanken fasse, bin ich erleichtert. Das Ich ist noch da. Wenn es weg ist, bleibt nur die Schwerkraft. Unter dem Bett meines kleinen rosa Zimmers hingen Körpermagneten. Unter dem Bett hier hängen auch Körpermagneten, aber ihre Kraft ist mir angenehm, weil es Nonettes Bett ist, weil etwas von dem Glück und der Ruhe, die von ihrer Haut ausgingen, ihrem Haar, ihrem schmiegsamen Körper in diesem Bett zurückgeblieben und für mich da ist, zusammen mit dem Schmerz und der Langeweile.

Warren betritt den Aufenthaltsraum. Er sieht mich auf dem Sofa sitzen und kommt herüber, auf seine behutsame, würdevolle Art, und bleibt vor mir stehen. Er trägt ein rostfarbenes Jackett und eine graue Wollhose, seine besten Sachen. Vielleicht ist heute Sonntag. Daher die gestreifte burgunderfarbene Seidenkrawatte, das Hemd mit umgeklappten Manschetten. Anstelle der Manschettenknöpfe benutzt er Sicherheitsnadeln, wie ich jetzt sehe.

»Manschettenknöpfe müßten Sie haben«, murmle ich.

»Ich bring sie alle um«, sagte er.

»Klappe«, antworte ich.

Die Tage vergehen, und ich liege da. Ich komme nicht aus dem Bett. Ich lese keine Anaïs Nin – sie hilft mir jetzt auch nicht weiter. Über all das bin ich hinaus, und sowieso ist sie mit schuld an meinen Problemen, sie hat mich in diese Falle gelockt, daß ich mich immer für zu rückständig hielt oder zu provinziell oder zu katholisch oder zu reservats- oder familiengebunden, um richtig was aus mir zu machen. Der Hunger auf Abenteuer ist mir vergangen, der Gedanke an Paris nur noch lästig. Nie werde ich Notre-Dame von hinten sehen, nie werde ich den Geflügelmarkt besuchen oder ein Croissant essen. Der Kaffee, den ich trinke, wird immer durchsichtig bleiben. Was ganz in Ordnung ist, da ich den ewigen Kaffee, den es hier gibt, ohnehin satt habe. Nein, ich sollte lieber rauskriegen, wo mein Platz in diesem Leben ist. Also liege ich da und versuche mir darüber klarzuwerden.

Ich beginne mit dem Anfang – der Familie. Als mich Joseph besucht, beschließe ich, daß wir ehrlicher miteinander umgehen, zu der engen Beziehung von früher zurückkehren sollten, also erzähle ich ihm, was ich mit den Drogen erlebt habe, daß ich tagelang Reptilien gesehen habe.

»Welche Spezies?« fragt er. Er studiert jetzt Biologie.

»Na, die üblichen. Aber auch Kobras.«

»Das überrascht mich.«

»Und sie waren genauso real.«

»Ich frage mich, welcher Teil des Gehirns solche halluzinatorischen Details speichert. Ich meine, von Dingen, die man nie im Leben gesehen hat.«

»Das Reptilienhirn, du Arsch.«

»Ich hatte nicht die Absicht, unsensibel zu sein«, sagt er nach einer Pause. »Ich hab auch Drogen genommen.«

»Welche?«

»Marihuana. Hat nicht viel gebracht.«

»Vielleicht, weil es Oregano war.«

»In Botanik hatte ich eine Eins«, erinnert er mich.

»Du hattest in allen Fächern Einsen. Das ist nicht gut für meine Depression. Schau dich doch mal um, das zieht einen runter, auch wenn die Selbstmordpoeten das Gegenteil behaupten. Vielleicht entdeckst du irgendein Mittel dagegen?«

Joseph mustert mich nachdenklich, dann nimmt er die anderen Patienten in Augenschein. Da ist Lucille, die ganz zerzaust dasitzt und die Linoleumvierecke zu ihren Füßen anstarrt. Warren, der umherwandert, und die anderen, stumpf und grau, zusammengesackt und lethargisch. Die Station mit seinen Augen zu sehen macht mich plötzlich nervös. Ich habe mich schon daran gewöhnt, dazuzugehören.

»Du bist keine von den Verrückten«, sagt er mit erstickter Stimme und wirkt verzweifelt. Allmählich dämmert ihm, daß ich ernste Probleme habe. Sein Mitgefühl macht mich fertig. Jetzt nimmt er meine Hand, das macht alles noch viel schlimmer. Daß dein Bruder deine Hand nimmt. Eine Erfahrung wie auf dem Totenbett. Ich schüttle seine Hand ab, aber tätschle ihm den Handrücken. Er sitzt lange bei mir, ohne daß wir etwas sagen, es ist sehr friedvoll. Nach einer Weile fängt er wieder an zu schlucken und sagt, daß er in die Drogenforschung gehen wird. Ich haue ihm auf die Schulter, so kräftig, wie ich kann, und er lächelt mich erleichtert an.

Meine Mutter und mein Vater kommen jedes Wochenende zu Besuch. Und ich weine ununterbrochen, wenn sie bei mir sind, weil sie sich solche Sorgen um mich machen, oder ich schlafe ein. Und wenn sie dann weg sind, vermisse ich sie – meinen Vater, der die Banklaufbahn aufgegeben hat, weil er nicht den Nerv hatte, seine Kunden zu pfänden oder ihnen Kredite zu verweigern wie der alte Murdo. Meinen Vater, der wie sein Onkel Octave nur Briefmarken sammelt. Er ging in den Krieg und kam zurück aus Liebe – verzichtete aufs Geld aus Liebe – mein Vater, der Schullehrer und Held.

Und dann meine Mutter, die sich liebevoll um Mooshum kümmert, ihn auf den Beinen hält, indem sie ihm die Flasche wegnimmt, jeden Tag mit ihm auf dem Hof herumgeht oder die Straße hinunter. Mir fällt auf, daß ich sie mir immer nur in Verbindung mit anderen Menschen vorstellen kann, und es tut mir wieder von neuem weh, daran zu denken, was es für sie bedeuten muß, mich im Krankenhaus zu sehen. Ich überlege, ob es etwas gibt, was nur Clemence gehört, so wie meinem Vater seine Briefmarken, Joseph seine Salamander, Mooshum seine Geschichten, aber mir fällt nichts ein.

Ich denke daran, daß ich in der fürsorglichen Liebe meiner Eltern aufgewachsen bin und welch seltene, kostbare Erfahrung das ist und daß mein Zusammenbruch angesichts dieser Liebe meine eigene Schuld ist, meine Schande. Ich denke daran, wie sich Geschichte in den nachfolgenden Generationen niederschlägt. Die Buckendorfs, die anderen Wildstrands, die Familie Peace, all die Leute, die durch die Lynchmorde miteinander verquickt sind.

Ich denke an die Männer, die Corwins Großonkel Cuthbert erhängten, zusammen mit Asiginak und Holy Track. Ich sehe Wildstrands angespannten Körper, ich sehe Gostlin, der seinen Hut am Schenkel ausklopft. Und da sich einige von uns vor Zeiten schon vermischt haben, Täter und Opfer, läßt sich dieser Knoten nicht mehr entwirren.

Ich denke an Billy Peace und seine demütige, zerknirschte Gemeinde, zu der mindestens ein Buckendorf gehörte, auch ein Mantle. Der eine oder andere zeigte sich irgendwann unter den Kunden des Lebensmittelladens und schien versunken in den Anblick der üppig gefüllten Regale. Manche gingen in der Bevölkerung der Stadt und des Reservats auf, nahmen bescheidene Jobs an. Billys Radiosendung wurde von einem anderen Sprecher fortgeführt. Die kleinen Traktate, die wir in den Telefonzellen von Pluto oder Hoopdance oder in den Imbißlokalen am Highway gefunden hatten, wurden immer seltener, dann vergilbten sie zu bloßen Andenken an das Wirken von Billy Peace (das sich vielleicht auf anderer Ebene fortsetzte) und waren schließlich ganz verschwunden.

In sanftem Schwall strömt das Licht durch die Drahtglasfenster. Mooshum hat mir erzählt, wie die alten Büffeljäger unter den Mantel der Zerstörung schauten, der die Erde bedeckte. In ihren Hungervisionen sahen sie, wie sich die brüchige Kruste der weißen Zivilisation hob, sahen das grüne Gras unter dem verbrannten Weizen, sahen wieder Büffel, dick und wohlgenährt wie Läuse, sahen die wandernden Herden, die das fette Gras unter die Hufe nahmen. Und schauten sie nach oben, war der Himmel so von Vögeln verdunkelt, daß man den Horizont nicht sah. Sie flogen tief über der Erde, mit Donnergewalt. Manchmal sehe ich die Tauben in meinem Zimmer. Nachts, wenn ich nicht schlafen kann, höre ich ihr Flattern.

Ich bin ein Nichts, halb verrückt, halb vergiftet von Drogen, halb Chippewa. Ich denke an Mooshum und Shamengwa, wie sie zusammensitzen, den ganzen Nachmittag lang. In dem Bett, in dem – warm und golden – Nonette geschlafen hat, denke ich an die Schönheit der Frauen, die ihre lateinischen Meßbücher hochhalten und in weißen Kleidern durch den Weizen gehen, in der alten, fremden Kirchensprache die Tauben wegbeten. Ich denke an Sister Mary Anita Buckendorf und meine Leidenschaft für sie, die mir die Augen hätte öffnen können, und an Corwin Peace, der auch die Hände im Spiel hat. An sie alle denke ich.

Eigentlich könnte ich dorthin fahren, Sister Mary Anita besuchen. Zu diesem sanften Monstergesicht sprechen, ihr erzählen, daß ich von der Kirche abgefallen bin, aber noch meine Visionen habe. Denn noch immer sehe ich die wilden Schwünge ihrer Nonnenkluft, wenn sie die Bälle mit ihrer geschickten Rückhand fing und einen schwarz beschuhten Fuß vorstreckte, um Balance zu halten. Noch immer sehe ich die schwarze Wolle flattern, die sich in Wirbeln um ihre Knöchel schloß, wenn sie den Ball aus dem Sprung heraus zum Fänger zurückschmetterte.

Das Konzert

Eines Tages kommt Corwin Peace zu Besuch.

Ich bin überrascht, aber unangenehm ist es mir nicht. Von meiner Tante hat er erfahren, wo ich bin, und er hat Gewissensbisse wegen meiner verzweifelten Anrufe. Er weiß, daß er mir das LSD gegeben hat und daß ich mich danach tagelang in mein Zimmer eingeschlossen habe. Daher habe er sich vorgenommen, einmal nach mir zu sehen. Eines Tages also, während ich eine Zigarette nach der anderen in der sandgefüllten Kaffeedose ausdrücke – es gibt sechs oder sieben solcher Dosen im Aufenthaltsraum, alle voll mit Kippen – kommt Corwin herein. Gekleidet ist er in einen langen, schwarzen Staubmantel wie ein Sheriff, dazu trägt er eine seltsame orangefarbene Jägermütze, die er tief ins Gesicht gezogen hat, knöchelhohe Tennisschuhe, Bellbottom-Jeans und ein zerrissenes T-Shirt. Unter dem dramatischen Mantel verbirgt er seine neue Geige.

»Setz dich«, sage ich und zeige mit meiner frischen Zigarette auf einen Sessel. Ich versuche, gelangweilt auszusehen, aber in Wirklichkeit bin ich aufgeregt. Corwin setzt sich in den Plastiksessel und nimmt den Geigenkasten auf den Schoß. Er hat ein hübsches schmales Gesicht und schwarze Peace-Augen, seine Bartstoppeln beginnen sich zu kräuseln, ein Pferdeschwanz quillt aus der Mütze und schlängelt sich über seinen Rücken. Corwin hatte immer die dichten braunen Wimpern und die durchgängigen, geraden Augenbrauen seiner Mutter, unter denen hervor er einen durchdringend anblickt. Offenbar hat auch er etwas von dem, was seinen Onkel befähigte, so viele Anhänger um sich zu scharen – einen merkwürdigen Magnetismus. Wenn er lächelt, sehen seine schiefen Zähne sehr weiß aus. Rauchen tut er nicht.

»So«, sagt er.

»So«, sage ich.

Wir nicken eine Weile wie die zwei Weisen vom Berge. Dann klappt er den Kasten auf und nimmt die Geige heraus. Während er sie stimmt, werden die Patienten von den ungewohnten Klängen aus ihren Zimmern gelockt und kommen näher. Die Schwestern verlassen ihre Station und stehen mit verschränkten Armen da, kaugummikauend. Doch sie hören auf zu kauen, als er zu spielen beginnt. Manche Patienten setzen sich auf den nächstbesten Stuhl, ein paar sogar auf den Fußboden. Nach den ersten Läufen bildet sich eine Melodie heraus. Corwin spielt ein langsames Lied, das die Blicke der Zuhörer löst. Lucilles Mund wird zu einem O, sie verschmilzt mit ihrer eigenen Gestalt. Warren steht wie angewurzelt da, steif und aufgereckt. Andere schwanken, sehen aus wie kurz vorm Weinen, aber das ändert sich, als Corwin das Tempo steigert und einen heiteren Jig zupft. Nun löst sich Warren von seiner Wand und beginnt im Raum umherzugehen, schneller und schneller. Die Musik hüpft lustig dahin, ein Red River Jig. Dann passiert etwas Unerwartetes. Für einen kurzen Augenblick vermengen sich alle Klänge im Bauch der Geige und erfüllen den Raum mit schmerzhaften Dissonanzen. Es würgt mich im Hals, ich springe auf. Warren bleibt stehen und drückt sich mit dem Rücken an die Wand. Aber Corwin greift einen Ton aus dem Tumult heraus, den er mit seinen Händen anrichtet, zieht ihn höher und höher, bis zur Unerträglichkeit. Und an dem Punkt, wo sich der Ton in ein Kreischen verwandelt, bricht er ab und leitet über zu kristalliner Klarheit.

Warren sinkt an der Wand in sich zusammen und preßt die Hand an die Brust, sein Kopf sinkt nach unten. Die anderen sitzen stumm da, eine seltsame Stille breitet sich aus und verlangsamt unseren Herzschlag. Doch das Spiel geht weiter, eindringlich, harmonisch, fließend. Wie lange es dauert, weiß ich nicht, ich weiß nicht einmal, ob es jemals endet. Warren ist vornübergesunken, eine Schwester geht zu ihm und fühlt ihm den Puls. Das Geigenspiel ist das einzige, was noch existiert, eine dunkle Gewißheit geht davon aus. Die Musik macht sich ihren eigenen Reim auf das Geschehen, und sie wird bleiben, ganz gleich, ob wir weiterleiden oder gesund werden, was ebenso mit Schmerzen verbunden ist. Ich bin klein. Ich bin ganz bei mir. Alles fällt von mir ab. Ein tiefes, ein gewaltiges Erlebnis. Als die Musik nur noch aus Nachhall besteht, erhebe ich mich. Die Schwester schaut besorgt auf ihre Uhr, ihr Blick wechselt zwischen der Uhr und Warren hin und her. Ich stehe neben Corwin, als er die Geige behutsam in den Kasten zurücklegt und die Schlösser zuschnappen läßt. Ich schaue ihn an, und er schaut mich an – unter diesen Augenbrauen hervor, mit seinem abgründigen schüchternen Grinsen, und weist mit gespitzten Lippen in Richtung Tür.

»Ich kann hier nicht weg«, sage ich.

Und gehe mit ihm.

Als ich das Krankenhaus zusammen mit Corwin verließ, nahm ich meine Handtasche und mein Tagebuch mit, sonst nichts. Ich ließ Anaïs zurück – den ganzen Schuber –, mitsamt meinen Anmerkungen. Schilderte sie ein Hochhaus, hatte ich *phallisch?* an den Rand geschrieben, bemerkte sie das Licht an einem Pariser Nachmittag – *impressionistisch?* Wenn sie eine Frau liebte, standen bei mir Fragezeichen, Ausrufezeichen, Kreuzchen, Sterne. Ich wußte nicht, wie lange ich ohne die Sicherheit des Krankenhauses durchhalten würde, aber ich lief einfach weiter, bis wir Corwins Auto erreicht hatten. Da ich eine Menge Gewicht verloren und mich kaum bewegt hatte, wurde mir schwindlig, und einmal mußte Corwin halten, damit ich mich übergeben konnte. Corwin wohnte bei meiner Tante und Richter Coutts. Die zwei hätten sein Leben verändert und ihm Selbstvertrauen gegeben, sagte er. Anfangs habe er weiter Drogen genommen und gedealt (natürlich ohne ihr

Wissen), aber als ich ins Krankenhaus kam, habe er diese Art der Erwerbstätigkeit kritisch überdacht und eingestellt. Er sei jetzt stinknormal, sagte er und lieferte mir damit mein Stichwort.

»Ich aber nicht«, erwiderte ich. »Ich bin lesbisch.«

Das könne nicht sein, sagte er, ich sei nicht angezogen wie eine Lesbe.

»Nicht, wie du dir eine vorstellst«, sagte ich.

Er widersprach mir, er wisse Bescheid, er komme schließlich herum. »Die ziehen sich an wie ich. *Ayeee!*«

Wir fuhren und schwiegen.

»Tut mir ehrlich leid, daß ich dir das Zeug gegeben habe«, sagte er. »Hat dich das innerlich irgendwie – du verstehst schon – umgedreht?«

»Du meinst, ob es mich zur Lesbe gemacht hat?«

Er nickte.

»Ich glaube nicht.«

Wieder eine Phase des Schweigens. Wir kannten uns in allen Lebenslagen – bekifft, betrunken, verkatert; in der katholischen Grundschule hatten wir uns gegenseitig verdroschen, daher war das Schweigen ein angenehmes, es war sogar eine Erleichterung. Ich blickte durch die gesprungene Scheibe des Seitenfensters – die Welt entlang der Straße war schön. Manche Felder waren riesige Spiegel aus Schmelzwasser. Das goldene Licht glitzerte auf den Flächen. Allmählich fühlte ich mich besser. Mit dem Jungen im Auto zu sitzen, dessen Namen ich mir eine Million mal auf den Körper geschrieben hatte, und das außerdem mit Blut, und dem ich von Nonette erzählen konnte, ohne daß er aus allen Wolken fiel, nahm meinen Gefühlen etwas von ihrem dunklen Glanz.

»Kennst du wirklich andere Lesben?« fragte ich.

»Nicht der Rede wert«, sagte er, dann: »Oder keine, an die ich dich weiterreichen könnte, wenn du das meinst.«

Ich spürte die Röte an meinem Hals aufsteigen.

»Hey«, sagte Corwin nach einer Weile, »Du mußt nichts überstürzen. Bleib einfach locker.«

Ich sagte nichts, aber der Gedanke, daß ich wegen meiner lesbischen Neigung nicht sofort etwas unternehmen mußte, beruhigte mich schon. Ich würde einfach damit leben und mich daran gewöhnen, egal wie lange ich brauchte. Anmerken konnte man mir es sowieso nicht, ich sah aus wie immer, nur etwas geschwächt. Und traurig. Meine Mutter hatte mir gesagt, meine Traurigkeit würde sie zum Weinen bringen. Und jetzt im Auto machte mich die Gewißheit, traurig auszusehen, auf eine künstliche Art traurig, die nichts mit wirklicher Trauer zu tun hatte.

Als wir ins Reservat kamen, brannte das alte Gras in den Straßengräben. Der dünne Rauch stand über der Straße wie eine unbewegliche Wolke. Nachdem mich Corwin zu Hause abgeliefert hatte, setzte ich mich zu Mooshum hinaus und trank mit ihm kaltes Wasser aus der Blechbüchse. Nach einer Weile war ich mir sicher, daß ich zurechtkommen würde. Irgend etwas an diesen Büchsen, vielleicht die Verzinkung, machte das Wasser wohlschmeckend.

Bei Sonnenuntergang drang das Licht unter dem Rauchschleier durch und tauchte alles in Goldorange. Ein seltsames, unwirkliches Leuchten kroch an Häusern und Bäumen hoch. Mit Mooshum zusammen schaute ich zu, bis das Licht verblaßte. Die Luft wurde kühl und blau. Trotz der Kälte blieben wir sitzen, bis sich die Dunkelheit braun färbte und Mama die Tür öffnete.

»Kommt rein, ihr zwei«, sagte sie mit sanfter Stimme.

Laufen in der Luft

Ein paar Tage später klingelte ich an der Tür des Klosters St. Joseph. Auf Kniehöhe hatte ein Hund schon viele Male an der Tür gekratzt und um Einlaß gebettelt, man sah es an den hellen Stellen. Ich wartete, klingelte erneut und hörte von ferne das schwache Geläut des Türgongs. Dann feste Schritte, und Mary Anita persönlich machte mir auf. Statt der strengen schwarzen Kluft trug sie gewöhnliche Kleidung, Nonnenzivil – einen ausgebeulten cremefarbenen Twinset und einen langen blauen Glockenrock, weiche Schnürschuhe statt der eleganten schwarzen Nonnenstiefel. Ihr Haar überraschte mich, ein dichtes Braun mit grauen Streifen und Wirbeln, energisch und schön, obwohl es kurzgeschnitten war. Sie blickte mich fragend an. Vielleicht hatten ihre Augen nachgelassen, sie blinzelte hinter runden Gläsern, dann nahm sie die Brille ab.

»Evelina Harp!«

Ihr großflächiges Gesicht hellte sich auf, aber ihre Augen blieben unbewegt. Sie winkte mich herein, und ich trat ein, streifte die Füße sorgfältig auf der rauhen Matte ab. Die Wände waren von einem beruhigenden Hellbraun, und es roch sauber, nicht alt oder sonstwie merkwürdig. Ich folgte ihr in den kleinen Empfangsraum, in dem eine Couch und ein Sessel standen. Auf der Sessellehne balancierte eine Kleenex-Schachtel, an der Wand hing ein Arrangement aus Trockenblumen in einem roten Weidenkorb, über dem toten Fernseher ein Kruzifix. Sie freue sich über meinen Besuch, versicherte sie, und bat mich, Platz zu nehmen. Sie war viel kleiner geworden – das Gewicht ihres Kiefers hatte ihr Gesicht nach unten gezogen und ihre Kopfhaltung verändert, so daß sie nun von unten zu mir heraufblickte, unter zarten Brauen hervor, die ihrem Blick einen nachdrücklichen Ernst verliehen.

Nach einer Minute beklommenen Schweigens fragte sie, wie es mir ging.

»Nicht so gut«, sagte ich.

Wieder Schweigen, diesmal länger, und ich bereute, geklingelt zu haben.

»Was fehlt Ihnen denn?« Ihr sanfter Blick ruhte auf mir. Sie freute sich, daß ich gekommen war, soviel konnte ich sehen, und jetzt machte sie sich Sorgen um mich, ein Schaf ihrer großen Herde. Mit der Wahrheit traute ich mich nicht heraus, also sagte ich etwas anderes.

»Ich denke daran, Nonne zu werden.«

»Oh!« Sie klatschte in ihre milchweißen Hände. Ihre Haut war hell und rein, fast durchsichtig. Zu meinem Erschrecken leuchtete sie förmlich auf vor Freude.

»Das wäre großartig, wenn Sie die Berufung spüren.« Ihre Stimme wurde zögernd.

»Ich denke ernstlich daran.«

»Wirklich?« sagte sie und faltete die Hände wie Vogelschwingen. Beide blickten wir auf ihre Hände, und ich dachte an den Heiligen Geist, die Taube, die sich schlafen legt, still und unbefleckt.

»Ich glaube nicht«, sagte sie plötzlich und blickte zu mir auf. »Sie im Kloster, das kann ich mir nicht vorstellen«, erklärte sie freundlich. »Hatten Sie irgendwelche besonderen Erlebnisse, die Sie mir mitteilen wollen?«

Die Frage überraschte mich, und ich reagierte mit einem blöden Lächeln. Irgend etwas mußte ich sagen, aber ich wußte nicht, was. »Ich war in einer psychiatrischen Klinik.«

Sie blickte mich scharf an, als ich das sagte, aber als sie mich lächeln sah, brach sie in das klingende musikalische Lachen aus, mit dem sie einen immer überraschte. »Ja, ja … sind Sie geheilt worden?«

»Ich nehme an.« Ich schwieg, aber meine Beklommenheit ließ nach. »Vielleicht haben Sie recht mit dem Kloster. Das Problem ist, ich glaube nicht mehr an Gott.«

Ihre Augen unter den seidigen Brauen verengten sich. Ihr Blick, obwohl beherrscht und neutral, beunruhigte mich.

»Manchmal geht es mir auch so«, sagte sie. »Wenn man nicht glaubt, ist es am schwersten.«

»Und ich dachte, ausgerechnet Sie …«

»Nein«, sagte sie. »Kein fester Glaube.«

»Sie sind also Nonne geworden, weil –« Meine Stimme wurde leise, ich hatte Angst, daß ich ihr zu nahe trat, aber ich wollte es wissen. »Weil Sie eine Buckendorf sind? Weil ein Buckendorf Corwins Großonkel erhängt hat?«

Sie versteckte ihre Reaktion hinter der erhobenen Hand und brauchte eine Weile für ihre Antwort.

»Ob ich lebe, um für die Sünde eines anderen Menschen zu büßen?« Ihre Stimme war kratzig und schwach. »Die Kraft hätte ich nicht. Andererseits hat sich dieser Vorfall durchaus auf meine Entscheidung ausgewirkt, als ich erwachsen wurde und davon erfuhr. Das Wissen, daß jemand zu so etwas fähig ist.«

»Jemand?«

»Jeder vielleicht. Mein Vater sagt, sein Großvater sei ein sehr friedfertiger Mensch gewesen, der friedfertigste überhaupt. Trotzdem wußte mein Vater immer, daß er an dem Lynchmord teilgenommen hat. Er konnte ihn nie damit in Verbindung bringen, in Gedanken. Ein paarmal, sagt er, hat er darüber gesprochen. Er sprach von Ihrem Großvater.«

»Mooshum?«

Ich beugte mich gespannt vor, aber sie zögerte.

»Ich weiß nicht … aber Sie haben mich gefragt, Sie wollen es wissen.« Ihre klaren Augen blickten mich prüfend an. »Na gut, ich werde es erzählen. Ich glaube, Ihr Großvater hat damals getrunken. Ihr Mooshum hat Eugene Wildstrand erzählt, daß er mit den anderen auf der Farm war. Mooshum hat erzählt, wie sie diese arme Familie gefunden haben.«

Plötzlich konnte ich sie nicht mehr ansehen. Ich sah nur noch Mooshum. Tief in mir zerriß etwas, Entsetzen breitete sich in mir aus. »Er muß stockbesoffen gewesen sein, um so etwas zu erzählen«, sagte ich.

Nirgends in seinen Geschichten hatte sich Mooshum irgendeine Schuld zugesprochen. Nie hatte er gesagt, daß er die anderen verraten hatte, und doch wußte ich sofort, daß es stimmte. Das war der Grund, weshalb sie auf dem Wagen nicht mit ihm gesprochen hatten. Das war der Grund, weshalb er abgeschnitten wurde, während die anderen sterben mußten.

Obwohl ich wußte, daß Mary Anita die Wahrheit sagte, mußte ich widersprechen. Ich wurde laut. »Sie haben ihm die Schlinge um den Hals gelegt. Er wäre fast gestorben. Sie wollten auch ihn erhängen.«

Sister Mary Anita rang die Hände vor Aufregung. »Ja, meine Liebe. Wildstrand hat ihn im letzten Moment abgeschnitten, ja. Nach dem, was ich gehört habe, hatten sie nicht vor, ihn zu hängen. Sie wollten ihn erschrecken, einschüchtern. Mit einer Scheinhinrichtung.«

Sister Mary Anita fuhr mit den Fingerknöcheln unter dem Kinn entlang und blickte über mir an die Wand, auf das Kruzifix, vermutete ich. Aber sie zeigte auf den Blumenkorb – Sonnenhut, Präriezapfenblumen, rostfarbene Indianerpinsel, Rohrkolben –, alles vor kurzer Zeit gepflückt in den Gräben und Wiesen der Umgebung.

»Der Junge hat den Korb geflochten«, sagte Mary Anita.

Ich stand auf und betrachtete den Korb – das alte, brüchige Weidengeflecht, löchrig, ein wenig lose, wie von einem Kind gemacht. Sister Mary Anita ging aus dem Zimmer, mit unsicherem Schritt, wie es schien, ich setzte mich und stützte den Kopf in die Hände. *Mooshum.* Bei ihrer Rückkehr hielt sie eine große Papiertüte in der Hand. Sie blieb vor mir stehen, und als ich aufstand, um die Tüte entgegenzunehmen, sah ich, daß sie erschöpft war und mich verabschieden wollte.

An der Tür fiel es ihr wieder ein. »Ich bete für Ihre Berufung«, sagte sie. »Und auch für Ihre Gesundung.« Sie strahlte und machte einen kleinen Scherz. »Das eine schließt das andere nicht aus.«

Ich ging den Hügel hinab, zurück zu unserem Haus. Joseph und ich hatten immer noch unsere winzigen Schlafkammern – obwohl seine jetzt mit seinem ganzen Kram und Mutters Nähzeug vollgestopft war. Mooshum schlief wie früher in der Vorratskammer hinter der Küche. Ich ging in mein Zimmer, setzte mich aufs Bett und öffnete die Tüte. Drinnen steckten ein Paar alte Stiefel, dunkles, rissiges Leder. Ich nahm einen heraus und drehte ihn um. Als ich es tat, wußte ich schon, daß ich das aufgenagelte Kreuz entdecken würde.

Beim Nachhausekommen hatte ich Mooshum geweckt, jetzt hörte ich ihn nach Altmännerart durch den Flur tappen, auf mein Zimmer zu. Sonst war niemand zu Hause.

»Willst du Karten spielen?« fragte er an der Tür.

Ich drehte mich um und hielt ihm die Stiefel hin, einen in jeder Hand. Mooshum schaute mich verwundert an. Er fuhr mit den Fingern durch sein struppiges Haar, faßte sich ans Kinn mit den spärlichen weißen Stoppeln. Die Stiefel von Holy Cross erkannte er natürlich nicht.

»Evey?«

Ich hielt ihm die Stiefel hin, schüttelte sie. Er neigte den Kopf zur Seite, streckte die Hand mit den schlanken Fingern aus und nahm die Stiefel entgegen.

»Dreh sie um«, sagte ich.

Als er sie von unten sah, ging er ein wenig in die Knie, als wären sie schwerer geworden. Stumm drehte er sich weg und lief durch den Flur zurück zu seiner Couch, auf die er niedersank, die Schuhe in den Händen. Ich dachte schon, ich hätte ihn umgebracht. Aber er starrte die Wand an. Ich setzte mich zu ihm auf das klumpige Polster. Er stellte die Stiefel behutsam zwischen uns.

Nach einer Weile begann er zu reden.

»Ich war bewußtlos, daher hab ich nicht gemerkt, daß sie mich abgeschnitten haben. Ich lag da, ich weiß nicht, wie lange. Als ich zu mir kam, schaute ich hoch, und da waren diese verdammten Stiefel mit den verdammten Kreuzen dran, und sie liefen noch. Der Junge ist noch gelaufen, in der Luft.«

»Sie ließen ihn baumeln, bis er erstickt war, und schauten dabei zu.«

Mooshum zuckte mit den Schultern und schlug die Hände vors Gesicht.

Ein Schwindelgefühl packte mich, ich sprang auf.

»Du bist der einzige, der noch lebt«, sagte ich.

»*Tawpway*«, rief Mooshum klagend. »Und jetzt bringst du mich auch noch um. Mich macht es krank, diese alten Stiefel zu sehen und an Holy Cross zu denken.«

»Du warst es, der geredet hat.«

Er wühlte in den Taschen, holte sein schmuddliges, zusammengeknülltes Taschentuch heraus und wollte es mir geben. Ich stieß seine Hand weg.

»Aber danach bin ich nüchtern geblieben. Lange Zeit. Meistens.«

Wir saßen da und blickten auf die Stiefel hinunter, bis Mooshum sie in die Hand nahm und sagte, er wolle mit mir ein Stück fahren. Also holte ich die Schlüssel und half ihm die Treppe hinab und ins Auto.

»Wohin soll ich fahren?«

»Zum Baum.«

Ich wußte, wo der Baum stand. Jeder wußte es. Er stand auf Marns Land, wo Billy Peace mit seiner Gemeinde gelebt hatte. Eine Weile lang hatten die Leute die Gegend gemieden – bis die Gemeinde verschwunden war. Der Baum markierte die Nordwestecke des Landes und war immer voller Vögel. Die Meilen dorthin legten wir schweigend zurück, dann parkten wir den Wagen in einer Traktorauffahrt. Als wir die Türen zuschlugen, schreckten wir tausend Vögel auf. Ein Geräusch wie abgeschossene Pfeile. Und wie Pfeile flogen sie davon und wurden vom Himmel verschluckt.

Wir liefen über das staubige, vom Winter niedergedrückte

Gras bis zum Schatten des Baums. Allein auf weiter Flur, ringsum von Licht umgeben, streckte der Baum seine Arme aus wie ein Leuchter. Frische Gebetswimpel hingen herab – rot, grün, blau, weiß. Die tiefe Sonne vergoldete die Zweige, und die ersten zarten Blätter zeigten sich.

Mooshum verknotete die Schnürsenkel und überreichte mir die Stiefel. Ich warf sie hoch. Nach dem dritten Wurf blieben sie hängen.

»Das hilft der Seele, aber nicht dem Recht«, sagte ich zu Mooshum.

Die Wahrheit ist, daß ich es auf dem ganzen Weg schon hatte sagen wollen.

Mooshum nickte und schaute blinzelnd hinauf ins zarte Grün der schwarzen Zweige. »*Awee*, meine Kleine. Die Tauben sind noch da oben.«

Ich blickte nach oben, doch zu den Tauben fiel mir nichts ein. Mich störte das sanfte Schaukeln dieser Stiefel.

Allerseelen

Mooshum sah also am Himmel von North Dakota eine end-
lose Zahl von Tauben, die alles verstopften und die Lüfte mit
ihrem leisen Geschrei erfüllten. Er stellte sich vor, daß sich
diese Decke aus Tauben in die Stratosphäre erhoben hatte,
statt hier auf Erden ausgerottet zu werden. Dieses Geflatter
verband ihn mit dem berühmten französischen Schriftsteller,
zu dessen Paperback ich nach meinem Abschied von Anaïs
Nin zurückgekehrt war. Ich las es so oft, daß ich in Richter
Coutts manchmal schon den Bußrichter sah, der den Namen meiner Mutter trug und in einer Amsterdamer Bar auf
jemanden wartete wie mich. Und ich wußte nicht, wie es weitergehen sollte mit mir. Albert Camus hatte einmal bei einem
Wetterdienst gearbeitet, deshalb vertraute ich seinen Him-
melsbeobachtungen.

Es war ein warmer Halloween-Abend, und ich kam extra
vom College, um an Mooshums Lieblingsfeiertag mitzuhel-
fen. In Erwartung der Klingelkinder tröpfelte ich warmen Sirup auf Popcorn, fettete mir die Hände ein und knetete das
Gemengsel zu Bällchen, bis wir hundert oder mehr in einer
großen Blechschüssel aufgehäuft hatten. Für Nachschub war
auch gesorgt – zwei riesige Tüten mit klebrigen Erdnußbuttermakronen. Unser Haus war das erste an der Straße, und zu
Halloween kamen alle, die draußen im Busch wohnten, in die
Stadt. Mooshum beäugte traurig die Süßigkeiten. Erdnußbut-
ter mochte er nicht, und die Popcornbällchen waren ein Problem für ihn, weil er sich nie an sein Gebiß gewöhnt hatte.

»Mit diesen stumpfen Dingern könnte ich keinem die Leber rausfressen«, sagte er.

Ich zog einen Beutel rosa Pfefferminzkissen aus der Tasche, er nahm eins heraus, legte es auf seine Zunge und schloß die Augen. Die Flaumhärchen wehten in der Zugluft.

»Mein Bruder fehlt mir«, sagte Mooshum und befingerte sein verstümmeltes Ohr. »Sogar daß er auf mich geschossen hat, fehlt mir.«

»Was?«

»*Oh yai!* Das Ohr hier, weißt du das nicht? Das war er.«

Mooshum erzählte mir, daß er im Herbst nach der Rückkehr ins Reservat mit seinem jüngeren Bruder zur Jagd gegangen war. Irgendwo im Wald hatte er das Bärenfell versteckt, das normalerweise das Familiensofa zierte. Das Fell über den Kopf gezogen, gelang ihm ein überzeugender Überfall, indem er sich plötzlich zwischen den Himbeerpflückern erhob und mit Gebrüll losstürmte. Shamengwa floh mit den anderen, doch sein Gewehr war geladen, er drehte sich um und schoß mit einem fürchterlichen Schrei, weil er stolperte und hinfiel.

»Diese Kugel hat mein Ohr erwischt«, sagte Mooshum und schlug sich mit der Handkante an den Kopf. »Hat es einfach abgesäbelt.«

Meine Mutter setzte sich mit der Teetasse zu uns und rührte um.

»Mein Bruder hat sich bepißt, von oben bis unten. Habt ihr das nicht gewußt?«

»Nein!«

»Schäm dich, Daddy«, sagte Mama. »Du warst es, der sich bepinkelt hat.«

Dann wurden sie auf einmal still. Mooshum kippelte auf seinem Stuhl. Er war so sehr geschrumpft, daß er aussah wie ein Bündel Stöcke, an dem seine alten grünen Arbeitssachen hingen wie Säcke.

Mom trank ihren Tee aus, erhob sich und warf ein paar

große Teigbatzen auf das Schneidbrett. Sie begann den Teig zu kneten, kräftig mit den Daumen, mit den Handballen zu bearbeiten, mit Bewegungen, die ich tausendmal gesehen hatte. Dann stellte sie den Teig zum Aufgehen beiseite, weil sie mit meinem Vater wegfahren wollte, zu einer kirchlichen Veranstaltung, die dem Treiben des Teufels und der Jagd nach Süßigkeiten etwas entgegensetzen sollte. Father Cassidy bemühte sich immer noch um unsere Familie, aber eher aus Gewohnheit, nicht weil er sich etwas davon versprach.

Mooshum kaute und spuckte aus; seine neue Kaffeebüchse war eine rote von Folger's.

»Sie geben mir immer noch keine Briefmarken«, zischte er hinter Mamas Rücken.

»Gib mir den Brief«, sagte ich, »ich schicke ihn ab«.

Als sie gingen, trug Mama einen spinnwebenartigen Spitzenschal über dem Kragen ihres marineblauen Mantels, mein Vater ein gestärktes grünes Hemd und ein kariertes Jackett. Er wirkte müde und resigniert.

»Er würde ja lieber hier bei uns bleiben«, sagte Mooshum, als sie hinausgingen.

»Er braucht mal eine Pause«, sagte ich.

Seine Schulklasse wurde in dem Jahr von zwei kräftigen, unruhigen Valliant-Söhnen dominiert, die er nicht in den Griff bekam. Fast jeden Tag hatte er Ärger deswegen. Er sagte, er halte den Beruf nicht mehr aus, habe beschlossen, die Briefmarkensammlung zu verkaufen und sich zur Ruhe zu setzen. Natürlich hielten wir das für Gerede, aber er versuchte tatsächlich, die Sammlung meistbietend zu verkaufen. Briefe mit den Wappen von Markenhändlern fanden sich im Postkasten.

Als die beiden weg waren, setzte ich mich mit Mooshum an die Tür. Mama hatte jedes Popcornbällchen in Wachspapier gewickelt und die Enden verdreht. Ich machte eins auf und begann zu knabbern. Da klopfte es schon, und die erste Welle von Bonbonjägern setzte ein. Es war das übliche Sortiment aus Landstreichern und Piraten, dazu ein paar bedauernswert aussehende Astronauten, Vampire aus *Dark Shadows*, Gespenster in alten Laken, undefinierbare Monster und zerzauste Prinzessinnen mit Pappkronen. Viele Ältere kamen als aufgeputzte Werwölfe mit Fellfetzen im Gesicht und auf den Händen.

»So macht das keinen Spaß«, sagte Mooshum.

Bevor die nächsten kamen, versteckte ich mich hinter der Tür, während er im Dunkeln sitzen blieb, die Schüssel mit den Popkornbällchen im Schoß und eine Taschenlampe unter dem Kinn. Die Kinder mußten sich heranwagen und ihre Bällchen aus der Schüssel angeln, aber nur die Allerkleinsten hatten so richtig Angst vor Mooshum. Ein paar ältere lachten sogar. Er röchelte und rollte mit den Augen, was das Zeug hielt.

»Diese Kinder sind einfach zu abgebrüht«, sagte er.

»Heutzutage Kinder zu erschrecken ist gar nicht so leicht, bei all dem, was sie zu sehen kriegen«, wollte ich ihn trösten, aber er war enttäuscht. Wir versuchten dasselbe noch einmal bei der nächsten Gruppe, doch erst als Mooshum mit den Zähnen in einem Popcornbällchen steckenblieb und einem kleinen Jungen das Bällchen mitsamt seinem Gebiß entgegenstreckte, hörten wir einen überzeugenden Entsetzensschrei.

Von jetzt an richtete ich die Taschenlampe auf Mooshum, und die Kinder mußten unter dem festgeklebten Gebiß durchgreifen, wenn sie sich bedienen wollten, und so hatten wir unseren Spaß, bis sich eine Mutter, die ihr Zweijähriges in einem Laken umhertrug, beschwerte: »Das ist unhygienisch, junger Mann!« Mooshums Gefühle waren verletzt. Schmollend schob er sein Gebiß in den Mund, und die nächsten Kinder bekamen nur noch Erdnußbuttermakronen – die auffallend nach Leim schmeckten, wie ich beim Kosten bemerkte.

Mooshums Gebiß saß jetzt so lose, daß es klapperte und er beim Sprechen spuckte.

Ich beendete die Bonbonverteilung, schloß die Tür und kam mit der Schüssel zurück. Mooshum war verschwunden.

»Nicht gucken!« rief er aus der Küche.

Aber ich wollte sehen, was er da ausheckte. Er hatte nichts an außer dünnen Boxershorts und verteilte gerade einen großen feuchten Klumpen von Mamas Teig auf seinem Kopf. Die zähe Masse rann ihm langsam über Gesicht, Hals und Schultern. Seine Ohren ragten aus der dickflüssigen Teigmaske heraus. Teigfäden hingen ihm an den Armen, auch auf Brust, Bauch und Schenkeln hatte er Teig verschmiert. Seine Augen lugten rot wie Spechtaugen aus der weißen Masse heraus. In seinem zahnlosen Mund hatte er eine große Ladung Ketchup deponiert, und wenn er grinste, lief ihm die rote Brühe übers Kinn. Als er mich erblickte, drehte er sich um und rannte zur Hoftür hinaus. Dort schrie schon ein ganzer Chor nach Süßem oder Saurem. Ich ließ die Schüssel fallen und rannte ihm nach, aber er war schon weg. Während ich den Garten nach ihm durchsuchte, sah ich ihn aus dem Eibenstrauch aufstehen, die Taschenlampe von unten auf sein Gesicht gerichtet. Mit einem kaum noch menschlich zu nennenden Quieken tappte er auf die Kinder zu. Sie schrien auf und stoben auseinander, offenbar probierte er sein Ketchupgrinsen an ihnen aus. Drei von ihnen rannten wie die Hasen, einer stolperte und fiel hin, der fünfte griff nach einem Stein und warf.

Der Stein traf Mooshums Stirn. Er fiel der Länge nach hin, die Taschenlampe rollte davon. Im selben Moment kamen meine Eltern zurück und sprangen aus dem Auto. Ich hob die Taschenlampe auf und richtete sie auf Mooshum, Dad drehte ihn auf den Rücken, Mama kniete sich über ihn. Mit weit offenen Augen starrte Mooshum ins Leere, das Blut aus der Stirn lief ihm übers Gesicht. Mama schüttelte ihn, damit er zu sich kam, ich versuchte, seinen Puls zu fühlen, aber ich finde kaum meinen eigenen Puls, daher konnte ich nicht sagen, ob er tot war oder nicht. Ich legte das Ohr an seine Brust.

»Wir bringen ihn ins Krankenhaus«, sagte Dad.

Jetzt kam Mooshum zu sich und richtete den Blick verzückt auf meine Mutter. »Tolle Nummer«, sagte er und wurde wieder bewußtlos. Ab und zu schnarchte er auf. »Womit hat er sich beschmiert?« fragte Mom. »Mit Brotteig«. Wir warteten auf das nächste Schnarchen. Es kam nicht. Dad beugte sich über ihn, hielt ihm die Nase zu, beugte seinen Kopf in den Nacken und hebelte ihm den Mund mit dem Daumen auf. Er holte tief Luft und beatmete Mooshum. Ketchup quoll aus Mooshums Mund und tropfte an seinem Hals herunter.

»Hat sich seine Brust bewegt?« Dad wischte sich den Mund ab und stellte nicht mal Fragen wegen des Ketchups.

»Ja.«

Er beatmete Mooshum vier weitere Male, dann regte sich Mooshum und hustete sich ins Leben zurück.

Wir beschlossen, ihn ins Auto zu laden, und schleppten ihn hinaus, fast ohne sein Gewicht zu spüren, so erleichtert, wie wir waren. Ich setzte mich zu ihm nach hinten und nahm seinen Kopf in die Arme, und während wir Richtung Krankenhaus rasten, spürte ich seine Atmung aussetzen, doch dann kam sie wieder in Gang wie ein stotternder Außenbordmotor.

In der Notaufnahme löste er Tumulte aus. Die Schwestern riefen alle möglichen Leute herbei, damit sie sich den Mann im Brotteig ansehen konnten, bis mein Vater wütend wurde. »Hören Sie auf zu gaffen! Verhalten Sie sich professionell!« sagte er und zog den Vorhang um uns zu. Nach fünf Minuten war der diensthabende Arzt zur Stelle, der noch jung war und sein Studium beim indianischen Gesundheitswesen abarbeitete. Er zwängte sich in seinen weißen Kittel, als er durch den

Vorhang kam. Ihm hatten die Schwestern offenbar nichts vom Brotteig und dem Ketchup erzählt, aber er hielt sich tapfer. Sein Mund zuckte nur, das Lachen verkniff er sich. Mooshum mit der Teigmaske lag still da, der Ketchup troff. Sanft streichelte Mama seine Hände, die sie ihm über der Brust gefaltet hatte. Während wir um ihn herumstanden, breitete sich Zufriedenheit auf seinem Gesicht aus. Papa wischte sich schwer atmend den Mund ab. Draußen vor dem Vorhang warteten die Schwestern und lauschten. Endlos standen wir in angespannter Erwartung.

»Er sieht glücklich aus«, sagte Mama schließlich. »Ich glaube, er kommt zu sich.«

Mooshum begann, gleichmäßig zu atmen.

»Jetzt sterbe ich«, seufzte er.

»Nein, tust du nicht, Daddy.«

»Doch. Ich will, daß meine Liebste kommt. Hier ins Krankenhaus. Ruft Neve! Das ist mein letzter Wille!«

»Sie behalten dich doch gar nicht hier, Daddy. Wir können dich mit nach Hause nehmen.«

»Nein, meine Kleine, ich bin hinüber.« Nun schien er wirklich zu sterben, doch just in diesem Moment kam Father Cassidy wippenden Schritts zwischen den Vorhängen hervor, mit einem Funkeln in den Augen und der Bibel in der Hand. Mama wich nicht von Mooshums Seite, also mußte er einen langen Hals machen, um etwas zu sehen.

»Komme ich noch rechtzeitig?« fragte er laut. »Die Schwester hat mich rufen lassen.«

Mooshum verzog das Gesicht und öffnete die Augen.

»Welch Glück! Es ist noch Zeit!« Father Cassidy murmelte ein inniges Gebet. Das Köfferchen für die Letzte Ölung hatte er ebenfalls mitgebracht. Hektisch arrangierte er die Fläschchen auf dem Beistelltisch aus Stahl. Mooshum knurrte unwillig und richtete sich auf.

»Wenn Sie mich nicht in Frieden sterben lassen, lebe ich

weiter, selbst wenn ich gar nicht will. Diesmal kriegen Sie mich nicht, Hop Along. Ich verlängere mein Leben!«

Mooshum schwenkte die Beine aus dem Bett und erhob sich zitternd. Dad und Mama hielten ihn fest. Noch immer tropfte Ketchup aus seinem Mund. »Im Indianerhimmel leben wir mit den Büffeln, habe ich gehört. Mir soll's recht sein. Die Totenrede haben Sie mir schon gehalten, einen besseren Nachruf hätte ich mir nicht wünschen können.«

»Dafür habe ich mich schon zigmal entschuldigt«, beklagte sich Father Cassidy. Mit gekränkter Würde packte er seine Ölfläschchen ein und faltete die zugehörigen Servietten zusammen.

Mama half Mooshum in Dads Mantel. Er schien zusehends zu Kräften zu kommen und schüttelte bröckelnden Teig ab. Father Cassidy schaute mich verwundert an.

»Er hat sich mit Teig beklebt«, erklärte ich ihm.

Kopfschüttelnd klappte Father Cassidy sein praktisches Lederköfferchen zu. Als wir gingen, plauderte er zutraulich mit den Schwestern. Ein Jahr später legte er das Priesteramt nieder, ging zurück nach Montana, ließ sich einen Bart wachsen und wurde Unternehmer. Er handelte mit Rindfleisch, verschiffte es nach Japan und in die ganze Welt. Wir sahen ihn auf Plakaten und in Werbespots. Sein wippender Schritt und sein kalbsmäßiges Ungestüm wurden zum Markenzeichen der Fleischindustrie und machten ihn sehr reich.

Am Wochenende vor meiner Rückkehr zum College kam Corwin und holte mich ab. Wir stiegen in sein Auto und fuhren zu einer einsamen Stelle mitten im flachen Feld, wo wir nahende Lichter von weitem sehen konnten. Bei halboffenen Fenstern kletterten wir auf den Rücksitz – es war eine ungewöhnlich warme Novembernacht – und küßten uns. Ein seltsamer, intimer, brüderlicher Vorgang. Wir wurden immer hitziger, taten uns weh, rissen uns die Sachen herunter und hielten plötzlich verwirrt inne, blockiert durch eine unüberwindliche Hemmung. Wir blieben sitzen und hielten uns bei den Händen, bis wir einschliefen. Irgendwann graute der Morgen, am Horizont zeigten sich Feuerstreifen. Vom engumschlungenen Schlaf auf der Rückbank fühlten wir uns steif und verkrampft. Ich musterte Corwin im sanften Zwielicht. Seine Augen sahen geschwollen aus. Vielleicht hatte er heimlich geweint. Er streichelte mein Gesicht, strich mir das Haar hinter die Ohren, schob die andere Hand zwischen meine Schenkel.

»Hey, Evey?« Corwins Zähne blitzten. »Du und ich, wir sind zum Heiraten bestimmt. Zur Liebe bis in den Tod. Bis daß der Tod uns scheidet.« Sein Gesicht war ernst, und daß es von der aufgehenden Sonne beleuchtet wurde, unterstrich die Dramatik der Szene. Seine Augen blieben im Schatten verborgen.

»Wir gehen nach Paris«, sagte er. »Wir besuchen Joseph an der Uni und fliegen weiter. Nach Paris, wohin du immer wolltest. Wir ficken auf der Straße, wir ficken in der Kathedrale, wir ficken in den verfickten Coffeeshops, was meinst du?«

»In welcher Kathedrale?« fragte ich.

»In der schönsten«, sagte Corwin. »Der mit den besten Statuen.«

»Okay«, sagte ich. »In welchem Coffeeshop?«

»In einem, der die ganze Nacht geöffnet ist und hohe Zwischenwände hat. Ist gar nicht so abwegig.«

»Und was ist mit der Straße? In welcher Straße?«

»In allen Straßen. Wir nehmen einen Stadtplan mit.«

Ich hatte den Stadtplan im Anhang meines Buches studiert – ein erstaunliches Labyrinth.

»Aber wir müssen uns beeilen«, sagte Corwin. »Wahrscheinlich bauen sie in diesem Moment schon wieder neue Straßen.«

»Und was, wenn ich nicht will, weil ich lesbisch bin?«

Corwin verstummte.

»Glaubst du also, das ist chronisch?« fragte er nach einer Weile.

Auf der Rückfahrt kam uns ein alter Mann entgegen, der langsam vor sich hin trottete, mit offenem Mantel und wehendem Haar. Es war Mooshum. Wir wendeten auf dem leeren Highway und fuhren im Schrittempo neben ihm her. Er lief unbeeindruckt weiter, also sprang ich hinaus und nahm ihn beim Arm.

»Hey, steig ein!«

Er schaute mich verwirrt an. »Oh, Evey.«

»Steig ein, Mooshum. Wo willst du denn hin?«

»Nur so Besuche machen.«

Er ließ sich in den Wagen helfen, und kaum saß er drin, sagte er großspurig: »Bring mich zu meiner Liebsten!«

»Okay.« Ich warf Corwin einen müden Blick zu. Der schaute stur geradeaus. »Das ist meine Tante Neve. Er will sie besuchen.«

»Warum nicht?« sagte Corwin und legte schicksalsergeben den Gang ein.

Auf der Fahrt nach Pluto wurde mir klar, daß meine Mutter wahrscheinlich schon die Stammespolizei benachrichtigt hatte und sich schreckliche Sorgen machte. Als Tante Neve uns öffnete – im Bademantel, ungeschminkt, unfrisiert – sagte ich daher sofort, ich müsse telefonieren. Mooshum und Corwin setzten sich auf Tante Neves goldene Sprungfedercouch, während sie Kaffee kochen ging. Doch Mooshum schob Corwin weg und zischte ihm zu, er solle verschwinden. Zum Telefonieren wandte ich mich von ihnen ab und hielt mir das andere Ohr zu.

»Mama? Ich bin hier mit Mooshum bei Tante Neve.«

Sie wurde kurz heftig, war aber trotzdem erleichtert. Nach

einem Wortwechsel mit Dad sagte sie: »Hier, dein Vater will mit dir reden.«

»Evey? Bist du bei –«

»Ich bin bei Tante Harp.«

»Oh!«

Seine Stimme war angespannt, aufgeregter, als ich ihn je erlebt hatte. »Hör mal«, sagte er, »ist es vielleicht möglich, daß du einen Blick auf ihre Post wirfst?«

»Was?«

Jetzt erzählte er mir, Mooshum habe seine Markensammlung geplündert, weil Mama sich geweigert hatte, einen seiner Briefe abzuschicken, und er habe vor zwei Tagen einige wertvolle, *äußerst wertvolle* (seine Stimme zitterte ein wenig) Marken auf den Brief geklebt und ihn heimlich abgeschickt. Ich wollte ihm schon erklären, daß ich den Brief für Mooshum abgeschickt hatte, besann mich aber eines Besseren.

»Ich hab mich gestern abend ein bißchen aufgeregt«, sagte Dad. »Und heute morgen hat er beschlossen, wegzugehen ...«

In dem Moment klingelte es.

»Gehst du mal an die Tür, Evey?« rief Tante Neve mit melodischem Zwitschern aus dem Schlafzimmer, wo sie sich vermutlich perfekt zurechtmachte.

Ich legte das Telefon hin und ging zur Tür. Es war der Briefträger, der die Post brachte und für einen Brief Nachporto verlangte. Ich zahlte das Porto mit meinem Kleingeld und schob mir den Brief in den Ausschnitt. Nachdem ich die andere Post auf dem schicken kleinen Korridortisch abgelegt hatte, nahm ich den Hörer wieder auf.

»Also, ich hab ihn. Auf dem Brief klebt eine Eincentmarke, blau, Benjamin Franklin.«

Mein Vater hatte mit heftigen Emotionen zu kämpfen. »Diese Briefmarke wird als Z-Grill bezeichnet«, sagte er.

Wenn du sie sicher zurückbringst, Liebling, darfst du nach Paris fahren. Das verspreche ich dir.«

Ich legte auf. Nie hatte mein Vater mich oder irgend jemanden Liebling genannt. Und das war nun schon das zweite Mal an diesem Morgen, daß mir jemand eine Reise nach Paris versprach. Ich blickte zu Mooshum hinüber. Sein Haar war von einem hellen Silber und ordentlich gekämmt. Das Gebiß saß wieder an Ort und Stelle, als weißer Querbalken in seinem zerknitterten Gesicht. Und er war perfekt rasiert, seine Kleidung fleckenlos, die Schuhe hatte er auf Hochglanz poliert. Sein Taschentuch hielt er in der Hand, um eventuelle Tropfen von seiner Nasenspitze wegzutupfen.

Mooshum sandte mir einen Blick, der nur *Verschwinde hier!* bedeuten konnte. Also nahm ich Corwin bei der Hand, und wir machten uns aus dem Staub, sprangen ins Auto und fuhren los. Wir versuchten zu reden, aber es wollte nicht klappen. Ich legte ihm die Hand auf den Schenkel, er ignorierte es, und wir verstummten. Eine dumme Situation. Mein Arm tat langsam weh von der Anstrengung.

»Sparen wir lieber für unsere Tickets«, sagte er, bevor ich ausstieg. Wir standen auf der Straße vor unserem Haus.

Ich küßte ihn und ging hinein. Als ich zehn Minuten später hinaussah, stand das Auto noch da. Kurze Zeit darauf war es weg.

Mooshum blieb über Nacht bei Tante Neve. Am nächsten Morgen, ich wollte gerade zum College aufbrechen, fuhr sie in ihrem gelben Buick vor. Von der Haustür aus sah ich, wie sich Mooshum aus dem Beifahrersitz erhob, drahtig wie ein Jüngling den Kühler umrundete, mit der Hand über die Motorhaube strich und einen Adlerblick durch die Frontscheibe auf Tante Neve richtete. Als sie losfuhr, blieb er stehen und winkte ihr langsam nach. Der Buick verschwand, doch Mooshum hielt weiter die Hand in die Höhe, bis er plötzlich in sich zusammensackte und wieder der alte war. Als er sich schließlich umdrehte und zum Haus zurückschlurfte, ging ich die Treppe hinunter und nahm ihn beim Arm.

»*Awee!*« In seinem Gesicht arbeitete es. »Endlich, meine Kleine. Jetzt kann Father Hop Along kommen. Endlich hab ich was zu beichten.«

Ich wurde nach der ersten Liebe von Louis Riel getauft, einem Mädchen, das er 1878 nach seiner Entlassung aus der Irrenanstalt von Beauport bei Quebec kennenlernte. Man hatte ihn dort eingeliefert, weil er in der Heiligen Messe von einem nicht enden wollenden Lachanfall übermannt worden war. Riels Evelina war blond, hochgewachsen, scheu, und liebte die Blumen. Es war Mooshum, der meiner Mutter vorschlug, mich nach der verlorenen Liebe Louis Riels zu nennen, und er war stolz darauf, daß sie seinen Vorschlag befolgt hatte.

Über Monate, den ganzen Winter eigentlich, lief mein Vater mit einer stillen Wut auf Mooshum herum, weil der ihm durch den Diebstahl der Z-Grill beinahe den Ruhestand verdorben hätte – und nicht nur die Z-Grill, auch eine schwedische Dreischillingmarke von 1855, die gelborange statt blau war, hatte er für sich verwendet. Letztere kam wegen ungenügender Frankierung zurück. Wenigstens hatte Mooshum seinen Absender vermerkt, wie ich feststellte, als ich in den Weihnachtsferien auf den Umschlag schaute.

»Das ist nicht witzig«, sagte mein Vater. »Es geht um unser Familienvermögen.«

Mooshum hatte Mehlkleister mit Spucke angerührt, um die Briefmarke aufzukleben, und sie war nicht einmal abgestempelt worden, weil die Postfrau von Pluto den Brief zurückgebracht hatte. Dad löste beide Briefmarken behutsam ab und steckte sie an ihren Platz im Album zurück. Er zeigte mir alle seine Lieblingsmarken. Bis zum Verkauf wollte er die ganze Sammlung in einem Safe unterbringen, aber nicht in der Bank seiner Schwester.

Ende März, als er mit den Markenalben nach Fargo fuhr, geriet er bei Glatteis ins Schleudern, das Familienauto überschlug sich und landete am Rand eines Rübenfeldes. Er war bewußtlos, als man ihn fand. Die Wagentüren waren aufgesprungen, die Fenster geborsten, die Sachen aus dem Wagen herausgefallen. Seine Markenalben blieben im kalten Regen zurück, der einsetzte, nachdem er im St. Johns Hospital aus der Bewußtlosigkeit erwacht war. Er fragte sofort nach seinen Briefmarken, doch für derartiges hatten die Ärzte kein Ohr.

Nachdem wir ihn im Krankenhaus besucht hatten, machte ich mich mit Joseph auf die Suche nach den Briefmarken. Die Alben fanden wir etwa dreißig Meter von der Stelle entfernt, wo das Auto liegengeblieben war. Die Ledereinbände waren geplatzt, aufgequollen, ruiniert. Wir pflückten Briefmarken von Rohrkolben und pellten sie von nassen Erdklumpen. Als wir ihm unsere Funde ans Krankenbett brachten, sah Dad sehr elend aus und stellte sich schlafend. »Er ist verzweifelt«, sagte unsere Mutter. Daß die Briefmarken so wertvoll waren, hatte keiner geahnt.

Erst Wochen später war er soweit wiederhergestellt, daß er nach Hause konnte. Die meisten der wiedergefundenen Briefmarken waren brüchig geworden und zerfielen nach dem Trocknen zu winzigen Flocken. Ich sah ihm dabei zu, wie er versuchte, die Benjamin Franklin Z-Grill zu retten. Ich hatte sie auf dem Acker gefunden, an einer faulenden Rübe klebend. Vielleicht hatte der chemische Dünger das Papier zersetzt. Es war deprimierend. Als er die Briefmarke mit der Pinzette anhob, zerfiel sie zu einem Häufchen unglaublich kostbaren Staubs.

Mein Vater seufzte tief und schaute mich an.

Ein kleine Ewigkeit verging. Ich sollte mitkommen zur Hoftür und sehen, wie eine halbe Million Dollar verwehte.

»Bist du bereit?« fragte er.

Und wir standen zusammen in der Sonne, als er auf seine Handfläche blies.

Die Straße im Himmel

Am Tag, als Tante Geraldine und Richter Coutts endlich heirateten, unter unser aller Teilnahme, verlief am Himmel ein langes Wolkenband von Ost nach West, das einer staubigen Straße ähnelte. Bevor die anderen darauf aufmerksam wurden, zeigte ich es dem Richter. *Diese Straße werde ich zusammen mit Geraldine gehen*, sagte er mit Tränen in den Augen.

Die Trauung fand (sehr zur Enttäuschung von Geraldine und meiner Mutter) nicht in der katholischen Kirche statt. Denn Richter Coutts ärgerte sich immer noch über die verpfuschte Totenrede für Shamengwa, außerdem war er laut Bekundung meiner Mutter nicht bereit zu beichten und die Absolution zu empfangen. Zu Hop Along hatte er gesagt, er könne den außerehelichen Verkehr nicht bereuen, doch er habe nichts dagegen, von dieser Sünde freigesprochen zu werden. Darauf erwiderte Father Cassidy, unter solchen Umständen sei er nicht bereit, diesem Ehebund seinen Segen zu erteilen. Und so wurden sie vom alten Stammesrichter getraut, Richter Coutts' Vorgänger, auf einer sanften Anhöhe über einer Frühlingswiese voller Salbei, Luzerne und Büffelgras – Mooshums altem Pachtland.

Sie legten ihr Gelübde ab und wurden zu Mann und Frau erklärt. Als sie den Kuß tauschten, fielen sich alle in die Arme. Dem Richter sah man die Erleichterung an – als hätte er eine Operation überstanden, noch halb betäubt, aber schon auf der sicheren Seite.

In beiden Familien hatte man sich schon damit abgefunden, daß es unter ihnen ein unverheiratetes Paar gab, das in

Sünde lebte. Tante Geraldine schien sich als Familienskandal gar nicht unwohl zu fühlen, und Richter Coutts hatte immer befürchtet, daß ihr diese Rolle viel zu sehr gefiel, um freiwillig auf sie zu verzichten. Jetzt nahm er Geraldine bei der Hand und zeigte gen Himmel.

Nun muß ich diesen staubigen Weg nicht allein gehen, hörte ich ihn sagen, doch es klang mir eher nach Selbstmitleid. Sie tupfte sein Gesicht mit ihrem Taschentuch ab und sagte: *Nur Mut, Richter*. Er hatte gar nicht gemerkt, daß er weinte. Seine Mutter, eine winzige, verhutzelte Lady im Rollstuhl, winkte ihn heran. »Hör mal«, sagte sie. »Laß das Geheule, sonst denken die Leute, du bist ein Jammerlappen.«

Aber sie lächelte, als sie das sagte; gelöste Heiterkeit überwölbte die ganze Hochzeitsgesellschaft wie ein Regenbogen aus Luftballons. Natürlich spielte Corwin für uns – nur er, kein anderer. Solange wir jung sind, liegen die Worte rings um uns verstreut. Werden sie durch Erfahrung zusammengeführt, dann auch wir, Satz für Satz, bis unsere Geschichte Gestalt annimmt. Ich wollte nicht fort. Ich wußte nicht, wie es mit mir weitergehen würde, gut oder schlecht, und ob ich es ertragen würde, das eine wie das andere. Aber Corwins wortlose Melodie, die ihm mein Onkel beigebracht hatte, hellte alles auf. Als ich wegging, blieb mir diese Musik im Ohr.

Richter Antone Bazil Coutts

Der Schleier

Nach der Trauung stiegen wir in das Auto mit dem Spruchband »Frisch verheiratet«. Weiße Luftballons, Büchsen, Plastikbänder hingen an den Stoßstangen. Ich nahm Geraldines Hand und hielt sie fest, während es mit Geschepper zum Saal der Kolumbusritter ging. Wir durften ihn mieten, obwohl die Trauung nicht kirchlich war, und in diesem Moment wurden, wie ich wußte, große Mengen Fleischsuppe, Baked Beans, Röstbrot, Kartoffeln und Brathähnchen auf dem Buffet aufgebaut. Wir füllten der Reihe nach unsere Teller und speisten bei ausgelassener Stimmung. Unsere Hochzeitstorte bestand aus vier Etagen und war mit glitzernden Zuckerrosen verziert. Geraldine schwenkte das große Messer, und ich legte mit Hand an. Wir lächelten in die Fotoapparate, als das Messer in die Torte fuhr.

Clemence schnitt dann den Tortenaufsatz für uns zum Mitnehmen heraus – eine Minitorte. Dem Plastikbräutigam war eine schwarze Richterrobe aufgemalt worden, die Braut war ganz in Weiß, mit schulterlangem schwarzem Haar, so wie es Geraldine trägt. Evelina hatte das gemacht. »Das stelle ich mir auf den Schreibtisch«, sagte ich, pflückte das winzige Pärchen von der Torte und steckte es in die Tasche.

So wurden Geraldine und ich schließlich doch noch ein Ehepaar.

Wir hatten beschlossen, für eine richtige Hochzeitsreise erst einmal anzusparen und dann etwas Exotisches zu buchen – das Geld reichte gerade mal für die Fortsetzung unseres gewohnten Lebens. Aber das Wochenende hatten wir für uns. Jemand, wahrscheinlich Evelina, hatte ein Schild an die Haustür gehängt: Besucher unerwünscht. Wir ließen es hängen, betraten unser Haus, schlossen die Türen und standen in unserem kleinen Korridor. Ich nahm Geraldine den weißen Hut mit dem hübschen Schleier ab. Dann setzte ich ihr den Hut wieder auf, zog ihr mit einem Ruck den Schleier übers Gesicht und küßte sie. Der Schleier preßte sich auf ihre Lippen und verfing sich zwischen unseren Zungen. In diesem Moment begehrten wir uns so sehr, daß wir sofort im Schlafzimmer landeten und erst spätabends wieder herauskamen, taumelnd und glücklich. Geraldine besann sich auf die Minitorte, und wir froren sie ein, um sie am ersten Hochzeitstag feierlich zu verzehren. Wir machten Toast und Tee und holten alles ins Schlafzimmer, dem die gewohnte Ordnung abhanden gekommen war. Geraldines Kostüm hing zerknüllt über dem Stuhl, der Mantel klaffte auf und offenbarte sein glänzendes Satinfutter. Ihr kleiner Hochzeitshut war in die Ecke gesegelt, und der Schleier sah aus wie verstreuter Puderzucker. Geraldine biß von ihrem Toast ab, ein paar Krümel fielen auf ihren Bademantel und ihre nackte Schlüsselbeinpartie. Ich beugte mich vor und wischte die Krümel ab; meine Hand verharrte kurz und schlüpfte unter das Revers, zu ihrer dunklen Brustwarze.

Ich glaube nicht, sagte Geraldine, *nein, wirklich nicht*, aber dann kam ihr Lächeln, ganz nahe, und sie warf sich auf mich, öffnete ihren Bademantel.

Ich fragte mich, ob wir das Bett jemals verlassen würden. Meinetwegen nicht. Alte Liebe, mittelalte Liebe, die Liebe, die sich kennt und weiß, daß nichts von Dauer ist, ist eine geteilte Leidenschaft. Ich lag neben ihr im Dunkeln. Sie war eine stille Schläferin, die sich voller Ernst durch ihre gewichtigen Träume arbeitete. Wie so manches Mal, wenn ich einschlafen wollte, stellte ich mir vor zu schweben, durch das Dach aufzusteigen und einen nächtlichen Rundflug über das Reservat und die benachbarten Städte zu machen. Diesmal klappte es nicht und erzeugte den gegenteiligen Effekt. Ich wurde überwach. In meinem Kopf arbeitete es, das Leben drängte sich mir auf, im Großen wie im Kleinen. Ich dachte an alle, die zu unserer Hochzeit gekommen waren – und war wieder tief gerührt, daß die Milk-Familie unsere Hochzeit so gut aufgenommen hatte, mit echter Freude, ohne Vorbehalte, ohne Vorwürfe, wie ich befürchtet hatte, auch nicht von Clemence. Meine langjährige Beziehung zu einer Frau außerhalb des Reservats, in Pluto, war ihnen mit Sicherheit bekannt. Ich machte mir keine Illusionen, daß meine gescheiterte erste Liebe irgend jemandem verborgen geblieben war außer C.s Ehemann. Doch wie es schien, taten sie meine Vergangenheit mit einer Handbewegung ab. Immerhin habe ich Geraldine zu verdanken, daß ich mich beweisen konnte.

Darüber, ob sie wußte, was ich getan und wen ich geliebt habe, hat Geraldine nie gesprochen, und ich war ihr immer dankbar dafür. Doch obwohl ich ihr nie die Wahrheit über mein Vorleben in Pluto erzählt habe, bin ich sicher, daß sie wußte, warum ich so lange Single blieb und all die Jahre, bevor wir uns kennenlernten, scheinbar still mit meiner Mutter zusammenlebte. Ich habe ihr nie erzählt, daß ich nicht einmal die Highschool hinter mir hatte, als es begann. Ich habe ihr nie von meiner ersten Liebe erzählt und von der schwierigen Lage, in die ich durch sie geriet – nie habe ich ihr von C. erzählt.

Ich wünschte, ich hätte in unserer Hochzeitsnacht ausschließlich an Geraldine gedacht. Aber die Krümel im Bett und der Honig im Tee erinnerten mich an andere Zeiten, an ein anderes Bett. Ich glaube nicht, daß es ein Treuebruch war, neben Geraldine zu liegen und an diese in vieler Hinsicht so traurige Geschichte zu denken. Denn es erfüllte mich auch mit Staunen und mit Dankbarkeit. Nie hätte ich gedacht, daß ich mich noch einmal verlieben könnte. Nie hätte ich gedacht, ich könnte eine andere lieben als C.

Der Abriß

Die erste Frau, die ich liebte, war ein wenig größer als ich. Im Bett war C. agil wie eine Meisterin im Ringkampf. Kaum lag sie oben, war sie auch schon unter mir, ohne den Fluß unserer Bewegungen zu unterbrechen. Jede unserer Zusammenkünfte war wie eine Geländefahrt oder eine lange Bahnfahrt – so lang, daß wir während der Liebe Hunger bekamen. In gewissen Stellungen überfielen mich Hunger und Schwäche. Sie machte dann Brote und brachte sie ans Bett. Manchmal hatten wir auch ein Glas Milch auf dem Tisch neben dem Bett, und es gab immer einen Plastikbehälter mit Honig, aus dem sie trank wie aus einer Flasche. Sie glaubte fest an die belebende Wirkung von Milch und Honig. Gelegentlich, um mich zu kräftigen, spritzte sie mir den Honig in den Mund und tauchte ein Tuch in das Glas mit kalter Milch und rieb mich damit ein. In der sommerlichen Hitze roch ich deshalb säuerlich, und eines Tages merkte es meine Mutter, als ich nach Hause kam. Meine Liebesaffäre mit C. war eine heimliche, und aus einer plötzlichen Eingebung heraus erzählte ich meiner Mutter, ich hätte einen Job auf dem Milchhof.

Sie verstand nicht richtig.

»Was? Auf dem Friedhof?«

»Ja«, sagte ich.

So kam es, daß ich am Ende wirklich auf dem Friedhof von Pluto arbeitete. Damit meine Lüge nicht aufflog, ging ich am nächsten Tag dort hin und fragte nach Arbeit. Ein Mann namens Gottschalk, der dort den größten Teil seines Lebens verbracht hatte, stellte mich ein. Die Wände seines engen

Büros waren bepflastert mit Zeitungsausschnitten und To-
desanzeigen. Er hatte den Friedhof kartographiert und wußte über alle Bescheid, die dort begraben lagen: wann sie in
die Stadt gekommen waren und was sie dort getrieben hatten, warum die Angehörigen den betreffenden Grabstein
ausgewählt hatten, die Todesursachen und -daten, das hin-
terlassene Vermögen. Mein Großvater Coutts lag auf diesem
Friedhof, sein Grab war mit einem hohen Kalksteinobelisk
versehen, auf dem Sockel stand *Qui finem vitae extremum
inter munera ponat naturae.* Der Tod ist naturgegeben wie
die Geburt. Der Nachbarplatz war reserviert für seine Frau,
aber die hatte sich neu verheiratet und ihn nicht in Anspruch
genommen. Auch mein Vater lag auf diesem Friedhof, unter einem hübschen dunklen Stein, der breit genug war für
zwei. Er hatte ebenfalls eine Schwäche für Zitate, aber nicht
für lateinische. Er verehrte Thoreau (vielleicht weil der North
Dakota bereist hatte) und verachtete alles Triviale. *Selig sind,
die keine Zeitung lesen, denn sie schauen die Natur, und durch
sie schauen sie Gott.* Meine Mutter hatte ihren Namen und ihr
Geburtsdatum schon einmeißeln lassen. Für ihr Todesdatum
war eine Stelle frei gelassen worden, was mich beunruhigte,
sie aber tröstete.

Gottschalk zeigte mir das angrenzende Gelände und klärte
mich auf: Mein Großvater hatte eine große Parzelle für die
Familie gekauft. Es gab schon einen Platz für mich und meine
Frau, sogar für ein paar Kinder. Das kam mir damals abwegig und lachhaft vor, aber heute bin ich dankbar, daß diese
Plätze neben meinen Vorfahren bereitliegen und warten. Ich
frage mich auch, ob Geraldine einwilligen wird, neben mir
begraben zu werden, Noch hatte ich nicht den Mut, sie darauf
anzusprechen.

Mit siebzehn Jahren begann ich Gräber für die Toten von
Pluto auszuheben. Mit Schnur und Zelthaken steckte ich die
Grabstelle ab. Später kauften wir einen Kreideroller, wie er

in der High-School zum Markieren des Sportplatzes benutzt wurde. Ich stach den Rasen aus, rollte ihn ab wie einen Skalp und legte die Vierecke auf feuchtes Sackleinen. Zum Ausschachten benutzte ich einen kleinen Bagger, danach machte ich mit einem einfachen Spaten die Feinarbeit. Nach der Beisetzung schaufelte ich die Gräber zu – mit Hügel, damit keine Delle entstand, wenn sich der Boden setzte. Mit einem sehr launischen Rasenmäher mähte ich das Gras, und ich lernte, wie man die Bäume beschnitt, damit sie eine anmutige, natürliche Form behielten. Ich ließ mir zeigen, wie man das Totenbuch ordentlich führte, und nach einer Weile kannte ich den Lageplan der Gräber genauso gut wie Gottschalk. Ohne Probleme führte ich Leute über den Friedhof, wenn sie Hilfe bei der Suche nach einem Verwandten brauchten oder das Kriegerdenkmal sehen wollten, die reichverzierten russischen Eisenkreuze oder die schlichten Feldsteine, unter denen eine vor langer Zeit ermordete Familie begraben lag.

Eigentlich sollte es nur ein Sommerjob werden, bevor ich ans College ging. Aber als ich angefangen hatte, mit C. zu schlafen, konnte ich nicht mehr damit aufhören und weder sie noch die Stadt verlassen. Außerdem hatte ich mich, wie von Gottschalk prophezeit, an die Stille gewöhnt, seit ich meine Tage auf dem Friedhof verbrachte. Ich steuerte sogar neue Zeitungsausschnitte über interessante Leute, Orte oder Begebenheiten zu seiner Sammlung bei. Ein Thema jener Zeit war das Überhandnehmen der Striptease-Bars in unserer Stadt, und es herrschte allgemeiner Streit darüber, wie weit die Tänzerinnen beim Strippen gehen durften. Wir schnitten die Leitartikel aus und pinnten sie an die Wand.

»Die Leute sollten das mal mit unseren Augen sehen«, sagte Gottschalk. »Egal wie knapp der G-String, egal wie groß die Nippelkleber, wir enden alle in der Grube.«

Sechs Monate später grub ich sein Grab. Ich bereitete ihm

den letzten Ruheplatz mit außergewöhnlicher Sorgfalt, wie es einem zukam, der seine Mitbürger über so viele Jahre treu und verläßlich auf die letzte Reise geschickt hatte. Und da keiner seine Nachfolge antreten wollte, übernahm ich im Alter von zwanzig Jahren die Leitung des Städtischen Friedhofs von Pluto, was mir sehr dabei half, meine Liebe geheimzuhalten – kein Mädchen wollte mich zum Freund.

Damit will ich nicht sagen, daß sich Frauen von meinem Beruf abgestoßen fühlten. Im Gegenteil, oft schienen sie geradezu fasziniert. Aber er bot wenig Aufstiegschancen, wie sie ganz klar erkannten. Und als sich herumgesprochen hatte, daß ich mit meiner Arbeit zufrieden war, wurde ich nicht mehr behelligt, obwohl ich mich viel in Bars und dergleichen aufhielt. Ich schlug mich sogar auf die Seite der radikalen Obenohne-Befürworter, weil ich so gern zu den Shows von Candy ging, die Lutscher aus ihrem vorgeschriebenen G-String zog und uns damit bewarf – hygienisch verpackte Sicherheitslollis. Einmal kam es vor, daß ein Gast den Lutscher mitsamt Stiel verschluckte, vielleicht aus Begeisterung über eine ihrer neuen Nummern. Ich mußte ihn nicht beerdigen, aber es war nahe dran. Sie verteilte die gleichen Lutscher, die in den Läden an Kinder verschenkt werden. Und von dort bezog sie sie auch – umsonst. Ich machte nähere Bekanntschaft mit Candy, wollte, daß sie weiter ihren Beruf ausüben konnte, und hatte meine Freude daran, C. so eifersüchtig zu machen, daß ich Krach mit ihr bekam.

Während ich mich mit Candy traf, oder eigentlich nur mit ihr flirtete, restaurierte C. ihr altes Haus, um mir näher zu sein.

Früher hatte der Friedhof am westlichen Stadtrand gelegen, aber die Stadt wuchs weiter, und heute ist er von Häusern umgeben, die ihm, sei es aus Anstand oder Furcht, sämtlich den Rücken zudrehen, weg von den Grabsteinen und Monumenten. Nach dem Streit wegen meiner Freundin, der Stripperin, verlegte C. ihre Praxis in das Haus, dessen Hof an den Friedhof grenzt. Sie schuf sich neue Wohnräume und verwandelte die Veranda in ein Wartezimmer. Der Hof blieb privat und dicht belaubt. Ich konnte Gottschalks Büro verlassen, das jetzt meins war, und vom Geräteschuppen jenseits der Windschutzkiefern ungesehen zu C.s Hintertür gelangen. Mit anderen Worten, wir kamen nicht voneinander los, obwohl C. beträchtlich abmagerte und nach einer Weile dünner wurde als ich.

Nach Gottschalks Tod verlief mein Leben fünf Jahre lang in ruhigen Bahnen. Eines Tages Anfang Juni, kurz nachdem Flieder und falscher Jasmin abgeblüht waren, begann ich wie gewohnt mit meiner Arbeit. Ich war umgeben von Rosen und Schwertlilien, bald würden die Pfingstrosen kommen. Die Abfolge der Farben und Düfte hat mich immer bezaubert und betört. Und jeden Morgen nach dem Aufstehen besorgte ich den Garten um unser Haus. Die Bienen flogen dort in ungewöhnlicher Menge, ich war umschwirrt von diesen kleinen vibrierenden Leibern. Sie wichen mir bei der Arbeit nicht von der Seite, aber ich mag die Bienen, weil sie unabdingbar sind für alles Wachstum. Sie scheinen zu wissen, daß ich sie respektiere, ihren Fleiß bewundere. Ich streifte sie behutsam ab, wie ich es immer tue – erst zweimal in meinem ganzen Leben bin ich gestochen worden. Nach dem Jäten und Gießen ging ich ins Zimmer meiner Mutter, wo sie in aufrechter Haltung schlief, angeschlossen an einen Sauerstoffschlauch. Wegen ihres Leidens war sie zeitweise schroff und verbittert, aber selbst wenn es ihr ganz schlecht ging, waren wir gern zusammen und machten unsere Scherze. Sie, eine kleine Chippewa-Frau mit scharfen Zügen, war meinem Vater sehr zugetan gewesen, genauso wie mir.

»Wo willst du hin?« Ihre Stimme klang damals schon sehr

kratzend. Natürlich wußte sie, wohin ich ging, aber sie wollte, daß ich mit ihr redete.

»Zur Arbeit.«

»Bald gräbst du mein Grab.«

»Werd ich nicht.«

»Wirst du doch!« schrie sie mit einer boshaften Freude.

Ich schob sie in ihrem Rollstuhl ins Bad, sie erhob sich und hielt sich an den Griffen fest, die ich angebracht hatte.

»Husch!«

Ich schloß die Tür. Wir beide fürchteten den Tag, da uns dieses letzte Stückchen Privatsphäre genommen würde. Beide dachten wir an das Pflegeheim von Pluto, aber wenn ich sie dort unterbringen wollte, mußte ich das Haus verkaufen, unsere vertraute Heimstatt mitsamt dem Garten, den ich mein Leben lang gehegt und gepflegt hatte. Mutter wollte, daß ich das Haus behielt, und versuchte daher, aus eigenen Stücken zu sterben. Sie schwächte sich selbst, indem sie nicht mehr aß, und hoffte, im Schlaf zu ersticken, indem sie auf den Sauerstoff verzichtete. Ihre angeborene Zähigkeit ließ sich durch diese Tricks jedoch nicht überlisten.

Sie rief mich ins Bad zurück. »Ich bin so weit!« In der Küche aß sie ein wenig Toast und nippte an ihrem Kaffee. Ich wollte sie überreden, etwas Wasser zu trinken, aber sie versuchte auch, sich auszutrocknen. Wie jeden Tag fragte sie mich, was ich am Abend vorhätte. Es machte ihr Sorgen, daß ich kaum noch wegging.

»Ich will heute mit dir pokern, Mom, dann sehe ich Nachrichten und mache die Lichter aus.«

»Du brauchst endlich eine Frau.«

»Ja, ich weiß.«

»Du wirst kaum eine finden, wenn du zu Hause bei deiner Mutter hockst.«

»Ich weiß schon, welche ich will.«

»Gib sie endlich auf, die zähe alte Henne!« sagte sie und

schlug mit der Hand nach mir. Die Sache mit C. hatte sie schon vor längerer Zeit herausbekommen. »Such dir ein Frühlingsküken und schenk mir einen Enkel, Bazil. Sie hat deinen Krebs geheilt. Aber sonst ist sie zu nichts nütze.«

Als Kind hatte ich seltsame Schwellungen am Kopf. Sie kamen und gingen, bis C. eine Wunderkur ansetzte, die schmerzlos war und keine Narben hinterließ. Meine Mutter ist bis heute überzeugt, daß ich Gehirnkrebs hatte, obwohl es kaum etwas anderes als Zysten oder Warzen gewesen sein können. Trotzdem korrigiere ich ihren Irrtum nicht, denn sie glaubt, ich schulde C. mein Leben, und das durchkreuzt ihre Ansichten über unsere Liebesbeziehung. Manchmal sage ich sogar: »Ohne sie wäre ich schon tot«, wenn sie wieder anfängt, mir auf die Nerven zu gehen.

Im Frühsommer hatte ich es immer am eiligsten, auf den Friedhof zu kommen. Die wenigsten Leute starben um diese Zeit, meist kamen nur Besucher. Solange ich dort arbeitete, hatten wir den schönsten Friedhof von ganz North Dakota. Wir wurden in Prospekten abgebildet. Wo die Sonne ungehindert durchkam, brachen die kugligen Pfingstrosen auf und wurden zu duftendem, rosigem Blütenkonfetti. Ich brachte ein Einmachglas mit und füllte es für C. Normalerweise ging ich kurz nach fünf zu ihr hinüber, wenn ihre Helferin weg war, und beeilte mich, durch ihren Garten zu kommen, immer dicht am Zaun entlang.

An diesen Tag erinnere ich mich ganz besonders, weil sie mir eröffnete, sie werde den Mann heiraten, der ihr Haus umgebaut hatte.

»Es ist die einzige Möglichkeit, mit dir Schluß zu machen.«

»Ich bin doch alt genug. Warum heiratest du nicht mich?« fragte ich verdutzt.

»Die Antwort kennst du selbst. Ich bin viel zu alt für dich.«

Ich war fünfundzwanzig.

»Und ich dachte, das würde irgendwann keine Rolle mehr spielen.«

»Das dachte ich auch.«

»Glaubst du, mich stört, was die Leute denken? Es stört mich nicht im geringsten!«

»Das weiß ich.«

Sie mußte an ihren Beruf, ihr Renommee, ihre Eltern denken. Das hatte ich ständig zu hören bekommen.

»Kann es nicht einfach mal vorbei sein?« fragte sie müde.

»Nein«, erwiderte ich um so energischer.

Und es war nicht vorbei, obwohl sie Ted Bursap heiratete, einen Bauunternehmer. Ted war nur fünf Jahre jünger als C. Er glaubte noch an eine Zukunft für Pluto, und seine Frau war gerade gestorben. Ich hatte sie selbst beerdigt – im einfachen Kiefernsarg, den ich mir mit Teds Knausrigkeit erklärte, obwohl es sein kann, daß seine verstorbene Frau es so verlangt hatte. C.s Heirat wurmte mich so sehr, daß ich ein Fernstudium begann, um den Beruf meines Vaters und meines Großvaters zu erlernen – und siehe da, Jura machte mir Spaß. Natürlich gab es eine große Fachbibliothek im Haus, die juristischen und philosophischen Bücher zweier Generationen, ganz zu schweigen von Literatur und Dichtung, aber die hatte ich schon gelesen. An den Abenden zog ich mich in die Bibliothek zurück, wo ich die Aufzeichnungen meines Großvaters entdeckte, und seinetwegen begann ich Lukrez, Mark Aurel, Epiktet und Plotin zu lesen. Eine Zeitlang kam mir alles, was nach dem Jahr 300 geschrieben wurde, nutzlos vor – außer Fallrecht, das mich faszinierte und mir bewies, daß sich seit der Antike nichts geändert hatte.

Da ich mich nun beruflich bildete, begrüßte es meine Mutter, daß ich abends zu Hause blieb. Im ersten Jahr nach C.s

Heirat tat sich gar nichts zwischen uns. Ich vermied es sogar, zu ihrem Haus hinüberzublicken. Aber die Trennung konnte nicht von Dauer sein. An einem trägen Sommerabend saß ich auf dem Friedhof und sah, wie die Sonne erst weißglühend und dann rot wurde, wie der ungeheure Glutball zwischen den Kiefern versank. Ich schaute in die Richtung, die ich lange Zeit gemieden hatte, und sah Ted in seinem Pickup wegfahren. Da lief ich los, auf dem altvertrauten Weg zwischen den Gräbern hindurch zu ihrem Garten. Sie saß auf der Treppe zu ihrer Küche. Dort hatte sie jeden Nachmittag um fünf Uhr auf mich gewartet, das ganze Jahr hindurch. Es sei nicht anders gegangen, erklärte sie mir, sie habe sich das Versprechen abgenommen, mich nicht zu behelligen, mich in Ruhe zu lassen.

Ted, wie sich herausstellte, war nach Hoopdance gefahren, wegen eines Kostenvoranschlags für einen kleinen Bauauftrag, und würde mindestens eine Stunde hin und eine Stunde zurück brauchen. Diese zwei Stunden waren anders als alles, was wir je zuvor erlebt hatten. Wir liebten uns ohne Unterlaß, während es langsam dunkler wurde, wir schauten uns in die Augen und verfolgten jede unserer Regungen. Wir kosteten unsere Lust und Zärtlichkeit bis zur Neige aus. Wir sahen, wie sich unsere Hilflosigkeit vertiefte, wir sahen unsere Not und teilten sie miteinander. Das war unsere gemeinsame Krankheit – unsere geliebte Krankheit.

Es gibt nur ein Problem bei diesen alten Philosophen, dachte ich, als ich durch die Gräber zurückging. Sie unterschätzen das untragbare Gewicht der geschlechtlichen Liebe. Zu Recht allerdings sehen sie in ihr ein hinderliches Trachten, im Widerstreit mit der Vernunft und geeignet, die Ehre des Mannes zu beflecken – darin konnte ich ihnen nur zustimmen.

Ted kam uns nie auf die Schliche. Aber vielleicht, sagte ich mir, war es ihm auch egal. Soweit ich es beurteilen konnte, hatten ihn Gefühle nie sonderlich interessiert.

Er hatte viele von den neueren Häusern in Pluto gebaut, auch die, die mit der Rückseite an den Friedhof grenzten, und auf sein Konto gingen die häßlichsten Bauten der Stadt. Ich hatte ihn schon früher gehaßt, vor seiner Ehe mit der Frau, die ich liebte, doch danach stellte ich mir oft vor, mit welcher Begeisterung ich sein Grab ausheben würde. Und als ich wieder mit C. schlief und auf dem Heimweg daran dachte, daß er die ganze Nacht mit ihr verbringen würde, malte ich mir oft aus, wie ich sein Grab zuschaufeln und ihm einen minderwertigen Feldstein auf den Kopf wälzen würde. Neben seiner armen, im Kiefernsarg beerdigten Frau. Ich haßte Ted Bursap auch deshalb, weil ich sah, wie er diese Stadt ruinierte. Er kaufte ältere Immobilien – hübsche Villen, die wacklig wurden, und Kirchen, deren Gemeinden ausgestorben oder zusammengelegt worden waren. Er holte die Eichentäfelungen, die geschnitzten Türen und die Bleiglasfenster heraus und verkaufte sie in den Städten. Dann riß er die verbliebenen Gemäuer ab und baute grottenhäßliche Apartmenthäuser mit Aluminiumverkleidungen und falschen Klinkern, mit Mansardendächern und eingezogenen Balkonen. Es war ein Wunder, daß der Stadtrat nicht hinschaute, aber er tat es nicht. Pluto hatte keinen Sinn für Stil. Das Neue war immer das Beste, egal wie häßlich oder billig. Ted Bursap riß das alte Eisenbahndepot ab und stellte eine Nissenhütte auf. Er strahlte immer, hatte immer gute Laune. Er liebte seine Frau nicht, wie ich es tat; sie hatte auch nicht sein Leben gerettet, nur seinen Leistenbruch repariert. Es gebe keine Leidenschaft zwischen ihnen, erzählte sie mir, aber Ted sei ein geduldiger Mann und behandle sie gut.

Seit wir uns wieder trafen, mußte ich Ted meiden, genauso wie C.s Helferin und alle ihre Patienten – die ganze Stadt, mit anderen Worten. Aber C. war der Schrei, und ich war das Echo. Ich liebte sie um so mehr. Es gab Zeiten voller Glückseligkeit. Eines Nachmittags ließ sie mich in den abgedunkelten Flur zwischen Garage und Küche ein. Die Fenster waren ebenfalls zugezogen.

»Möchtest du Spiegeleier?« fragte sie. »Und Kaffee?«

»Ja, Kaffee nehme ich gern.«

»Ein Sandwich?«

»Klingt gut. Was für eins?«

»Äh …« Sie öffnete den Kühlschrank und beugte sich in den summenden Lichtschein. »Sardinen und Makkaroni.«

»Nur die Sardinen.«

Sie lachte. »Ein Sardinensandwich.«

Sie breitete die Sardinen sorgfältig über das Brot, bedeckte sie mit Salatblättern, bestrich beide Scheiben mit Senf und stellte mir den Teller hin. Die Stunde zwischen fünf und sechs verbrachten wir immer in ihrer Küche, bei geschlossenen Jalousien und brennendem Licht, ganz gleich, ob es draußen hell oder dunkel war. Ted hätte fast immer hereinkommen können, ohne uns bei etwas zu ertappen. Wir schliefen zwar weiter miteinander, aber nicht mehr so oft wie früher. Wir blieben das eigentliche Paar, das die Dinge im Griff hatte und überblickte. Ich erzählte C. alles. Von meinen Träumen, meiner Lektüre, vom Gesundheitszustand meiner Mutter. Und auch C. vertraute mir alles an. Nur über die Zukunft redeten wir nicht mehr – sie weigerte sich, und ich mußte es akzeptieren. Alles, was wir brauchten, war die Gegenwart, obwohl mich die Arbeit auf dem Friedhof tagtäglich darüber belehrte, was passiert, wenn man die Gegenwart zu lange hinauszieht: Sie wird zur Lebensgeschichte.

Ich hatte schon meinen Grabspruch bei Marc Aurel ausgesucht: *Die Welt ist ein ewiger Wechsel.*

Während C. in Pluto ein Baby nach dem anderen zur Welt brachte, sah ich, wie ihr sonnengebleichtes Haar nachdunkelte. Ich sah, wie sie es kurz trug und dann zu einer welligen Mähne wachsen ließ, die in ihrem Nacken wogte, wenn sie kochte, wenn sie den Kopf schüttelte, wenn sie neben mir lag oder auf mir oder mich von unten umfaßte. Graue Strähnen wuchsen an ihren Schläfen und zogen sich bis zu ihrem Haarknoten. Ihr Haar verwandelte sich in ein sonniges Blond zurück, als sie mit dem Färben begann. Da war der seidige Glanz schon stumpfer geworden. Ich sah, wie sich das dunkle, ernste Kobaltblau ihrer Augen trübte, traurig und verwaschen wurde. Ihre Augen verblaßten vor den Dingen, die sie zu sehen bekamen, während sie ihre Patienten behandelte, mit oder ohne Erfolg. Ich sah auch, wie sich ihre Kleidung änderte, wie die neu gekauften Röcke mit der Zeit die Form verloren; aus den guten Blusen für die Kirche wurden die mit Farbe beklecksten Klamotten, die sie zum Rasensprengen überwarf. Ich sah ihre Haut fleckig, ihren Mund faltig werden, ihre Kehle erschlaffen, ihre Zähne schwinden. Nur ihr Knochenbau änderte sich nicht. Sie behielt ihre bewundernswerte Statur, ihre Knochen waren eine ausgezeichnete Stütze für ihr nervöses Fleisch.

Da Ted an dem Tag zu Geschäften nach Fargo gefahren war, sahen wir die seltene Gelegenheit gekommen, in den Keller zu gehen. Der Keller besaß einen seitlichen Ausgang und eine Hintertür. Zu dem Raum, den wir nutzten, gehörte ein Fluchtweg und eine Art Alarmanlage, nämlich C.s Hund Pogo, der immer bellte, wenn jemand ins Haus kam, auch Ted. Wir waren sehr vorsichtig. Die Balance der Dinge sollte nicht gestört werden. Und ertappt wurden wir nie. Aber weil es so selten geschah und unsere Vorsicht so groß war, wuchs die Intensität unserer Begegnungen.

Waren sie vorher so etwas wie Ausflüge gewesen, wurden sie nun zur Heimkehr. Wir merkten, daß uns die Alltagswelt fremd wurde, so fremd, daß wir uns nicht mehr in ihr zurechtfanden. Und wenn wir uns liebten, war es, als hätten wir einen langen Weg hinter uns. Als wären die Tage und Wochen, die uns trennten, mit Reisen ausgefüllt gewesen, mit dem Abwehren der Müdigkeit, und nun waren wir endlich angekommen. Wenn wir hinterher Arm in Arm in der Kühle des Kellers lagen, war uns, als hätte sich die Welt um uns ins Lot gefügt. Als müßte sich unser innerer Einklang in der Ordnung von Haus, Hof und Stadt niederschlagen. Aber wenn ich ging, sah ich, daß nur der Friedhof in der makellosen Ordnung dalag, in der ich ihn erhielt. Nur die Toten waren mit sich im reinen.

Beim Nachhausegehen dachte ich an C.s Haut, die winzigen Flecken und den Spülmittelgeruch ihrer Hände, das Sardinenöl, das Weißbrot, ihre animalische Hitze, wenn sie die Schenkel öffnete. Ich war gewöhnt an die erstickte Leere, das kranke Verlangen, das mich befiel, wenn wir uns getrennt hatten. Im Lauf der Wochen ließ es dann nach, flaute es ab. *Die Welt ist ein ewiger Wechsel.* Aber für uns änderte sich nichts.

Als ich das Haus betrat, wußte ich sofort, daß etwas anders war. Etwas war passiert – mit Mutter. Die Stille, die Anspannung. Wie beim Versteckspiel wartete sie darauf, gefunden zu werden. Ich ging durch jedes Zimmer, rief nach ihr. Wie ich bereits sagte, war das Haus sehr schön und sehr geräumig. Schließlich sah ich sie – zusammengekrümmt am Fuß der Kellertreppe. Das Licht war aus. Sie war gestolpert oder hatte sich hinabgestürzt. Sie stöhnte leise. Ich rannte zum Telefon und rief den Rettungswagen. Dann hockte ich mich neben sie, drückte und streckte jedes ihrer Glieder.

Nein, sie hatte sich nichts gebrochen. Aber sie war morsch wie trockene Äste, und der Sturz hatte vorübergehend ihren Geist verwirrt. Weil ihr körperlicher Zustand gut war, konnte ihr Leben noch Jahre dauern oder auch nur Stunden, da sie sich offenbar vorgenommen hatte zu sterben. Niemand konnte mir recht sagen, wie es nach dem Krankenhaus mit ihr weitergehen sollte, daher machte ich den entscheidenden Anruf. Ich beschloß, daß es an der Zeit war, das Haus zu verkaufen und sie an einem sicheren Ort unterzubringen, wo sie sich mit anderen alten Menschen unterhalten und angenehmer leben konnte.

»Mach dir keine Sorgen«, sagte ich. Ihr Blick war leer, ihre Pupillen hatten sich geweitet, so daß es mir vorkam, als schaute ich in die Schwärze ihrer inneren Nacht.

Noch im Krankenhaus rief ich den Grundstücksmakler und das Pflegeheim an. Ein Doppelzimmer war frei, für ein Einzelzimmer kamen wir auf die Warteliste. Das Pflegeheim schickte einen Transporter zum Krankenhaus, ich packte ihre Sachen in den braunen Lederkoffer und fuhr mit. Dieser Lederkoffer hatte meinem Vater gehört, und ich sah noch vor mir, wie sie ihn packte, wenn mein Vater nach Bismarck fuhr. Auf der Fahrt sagte sie kein Wort. Doch als wir sie ins Zimmer brachten, bellte sie los: »Das war nicht, was ich wollte!«

Sie war furchtbar gebrechlich. Nahm ich sie mit nach Hause, konnte ich sicher sein, daß sie sich umbrachte, und vielleicht hungerte sie sich auch im Heim zu Tode. Den Pudding auf dem Tablett strafte sie mit Verachtung. Sie nippte ein wenig am Kaffee und wiederholte: »Ich sage dir, das war nicht, was ich wollte.«

Doch ich war überrascht, wie schnell sie sich im Heim einlebte. In den nachfolgenden Monaten schloß sie Freundschaft mit ihrer Mitbewohnerin, begann sie mit den anderen Patienten Karten zu spielen und die Sendungen zu sehen, die sie immer sah. Sie nahm sogar ein paar Pfund zu, ließ ihr Haar frisieren und jede Woche die Maniküre kommen. Ich stellte fest, daß Mutter gut aussah, daß ich die richtige Entscheidung getroffen hatte. Offenbar hatte ich vergessen, wie gesellig sie früher gelebt hatte. Nur, das Haus verkaufte sich nicht, obwohl ich mit dem Preis schon heruntergegangen war.

»Niemand, der sich so ein Haus leisten kann, zieht hierher«, sagte der Makler. »Und die Ärzte, Juristen und so weiter bauen sich alle am Stadtrand etwas Neues.«

»Vielleicht können wir es an die Stadt verkaufen, als Museum. Sehen Sie, wie gut ich es in Schuß gehalten habe?«

»Es ist wirklich ein Schmuckstück. Ich wünschte, ich könnte mir so etwas leisten. Einen Interessenten hätten wir. Ich hab ihn nur deshalb nicht erwähnt, weil er sofort von Abriß redete.«

»Sie meinen Ted.« Daß er das Haus nehmen würde, war mir natürlich klar gewesen. Aber an ihn wollte ich nie und nimmer verkaufen.

»Ted Bursap.« Der Makler nickte. »Er zahlt, was Sie verlangen.«

»Der Abrißkönig. Nein, danke.«

»Tja.« Der Makler zuckte die Schulter. »Wenigstens haben wir ihn in der Hinterhand.«

»Ich muß doch sehr bitten! In diesem Haus hat William Jennings Bryan übernachtet, als er hier seine Wahlkampfrede hielt. Die Fenster sind an der Ostküste gebaut und in großen Kisten angeliefert worden. Die Schnitzereien sind aus Mahagoni, die Täfelung der Bibliothek –«

»Sie hängen sehr an dem Haus, ich weiß.«

Wohl wahr: Ich hing so sehr an dem Haus, daß ich es nicht aufgeben konnte. Ich rechnete hin und her, aber alles, was wir jemals besessen hatten, war das Haus. Meine Einkünfte vom Friedhof hatten in all den Jahren gerade gereicht, uns zu ernähren, die Medikamente und mein Studium zu bezahlen und das Haus zu erhalten, obwohl ich die meisten Reparaturen selbst machte und die Rückfront den Bienen überlassen hatte. Ich wußte, daß sie im Gebälk wohnten. Im Sommer vibrierte die ganze Wand vor lauter Lebendigkeit, nur im Winter war es still, dann schliefen sie. Während ich auf einen Käufer wartete, hatte ich mein Studium abgeschlossen und mich fürs Anwaltsexamen angemeldet. Vielleicht konnte ich einen Kredit bekommen und ihn abzahlen, wenn ich so weit war, mein Schild hinauszuhängen. Abends saß ich auf der rückwärtigen Veranda und büffelte für die Prüfung, lauschte den Bienen, die den letzten Honig einsammelten, bevor sie ihren Winterschlaf antraten. Ihr Gesumm erweckte das ganze Haus zum Leben, ich konnte sie nicht daran hindern. Bei Dunkelwerden setzte ich mich in die getäfelte Bibliothek, genoß die Stille und den sauberen Geruch der geputzten Räume. Wie schön wäre es, hier mit C. zu wohnen, dachte ich. Ich malte es mir aus und verlor mich in meine Phantasien, die zu Träumen wurden, als ich einschlief. Doch plötzlich war ich hellwach, erfüllt von einer trostlosen Gewißheit.

Es war die Gewißheit eines Mannes, der sich aus Liebeskummer umbringt oder nach einem sinnlosen Duell sterben muß: Ich hatte mein Leben an eine Frau verschwendet. Alles, was ich besaß, war dieses Haus. Ich griff zum Telefon und rief den Makler an.

»Okay«, sagte ich, »Verkaufen Sie an Ted.«

Gleich am nächsten Tag lagerte ich unsere bewegliche Habe in einem Speicher ein und zog ins Motel. Bald hörte ich, daß Ted sich an dem Haus zu schaffen machte. Ich wußte genau, wie er vorging. Seine Leute würden erst das Innere ausschlachten, sogar das alte Speisekammerregal herausheben, die Lampen herunterreißen, die mattgoldenen Kacheln um den Kamin abklopfen, die elegant geschwungene Treppe zerlegen, die bunten Bleiglasfenster verpacken. Und wenn das Haus ausgeweidet war, würde Ted einen der riesigen neuen Bagger mit den gezähnten Greifern mieten, um die leere Hülle aus Holz und Mörtel in kleine Stücke zu zerlegen.

Ich saß in meinem Zimmer im Bluebird und versuchte zu lesen. Der Prüfungstermin war für diese Woche angesetzt, aber ich konnte mich nicht konzentrieren. Es war, als würde das Haus nach mir rufen, mir versichern, daß es mich liebte, daß der Abriß eine grausame und unnötige Folge meines Entschlusses sei, mit C. zu brechen. Ich konnte nicht sehen, was mit dem Haus geschah, aber ich spürte, was Ted ihm antat, und es schmerzte mich, als würde es mir selbst geschehen. Das Hotelzimmer war so schäbig mit seiner verblichenen Schwalbentapete, dem durchgelegenen, wackligen Bett, dem Waschbecken aus angeschlagenem grauen Porzellan. Am traurigsten aber war der Farbdruck eines Bluebirds im glaslosen Rahmen. All das erfüllte mich mit dumpfem Grauen. Ich fühlte mich aufgerissen wie das Haus, ausgeweidet, zermalmt, zerstört. Am dritten Tag schließlich, als nur noch Knochen oder Balken von mir übrig waren, beschloß ich zu handeln.

Ich verließ das Bluebird und ging durch die warme Sommerluft zum Haus von C. Zum ersten Mal benutzte ich den Haupteingang, die Tür zur Praxis, ohne anzuklopfen. Die Helferin sagte mir, C. habe einen Patienten, und schrie auf, als ich an ihr vorbei direkt ins Sprechzimmer lief, das leer war. Ich schloß die Tür und ging weiter zur Küche, wo ich C. beim Einräumen eines nagelneuen Geschirrspülers überraschte. Den Arztkittel hatte sie abgelegt, ihr Baumwollpullover war goldgelb wie die Schale einer Honigmelone, ihre Hose grün wie das Fleisch einer Zuckermelone. Ihr gläsernen Ohrringe und ihre Kette boten eine Kombination beider Farbtöne.

Wir starrten uns gegenseitig an, die Sonne verschwand hinter einer Wolke. Das Licht in der Küche wechselte von bernsteinfarben zu grau, ihre Kleidung verdunkelte sich zu rost- und salbeifarben.

»Hat Ted dir erzählt, daß ich ihm mein Haus verkauft habe?«

An ihrem Erschrecken erkannte ich, daß er es nicht erzählt hatte, und da ich ihr die Lage meiner Mutter wiederholt geschildert hatte, wußte ich auch, daß sie sofort begriff, was geschehen war.

»Hat er schon angefangen?«

»Natürlich.«

»Ich stoppe ihn sofort.«

»Nein, laß ihn.«

»Ich soll ihn lassen?«

»Pack deine Sachen«, sagte ich. »Wir gehen. In der Stadt ist unser Alter kein Thema, und du kannst eine neue Praxis aufmachen. Das Haus kannst du Ted überlassen. Nun komm.«

Der Geschirrspüler hinter ihr begann zu rauschen. Sie wandte sich von mir ab und blickte zum Küchentresen hinüber.

»Ich hab vergessen, die Tassen hineinzustellen«, sagte sie.

Eine Dampfwolke schoß hoch, als sie die Tür öffnete, um zwei Kaffeetassen hineinzustellen. Doch als sie die Tür schloß und mich ansah, war es wieder um mich geschehen. Ich konnte sie nicht aufgeben.

»Kauf Ted mein Haus ab. Ich zahl's dir zurück, und wir können dort wohnen.«

»Ist er jetzt dort?«

»Ja.«

Sie wischte sich die Hände ab, mit der Sorgfalt einer Ärztin.

Was hatte sie vor? Sie ging zur Haustür hinaus, und ich folgte ihr. Mein Haus lag etwa eine Meile entfernt, und es war das erste Mal, daß man uns beide zusammen in der Öffentlichkeit sah, was mich mit großer Freude erfüllte. Doch kurz vorm Haus begriff ich, was es bedeutete, daß sie sich auf offener Straße mit mir zeigte: Unsere Liebe war endgültig vorüber.

Als wir eintrafen, war ein Trupp gerade dabei, die Stützen der vorderen Veranda herauszureißen, andere machten sich an der Rückwand des Hauses zu schaffen. Ted stand im Garten, und ich konnte es nicht fassen, daß er seinen Arbeitern erlaubt hatte, den Portulak und die Fetthennen in den gemulchten Boden zu trampeln. Überall summten Bienen, mehr als sonst, mich plagten schreckliche Schuldgefühle wegen meines Verrats an ihnen. Flüsternd bat ich sie um Entschuldigung, als Ted auf den Bagger stieg, mit dem er die Rückwand des Hauses einreißen wollte.

C. gebot ihm schreiend Einhalt. Er schaltete den Motor ab, sie ging zu ihm und redete auf ihn ein, mit dem Rücken zu mir. Ich stand ein wenig seitlich und konnte sehen, daß er mich musterte, während er ihr zuhörte. Er schaute mich an, als hätte ich ihm etwas weggenommen. Ein eiskalter Blick, leicht flackernd. Und obwohl ich es nicht gewöhnt war, Ted und C. zusammen zu sehen, begriff ich sofort, daß er Bescheid wußte. Ohne uns überführt zu haben. Aber er wußte es, wie es ein Mann weiß. Er wandte sich von C. ab und ließ den Bagger losrollen – auf das Haus zu. Der Greifer brach ein Loch in die Mauer, Ted setzte zurück, um das nächste Loch zu reißen, doch da erhob sich ein Getöse, das den Lärm des Baggers übertönte. Dunkelheit ergoß sich aus meinem Haus. Der Schwarm jaulte auf wie eine Kreissäge, eine Honigexplosion schoß aus der Wand. Bienenwolken hüllten Ted und C. ein.

Ich wurde nur zweimal gestochen, von sehr jungen Tieren vermutlich, die mich noch nicht kannten.

Ich griff mir C. und schleppte sie schnell in die Garage. Als ich zurückkam, um Ted zu holen, lag er unter einer surrenden Wolke, zur Bewußtlosigkeit zerstochen. Honig troff aus dem Loch, das er in die Holzwand gerissen hatte; Honig tropfte von seinem Bagger. Ich blieb neben Ted stehen und sah die Bienen auf seinem Rücken wimmeln. Sie schienen sich ausgetobt zu haben; manche flogen davon, um ihre Behausung zu reparieren. Während ich darauf wartete, daß er sich rührte, streckte ich die Hand aus und kostete den Honig vom Greifer seines Baggers. In den Waben sah er dunkel aus, angereichert mit allem, was ich an Mühe in die Blumen gesteckt hatte. Ich nahm mir ein größeres Stück, streifte die eine oder andere Biene ab und schob mir das tropfende Wachs in den Mund.

C., aus der Garage kommend, sagte, es sei das Kaltblütigste, was sie je erlebt habe – daß ich Honig naschte und Ted bewußtlos unter einem Bienenschwarm liegenließ.

Mir war klar, daß sie im Leben Schlimmeres gesehen hatte, trotzdem bewog meine simple Honignascherei sie dazu, Ted mit dem Abriß fortfahren zu lassen, als er sich erholt hatte. Seltsam daran ist nur, daß er die zahllosen Stiche überlebte, aber etwa ein Jahr später an einem einzigen Bienenstich starb. Sein Rachen schwoll zu, und er erstickte, bevor er auch nur um Hilfe rufen konnte.

Nach bestandenem Anwaltsexamen beschloß ich, indianisches Recht zu praktizieren. Ich ging nach Washington, setzte durch, daß ein Stamm Ländereien zurückbekam, half bei einem Prozeß, in dem es um Stammesreligion ging, trieb dies und jenes – bis sich die Gelegenheit ergab, zurückzukehren. Aber nicht nach Pluto, sondern ins Reservat, wo ich Geraldine heiratete und wo das wahre Leben begann.

Obwohl wir Mutter inständig baten, bei uns zu wohnen, bestand sie darauf, in Pluto zu bleiben. Wenn ich sie besuchte, ging ich durch die Stadt und kam unweigerlich an dem leeren Grundstück vorbei, auf dem unser Haus gestanden hatte. Ted war gestorben, bevor er entschieden hatte, welcher schäbige Kasten dort errichtet werden sollte, und das Unkraut hatte sich der Fläche bemächtigt.

Eines Tages fuhr ein Auto vorbei, als ich gerade dort stand, und hielt ein Stück weiter. Eine alte Frau in einem schlecht sitzenden Sommerkleid stieg aus und kam auf mich zu. Ihr Kleid hatte ein aufdringliches Blumenmuster in Pink. Als sie näher kam, erkannte ich C. Sie hatte nie geblümte Kleider getragen, nur einfache Farben, und ihr Haar war weiß geworden. Auch hatte sie den typischen Buckel einer älteren Dame mit Knochenerweichung.

Sie schien sich über meinen Gesichtsausdruck zu freuen. »Hab ich dir nicht gesagt, daß ich altern würde?«

»Ich hab dir nicht geglaubt.«

Meine Unfreundlichkeit störte sie nicht im geringsten. Offenbar sah sie sich in ihrem Glauben bestätigt, denn sie sagte herausfordernd: »Hast du etwa gedacht, ich würde schön bleiben? Mit Würde altern?«

Ihr Gesicht verriet Scham, Trotz, vielleicht Genugtuung, aber keine Spur von Zärtlichkeit.

»Was du getan hast, hast du getan«, sagte ich schließlich.

»Das mußte ich, damit du gingst.«

Ich machte einen Schritt auf sie zu, aber sie drehte sich weg und stakste los, zurück zu ihrem Auto. Ich schaute ihr nach, als sie davonfuhr. Nach einer Weile ging ich die Kalksteinstufen hinauf zur Phantom-Haustür des Hauses, in dem ich aufgewachsen war. Ich durchquerte den Flur, betrat das Rechteck des Eßzimmers, legte die Hand auf die geschnitzte Kirschbaumeinfassung des Kamins, ging weiter zur Küche. Das Haus war so real für mich, daß ich das muffige Linnen im Zedernschrank roch, das Gas aus dem undichten Herd, die Geranien, die ich in Tontöpfe gepflanzt hatte. Ich legte mich genau dorthin, wo im Wohnzimmer die Couch gestanden hatte, schloß die Augen, und alles war wieder da – die vollgestopften Bücherregale, das sanfte Klacken der Spielkarten meiner Mutter.

Aus dem Haus meines verfinsterten Gemüts blickte ich hinaus auf die Gasse, von der Gasse auf die Straße durch die Stadt, an deren äußerstem Rande das hellwache Schweigen der Toten herrschte, zwischen den Gräbern hindurch auf meinen Pfad und auf diesem Pfad entlang zu ihrer Hintertür, zu ihrem Gesicht, ihrem zeitlosen Bett und der verlorengegangenen Statur ihrer Knochen. Ich drehte mich um und machte es mir auf dem zerdrückten Klettenstrauch bequem. Ein paar Bienen summten in der schläfrigen Stille. Der Schwarm hatte die Trümmer des Hauses verlassen und sich unter der Erde angesiedelt. Jetzt tummelten sie sich auf dem Friedhof, füllten

die Schädel mit weißen Waben und die Särge mit ihrem süßen schwarzen Honig.

Etwa einen Monat nach unserer Hochzeit saß ich mit Geraldine im Wohnzimmer. In den Pausen zwischen den Fern-
sehnachrichten plauderten wir über irgendwelche überstan-
denen Krankheiten. Als C.s Name fiel, sagte Geraldine: »Ach,
du meinst die Ärztin, die keine Indianer behandelt.«

»Was?«

In all unseren gemeinsamen Jahren war mir nichts davon
zu Ohren gekommen. Und das mir, einem Mitglied unseres
Stammes! Was wiederum bewies, wie sehr ich mich dem Reservat entfremdet hatte. Aber es war doch merkwürdig, daß
ich auch in meiner Eigenschaft als Richter nichts davon gehört hatte – oder von meiner Mutter. Dann fielen mir meine
Schwellungen am Kopf ein.

»Bist du sicher?«

»Aber ja. Sie behandelt keine Indianer.«

»Wie das?«

Geraldine schaltete den Fernseher aus, kam zurück und
setzte sich neben mich. Indem wir über C. sprachen, verletz-
ten wir schon unsere stillschweigende Übereinkunft. Doch es
ging noch weiter. Geraldine glaubte mir nicht.

»Du mußt es gewußt haben«, sagte sie.

Damit wurde meine Beziehung zu C. erstmals zum Thema
zwischen uns. Einerseits wollte ich dieses Thema aus meinem
Leben streichen, andererseits wollte ich mein Nichtwissen
verteidigen.

»Ich habe es nicht gewußt.«

Selbst in meinen Ohren klangen diese Worte falsch. Plötzlich tat sich eine Kluft zwischen uns auf, und in meiner Not
sagte ich etwas, was ich auch heute noch am liebsten zurück-
nähme.

»Aber sie hat mich doch behandelt!«

Geraldine schaute mir in die Augen und wandte den Blick ab. Die Enttäuschung war ihr deutlich anzumerken.

»Irgendeine Ausnahme brauchen sie immer«, sagte sie.

Geraldine nannte mir daraufhin mehrere Leute, die im Lauf der Jahre von ihr abgewiesen worden waren, selbst in Notfällen, und versicherte mir, C. habe selbst durchblicken lassen, daß sie unsere Leute im allgemeinen nicht behandele. Und alle wüßten, warum. Es stecke mehr dahinter als die landläufige Bigotterie, es habe mit Geschichte zu tun, sagte Geraldine. Da begriff ich, daß ich alles und nichts über die Ärztin C. gewußt hatte. Und erst später wurde mir klar: Wäre ich im selben Alter gewesen wie C., hätte es keine Rolle gespielt. Obwohl sie meine Schwellungen kuriert hatte, meine Geliebte wurde, würde ich immer ihre einzige Ausnahme bleiben. Oder schlimmer noch, ihre Absolution. Jedesmal, wenn ich sie berührte, war ihr verziehen. Ich durchdachte die ganze Angelegenheit oder, wie Geraldine sagt, ich stellte mich der Geschichte. Ich mußte sie schlucken, bevor ich begriff, warum mich Cordelia geliebt hatte und warum sie nicht zu ihrer Liebe stehen konnte. Warum sie nicht mit mir gesehen werden wollte. Warum der Abriß des Hauses ihre einzige Alternative war. Warum sie bis heute allein lebt.

Doktor Cordelia Lochren

Die Unglücksmarken von Pluto

Es gibt nun mehr Tote als Lebende in Pluto; der Friedhof erstreckt sich über den flachen Hügel, den ich von der Küche aus überblicke – ein Panorama aus aufragenden weißen Steinen. Es gibt keine Bar, kein Theater, kein Haushaltswarengeschäft, keine Autowerkstatt, nur eine Tankstelle. Selbst der Pfarrer kommt nur einmal wöchentlich zur Kirche. Der Rasen wird kaum gemäht für seinen Besuch, natürlich werden auch keine Blumen gepflanzt, so daß die alten Rabatten im Sommer von Unkraut überwuchert sind. Aber wenn der Pfarrer dann kommt, hat das Café wenigstens einen Gast mehr zu versorgen.

Daß es überhaupt ein Café gibt, ist schon ein Wunder, und es handelt sich keineswegs um ein heruntergekommenes, zwielichtiges Haus. Als die Bank dort auszog, fand sich eine Familie, deren Drive-In vom Sturm zerstört worden war; sie verwandte die Versicherungssumme auf den Kauf des Gebäudes und taufte ihr Lokal auf den Namen 4-B's. Die Granitfassade, die Bogenfenster, die acht Meter hohen Decken verleihen unserem Café ein gediegenes, ja luxuriöses Aussehen. Die Tagesangebote werden auf einer schwarzen Tafel angezeigt, eine Zigarrenkiste neben der Kasse wirbt um das Wechselgeld von Kunden, die bereit sind, für die klinische Betreuung und die operative Behandlung eines kleinen Jungen zu spenden, der seine Hand bei einem Farm-Unfall verlor. Wie die meisten anderen Leute, die hiergeblieben sind, verbringe ich einen Gutteil des Tages im Café. Denn da der Erhalt unserer städtischen Gebäude nicht mehr lohnt, dient das Café als Büro für die Mitglieder des Stadtrats und der Hobbyclubs, als Treff-punkt für kirchliche Gruppen und Kartenspieler. Es gilt als inoffizieller Sammelplatz für Shopping-Touren zum nächst-gelegenen Einkaufscenter – sechzig Meilen südwärts – und als Aufenthalt für die paar jungen Mütter der Stadt, die hier zusammensitzen und schwatzen, ihre Kinderwagen mit dem Fuß hin und her schieben, während sie genauso laut brüllen und fluchen wie ihre Männer am anderen Ende des Lokals. Kinderlos Gebliebene wie ich, Partnerlose aus Gründen des Krieges, der räumlichen Trennung oder der Zerrüttung, neh-men hier ihre Mahlzeiten ein. Auch Geschiedene oder Un-verheiratete, deren einziger größerer Besitz ihr Haus in Pluto, North Dakota, ist.

Wir sind hiergeblieben, weil uns der Verkauf unseres Hau-ses für einen Bruchteil seines ursprünglichen Werts überall sonst zu lebenslangen Mietern machen würde. Doch wie sehr wir uns auch an unsere Grundstücke, unsere Wohnzimmer und Garagen klammern mögen: Jedes Jahr segnen zwei oder drei von uns das Zeitliche; wir werden weniger. Unsere Stadt liegt im Sterben. Und meine Pflichten übersteigen das Maß dessen, was ich zu leisten bereit war, als ich im Jahr meiner Pensionierung zur Vorsitzenden der Historischen Gesell-schaft von Pluto gewählt wurde.

Zu der Zeit sah es aus, als könnten wir die Stadt, wenn nicht aufblühen lassen, so doch am Leben erhalten, bis weit ins nächste Jahrtausend hinein. Aber dann ging unsere Dün-gemittelfabrik in Konkurs, und der Handel mit Farmbedarf verlagerte sich ans andere Ende des Reservats. Uns blieb nur die Landwirtschaft, aber die billigen Transporte über die In-terstate hatten uns schon aus dem Rennen geworfen. Unser Highway war nie ausgebaut worden, daher schrumpfte unse-re Zahl beständig, und während das geschah, wurde ich zum Anlaufpunkt für viele unerzählte Geschichten, mit denen die

Leute herausrücken, wenn sie merken, daß es keinen Sinn mehr hat, die alten Geheimnisse zu wahren, oder wenn sie einsehen, daß dieser Ort irgendwann nur noch in Dokumenten existieren wird, und wollen, daß diese Dokumente die Wahrheit widerspiegeln.

Meine Freundin Neve Harp ist eine der letzten, die noch von den ursprünglichen Gründerfamilien abstammt. Sie ist die Enkelin des Landspekulanten Frank Harp, der hier einstieg, nachdem das erste Gründerkonsortium an der Landnahme gescheitert war. Frank Harp traf mit anderen Mitgliedern der Dakota and Great Northern Town Site Company hier ein, die eine Reihe von Städten entlang der Bahnlinien gründen wollten. Sie hofften auf Profit. Diese Städte wurden sorgfältig auf dem Reißbrett entworfen – für Risikoinvestoren, die Land für ihre Geschäfte oder Wohnhäuser kaufen sollten. Farmer aus allen Richtungen, glaubte man, würden in der Stadt ihre Vorräte kaufen und die Vergnügungslokale nutzen, wenn sie ihre Ernte per Bahn verschickten.

Die Bahn ist natürlich verschwunden. Doch wir sind geblieben und sitzen hier fest.

Der Meßtrupp reiste mit dem Planwagen und schlug sein Lager auf, wann immer man übereinkam, daß irgendein Merkmal der Landschaft oder die Entfernung zu anderen Städten eine Neugründung wünschenswert machte. Als sie die Stelle erreichten, auf der unsere Stadt entstand, hatten sie schon etliche Jahre lang geplant und vermessen und alle Namen verbraucht, nachdem sie ihre Gründungen nach Präsidenten, ausländischen Hauptstädten, wichtigen Mineralien, großen Staatsmännern, nordamerikanischen Säugetieren und ihren eigenen Kindern benannt hatten. Im Osten lagen die säuberlich vorgeplanten Standorte von Zeus, Neptune, Apollo und Athena. Venus als Städtename wurde abgelehnt, weil er womöglich zur Unzucht verleitete. Pluto ging auf den

Vorschlag von Frank Harp zurück, und er wurde akzeptiert, bevor jemand merkte, daß damit eine Stadt nach dem Gott der Unterwelt benannt wurde. Die Stadt hieß von Anfang an Pluto, aber offiziell benannt wurde sie erst im Aufschwungsjahr 1906, vierundzwanzig Jahre vor der Entdeckung des Planeten Pluto. Es entbehrt daher nicht der Ironie, daß Pluto der kälteste, einsamste und vermutlich unwirtlichste Himmelskörper unseres Sonnensystems ist, aber es war nie beabsichtigt gewesen, dies auf unser kleines Gemeinwesen zu beziehen.

In Pluto haben sich Dramen erheblichen Ausmaßes ereignet. 1911 wurde eine ganze Familie ermordet – die Eltern, eine halbwüchsige Tochter, zwei Söhne von vier und acht Jahren. In ihrer Erregung überwältigten einige Männer einen Trupp Indianer und vollführten ein beschämendes Schauspiel, das zu der Zeit als »Brachialjustiz« bezeichnet wurde. Die Stadt meidet jede Erwähnung dieses Vorfalls. Auch meine Gedanken schweifen ab. Wie sich bald herausstellte, war ein Nachbarsjunge, der sich offenbar unglücklich in die Tochter verliebt hatte, nach der Tat verschwunden, und so blieb er über viele Jahre der einzige Verdächtige. Nur ein Mitglied der Familie überlebte – ein sieben Monate alter Säugling, dessen Wiege hinter einem Bett gestanden hatte.

1928 floh der Besitzer der National Bank of Pluto mit einem Großteil der städtischen Gelder und versuchte nach Brasilien zu gelangen. Sein Bruder reiste ihm nach, überredete ihn zur Rückkehr, und so blieb das Geld zum größten Teil erhalten. Indem der Bruder alle Kunden persönlich aufsuchte und ihnen versicherte, ihre Konten seien nun in sicheren Händen, konnte er die Bank retten. Der Bankier brachte sich um, und der Bruder übernahm die Geschäfte. Auf dem höchsten Punkt des städtischen Friedhofs befindet sich ein Kriegerdenkmal. 1949 wurden siebzehn Namen in den Granitblock zu Ehren der Helden beider Weltkriege eingemeißelt. Einer der Namen, Tobek Hess, gehörte dem Jungen, den man für den Mörder der Familie hielt. Er ging nach Kanada und schrieb sich gleich zu Beginn des Ersten Weltkriegs als Freiwilliger ein. Die Nachricht von seinem Tod erreichte seine ältere Schwester Electa, die mit einem Mitglied des Stadtrats verheiratet und im Unterschied zu den Eltern des Verdächtigen nicht aus der Stadt weggezogen war. Electa bestand darauf, daß ihr Bruder in die Liste der toten Helden aufgenommen wurde. Aber unbekannte Mitbürger kratzten ihn aus dem Stein heraus, so daß nur noch eine rauhe Stelle von ihm zeugt, und an jedem Veteranentag nur sechzehn Flaggen um das Denkmal herum aufgepflanzt werden.

Es gab Dürrezeiten und schlimme Unfälle und weitere Verbrechen aus Leidenschaft, aber es geschahen auch gute Dinge in Pluto. Der sieben Monate alte Säugling, der die Morde überlebt hatte, wurde von besagter Electa und ihrem Gatten Oric Hoag adoptiert, sie zogen das Kind mit größter Hingabe auf und ließen es an der Ostküste studieren, ohne die Kosten zu scheuen und ohne die Erwartung, daß ihre Pflegetochter je zurückkehren würde. Aber als sie neun Jahre später nach Pluto zurückkam, war sie Ärztin. Die erste Frau mit Doktorexamen in dieser Region. Sie eröffnete ihre Praxis und restaurierte das Haus, das sie geerbt hatte, das Haus, in dem die Morde geschehen waren, ein kleines, bezauberndes Farmhaus am Westrand der Stadt, direkt am Friedhof gelegen. 275 Hektar Farmland grenzen an das Haus und die Scheune. Mit den Pachteinnahmen, die ihr diese Flächen brachten, konnte sie eine Klinik und eine Krankenschwester finanzieren und ihre Praxis unterhalten, auch wenn ihre Patienten nicht immer in der Lage waren, die Behandlung zu bezahlen.

Eine Sache aber beschämte sie, eine ganz spezielle Schwäche. Sie war bekannt dafür, daß sie indianische Patienten abwies, und man hielt sie für eine intolerante Person. Die

Wahrheit ist, daß sie in der Gegenwart von Indianern unter Schwächeanfällen litt, die sie genausowenig unter Kontrolle hatte wie die andere Sache: Sie liebte einen Mann, der viel zu jung für sie war, verhielt sich also auch in dieser Hinsicht unangemessen, aber in seiner Gegenwart wurde sie von Gefühlen schicksalhaften Ausmaßes überwältigt. Oder von Verblendung, wie sie heute glaubt.

Gleichzeitig waren diese Gefühle oft das einzige in ihrem Leben, was ihr Sinnerfüllung brachte. Um diese Fessel zu durchbrechen, heiratete sie, wurde aber Witwe. Sie ging eine letzte Beziehung mit einem Schwimmtrainer ein, der durch seinen Beruf an die Universität gebunden war und den Campus nicht für längere Zeit verlassen konnte. Geplant war, daß er nach seiner Pensionierung nach Pluto ziehen würde. Statt dessen heiratete er eine Studentin und zog nach Südkalifornien, wo er das ganze Jahr am Pool verbringen konnte.

Der Bruder des Selbstmordbankers war Murdo Harp. Er war der Sohn des Stadtgründers und der Vater meiner Freundin. Neve ist nun über siebzig wie ich; wir machen täglich unsere Spaziergänge, um uns fit zu halten. Dreimal war sie verheiratet, einmal wurde sie gekidnappt – und hat alle vier Heimsuchungen überlebt. Am Ende hat sie ihren Mädchennamen angenommen und ist in das Haus zurückgezogen, das sie von ihrem Vater geerbt hat. Sie ist hochgewachsen, geht wegen Kalziummangels etwas gebeugt, obwohl sie sich auf meinen Rat hin jetzt vielseitig ernährt. Auch sie ist daran interessiert, die Geschichte der Stadt authentisch zu dokumentieren. Wir beide waren immer aktiv und drehen täglich unsere Runden um Pluto. Zwei oder drei Meilen bei jedem Wetter (bis hin zum Blizzard).

»Wir kreisen um Pluto wie zwei alte Monde«, meinte Neve einmal.

»Wenn es dort Menschen gäbe, könnten sie die Uhr nach uns stellen«, erwiderte ich. »Oder uns anbeten.«

Wir als Mondgöttinnen. Die Vorstellung amüsierte uns.

Die meisten Grundstücke in Pluto stehen leer. Für Straßenbau gibt es in der Stadtkasse kein Geld, daher sind viele Straßen nicht ausgebessert oder einfach ungepflastert. Nur die Hauptstraße ist neuerdings asphaltiert, aber uns stören schlechte Straßen nicht. Sie geben den Füßen mehr Halt, und wir wollen nicht stürzen. Unsere größte Angst ist eine Hüftfraktur. Wenn man in unserem Alter unbeweglich wird, ist es vorbei.

»Ich muß dir doch noch erzählen, warum Octave, Murdos Bruder – du weißt –, nach Brasilien flüchten wollte«, sagte Neve eines Tages, als wäre der Skandal gerade erst passiert. »Weil ich will, daß du die Sache aufschreibst, für den historischen Newsletter. Ich möchte, daß in der Stadtchronik endlich die Wahrheit gesagt wird.«

Ich bat sie, bis zum Ende des Spaziergangs zu warten, damit wir uns ins Café setzen und ich mir Notizen machen konnte, aber sie war zu aufgeregt. Die Geschichte, die in ihr steckte, wollte unbedingt heraus, schlug mit den Flügeln. Aus irgendeinem Grund mußte sie damit anfangen, als wir noch unterwegs waren.

»Wie du weißt«, sagte Neve, »hat sich Octave im Fluß ertränkt, und das, obwohl das Wasser kaum knietief war. Im Grunde war es eine Pfütze, in die er sich gelegt hat. Man hat geglaubt, nur eine Frau könne einen Mann dazu bringen, sich auf so grausige Weise umzubringen. Aber es war nicht die Liebe. Nein, aus Liebe starb er nicht.« Die nächsten hundert Meter legte sie schweigend zurück, in Nachdenken versunken, dann redete sie weiter. »Weißt du noch, die Mode des Briefmarkensammelns? Was für ein Getue, was für eine Aufregung!«

»Natürlich erinnere ich mich. Manche sammeln immer noch.«

»Aber eher laienhaft, wie mein Bruder Edward«, wandte sie ein. »Für Octave waren die Briefmarken sein ein und alles. Die Sammlung steckte im Hauptsafe der Bank. Was sie wert war, gehörte zu den bestgehüteten Geheimnissen der Stadt. Selbst ich hab es erst vor kurzem erfahren. Als unsere Bank 1932 überfallen wurde, brachen die Bankräuber den Safe auf. Sie räumten das Bargeld aus, übersahen aber die neunundfünfzig Alben und zweiundzwanzig eigens angefertigte Filzboxen im Ebenholzrahmen. Die Sammlung war um ein Vielfaches wertvoller als das erbeutete Geld. Nämlich fast soviel wie alles Geld, das in der Bank steckte.«

»Was ist aus der Sammlung geworden?« Ich war sehr gespannt, weil ich nur Widersprüchliches gehört hatte.

Neve warf mir einen durchtriebenen Blick zu.

»Mein Bruder hat Teile der Sammlung übernommen, aber er hatte keine Ahnung, was da alles drinsteckte. Als die Bank den Besitzer wechselte, habe ich die meisten Marken behalten. Ich sehe sie mir gern an, das ist besser als Fernsehen. Die Alben liegen bei mir im Wohnzimmer. Aufgestapelt auf dem Tisch. Du hast sie gesehen, aber nie etwas dazu gesagt, nie hineingeschaut. Du wärst genauso begeistert wie ich. Erst von den Feinheiten, den Details, der unendlichen Vielfalt. Dann würdest du mehr über die Briefmarken selbst wissen wollen. Du würdest neugierig werden auf die Geschichten, die hinter ihnen stecken, so wie mein Onkel, mein Bruder und dann auch ich, obwohl nicht in diesem Ausmaß. Aber du hast natürlich deine eigenen Interessen.«

»Ja«, sagte ich, »Gott sei Dank.«

Als wir an der Kirche vorbeikamen, sahen wir, daß der Pfarrer da war. Der Arme winkte uns zu, als wir ihm einen Gruß zuriefen. Niemand hatte an den Rasen gedacht, daher mähte er selbst. Er sah traurig und überarbeitet aus.

»Die behandeln ihre Leute wie das liebe Vieh«, sagte Neve. Sie zuckte die Schultern und kam zum Thema zurück. »Ich lese gerade die alten Briefe meines Onkels, gehe seine Akten durch. Eine Entdeckung habe ich schon gemacht. Sein Spezialgebiet als Sammler, denn alle Sammler spezialisieren sich irgendwann, waren sozusagen die dunkleren Seiten der Philatelie.«

Ich schaute sie an und dachte mir, auch sie hat ihre dunklen Seiten, aber das mit den Briefmarken überraschte mich doch.

»Nachdem er die Spitzentrophäen der Philatelie erworben hatte – die magentafarbene Eincentmarke aus Britisch-Guyana, die schwedische Dreischillingmarke von 1855, die orangefarben statt blaugrün ist, außerdem viele Marken von Thurn und Taxis und wunderbare Exemplare von Mulready-Umschlägen –, verfiel er in seiner Melancholie auf die sogenannten Fehldrucke. Mit der schwedischen Dreischillingmarke, glaube ich, fing alles an.«

»Kein Wunder«, sagte ich. »Sogar ich kenne die Marke mit dem umgedrehten Flugzeug.«

»Die Vierundzwanzig Cent in Karminrosa und Blau!« Sie reagierte geradezu begeistert. »Ich hab seine Aufzeichnungen gelesen und die ganze Sammlung durchsucht. Angefangen, sagt er, hat er mit Fehlfarben wie der schwedischen Marke, dann kamen Aufdrucke, Zähnungsfehler, fehlende Wertangaben, fehlende Vignetten, Kuriositäten. Er erwähnt eine ganze Albumseite, die einem Siebzehnjährigen gewidmet ist, einem Frank Baptist, der für die Südstaatenregierung Briefmarken auf einer alten Handpresse druckte. Die muß ich erst noch suchen, aber ich bin sicher, ich finde sie.«

Neve eilte mir auf einem steinigen Stück Straße davon, vor lauter Begeisterung, daß sie ihre Geschichte loswerden konnte, und ich hatte Mühe, in Hörweite zu bleiben. Zum Verschnaufen an einen Baum gelehnt, erzählte sie mir, daß sich Octave, sechs Jahre bevor er mit dem Geld der Bank durchbrannte, auf Katastrophen spezialisiert hatte, das heißt auf Briefmarken, Umschläge und andere Sammlerstücke, die irgendwelche schrecklichen Ereignisse überstanden hatten, davon gezeichnet waren und ihren Wert aus ihrem bedenklichen Zustand bezogen – wasserfleckig, ramponiert, sogar blutbespritzt, sagte Neve. Auch diese Beschädigungen machten einen Teil ihres Reizes aus.

Inzwischen hatten wir die ehemalige Bank, das Café erreicht, und ich war froh, daß ich mich setzen konnte, um mir ein paar Notizen zu machen. Vom Besitzer borgte ich mir Stift und Papier, und wir bestellten Kaffee und Sandwiches. Wie immer nahm ich das Denver-Sandwich und Neve ein Schinken-Salat-Tomate-Sandwich ohne Schinken. Sie lebt streng vegetarisch, als einzige in Pluto.

»Ich habe gerade ein Buch gelesen, das ich mir bestellt habe«, sagte Neve, als wir unseren Kaffee schlürften. »Über Philatelie. Darin steht, das Sammeln bietet den Verirrten Zuflucht und gibt den Verzagten neuen Lebensmut. Ich glaube, Octave hat sich Ähnliches davon versprochen. Doch je mehr er sich in seine Katastrophen hineinkniete, um so schlechter fühlte er sich, meinte mein Vater. Aber immer, wenn er etwas Wertvolles für seine Sammlung erstanden hatte, lebte er auf. Er korrespondierte mit Leuten in aller Welt, es war erstaunlich. Seine Schriftwechsel mit Händlern füllen ganze Ordner. Er brachte Jahre damit zu, irgendwelche Briefmarken oder Ganzsachen aufzuspüren, die ein bestimmtes Ereignis überstanden hatten, die amerikanische Revolution, den Krimkrieg, den Ersten Weltkrieg. Soldaten trugen natürlich häufig Briefe bei sich. Man möchte nicht genau wissen, wie diese Briefe in die Hände von Sammlern gelangt sind. Aber er zog die Naturkatastrophen den menschengemachten vor.« Neve klopfte an ihre Tasse. »Die Explosion der Hindenburg hätte ihn natürlich fasziniert. Unsere modernen Katastrophen ebenso, zweifelsohne.«

Ich wußte sofort, woran sie dachte – Briefe vom Tag, an

dem wir unseren fünfunddreißigsten Präsidenten verloren, oder Dankschreiben des Weißen Hauses, die Jackie vielleicht in ihrer Handtasche bei sich getragen hatte. Mir wurde ganz mulmig bei dem Gedanken, wie viele von diesen papierenen Zeugnissen bei Händlern landeten und in aller Welt feilgeboten wurden – Sammlern wie Octave. Neve dachte bestimmt das gleiche, denn sie war gerade im Begriff, Zucker in ihren Kaffee zu tun – ein Alarmsignal, weil sie Probleme mit ihrem Blutzuckerspiegel hat.

»Laß das«, sagte ich. »Sonst kriegst du die ganze Nacht kein Auge zu.«

»Ich weiß.« Sie nahm den Zucker trotzdem und stellte das Glas zurück. »Ist es nicht seltsam, wie sich das Schreckliche mit der Zeit abnutzt, so daß es uns nicht mehr in derselben Weise berührt? Aber ich habe von all dem nur angefangen, um dir zu erklären, warum Octave nach Brasilien wollte.«

»Mit dem ganzen Geld. Ich beginne zu ahnen, daß er hinter einer Briefmarke her war.«

»Genau so war es«, sagte Neve. Gestern habe ich mit meinem Bruder geredet, und komischerweise weiß er noch, daß uns unser Vater erzählt hat, wonach Octave suchte. Dieses Objekt war in den Besitz einer sehr reichen Brasilianerin gelangt. In seinen Aufzeichnungen erwähnt er einen Brief, der den Ausbruch des Krakatoa von 1883 überstand, eine holländische Marke, die kurz davor auf einen Brief geklebt wurde und mit dem Dampfer davonfuhr. Er besaß einen Brief aus dem Postsack des Briefträgers von New Hampshire, der im Ostküstenblizzard von 1888 erfroren war. Einen echten Brief von der Titanic, aber davon wurden aus irgendwelchen Gründen eine ganze Menge gerettet, denn er erwähnt auch ähnliche Stücke. Aber Schiffskatastrophen haben ihn nicht so sehr interessiert. Nein, die Trophäe, der er nachjagte, war ein Brief aus dem Jahr 79.«

Ich hatte gar nicht gewußt, daß es damals schon eine Post

gab, aber Neve versicherte mir, die gebe es schon seit urdenk-
lichen Zeiten, und Herodot habe sein berühmtes Motto »Weder Schnee noch Regen, nicht Hitze, nicht tiefe Nacht hindert
sie usw.« schon fünfhundert Jahre vor dem Jahr 79 geprägt, als
der Vesuv ausbrach und Pompeji mit seiner Asche zudeckte.
»Wie du vielleicht weißt, waren die Trümmer Pompejis nach
der Entdeckung anderthalb Jahrhunderte von Schatzsuchern
durchkämmt und geplündert worden, bevor man sich an ihre
Konservierung machte. Bis dahin waren schon eine ganze
Menge Fundstücke in die Hände von Sammlern gelangt. Ein
Brief von Plinius dem Älteren, möglicherweise an Plinius den
Jüngeren gerichtet, tauchte kurz in London auf, aber als Octave den Kontakt mit dem Händler hergestellt hatte, war das
Pergament bereits gestohlen. Der Händler spürte es jedoch
auf und ließ es über einen heimlichen Rückkauf in die Hände
einer reichen Brasilianerin gelangen, der Frau eines portugie-
sischen Kautschukbarons, die Octaves Leidenschaften teilte –
obwohl sie keine Briefmarken sammelte. Sie sammelte alles,
was aus Pompeji kam, ließ ihre Wände mit genauen Kopien
pompejanischer Fresken bemalen – Frauen, die sich gegenseitig auspeitschten und so weiter.«

»Man stelle sich vor. In Brasilien.«

»Das ist auch nicht abwegiger als ein Kleinstadtbanker aus
North Dakota, der die wertvollsten Briefmarken der Welt
hortet.«

Da mußte ich ihr zustimmen, und ich kratzte meine Erinnerungen an Neves Onkel zusammen.

»Octave war natürlich Junggeselle.«

»Und lebte sehr bescheiden. Trotzdem hatte er nicht annä-
hernd genug Geld, um den Pliniusbrief zu kaufen. Er versuchte mit dem Geld von der Bank und seiner Markensammlung
durch den Zoll zu kommen, aber er scheiterte an den Marken. Ich glaube, der Zoll wollte erst klären, ob es erlaubt war,
die Sammlung außer Landes zu bringen. Die Briefmarken

von Frank Baptist zum Beispiel – eine interessante Fußnote der amerikanischen Geschichte. Murdo machte ihn in New York ausfindig. Octave hatte einen Zusammenbruch gehabt und saß wie gelähmt in irgendeinem Hotelzimmer. Er hatte furchtbare Angst, die Sammlung könnte beschlagnahmt werden. Als er nach Pluto zurückkam, begann er zu trinken, und danach wer er nicht mehr derselbe.«

»Und der Brief aus Pompeji, was wurde aus dem?«

»Es kam ein Brief von der Brasilianerin, die gehofft hatte, das wertvolle Stück an Octave verkaufen zu können, ein wüster Brief, voller Streichungen und von Tränen verschmiert.«

»Ein Katastrophenbrief.«

»Das kann man wohl sagen. Ihr dreijähriger Sohn hatte das pompejanische Dokument irgendwie in die Finger bekommen und in tausend kleine Stücke zerlegt. Insofern war es tatsächlich der Brief einer Frau, der ihm das Herz brach.«

Mehr war dazu nicht zu sagen, und ohnehin hatte uns eine nachdenkliche Stimmung ergriffen. Unsere Sandwiches waren gekommen, und wir begannen zu essen.

Wie Neve verbringe auch ich meine Abende in aller Ruhe zu Hause, ich lese, sehe fern, höre Musik und verzehre meine mageren Mahlzeiten allein. Falls in unserem uralten Seebecken ein Vulkan ausbrechen, uns mit seiner tödlichen Asche zudecken würde, würden unsere Abdrücke eine ruhige Haltung zeigen, würden wir ernst dasitzen wie die Parzen, versunken auf ein Bild starren oder auf ein Wort. In Büchern habe ich andere Gipsabdrücke gesehen. Wie ich weiß, war man in Pompeji auf rätselhafte Hohlräume in der harten Asche gestoßen, und als man sie mit Gips ausgoß und die vulkanische Asche abklopfte, trat das Entsetzen jener letzten Sekunden zutage. Manchmal denke ich, ich entspreche eher dem Hohlraum als der Substanz. Nicht so sehr der finalen Geste wie der Leere, die ihr vorausging. Ich bin schon verschwunden – so wie man verschwindet, wenn man sich mit seiner eigenen Gesellschaft abgefunden hat.

Trotzdem genieße ich die Zeit vom Dunkelwerden bis zur Mitternacht. Ich bin nicht einsam. Mir ist klar, daß ich den Luxus der Privatheit und der Ruhe nicht mehr lange genießen werde, und ich erfreue mich an meiner vertrauten Umgebung. Neve hingegen vermißt ihre zwei Stiefkinder und deren Kinder aus der letzten Ehe. Sie verbringt viele Abende am Telefon, obwohl sie in Fargo wohnen und sie sich oft sehen. Neve und ich finden es sehr seltsam, daß wir alt sind, und staunen beide, wie schnell unser Leben vergangen ist – Neve mit ihrer Entführung und ihren vielen Ehen, ich mit meinen leidvollen Ekstasen. Oft sind wir überrascht, wenn wir uns gegenseitig zu Gesicht kriegen.

Ich denke oft, welches Glück es ist, in meinem Alter eine so gute Gefährtin wie Neve zu haben. Neve hingegen gibt sich so manches Mal ihren düsteren Stimmungen hin.

In dieser Nacht wird sie tatsächlich von der Melancholie überfallen, die sie dem Zucker im Kaffee zu verdanken hat, doch ich sage nichts dazu, als ich ihren ersten Anruf entgegennehme. Sie spricht, wie sie es öfter tut, von der Schönheit ihres Kidnappers, was er ihr oder sie ihm beibrachte – auf der Matratze im Hinterzimmer seines Hauses. Er kam als dekorierter Kriegsheld aus Korea zurück und wurde zum charismatischen Irrläufer – zum Führer einer Religion, die sich durch unergründliche Gesetze auszeichnete. Ein paar versprengte Anhänger sind, zerrüttet und verdreht, im Lauf der Jahre bei den örtlichen Kirchen untergekrochen. Aber die Geschichte über Billys unersättlichen Penis habe ich mir schon zu oft angehört. Ich wechsle das Thema, und sie legt schließlich auf. Aber später macht sie dann eine merkwürdige Entdeckung.

Flankiert von zwei hellen Leselampen, verleibe ich mir einen etwas sentimental geratenen Roman von dem Buchklub ein, auf den ich abonniert bin, als das Telefon erneut klingelt. Atemlos erzählt mir Neve, daß sie den ganzen Abend mit der Lupe dagesessen und die Alben durchgesehen hat. Und sie hat etwas herausgefunden, was sie schon viel früher hätte merken müssen.

»Alle wichtigen Briefmarken hat mein Bruder«, sagt sie, ihre Stimme quiekt vor Ärger. »Ich hab das Geld genommen und ihn in den Alben blättern lassen. Ich hatte ja keine Ahnung, daß er genau wußte, was er suchte. Um es kurz zu machen: Meine Briefmarken sind wertlos. Seine haben etwa den Wert von ...« Ihre Stimme versagt, dann fängt sie sich wieder und jault in den Hörer. »Eine Million vielleicht. Er hat mich betrogen.«

Ich verkneife mir ein Lachen und den Satz: Jeder weiß, daß du ihn betrogen hast!

Beim Wühlen in Octaves Papieren und Briefen hat sie noch etwas gefunden, was sie fassungslos macht. In einer Mappe, die sie nie zuvor geöffnet hat, acht oder neun Briefe, alle an dieselbe Person adressiert, mit gestempelten Marken, das Papier gewellt, als wäre es naß geworden, die Handschrift verschmiert, jeder Brief ein wenig vom anderen abweichend – hier ein kleiner Fehler im Stempel, da ein kleiner Riß. Sie hat die Briefe mit einiger Verwunderung untersucht und festgestellt, daß einer eine violette Fünfzigcentmarke mit Benjamin Franklin trägt, die zwei Jahre nach dem Datum des Stempels erschien – einem Datum kurz vor dem Untergang der Titanic.

»Es fällt mir schwer zu konstatieren, was doch offensichtlich ist«, sagte sie. »Weil ich so eine gute Meinung von meinem Onkel hatte. Aber ich glaube, er hat mit gefälschten Katastrophenbriefen herumexperimentiert, und was ich da gefunden habe, ist nichts weniger als das Beweismaterial.« Sie klingt wütend, als hätte er versucht, ihr die Fälschungen anzudrehen. (Vielleicht hat er das auch, denke ich.) »Er hat

387

seinen falsch zertifizierten Brief einem Händler in London angeboten. Entwürfe für solche Zertifikate habe ich auch gefunden.«

Ich versuche sie zu beruhigen, aber wenn sie in diese Stimmung gerät, fallen ihr alle Kränkungen und Kümmernisse wieder ein, und sie muß die Welt verfluchen oder jede einzelne ihrer Niederlagen bejammern. Die Wahrheit ist, daß sie ein paar zarte Familienbande außerhalb dieser Gegend unterhält und hier nicht so gefangen ist wie ich. Aber das will ich ihr nicht auf die Nase binden. Wenn mir so ist, lege ich den Hörer weg und auch meinen faden Roman. Neve hat mich mit ihren Launen angesteckt. Ich versuche eine plötzliche Anwandlung von Panik abzuschütteln, aber bevor ich weiß, was ich tue, bin ich schon im Schlafzimmer, klappe die Truhe am Fußende meines Betts auf und nehme mir die alten Sachen meiner Familie vor. Alles andere ging kaputt oder wurde gestohlen, nur diese Sachen hat der Totengräber gesäubert, für mich aufgehoben (was sehr nett von ihm war) und mir überreicht, als ich in dieses Haus zog. Ich finde den düster-pietätvollen Umschlag mit dem Aufdruck *Jorgenson's Funeral Parlor* und ziehe einen Valentinsgruß heraus, der in irgendeiner Tasche gesteckt haben muß. Ein scheußliches kleines Kitschding mit Prägemuster. Zum ersten Mal fällt mir auf, daß der Briefumschlag eine Marke mit dem Hugenottendenkmal in Florida trägt. Was für ein blutiges Stück Geschichte auf einem Valentinsbrief, denke ich, und doch in gewisser Weise passend.

Manchmal frage ich mich, ob die Schreckensschreie, das Knallen des Gewehrs irgendwo in mein Gedächtnis eingeschrieben sind, in der hintersten Ecke. Ich hätte an Dehydrierung sterben können, da ich drei Tage lang nicht gefunden wurde, aber auch daran erinnere ich mich nicht, und ich hatte auch nie abnorme Ängste oder Anfälle von Hunger oder Durst. Offenbar, so wurde mir gesagt, hat mich einer der Indianer gefüttert, die später erhängt wurden. Nein, meine Kindheit war sehr glücklich, und ich hatte alles – eine Schaukel, einen Hund, liebevolle Eltern. Mir ist nur Gutes widerfahren. Ich war stolz auf meine Zensuren und auf meine Freundinnen. Wurde zur Highschool-Queen gewählt. Mit meiner Herkunft konfrontiert zu werden war kein Schock für mich, weil es so früh geschah, daß ich mich gleich damit abfand. Das einzige Problem: Man ließ mich im Glauben, daß die gelynchten Indianer die Täter waren. Das war meine Überzeugung, bis Neve mich aufklärte, indem sie mir die Zeitungsausschnitte zeigte und die verschiedenen Tatversionen erläuterte. Heute denke ich, daß meine Adoptivmutter sogar den Verdacht hegte, der wirkliche Mörder könnte noch irgendwo in unserer Gegend leben, nicht Tobek, aber ein anderer – unsichtbar, voller Reue. Denn wir fanden öfter sorgfältig zusammengefaltete Geldscheine im Umkreis des Hauses, an Stellen, wo Electa oder ich sie zwangsläufig finden mußten – unter einem Blumentopf etwa, in unserem Baumhaus, im Rohr meines Fahrradlenkers. Wir hielten diese kleinen Papierpäckchen dann in die Höhe und sagten: »Santa Claus war wieder da.« Aber alles in allem fällt es mir schwer, mich an mehr zu erinnern als die üblichen Traurigkeitsphasen, die das Lieben durchziehen. Fast ist mir, als hätte der Zufall meines Überlebens mein innerstes Wesen mit Dankbarkeit erfüllt. Oder als hätte meine Familie all das Unglück aufgefangen, das mich hätte treffen können. Ich habe intensiv geliebt. Ich habe einfach und zufrieden gelebt und das Privileg genossen, den Menschen zu dienen. Den meisten Menschen. Es gibt niemanden, um den ich übermäßig trauere, und nichts, was ich noch einmal anders und besser machen möchte.

Doch warum halte ich den Atem an, wenn ich mir mit der Valentinskarte meiner Schwester über die Wange streiche, wenn ich das gefaltete Leinen ihrer Weste berühre, wenn ich nach dem Overall meines Bruders greife und der Schürze, in der meine Mutter gestorben ist, und diese Sachen zusammen mit der alten, nach Heu duftenden Kleidung meines Vaters an meinen Bauch drücke? Warum halte ich den Atem an, wenn ich meine Familie in die Arme nehme, und werde von einem Gefühl erfaßt, als würden mich die schwarzen Schwingen eines Sturms in die Lüfte erheben? Und warum, wenn das geschieht, fliege ich auf verschwommene, aber unauslöschliche Bilder zu, die vor mir entschweben wie Sterne, schneller und schneller werdend?

Wenn Pluto am Ende entvölkert ist und sich die Wildnis dieses Haus zurückholt, wenn das Kriegerdenkmal umgestürzt und die Bank mit dem Café ausgeschlachtet ist; Messing und Granit herausgerissen wurden, wenn alles, was von Pluto bleibt, unsere historischen Newsletter sind, in Jahrgänge gebunden und der Universität von North Dakota überreicht, was dann? Was habe ich beigetragen? Welche Wahrheit habe ich festgehalten?

Die Valentinskarte hat mir immer bewiesen, daß man den Namen des Jungen nicht vom Kriegerdenkmal hätte tilgen dürfen. Nicht nur, daß unschuldige Menschen erhängt wurden, auch der Junge wurde zu Unrecht als Mörder bezichtigt. Denn meine tote Schwester hatte ihn wiedergeliebt, sonst hätte sie seinen Gruß nicht bei sich getragen. Und wenn sie ihn geliebt hat, ist er wahrscheinlich aus Kummer und Verzweiflung geflohen. Vielleicht war er dort gewesen. Vielleicht hatte er sie tot gesehen. Armer Tobek. Aber wer war es dann, wenn nicht der Junge? Mein Vater? Aber nein, er wurde von hinten erschossen. Es gibt niemanden anzuklagen. Vielleicht hat dieser Mensch existiert, hier in der Stadt oder irgendwo auf der Welt, der hinter meinen Brüdern hergelaufen ist, als sie zum Stall flohen, und sie ausgelöscht hat, der die Schönheit meiner Schwester und meiner Mutter sah und beide erschoß. Doch aus welchem Grund? Nichts wurde entwendet, nichts wurde gewonnen. Welchen Sinn hatte diese Tat?

Vor zwanzig Jahren behandelte ich einen äußerst reizbaren Patienten. Einen alten Farmer, der sein ganzes Leben auf dem Stück Land verbracht hatte, das an die hinterste Ecke unserer Felder grenzte. Warren Wolde war ein verschlossener Sonderling, konnte aber mit Tieren umgehen. Er hatte eigentümliche Auffassungen über die amerikanische Regierung, wie man mir sagte. Gewisse Themen wurden in seiner Gegenwart nicht berührt – zum Beispiel der Kongreß und die Ergänzungen zur Verfassung. Und man hütete sich, ihn nach seiner Meinung zu fragen, aus Angst, daß er von Jähzorn gepackt wurde. Selbst wenn man über harmlose Dinge mit ihm sprach, schaute er einen so durchdringend an, daß einem unheimlich wurde. Aber Warren Wolde war nicht in der Verfassung, mir Angst einzujagen, als ich auf seine Farm kam, um ihn zu behandeln. Zwei Wochen zuvor hatte ihn sein teurer Zuchtbulle auf die Hörner genommen und niedergetrampelt, wobei vor allem sein Oberschenkel in Mitleidenschaft gezogen wurde. Wolde hatte die ärztliche Behandlung strikt verweigert, aber dann setzte eine fiebrige Entzündung ein, und die Wunde wurde nekrotisch. Er war sehr kräftig und sträubte sich mit Händen und Füßen gegen den Transport ins Krankenhaus, so daß seine Familie beschloß, mich zu rufen, damit ich sein Bein rettete.

Das gelang mir, auch wenn die Prozedur qualvoll war und ich ihn zweimal täglich aufsuchen mußte, was ich mir bei meinem Tagespensum kaum leisten konnte. Jedesmal, wenn ich den Verband wechselte und die Wunde säuberte, versuchte ich ihm Morphium zu verabreichen, aber er wehrte sich dagegen. Er traute mir nicht und hatte Angst, ohne Bein aufzuwachen, wenn er das Bewußtsein verlor. Mit viel Geduld gelang es mir, die Wunde zu heilen und auch sein Mißtrauen zu besänftigen. Zu Anfang der Behandlung reagierte er auf mich mit einem Entsetzen, das ich in meiner medizinischen Praxis noch nicht erlebt hatte. Nur ganz allmählich verwandelte sich dieses Entsetzen in eine Art stummen Argwohn. Als sein Bein abheilte, empfing er mich schon freundlicher, und als er dann auf Krücken herumhoppelte, begrüßte er mich mit einer solchen überschwenglichen Freude, daß alle anderen sich darüber wunderten. Aber er änderte sein abweisendes und absonderliches Verhalten nur mir gegenüber, sagten sie, und fiel zurück in seinen maßlosen Groll, sobald ich fort war. Er wurde nicht wieder so gesund, daß er seine Arbeit wie gewohnt fortsetzen konnte, und nach einigen Jahren war er so senil, daß er ins psychiatrische Krankenhaus eingeliefert wurde. In fortgeschrittenem Alter starb er auf natürliche Weise, im Schlaf, an einem erbrochenen Blutklumpen. Zu meiner Überraschung wurde ich mehrere Wochen danach von einem Rechtsanwalt angerufen.

Sein Klient Warren Wolde habe ein Päckchen für mich hinterlassen, sagte er, worauf ich ihn bat, es mit der Post zu schicken. Die Adresse war unleserlich geschrieben, in einer Schrift, die durchaus von Wolde stammen konnte. Ich öffnete die Schachtel. Sie enthielt Geld, hunderte zusammengefaltete (meist kleine) Scheine, und natürlich erkannte ich an der Art, wie sie gefaltet waren, sofort, daß sie den Scheinen entsprachen, die in meiner ganzen Kindheit um mich herum aufgetaucht waren. Ich rief den Anwalt an, er verband mich mit der Schwester, die Wolde tot aufgefunden hatte, und ich bat sie, mir etwas über seinen Geisteszustand zu sagen.

Es war die Musik, die ihn umgebracht hat, sagte sie.

Welche Musik, fragte ich, und sie erzählte mir, daß Wolde zusammengebrochen war, als ein Besucher namens Peace im Aufenthaltsraum ein kleines Geigenkonzert gegeben hatte. In derselben Nacht war er gestorben. Ich dankte ihr. Der Name Peace warf mich aus der Bahn. Ich hätte mir Woldes Geldgeschenke und sein Vermächtnis an mich mit seinem Mitleid erklären können – dem Mitleid mit einem Mädchen, das in seiner Kindheit Schweres durchgemacht hat –, später mit seiner Dankbarkeit für die Behandlung. Und dabei hätte es bleiben können, wären nicht die vielen Seltsamkeiten gewesen. Der Name Peace, die Geige, die sich mit diesem Namen verband, die Musik, die diesen Namen zum Klingen brachte. Und die ersten Male, als ich zu Wolde kam, um ihn zu behandeln: Ich erinnere mich, wie er vor mir zurückwich, mit einem Entsetzen, das zu sehr auf mich gemünzt schien. Die Erinnerung an einen Alptraum stand ihm ins Gesicht geschrieben – das hatte ich sogar damals schon empfunden –, und die auffallende Wesensänderung, die später darauf folgte, hatte mich nicht gefreut, sondern ihm Gegenteil, sie hatte mich frösteln gemacht.

Unsere treuen Abonnenten des Newsletters wissen bereits, daß wir wegen der schrumpfenden Zahl an Abnehmern gezwungen sind, die Länge der Beiträge zu begrenzen. Daher muß ich hier enden. Doch da zur Beschlußfassung über den Erhalt und die Fortsetzung unserer kleinen Schriftenreihe ohnehin nur die Schatzmeisterin Neve Harp und ich erschienen sind und wir zwei die einzigen sind, die zuletzt noch Material zu dieser Dokumentation beigesteuert haben, erklären wir unsere Mitgliedschaft hiermit für beendet und unsere Gesellschaft für erloschen. Doch mit unseren Spaziergängen werden wir Pluto weiter umkreisen, bis sich unsere Umlaufbahn in die Erde eingegraben hat. Mein letzter Akt als Vorsitzende der Historischen Gesellschaft von Pluto: Ich möchte einen städtischen Feiertag ins Leben rufen – zum Gedenken an das Jahr, in dem ich das Leben des Mörders meiner Familie rettete.

Der Wind wird wehen. Die Teufel werden aufsteigen. Alle, die feiern, werden zu Gespenstern. Und der Tanz wird weitergehen bis in alle Ewigkeit, Staub zu Staub, wohin das Auge schaut.

O nein, viel zu apokalyptisch, denke ich, als ich das Haus verlasse und zu Neve hinübergehe, um ihr in ihrer schlaflosen Nacht beizustehen. Staub zu Staub! Es gibt nur wenige Städte, wo alte Frauen abends auf die Straße gehen und die frische Luft genießen können, soviel also zu Pluto. Ich nehme meinen Stock und ertaste mir den Weg, denn die Nacht ist so schwarz, daß ich schon glaube, wir sind unsichtbar.

Ein Danke an: Terry Karten, den Lektor dieses Buches; Trent Duffy, den Korrektor, sowie Deborah Treisman, Jane Beirn und Andrew Wylie. Dank auch an Sandeep Platel, M. D.

Die Autorin bedankt sich bei den Herausgebern der Zeitschriften und Anthologien, in denen Teile dieses Romans in unterschiedlicher Form erschienen sind: »The Plague of Doves« in *The New Yorker* und *The O. Henry Prize Stories 2006*; »Sister Godzilla« in *The Atlantic Monthly*; »Shamengwa« in *The New Yorker* und *The Best American Short Stories 2003*; »Town Fever« in *North Dakota Quarterly*; »Come In« (unter dem Titel »Gleason«) in *The New Yorker* und *The Best American Mystery Stories 2007*; »Satan: Hijacker of a Planet« in *The Atlantic Monthly* und *Prize Stories 1998: The O. Henry Awards*; »The Reptile Garden« und »Demolition« in *The New Yorker*; und »Desaster Stamps of Pluto« in *The New Yorker* und *The Best American Stories of 2005*.

Wie in allen Büchern von Louise Erdrich handelt es sich bei den Reservaten, Städten und Personen um fiktive Orte und Gestalten; eine Ausnahme bilden Louis Riel und der Name Holy Track. 1897 wurde der dreizehnjährige Paul Holy Track von einem Lynchmob in Emmons County, North Dakota, erhängt. Das Kapitel »Gründerfieber« stützt sich auf eine Bodenspekulation im Gebiet des Red River durch den Stadtgründer Daniel S. B. Johnston im Jahr 1857.

Eventuelle Fehler in der Wiedergabe der Sprachen Ojibwe oder Michif gehen zu Lasten der Autorin und nicht ihrer geduldigen Lehrer.

Ein Teil der Einkünfte aus diesem und allen Büchern von Louise Erdrich dient der Finanzierung des unabhängigen Buchladens Birchbark Books und des Verlages Birchbark Press in Minneapolis, Minnesota, der Bücher in der Ojibwe-Sprache publiziert (www.birchbarkbooks.com).

Louise Erdrich
Der Gott am Ende der Straße
Roman
360 Seiten
Gebunden mit Schutzumschlag
ISBN 978-3-351-03756-7
Auch als E-Book erhältlich

Hat die Menschlichkeit noch eine Chance?

Die Welt, wie wir sie kennen, existiert nicht mehr. Auf rätselhafte Weise hat sich die Evolution verkehrt, und immer mehr Kinder, die zur Welt kommen, scheinen einer primitiven neuen Spezies anzugehören. Die junge Cedar betrifft diese apokalyptische Wende der Menschheitsgeschichte auch persönlich, sie ist schwanger. Gerüchte kommen auf: der Ausnahmezustand sei verhängt worden, die Regierung fahnde nach schwangeren Frauen und inhaftiere sie – doch niemand hat gesicherte Informationen. Cedars Schicksal steht nun auf dem Spiel. Es ist das Schicksal aller.

»Ja, dies ist Fiktion, dies ist nicht unsere Welt. Aber es sind dieselben Gefühle, die uns beschleichen, wenn wir die Realität betrachten. Ein eindringlicher und höchst spannender Roman.« Boston Globe

Regelmäßige Informationen erhalten Sie über unseren Newsletter. Jetzt anmelden unter: www.aufbau-verlag.de/newsletter

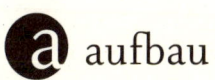